KB075102

난장이가 쏘아올린 작은 공

조세희 소설집

난장이가 쏘아올린 작은 공

초판   1쇄 발행 2000년 7월 10일
초판 190쇄 발행 2023년 7월 20일
재판   1쇄 발행 2024년 2월 15일
재판   2쇄 발행 2024년 4월 1일(이성과 힘·문학과지성사 통쇄 326쇄)

지은이   조세희
펴낸이   조중협
펴낸곳   이성과 힘
등록   2000년 6월 5일 제25100-2010-16호
주소   서울시 송파구 잠실로 88, 102-902
전화   02-322-9383
전자우편   reason518@naver.com

ⓒ 조중협 2024
ISBN 978-89-951512-2-8 03810
이 책은 1978년 6월부터 2000년 3월까지 문학과지성사에서 발행되었으며,
그 간기(刊記)는 다음과 같습니다.
초판 발행 1978년 6월 5일, 39쇄 발행 1986년 1월 25일
재판 발행 1986년 4월 1일, 47쇄 발행 1993년 6월 10일
3판 발행 1993년 8월 5일, 25쇄 발행 1997년 4월 30일
4판 발행 1997년 5월 30일, 23쇄 발행 2000년 3월 24일

난장이가 쏘아올린 작은 공

조세희 소설집

이성과힘

일러두기
이 책에서는 현재의 표준어인 '난쟁이' 대신, 『난장이가 쏘아올린 작은 공』이 쓰인 시기의 표기법을
따르자는 작가의 의견을 존중해 '난장이'로 표기하였습니다.

차례

작가의 말 파괴와 거짓 희망, 모멸의 시대   7

뫼비우스의 띠   13

칼날   35

우주여행   67

난장이가 쏘아올린 작은 공   91

육교 위에서   163

궤도 회전   181

기계 도시   205

은강 노동 가족의 생계비   223

잘못은 신에게도 있다   243

클라인 씨의 병   269

내 그물로 오는 가시고기   301

에필로그   347

＼부끄러움에 대한 이야기 · 이문영 367

＼대립의 초극미, 그 카오스모스의 시학 · 우찬제 378

＼대립적 세계관과 미학 · 김병익 395

파괴와 거짓 희망, 모멸의 시대

'난장이 연작'이 쓰이던 시기의 이야기를 나는 정색하고 앉아 해본 적이 없다. 그것은 내가 제일 싫어하는 일 중의 하나이다. 어떤식으로든 지난 이야기를 하는 것은 지금의 짐에 칠십 년대라는 과거의 짐을 겹쳐 지는 것과 다를 것이 없다. 나는 그 이중의 무게를 지탱하기가 어려웠다. 아직 젊었던 시절 칠십 년대와 반목했던 것과 같이 나는 지금 세계와도 사이가 안 좋다. 내가 작가가 안 되었더라면 젊음을 다 잃어버린 나이에 자기 시대, 그리고 동시대인 상당수와 불화하는 불행한 일은 안 일어났을지도 모른다. 나는 육십 년대 후반 어느 해에 작가가 되는 것을 포기했던 사람이다. 나는 좋은 작품을 쓸 자신이 없었다. 이것 역시 괜한 이야기일지 모르겠는데, 그 당시 나에게 큰 감동을 준 예술가들은 이상하게도 뛰어난 작품을 남긴 것과 상관없이 개인적으로는 모두 불행한 삶을 살고 간 사람들이었다. 어떤 사람은 회의에 빠져 자기의 작품을 모두 없애 버리라고 했고, 어떤 예술가는 절망에 차 자살을 했다. 스무 살 나이에 내가 제일 좋아했고 지금도 좋아하는, 많은 사람이 '인류의 자산'으로 칠 훌륭한 작품을 남긴 또 다른 예술가는 그의 시대가 대 주는 고통들과 싸우다 지쳐 죽고 말았는데 그의 장례식에 모인 사람은 가족을 포함해 여섯 명밖에 안 되었다. 우리 땅이든 남의 땅이든 십구 세기 말에서 이십 세기 중반까지, 인류의 간절한 희망들이 파괴되던 시기의 작가와 작품 들이 나를 키워 주었다. 그러나 나는 일찍 손을 들어 버렸고, 그 단계에서 성장도 멎어 버렸다. 작가가 되는 것을 포기할 무렵 내가 했던 생각은 '작가'는 아무나 될 수 없다는 것이었다. 그리고 나는 작가가 아닌 삼십 대 일반 직장 '시민'이 되어 칠십 년대를 살았다. 무엇이 되었든 우리에게 칠십 년대는 파괴와 거짓 희망, 모멸, 폭압의 시대였다. 나는 이 말을 아주 슬픈 마음으로 쓰고 있다. 천구백사십 년을 전후해 태어난 우리 세대가 어느 사이에 서른을 넘어서 '힘없이' 무너지는 것이 평범한 직장인이 된 나의 눈에도 보였다. 물론 이것은 우리 세대가 처음 겪는 일은 아니었다. 선배 세대들의 경우를 보아도 젊은 시절에 인간의 진짜 척추라고 믿고 애써 간직하려고 했던 귀한 가치들, 그리고 개개인의 마음속 소유인 아름다운 정신을 부양가족 거느린 가장이 되며 밖으로 던져 버리는 일은 흔했다. 정확히 말하자면 아무리 무서운 군부독재 치하라고 해도 그때 우리 모두가 정치적 압제에 시달렸던 것은 아니다. 독재 기관의 감시를 받고, 체포되어 고문받고, 억지 재판 과정을 거쳐 감옥에 갇히는 사람은 구성원 전체를 두고 볼 때 말할 수 없이 적은 소수에 지나지 않았다. 그런데도 과거 어느 세대보다 높은 교육을 받았다는 바로 우리 세대가 윗세대들과 '연대'라도 한 것처럼 잘 단결해 무서워하고 있었다. 다수가 무서워한 것은 암흑 독재체제가 냉혈 하수 부역자들을 시켜 올바름에 맹렬한 폭력으로 가한 체포-고문-재판-투옥만이 아니었다. 물론 잡혀간다는 것은 누구에게나 공포였다. 그러나 강압 통치자들이 무슨 짓을 하든 가만히만 있으면 자신과 가족에게 아무 일도 일어나지 않았기 때문에, 순응과 무저항을 안전한 생활 방식으로 터득한 사람들에게 고문이나 투옥은 밤잠을 빼앗아 갈 정도의 공포가 이미 아니었다. 육십 년대에 새파랗게 젊었던 우리 세대는 서른 몇 살이 되어 바로 윗세대들과 똑같이 '실패자'가 되는 것을 무서워하고 있었다. 탄압은 정치와 경제 양면으로 가해졌다. 자세히 보면 지금도 같은 일이 되풀이되지만, 그때 제일 참을 수 없었던 것은 '악'이 내놓고 '선'을 가장하는 것이었다. 악이 자선이 되고 희망이 되고 진실이 되고, 또 정의가 되었다. 내가 개인적으로 선택의 중요성을 느끼기 시작한 것도 이 무렵이었다. 어느 날 나는 경제적 핍박자들이 몰려 사는 재개발 지역 동네에 가 철거반—집이 헐리면 당장 거리에 나앉아야 되는 세입자 가족들과 내가 그 집에서의 마지막 식사를 하고 있는데, 그들은 철퇴로 대문과 시멘트 담을 쳐부수며 들어왔다—과 싸우고 돌아오다 작은 노트 한 권을 사 주머니에 넣었다. '난장이 연작'은 그 노트에 쓰이기 시작했다. 비상계엄과 긴급조치가 멋대로 내려지는, 그래서 누가 작은 소리로 자유와 민주주의라는 말만 해도 잡혀가 무서운 고문받고 감옥에 갇히는 '유신헌법' 아래서 나는 일찍이 포기했던 '소설'을 한 편 한 편 써 나갔다. 사람들이 바로 말을 안 했을 뿐이지, 그때 우리나라는 인류가 귀중한 가치로 치는 것들이 모조리 부정되는 세상, 예를 들면 소모사가 유린한 니카라과나 이디 아민이 통치한 우간다, 옹게마가 지배한 적도 기니와 다를 것이 없었다. 나는 지금도 박정희, 김종필 등 이 땅 쿠데타의 문을 활짝 연 내란 제일세대 군인들이 무력으로 집권해 피 말리는 억압 독재를 계속하지 않았다면 『난장이가 쏘아올린 작은 공』은 태어나지 않았을 것이라고 생각한다. 물론 자기가 태어나 자란 땅의 암흑 현실 때문에 글을 쓰게 되는 경우는 우리 이전에도 많았다. 무엇보다 이민족이 아닌 동족에 의해 고통받는 제삼세계 쪽 문학이 어두운 세계의 똑같은 경험인 독재와 고문, 착취, 억압의 이야기로 가득 차고, 그 뛰어난 성과물에 관한 소문의 일부를 우리가 이미 접할 수 있었는데도, 그때 나는 남의 경험에서 배운 것이 하나도 없는 사람처럼 힘이 들었다. 처음부터 탄압 기구에 의해 내가 낼 책이 판금이 되어도 좋다는 생각을 했다면 나의 작업은 쉬웠을 수도 있다. 하루 자고 나면 누가 잡혀갔고, 먼저 잡혀간 누구는 징벌 독방에서 죽어 가는 지경이고, 노동자들이 또 짐승처럼 맞고 끌려가는, 다시 말해 인간의 기본권이 말살된 '칼'의 시간에 작은 '펜'으로 작은 노트에 글을 써 나가며, 이 작품들이 하나하나 작은 덩어리에 불과하지만 무슨 일이 있어도 '파괴를 견디고' 따뜻한 사랑과 고통받는 피의 이야기로 살아 독자들에게 전달되지 않으면 안 된다는 생각을 나는 했다. 이백 자 원고 용지로 계산해 마흔 몇 장 짧은 것들로부터 이백오십 장을 넘지 않는 조금 긴 것에 이르기까지 모두 열두 편으로 이루어진 '난장이 연작'은 하나하나를 따로 놓고 보면 분열된 힘들에 지나지 않았다. 나에게, 책은 분열된 힘들을 모아 통합하는 마당이었다. 나는 작은 노트 몇 권에 나뉘어 쓰여 그동안 작은 싸움에 참가한 적이 있는, 그러나 누구에게도 아직 분명한 정체를 잡혀 보지 않은 소부대들을 불러 모았다. 책이 나왔을 때 사람들은 내 소설이 동화적이고 우화적이라고 했다. 또 사람들은 내 문장이 보기 드물게 짧고, 형식도 새롭고, 슬프고, 그러면서 아름답다고 했다. 어떤 독자는 책 표지가 '예쁜' 그림으로 치장된 것을 보고 어린이들이 읽을 동화책인 줄 알았다고 말했다. 물론 어렵다는 지적도 많았고, 한계가 너무 많은 작품이라는 말도 수없이 들었다. 내 '난장이'는 십만 백만의 한계를 가졌다. 어떤 사람은 이 작품에 빨간 밑줄을 그어 체제를 정면으로 부정하는 불온서적이기 때문에 그냥 두어서는 절대 안 된다고 거듭 기관에 올렸다. 또 다른 어떤 사람은 누구나 쉽게 말할 구조가 아니라는 것을 알면서도 '난장이'는 읽을 필요가 없는 작품이라고 아주 간단히 말했다. 따져 보면 이 모든 말이 옳았다. 내가 바로 그렇게 쓴 사람이었다. 말이 아닌 '비언어'로 우리를 괴롭히고 모독하는 철저한 제삼세계형 파괴자들을 '언어'로 상대하겠다는 마음으로 책상 앞에 앉아 며칠 밤을 새우고도 제대로 된 문장 하나 못 써 절망에 빠졌던 것도 바로 나였다. 나의 이 '난장이 연작'은 발간 뒤 몇 번의 위기를 맞았지만 내가 처음 다짐했던 대로 '죽지 않고' 살아 독자들에게 전해졌다. 이 작품은 그동안 이어져 온 독자들에 의하여 완성에 다가가고 있다는 것을 나는 느낀다. 이 점만 생각하면 나는 행복한 '작가'일 수도 있다. 그러나 지난 일을 이야기하며 나는 아직도 마음이 무겁기만 하다. 혁명이 필요할 때 우리는 혁명을 겪지 못했다. 그래서 우리는 자라지 못하고 있다. 제삼세계의 많은 나라가 경험한 그대로, 우리 땅에서도 혁명은 구체제의 작은 후퇴, 그리고 조그마한 개선들에 의해 저지되었다. 우리는 그것의 목격자이다.

2000년 6월

조세희

뫼비우스의 띠

수학 담당 교사가 교실로 들어갔다. 학생들은 그의 손에 책이 들려 있지 않은 것을 보았다. 학생들은 교사를 신뢰했다. 이 학교에서 학생들이 신뢰하는 유일한 교사였다.

그가 입을 열었다.

제군, 지난 일 년 동안 고생 많았다. 정말 모두 열심히들 공부해 주었다. 그래서 이 마지막 시간만은 입학시험과 상관이 없는 이야기를 하고 싶었다. 나는 몇 권의 책을 뒤적여 보다가 제군과 함께 이야기해 보고 싶은 것을 발견했다. 일단 내가 묻는 형식을 취하겠다. 두 아이가 굴뚝 청소를 했다. 한 아이는 얼굴이 새까맣게 되어 내려왔고, 또 한 아이는 그을음을 전혀 묻히지 않은 깨끗한 얼굴로 내려왔다. 제군은 어느 쪽의 아이가 얼굴을 씻을 것이라고 생각하는가?

학생들은 교단 위에 서 있는 교사를 바라보았다. 아무도 얼른 대답을 하지 못했다.

잠시 후에 한 학생이 일어섰다.

얼굴이 더러운 아이가 얼굴을 씻을 것입니다.

그런데 그렇지가 않다.

교사가 말했다.

왜 그렇습니까?

다른 학생이 물었다.

교사는 말했다.

한 아이는 깨끗한 얼굴, 한 아이는 더러운 얼굴을 하고 굴뚝에서 내려왔다. 얼굴이 더러운 아이는 깨끗한 얼굴의 아이를 보고 자기도 깨끗하다고 생각한다. 이와 반대로 깨끗한 얼굴을 한 아이는 상대방의 더러운 얼굴을 보고 자기도 더럽다고 생각할 것이다.

학생들이 놀람의 소리를 냈다. 그들은 교단 위에 서 있는 교사에게서 눈을 떼지 않았다.

한 번만 더 묻겠다.

교사가 말했다.

두 아이가 굴뚝 청소를 했다. 한 아이는 얼굴이 새까맣게 되어 내려왔고, 또 한 아이는 그을음을 전혀 묻히지 않은 깨끗한 얼굴로 내려왔다. 제군은 어느 쪽의 아이가 얼굴을 씻을 것이라고 생각하는가?

똑같은 질문이었다. 이번에는 한 학생이 얼른 일어나 대답했다.

저희들은 답을 알고 있습니다. 얼굴이 깨끗한 아이가 얼굴을 씻을 것입니다.

학생들은 교사의 말을 기다렸다.

교사는 말했다.

그 답은 틀렸다.

왜 그렇습니까?

더 이상의 질문을 받지 않을 테니까 잘 들어 주기 바란다. 두 아이는 함께 똑같은 굴뚝을 청소했다. 따라서 한 아이의 얼굴이 깨끗한데 다른 한 아이의 얼굴이 더럽다는 일은 있을 수가 없다.

교사는 분필을 들고 돌아섰다. 그는 칠판 위에다 '뫼비우스의

16

띠'라고 썼다.

　제군이 이미 교과서를 통해서 알고 있는 것이지만, 이것 역시 입학시험과는 상관없는 이야기니까 가벼운 마음으로 들어 주기 바란다. 면에는 안과 겉이 있다. 예를 들자. 종이는 앞뒤 양면을 갖고 지구는 내부와 외부를 갖는다. 평면인 종이를 길쭉한 직사각형으로 오려서 그 양 끝을 맞붙이면 역시 안과 겉 양면이 있게 된다. 그런데 이것을 한 번 꼬아 양 끝을 붙이면 안과 겉을 구별할 수 없는, 즉 한쪽 면만 갖는 곡면이 된다. 이것이 제군이 교과서를 통해서 잘 알고 있는 뫼비우스의 띠이다. 여기서 안과 겉을 구별할 수 없는 곡면을 생각해 보자.

　앉은뱅이는 콩밭으로 들어갔다. 아직 날이 저물기 전이어서 잘 여문 콩대를 몇 개 골라 꺾을 수 있었다. 콩밭에 잡초가 너무 많았다. 앉은뱅이는 꺾은 콩대를 가슴에 끼고 밭고랑 사이를 기었다. 조용해서 잡초의 씨앗 떨어지는 소리까지 그는 들을 수 있었다. 말이 콩밭이지 잡초밭이나 마찬가지였다. 앉은뱅이는 황톳길을 나와 콩대를 뺐다. 나무 타는 냄새가 좋았다. 날은 금방 저물기 시작했다. 그가 콩밭으로 들어가기 전에 불을 붙여 놓은 나무들이 빨갛게 타들어 갔다. 그는 깨어진 철판을 불 위에 놓고 콩을 까 넣었다. 바짝 마른 나무는 연기 한 줄기 내지 않고 잘 탔다. 그 나무는 몇 시간 전까지만 해도 꼽추네 마루로 깔려 있었던 것이다.

　사람들이 꼽추네 집을 무너뜨렸다. 쇠망치를 든 사나이들이 한쪽 벽을 부수고 뒤로 물러서자 북쪽 지붕이 거짓말처럼 내려앉았다. 그들은 더 이상 꼽추네 집에 손을 대지 않았고, 미루나무 옆 털여뀌풀 위에 앉아 있던 꼽추는 일어서면서 하늘만 쳐다보았다. 그의 부인은 네 아이와 함께 종자로 남겨 두었던 옥수수를 마당가에서 땄다. 쇠망치를 든 사나이들은 다음 집으로 건너가기 전에 꼽추네 식구들을 말없이 바라보았다. 아무도 덤벼들지 않았고, 아무도 울지 않았다. 이것이 그들에게 무서움을 주었다.

주위가 어두워 왔다. 앉은뱅이는 먹이를 찾아나선 몇 마리의 쏙독새가 들판에 낮게 나는 날개 소리를 들었다. 그는 철판 위에 계속 콩을 까 넣었다. 나무 타는 냄새와 콩 익는 냄새가 좋았다. 호수 건너편으로 한 떼의 사람들이 지나가고 있었다. 아파트 공사장 인부들이었다. 앉은뱅이는 호숫가 들판을 가로지른 그들의 실루엣이 버스 정류장 쪽으로 이어지는 것을 보았다.

그는 꼽추의 발짝 소리를 기다리면서 철판을 불 위에서 끌어 내렸다. 꼽추의 발짝 소리는 들리지 않았다. 꼽추의 부인, 큰아이, 작은아이 모두 잘 참았다. 그는 익은 콩을 입안에 넣고 씹었다. 꼽추네 마루는 아주 잘 탔다. 동네 사람들이 참지 못하고 쇠망치를 든 사나이들에게 울면서 달라붙었다. 사람들은 집단행동에 대해서는 책임을 지지 않아도 되는 것으로 믿고 있었다. 그들은 쇠망치를 든 한 사나이를 끌어내어 치고받았다. 그는 몇 분 뒤에 피를 흘리며 일어나 한쪽 팔을 흔들더니 입에 물고 있던 피를 확 뱉어 냈다. 부러진 앞니들이 피에 섞여 나왔다.

앉은뱅이는 쇠망치를 든 사나이들이 다가오자 코스모스가 한창인 길옆으로 비켜 앉으며 집을 가리켰다. 앉은뱅이네 식구들은 꼽추네 식구들보다 대가 약했다. 부인은 펌프대 뒤쪽에 쪼그리고 앉더니 때 묻은 치마를 올려 얼굴을 감쌌다. 아이들은 그 옆에서 연신 두 눈을 쓸어내렸다. 지붕과 벽은 순식간에 내려앉고 먼지만 올랐다.

앉은뱅이는 꼽추가 다가오는 발짝 소리를 들었다. 꼽추는 들고 온 플라스틱 통을 불기가 닿지 않을 곳에 놓았다. 통에 휘발유가 가득 들어 있었다. 꼽추는 이 무거운 통을 들고 어두운 십 리 벌판 길을 걸어왔다. 그 벌판 끝 공터에서 약장수들이 은박지에 싼 산토닌을 팔고 있었다.

그들은 폐차장에서 망가진 승용차를 사 몰고 다녔다. 차 안에는 나왕 각목, 단단한 돌, 맥주병, 긴 못, 숫돌에 날카롭게 간 장검 들을 실었다. 사범이라는 사람이 사용하는 도구였다. 그는 손으로 돌과 맥주병을 깨고, 나왕 각목을 부러뜨리고, 나무에 박아 끝을 구부린 긴 못을 이로 뽑았다. 그가 날카로운 장검을 손아귀에 넣어 나일론 끈으로 묶고 그 칼끝을 배에 대어 눌러 뺄 때, 사람들은 온몸 피부 조직이 칼날 밑에서 짓이겨지는 착각을 느끼고는 했다. 사범은 아무렇지도 않았다.

그의 힘은 무서웠다. 꼽추는 그에게서 휘발유를 얻었다. 승용차의 구조도 자세히 살펴보았다. 앉은뱅이는 꼽추가 어둠 속에 잠겨 있는 동네 쪽으로 고개를 돌리고 서 있는 것을 보았다. 꼽추가 주저앉자 그는 철판을 밀어 주었다. 꼽추는 콩을 입으로 가져가다 말고 낮게 물었다.

"무슨 소리지?"

"응?"

"무슨 소리가 났어."

두 사람은 잠깐 숨소리를 죽였다.

"새가 날아다니는 소리야."

앉은뱅이가 말했다.

"쏙독새가 먹이를 찾아 날고 있어."

"밤에?"

"낮엔 잠을 잔다구. 나무에 혹처럼 붙어서 잠을 자는 새야."

꼽추는 입으로 가져가던 콩을 철판 위에 놓았다. 앉은뱅이는 꼽추가 떨리는 손으로 담배를 피워 무는 것을 보았다.

"왜 그래?"

앉은뱅이가 물었다.

"아무것도 아냐."

꼽추가 말했다.

"겁이 나서 그래?"

"무서울 건 없어."

"마음이 내키지 않으면 들어가."

꼽추는 고개를 저었다. 꼽추네 아이들은 천막 안에서 잠을 잤다. 그 아이들은 잠들기 전에 천막 앞에다 불을 피웠다. 앉은뱅이네 아이들이 저희 집 부엌 문짝을 가져와 불 위에 놓았다. 다 부서져 팔 수도 없는 것이었다.

천막 안은 캄캄했다. 불 앞에 모여 섰던 동네 사람들이 흩어져 가자 집들이 들어섰던 어수선한 땅은 어둠에 싸였다. 어른들은 한 줄기 부연 불빛을 따라갔다.

방범 초소 앞 공터에 승용차가 서 있었고, 사나이는 차 안에서 몇 사람이 건네준 종이쪽지와 인감증명을 들여다보았다. 사나이는 밖으로 돈을 내밀었다. 사람들은 차 앞에 쪼그리고 앉아 돈을 세었다.

앉은뱅이는 철판을 다시 불 위에 올려놓고 콩을 까 넣었다. 그는 꼽추가 콩이라도 먹는 것을 보고 싶었다. 그는 꼽추가 지난 며칠 동안 무엇을 먹는 것을 본 적이 없다.

"나올 때가 됐잖아?"

꼽추가 물었다. 그의 담배는 바짝 타들어 가 두 손가락 끝에 걸려 있었다.

"됐어."

앉은뱅이가 말했다.

"그자가 날 죽이지만 않게 해줘. 살이 피둥피둥 찐 친구야. 그 몸무게로 눌러 오면 난 숨 한번 제대로 못 쉬고 뻗을 거야."

"그러면서 나더러 들어가래?"

"자네가 들어가면 다른 방법을 써야지."

"다른 방법?"

"묻지 마."

앉은뱅이는 고개를 돌렸다. 그의 시야를 아파트 건물들이 가렸다. 벌판 서쪽 끝에서 동쪽 끝까지 잔뜩 들어선 아파트의 골조들이 시꺼먼 모습으로 서 있었다. 꼽추가 두 손으로 모래흙을 퍼 불 위에 뿌렸다. 앉은뱅이는 철판을 끌어 내렸다. 그는 꼽추가 불을 다 끌 때까지 묵묵히 보고만 있었다. 마지막 한 점의 불까지 덮어 버리자 주위는 어둠에 싸였다.

"불을 켰어."

꼽추가 말했다. 앉은뱅이는 동네 쪽으로 고개를 돌렸다. 승용차의 불빛이 밤하늘을 몇 번 휘둘러 젓더니 서서히 움직이기 시작했다.

"먹어."

앉은뱅이가 철판을 밀어 놓으며 말했다. 꼽추는 철판을 콩밭으로 차 버렸다. 그는 휘발유가 든 플라스틱 통을 들고 앞서 걸었다. 앉은뱅이는 급히 그의 뒤를 따라갔다. 길이 움푹 파인 곳에 물이 괴어 있었다. 물 가운데 디딤돌이 두 개 놓여 있어 꼽추는 어림짐작으로 그것들을 밟고 건너뛰었다. 그는 앉은뱅이를 기다렸다. 앉은뱅이는 물웅덩이를 피해 길가 잡초 위로 기어 꼽추가 서 있는 곳으로 갔다. 그는 길 한가운데 자리를 잡고 반듯이 앉았다. 그리고 양쪽 주머니에 꼭꼭 감아 넣었던 전깃줄을 꺼내 친구에게 보였다. 꼽추는 고개를 끄덕이고 바른쪽 콩밭으로 들어가 숨었다. 앉은뱅이는 사방이 너무 조용해 겁이 났다. 그래서 친구에게 말을 걸었다.

"오늘 시세 알아봤어?"

"응."

꼽추는 보이지 않고 목소리만 들려왔다.

"얼마래?"

"삼십팔만 원."

앉은뱅이는 더 이상 말할 기분이 나지 않았다.

"앞을 봐."

꼽추가 콩밭 속에서 말해 왔다. 앉은뱅이는 두 줄기의 불빛이 밤 하늘을 휘저으며 다가오는 것을 보았다. 불빛 이외에는 아무것도 보이지 않았다. 눈을 감았다. 밝은 불빛은 앉은뱅이의 망막에 진한 어둠만 남겼다. 그는 꼼짝을 하지 않았다. 승용차가 물웅덩이를 건 너며 경적을 울려 대도 그는 꼼짝하지 않았다. 완충기가 그의 턱을 밀어붙이더니 승용차는 멎었다. 욕을 퍼부어 대는 사나이의 목소 리가 들려왔다.

꼽추는 바른쪽 콩밭에서 몸을 찰싹 붙였다. 사나이가 문을 열고 나왔다. 앉은뱅이는 옆으로 몸을 들더니 눈이 부신 얼굴로 사나이 를 올려다보았다.

"이봐, 왜 그래?"

사나이가 외쳤다. 앉은뱅이가 작은 목소리로 뭐라고 중얼거리고 있었다. 사나이는 허리를 굽히며 물었다.

"뭐라구?"

"죽고 싶다구."

앉은뱅이가 말했다.

"내 위로 차를 몰아 가. 나를 상관하지 말구."

그 목소리가 아주 작아 사나이는 앉은뱅이 옆에 쭈그리듯 앉았다.

"이유나 알자. 도대체 왜 그러는 거야?"

"나를 알겠어?"

"알잖구. 나에게 입주권을 팔았잖아."

"그래, 당신이 십육만 원에 사 갔지."

"나를 원망할 건 없어. 나는 시에서 주는 이주보조금보다 만 원이나 더 준 거야."

"아무도 원망하진 않아."

앉은뱅이가 말했다.

"우린 그 돈으로 전세 들었던 사람을 내보낼 수 있었어."

"이봐, 길을 비키게."

사나이가 말했다. 앉은뱅이는 얼굴을 돌렸다.

"전셋돈을 빼 주니까 끝이야."

"아파트 입주 능력이 없어서 팔아 버린 것 아냐? 그런데 이제 와서 무슨 이야길 하는 거야?"

"집이 헐린 걸 봤지?"

"봤어."

사나이의 목소리가 거칠어졌다.

"우리집이 없어졌어."

앉은뱅이의 목소리는 여전히 작았다.

"당신은 나에게 이십만 원을 더 줘야 돼."

"뭐라구?"

"아무것도 모른다고 그럴 수가 있어? 삼십팔만 원짜리를 십육만 원에 사다 이십이만 원씩이나 더 받고 넘긴다는 건 말이 안 돼. 나에게 이십만 원을 줘도 이만 원의 이익을 보는 것 아냐? 더구나 당신은 우리 동네 입주권을 몰아 사 버렸지?"

"비켜!"

사나이가 몸을 일으켰다.

"비키지 않으면 집어 던질 테야."

"마음대로 해."

아주 짧은 순간 앉은뱅이는 정신을 잃었다. 사나이의 구둣발이 그의 가슴을 차 버렸던 것이다. 앉은뱅이는 거듭 들어오는 사나이의 구둣발을 정신없이 잡고 늘어졌다. 앉은뱅이는 너무 약했다. 사나이는 앉은뱅이의 얼굴을 큰 주먹으로 몇 번 쥐어박더니 번쩍 들어 풀숲으로 내던졌다.

그는 거꾸로 처박히듯 내던져진 앉은뱅이가 길 위로 기어 나오려고 곰지락거리는 것을 확인하고 돌아섰다. 방해물이 기어 나오기 전에 빨리 지나가야 했다.

그는 승용차 안으로 들어가기 위해 몸을 굽혔다. 순간, 검은 그림자가 그의 명치 밑을 힘껏 차 왔다. 사나이의 큰 몸이 힘없이 나가떨어졌다. 콩밭에 숨어 있던 꼽추가 차 안으로 들어가 있다 죽을 힘을 다해 사나이를 차 버렸던 것이다.

'돈을 줄게!'

사나이는 말을 하고 싶었다. 그러나 그는 말을 할 수가 없었다. 꼽추가 그의 입에 큰 반창고를 붙인 뒤였다. 몸도 움직일 수가 없었다. 그의 몸은 전깃줄로 꽁꽁 묶여 있었다. 사나이는 꼽추가 앉은뱅이를 차 앞으로 끌고 가는 것을 보았다. 불빛에 드러난 앉은뱅이의 얼굴은 피투성이였다. 꼽추가 그의 얼굴을 씻겨 주었다. 앉은뱅이는 울고 있었다.

"내가 뻗는 꼴을 보고 싶었지?"

앉은뱅이가 말했다.

"그렇지 않다면 좀 더 빨리 나왔어야 했어. 자넨 내가 뻗는 꼴을 보고 싶었던 거야."

"그만둬."

꼽추가 몸을 돌려 걸으며 말했다.

"저자를 차에 태워야 돼. 그리고 가방을 찾아야지."

"태워."

앉은뱅이가 따라오며 말했다. 사나이는 온몸을 뒤틀다 지쳐 조용히 누워 있었다.

꼽추가 차 안으로 들어가 밤하늘을 일직선으로 가르며 켜져 있던 두 줄기의 불을 꺼 버렸다. 엔진도 껐다. 그는 운전석 밑에서 검정색 가방을 찾았다.

밖에서는 앉은뱅이가 사나이의 등을 받쳐 밀어 앉혔다. 꼽추가

나와 허리를 껴안아 일으켰다. 두 친구는 사나이의 몸을 떠받치듯
밀어 운전석으로 올려 앉혔다.

"나를 저자 옆에 앉혀 줘."

앉은뱅이가 말했다. 꼽추가 그를 안아 바른쪽 좌석에 앉혀 주었
다. 자신은 뒤쪽으로 들어가 검정색 가방을 열었다. 사나이는 보기
만 했다.

"돈과 서류야."

꼽추가 말했다.

"보여 줘."

앉은뱅이가 말했다. 사나이는 앉은뱅이와 꼽추가 자기의 모든
것을 갖고 있다는 것을 알았다.

"우리 건 벌써 팔아 버렸어."

앉은뱅이가 가방 안을 뒤적이면서 말했다. 사나이는 두 눈만 껌
벅거렸다.

"잘 봐."

"우리 이름이 이 공책에 적혀 있어. 그런데 연필로 그어 버린 거
야. 이건 팔았다는 뜻이야."

앉은뱅이가 쳐다보자 사나이가 고개만 끄덕였다.

"삼십팔만 원에?"

사나이가 다시 고개를 끄덕였다.

"돈을 세어 봐."

꼽추가 말했다. 앉은뱅이가 돈을 세기 시작했다. 그는 꼭 이십만

원씩 두 뭉치의 돈만 꺼냈다.

"이건 우리 돈이야."

앉은뱅이가 말했다. 사나이는 다시 고개만 끄덕였다. 그는 앉은뱅이가 뒷좌석의 친구에게 한 뭉치의 돈을 넘겨주는 것을 보았다. 앉은뱅이의 손이 부들부들 떨렸다. 꼽추의 손도 마찬가지로 떨렸다. 두 친구의 가슴은 더 떨렸다.

앉은뱅이는 앞가슴을 풀어 헤쳐 돈뭉치를 넣더니 단추를 잠그고 옷깃을 여몄다. 꼽추는 웃옷 바른쪽 주머니에 넣었다. 꼽추의 옷에는 안주머니가 없었다.

돈을 챙겨 넣자 내일 할 일들이 머리에 떠올랐다. 앉은뱅이의 머리에도 내일 할 일들이 떠올랐다. 아이들은 천막 안에서 잠을 자고 있었다.

"통을 가져와."

앉은뱅이가 말했다. 그의 손에는 마지막 전깃줄이 들려 있었다. 밖으로 나온 꼽추는 콩밭에서 플라스틱 통을 찾았다. 그는 친구의 얼굴만 보았다. 그 이외에는 정말 아무것도 보지 않았다. 그는 승용차 옆을 떠나 동네를 향해 걷기 시작했다. 유난히 조용한 밤이었다. 불빛 한 점 없어 동네가 어디쯤 앉아 있는지 알 수 없을 정도였다. 그는 이따금 걸음을 멈추고 앉은뱅이가 기어 오는 소리를 듣기 위해 귀를 기울였다.

앉은뱅이는 승용차 안에서 몸을 굴려 밖으로 떨어져 나올 것이다. 그는 문을 쾅 닫고 아주 빠르게 손을 놀려 어둠 깔린 황톳길 위를 기어 올 것이다.

꼽추는 자기의 평상 걸음과 손을 빠르게 놀렸을 때 앉은뱅이의 속도를 생각하면서 걸었다.

동네 입구로 들어선 꼽추는 헐린 외딴집 마당가로 가 펌프의 손잡이를 눌렀다. 그는 두 손으로 물을 받아 입을 축였다. 그 손을 웃옷 바른쪽 주머니에 대어 보았다. 앉은뱅이가 가쁜 숨을 몰아쉬며 기어 오고 있었다. 꼽추는 앞으로 다가가 앉은뱅이의 얼굴을 들여다보았다. 어두워서 잘 보이지 않았다.

앉은뱅이의 몸에서는 휘발유 냄새가 났다. 꼽추가 펌프를 찧어 앉은뱅이의 얼굴을 씻겨 주었다. 앉은뱅이는 얼굴이 쓰라려 눈을 감았다. 그러나 이런 아픔쯤은 아무것도 아니었다. 그는 가슴 속에 들어 있는 돈과 내일 할 일들을 생각했다. 그가 기어 온 황톳길 저쪽 끝에서 불길이 솟아올랐다. 그는 일어서려는 친구를 잡아 앉혔다.

쇠망치를 든 사람들이 왔을 때 꼽추네 식구들은 정말 잘 참았다. 앉은뱅이네 식구는 꼽추네 식구들보다 대가 약했다. 앉은뱅이는 갑자기 일어서려고 한 친구가 마음에 들지 않았다. 폭발 소리가 들려왔을 때는 앉은뱅이도 놀랐다. 그러나 그것도 잠깐뿐이었다. 불길도 자고 폭발 소리도 자 버렸다.

어둠과 침묵이 두 사람을 싸고 있었다. 꼽추가 앞서 걸었다. 앉은뱅이가 그 뒤를 따랐다.

"살 게 많아."

그가 말했다.

"모터가 달린 자전거와 리어카를 사야 돼. 그다음에 강냉이 기계를 사야지. 자네는 운전만 하면 돼. 내가 기어다니는 꼴을 보지 않게 될 거야."

앉은뱅이는 친구의 반응을 기다렸다. 꼽추는 말이 없었다.

"왜 그래?"

앉은뱅이는 급히 따라가 꼽추의 바짓가랑이를 잡았다.

"이봐, 왜 그래?"

"아무것도 아냐."

꼽추가 말했다.

"겁이 나서 그래?"

앉은뱅이가 물었다.

"아무렇지도 않아."

꼽추가 말했다.

"묘해. 이런 기분은 처음이야."

"그럼 잘됐어."

"잘된 게 아냐."

앉은뱅이는 이렇게 차분한 친구의 목소리를 처음 들었다.

"나는 자네와 가지 않겠어."

"뭐!"

"자네와 가지 않겠다구."

"갑자기 무슨 소릴 하는 거야? 내일 삼양동이나 거여동으로 가

자구. 그곳엔 방이 많아. 식구들을 안정시켜 놓고 우린 강냉이 기계를 끌고 나오면 되는 거야. 모터가 달린 자전거를 사면 못 갈 곳이 없어. 갈현동에 갔던 일 생각나? 몇 방을 튀겼는지 벌써 잊었어? 밤 아홉 시까지 계속 돌려 댔잖아. 그들은 강냉이를 먹기 위해 튀기러 오는 게 아냐. 옛날 생각이 나서 아이들을 앞세우고 올 뿐이야. 그런 델 찾아다니면 돼. 우린 며칠에 한 번씩 집에 돌아가 여편네가 입을 벌릴 정도의 돈을 쏟아 놓을 수가 있다구. 그런데 자네는 무슨 생각을 하는 거야?"

"나는 사범을 따라갈 생각이야."

"그 약장수?"

"응."

"미쳤어? 그 나이에 무슨 약장사를 하겠다는 거야?"

"완전한 사람은 얼마 없어. 그는 완전한 사람이야. 죽을힘을 다해 일하고 그 무서운 대가로 먹고살아. 그가 파는 기생충 약은 가짜가 아냐. 그는 자기의 일을 훌륭히 도와줄 수 있는 내 몸의 특징을 인정해 줄 거야."

꼽추는 이렇게 말하고 한마디 덧붙였다.

"내가 무서워하는 것은 자네의 마음이야."

"그러니까 알겠네."

앉은뱅이가 말했다.

"가. 막지 않겠어. 나는 아무도 죽이지 않았어."

"어쨌든."

꼽추가 돌아서면서 말했다.

"무슨 해결이 나야 말이지."

어둠이 친구를 감싸 앉은뱅이는 발짝 소리밖에 듣지 못했다. 조금 있자 발짝 소리도 들리지 않았다. 그는 아이들이 잠든 천막을 찾아 기어가기 시작했다. 울지 않겠다고 이를 악물었다. 그러나 흐르는 눈물은 어쩔 수 없었다. 그는 이 밤이 또 얼마나 길까 생각했다.

교사는 두 손을 교탁 위에 얹었다. 그는 제자들을 향해 말했다.

끝으로 내부와 외부가 따로 없는 입체는 없는지 생각해 보자. 내부와 외부를 경계 지을 수 없는 입체, 즉 뫼비우스의 입체를 상상해 보라. 우주는 무한하고 끝이 없어 내부와 외부를 구분할 수 없을 것 같다. 간단한 뫼비우스의 띠에 많은 진리가 숨어 있는 것이다. 내가 마지막 시간에 왜 굴뚝 이야기나 하고, 띠 이야기를 하는지 제군은 생각해 주리라 믿는다. 차차 알게 되겠지만 인간의 지식은 터무니없이 간사한 역할을 맡을 때가 많다. 제군은 이제 대학에 가 더 많은 것을 배우게 될 것이다. 제군은 결코 제군의 지식이 제군이 입을 이익에 맞추어 쓰이는 일이 없도록 하라. 나는 제군을 정상적인 학교교육을 받은 사람, 사물을 옳게 이해할 줄 아는 사람으로 가르치려고 노력했다. 이제 나의 노력이 어떠했나 자신을 테스트해 볼 기회가 온 것 같다. 다른 인사말은 서로 생략하기로 하자.

차렷!

반장이 벌떡 일어서며 소리쳤다.

경례!

교사는 상체를 굽혀 답례하고 교단에서 내려왔다. 그는 교실에서 나갔다.

겨울 해는 이미 기울어 교실 안이 어두워 왔다.

칼날

부엌에 세 개의 칼이 있다. 두 개는 식칼이다. 하나는 크고 하나는 작다. 신애는 한 해에 한 번씩 칼 가는 사람을 불러 큰 칼을 갈게 했다. 칼 가는 사람은 칼을 알아본다. 몰라보는 사람도 있다. 몰라보는 사람은 돌리는 숫돌에 애벌갈이부터 하려고 한다. 그녀는 칼을 빼앗아 들고 들어온다. 알아보는 사람은 그 칼을 받아 들 때 눈을 크게 뜨고 한참 동안 말없이 들여다본다. 칼 가는 사람은 좋은 칼에 놀란다. 처음부터 고운 숫돌에 조심스럽게 간다. 요즘 사람은 백 번을 죽었다 살아나도 이런 칼을 만들 수 없다고 칼 가는 사람은 말한다. 이 칼을 만들기 위해 대장장이는 수많은 담금질, 수없이 많은 망치질을 했을 것이라고 말한다. 대장장이 아들은 풀무질을 했을 것이다. 풀무질을 했을 대장장이 아들은 아직 살아 있는지 모른다. 살아 있다고 해도 할아버지가 다 되었겠지. 그 아들도 언젠가는 죽을 것이다. 대장장이는 벌써 전에 죽었을 것이다. 대장장이가 아직 살아서 망치질을 하던 때에 이 칼을 만들게 한 시어머니도 돌아갔다. 신애는 마흔여섯 살이다. 칼을 모르는 사람에게 큰 칼을 갈게 해서는 안 된다. 작은 칼이라면 괜찮다. 몇 해 전에 산 막칼이다. 이런 칼에 대해서는 할 이야기도 별로 없다. 칼 소리를 내며 온 칼장수에게서 백팔십 원을 주고 샀다. 언제 어디서나 비슷한 값으로 살 수 있는 막칼이다. 부엌에 있는 또 하나의 칼은 생선칼이다. 이것은 무서운 칼이다. 팽팽한 칼날과 뾰족한 끝, 등의 두께는 삼 밀리, 길이는 삼십이 센티미터.

처음부터 부엌에서 쓰도록 만들어진 칼 같지 않다. 칼자루를 잡아 보면 정말 무서운 생각이 든다. 지난봄에 그녀의 남편 현우가 사 온 칼이다. 그는 왜 이런 칼을 사 왔을까?

알 수 없는 일이다. 신애는 저 자신과 남편을 난장이에 비유하고는 했다. 우리는 아주 작은 난장이야, 난장이.

"그렇죠?"

직장에서 돌아온 남편에게 그녀는 물었다.

"제 생각이 틀려요?"

"글쎄."

남편은 신문을 읽고 있었다.

사회 부조리 시정 촉구한 고위층, 당직 개편 않겠다고 밝힌 야당 당수, 사회안전법 해설, 남북한 대화 촉구한 유엔사무총장, 엘베강 상공에서 극적으로 도킹한 미·소 우주선, 십 년 동안에 여덟 배로 늘어난 강력 범죄, 학교 돈 일억 원을 횡령한 재단 이사장, 미국서 전직 호화 고관 규탄시위 벌인 월남 피란민들, 경기회복 되어도 계속 흐릴 고용 전망, 추가경정 순증으로 일조 오천이백억 원이 된 예산, 한 개에 일천만 원이 넘는 기둥 스물네 개로 떠받들린 여의도 새 의사당, 삼십만 원이 없어 아파트 입주 포기하고 새 터전 찾아 떠나는 재개발 지구의 철거민들, 방위세 핑계 대고 전화료 더 받은 군산 시내 다방들, 장지에서 살아난 사자, 강도, 강간, 가짜, 도벌꾼, 톱밥으로 만든 고춧가루, 생선에 바람 넣고 물감을 들여 판 생선장수, 가사 저속하다고 금지된 「이건 너무하잖아요」, 주택 복권 당첨 번호, 옷을 벗은 여배우, "순결이란 누구를 위한 것일까요?"라고 쓴 광고 문안, 그리고 이윤의 편재가 소비성향과 범죄를 불렀다고 말한 대학교수——어제의 신문과 다를 것이 없다. 이상할 것도 없는 이야기다. 그런데도 사람들은 날마다 같은 신문을 찾아 읽는다.

남편이 그 신문을 읽고 있었다.

"그렇지 않아요?"

"응?"

"제발 그 신문 좀 치우세요."

신애는 생활이 이런 것이구나 새삼 생각한다. 어젯밤 벽에 걸려 있는 부엉이가 두 시를 알리며 울 때까지 잠을 이루지 못해 뒤척이던 남편이다. 그는 아침 일찍 집을 나간다. 그는 열두 시간을, 또는 열세 시간을 밖에서 보낸다. 직장에서 그가 하는 일, 당하는 일, 그리고 언제나 그를 따라다니는 불안, 회의, 피로——희망은 날아갔고. 건넌방 딸애가 틀어 놓은 라디오에서는 얼굴을 떠올릴 수도 없는 외국인 가수가 그들 말로 노래하고 있었다. 저 애는 앞으로 생각까지 남의 말로 하게 되지나 않을까? 신애는 딸 일을 걱정했다. 모든 환경이 조금만 달라졌으면. 단출한 식구들이 꾸려 가는 생활에 불안은 왜 이렇게 많을까? 남편은 쌓인 피로에 이런 식의 피로를 더해 보겠다는 듯 신문을 읽고 있었다. 그는 저 자신과 자신의 생활에 싫증을 느끼고 있다. 그는 자기의 시대에, 그리고 사회에 불안을 가지고 있다. 그는 역사를 공부했다. 그는 많은 책을 읽었다. 많은 책에 쓰인 생각들이 어린 현우에게 영향을 주었던 때가 있다.

　그는 책을 읽어 알고 있는 것들을 다 말하고 싶어 했다. 그러다가 갑자기 말수가 적어졌다. 그는 커 갔다. 마찬가지로, 신애에게도 꿈 많은 소녀 시절이 있었다. 그녀는 예뻤고 총명했다. 생각도 할 줄 아는 소녀로 자랐다. 그녀가 현우를 처음 만났을 때 그는 자기의 가장 큰 소망은 좋은 책을 쓰는 것이라고 말했다. 두 사람은 깊이 사랑했다. 그래서 결혼했다. 두 사람은 서로의 이상이 무엇인지를 알고 있었고, 큰 희망도 갖고 있었다. 그러나 이상도, 희망도, 실제에 있어서는 아무 도움이 되어 주지 못했다. 남편은 돈을 벌지 않으면 안 되었다. 이것은 그가 제일 싫어하는 일이었다. 그는 증오하는 돈을 벌기 위해 열심히 일하지 않으면 안 되었다. 어머니가 병을 앓았던 것이다. 위앓이였다. 어머니는 위암으로 돌아갔다. 어머니가 돌아가자 이번에는 아버지가 앓았다. 아버지는 의사들도 모르는 병을 앓았다. 무서운 아픔이 아버지를 괴롭혔다. 모르핀 주사도 아버지의 동통을 덜어 주지 못했다. 의사들은 아버지가 아무도 찾아낼 수 없는 병으로 곧 돌아갈 것이라고 말했다. 그러나 아버지는 그 뒤에도 무서운 동통과 싸우며 두 해나 더 살았다. 아버지는 생애의 마지막 몇 달을 정신병원에서 보내다 돌아갔다. 아버지는 전 생애를 통해서 그의 시대, 사회와 불화했던 사람이다. 신애는 남편이 같은 혈통의 사람임을 잘 알았다. 좋은 책을 쓰는 것이 가장 큰 소망이라던 남편은 단 한 줄의 글도 쓰지 못했다. 그는 자신을 실어증 환자로 생각했다. 증오하는 돈도 죽어라 하고 벌었으나 남은 것은 빚뿐이었다. 부모의 병을 고쳐 주지도 못하면서 병원은 그가 죽어라 하고 벌어들이는 액수로는 도저히 감당할 수 없는 돈을 늘 요구했다. 아버지가 돌아갔을 때 그에게는 울 힘조차 없었다. 남편과 아내는 서로를 위로하면서 오랫동안 살아온 종로 청진동 집을 팔아 빚을 갚았다. 나머지로 이 변두리에 작은 집을 샀다. 그런데 물이 나오지 않았다. 물은 어젯밤에도, 그저께 밤에도 나오지 않았다. 그끄저께 밤에 조금 나왔을 뿐이다. 신애는 마당가 수도꼭지 앞에 앉아서 물이 나오기를 기다렸다. 그끄저께 밤, 그것도 두 시 반에야 물이 나왔다. 물은 제일 낮은 지대, 대문 앞 수도꼭지에서만 아주 조금씩 흘러나왔다. 그녀는 작은 물독을 채운 다음 양동이에 받아 세면장으로 길어 갔다. 욕조를 반도 못 채웠을 때 물은 끊겼다. 꾸르륵꾸르륵 소리를 내며 물은 끊겨 갔다. 네 시 반, 하늘이 밝기 시작했다. 그녀는 한잠도 못 잔 채 무서운 생각을 해가며 아침밥을 지어야만 했다.

남편은 신문을 놓지 않았다. 그는 직장에서, 지하도 속에서, 무심히 지나치는 사람들의 시선에서, 그리고 숱한 배기가스 속에서 쫓기며 몸 둘 바를 몰라 하는 자신을 느낀다고 말했었다. 그는 또 출퇴근길의 만원 버스 속에서 하루도 빼놓지 않고, 몇 대씩 줄지어 달려 나가는 시청 쓰레기차를 본다고도 말했었다. 신애는 남편의 말을 알아듣는다. 얼마나 많은 정신이 날마다 시청 쓰레기차에 실려 나가 버려지는가. 그러나 이런 식으로 말하는 사람은 이 세상에 없다.

남편의 눈꺼풀 위에 피로가 덮개를 이루듯 쌓여 있다. 그는 신문을 밀어 놓는다. 금방이라도 까무러칠 것 같다.

"그러니까 당신은 제 이야길 하나도 듣지 않았어요."

이제는 식구들까지 각기 다른 말을 쓰고 있는 것 같다. 말은 늘 빗나갔다.

"도대체 무슨 이야길 하는 거요?"

남편이 물었다.

"우리는 난장이라구요!"

악을 쓰듯 신애가 말했다.

"우리가 왜 난장이란 말이에요!"

딸애의 목소리가 마루를 건너왔다.

그리고 무지막지한 텔레비전 소리. 뒷집에서 틀어 놓았다. 저집 사람들은 귀머거리구나. 저렇게 크게. 이 세상엔 왜 이렇게 온전한 사람들이 없을까? 뒷집 여자는 밤만 되면 어린 아들딸들을 불러 앉히고, 설거지도 끝내지 않은 가정부까지 불러 앉히고, 밤마다 같은 시각에 눈물을 찔끔댔다. 제일 먼저 가정부가 울고, 다음에는 그 여자가 울고, 끝으로 어린 아들딸들이 찔끔댄다. 울지 않을 때는 웃는다. 울지도 웃지도 않을 때는 노래다. "왜 불러, 왜 불러", 이것이 아니면 "더 좋은 건 없을걸", 이것도 아니면 "당신은 몰라"다.

그 집 아이들은 잠자리에서 주간지를 읽는다. 그 아이들이 읽는 기사에는 "차 속의 섹시 사운드, 성행위 때의 기성, 숨소리를 그대로"라는 것도 있다.

텔레비전 연속극은 큰 소리로 계속된다. 그 집 식구 중 두 사람은 아직도 들어오지 않았다. 남자와 큰딸이다. 남자는 세무서 조사과 직원이다. 그 집에 없는 것은 정신 하나뿐이다. 그 밖의 것은 언제나 풍성했다. 언제나라는 말에 잘못이 있는지 모르겠다.

부정, 부패, 서정쇄신이라는 말이 신문에 거의 날마다 난 적이 있다. 그때만은 뒷집의 텔레비전 소리가 작았다. 그 집 식구들은 냉장고, 세탁기, 피아노, 녹음기 등을 지하실 구석에 쓸어 넣고, 새삼스럽게 묵은 옷을 꺼내 입고 다녔다. 신문에는 부정이 드러나는 공무원은 의법 조처하겠다는 높은 사람들의 말이 자주 실렸다. 그러나 뒷집 남자는 부정이 드러나지 않았던지 까딱없었다. '부정이 드러나면'이라는 말에는 참으로 묘한 풍자가 들어 있다.

어쨌든 뒷집은 까딱없었고, 텔레비전 연속극은 계속되고, 남자와 큰딸은 아직도 들어오지 않았다. 남자는 이 시간에 어디서 무슨 일을 하고 있을까? 큰딸은 이 시간에 어디서 무슨 일을 하고 있을까?

그 집 큰딸은 약을 먹었었다. 다행히 빨리 발견해서 살려 낼 수 있었다. 의사가 와서 고무줄을 넣어 독약을 씻어 내었다. 세무서 조사과 직원과 그의 부인은 안도의 숨을 내쉬었다. 그러나 의사는 고개를 저었다.

"아직 이릅니다."

의사가 한 말이다.

"이대로 두면 또 약을 먹습니다."

"선생님, 그럼 어떻게 해야 되나요?"

불쌍하게도, 뒷집 여자는 부들부들 떨고 있었다.

"병원으로 데려가십시오."

"네?"

"병원으로."

"그럼 선생님 병원에 입원을 시켜 주세요."

"저는 도와드릴 수가 없습니다."

의사가 말했다.

"산부인과 병원을 찾아가세요."

큰딸은 그때 롱스커트를 입었다.

오늘 아침 신애는 그 집 큰딸이 통이 넓은 긴바지로 골목길을 휘적휘적 쓸면서 나가는 것을 보았다.

공무원 월급표를 보면 뒷집 남자의 월급은 남편의 월급보다 사뭇 적다. 단출한 식구에 더 많은 월급을 받는 자기네는 조용한데, 많은 식구에 적은 월급을 받는 뒷집은 흥청댄다. 알 수 없는 일이다. 우리가 귀 아프게 들어 온 잘살 수 있는 세상이 뒷집에만 온 것 같다. 뒷집에 가난은 없다. 그래서 신애는 생각한다. 저 집은 도대체 어느 편인가? 우리는 또 어느 편인가? 그리고 어느 편이 좋은 편이고, 어느 편이 나쁜 편인가? 도대체 이 세상에 좋은 편이 있기는 한가?

신경이 날카로워질 대로 날카로워진 신애는 뒷집 텔레비전 소리를 피해 잠깐 귀를 막는다.

"혜영아, 라디오 좀 꺼라."

건넌방 딸애에게 조금 큰 소리로 말한다.

"들려요?"

작아졌지만 텔레비전 배우들의 목소리 사이로 딸이 켜 놓은 라디오 속의 영어 노랫소리가 그대로 들려온다.

"아주 꺼 버려."

"오늘밤, 엄마 참 이상해요."

딸애가 건너온다.

잠옷을 입고 있다.

손에는 수학 공책이 들려 있다.

"공부를 하려면 라디오를 끄고 해야지."

"엄만 몰라서 그래요."

"몰라서 그래? 내 말이 틀렸단 말이냐?"

"틀렸어요."

신애는 가슴이 철렁하는 소리를 듣는다.

"그래, 뭐가 틀렸단 말이냐?"

그녀는 새삼스럽게 자기 나이와 딸애의 나이를 생각해 본다. 같은 세상에 살면서 서로의 말을 못 알아듣는 것은 생각의 차이 때문이다. 그녀는 슬퍼진다.

남편은 어느 틈에 잠이 들었다. 찡그린 얼굴이다. 그러나 내일 아침이면 좋아질 것이다. 어젯밤에는 무엇이 불안해 늦도록 잠들지 못했을까?

"어이 시끄러워."

가운데 방의 아들이었다.

신애는 딸을 데리고 나갔다.

"왜 이 수선이냐."

"이사를 가든지 해야지! 들어 보세요. 앞뒷집에서 야단이니 배길 수가 있어야죠."

가운데 방에서는 앞집의 텔레비전 소리가 더 크게 들렸다. 신애는 오늘밤 앞집의 텔레비전 소리에는 신경을 쓰지 않았다.

"우리라도 조용히 하자."

신애는 말했다.

"아버지가 주무셔."

"아버지는, 참. 이 틈바구니에서 어떻게 잠을 주무실 수 있을까?"

"넌 아직 피로가 어떤 건지 모를 나이야."

아들의 손에는 딸애의 수학 공책보다 몇 배나 두꺼운 검은 공책이 들려 있다. 아들은 딸애보다 높은 과정을 공부하고 있다. 그 애의 머릿속에는 놀라울 만큼 많은 학과 지식이 더 차곡차곡 쌓여 있다. 이대로 몇 해만 더 공부하면 아들은 자기 또래의 어느 아이들보다도 큰 특권과 고액 소득을 누릴 수 있는 기회를 갖게 될 것이다.

그러나 아들의 장래 문제에 깊은 생각이 미치면 신애는 숨이 막혔다. 아들은 벌써 전부터 학교에서 가르쳐 주는 것은 옳지 않다고 믿는 눈치였다. 학교 교사들은 무엇이든 좋다고 가르쳤다. 그것이 일반 사회에서 인정하는 사고방식이었다. 그런데 신애의 아들은 그것이 터무니없는 거짓말이고, 그 뒤에는 많은 것이 감추어져 있다고 믿는 것이었다.

아들은 아버지의 영향을 너무 많이 받았다. 아들은 아버지에게서 물려받은 생각 때문에 고통을 받을 것이다. 너무나 바르고 너무나 옳은 그 생각들은 아들을 또 얼마나 괴롭힐 것인가? 사회에 나갔을 때 아들은 무서운 혼란을 맞을 것이 뻔했다.

"아버지는 엊저녁에 잠을 못 주무셨어."

신애가 말했다.

앞집 텔레비전이 여전히 큰 소리를 냈다.

그 집 남자의 얼굴이 떠올랐다.

그 집 남자는 무슨 제과회사 선전부 직원이다. 그 집 남자가 보내온 과자 상자를 신애도 받았었다. 그 집 여자가, 자기 남편이 차장으로 승진했다면서 과자 상자 하나씩을 이웃에 돌렸던 것이다.

"약소하지만, 맛이나 보시라구요."

여자가 말했다.

"저희 애들 아빠가 이번에 차장이 되었어요."

묻지도 않은 말을 먼저 해왔다.

"저희 형편이 이제 좀 피려나 봐요. 사정을 아는 사람들은 한턱 안 낸다고 야단들이에요. 광고부 일 년 예산이 몇십억 원이 되니 그럴 만도 하죠. 벌써부터 텔레비전, 라디오, 신문 광고 담당자들이 집으로까지 찾아오는군요. 광고회사 사람들도 그렇구요. 과자뿐만 아니라 아이스크림에 우유까지 만들기 때문에 광고 예산이 굉장해요."

"몇십억 원이면 정말 굉장하군요. 그런데 사람들이 댁으로까지 찾아오는 이유는 뭐죠?"

여자는 신애의 얼굴을 쳐다보았다. 그녀는 재빨리 말했다.

"광고를 달라는 거죠. 광고를 달라고 돈을 싸 들고 찾아오는 거예요. 사정을 아는 사람들은 애들 아빠 자리가 육 개월이면 큰 거한 장이 생긴다는 걸 알고 있더군요."

"한 장이라뇨?"

"돈 말이에요."

"큰 거 한 장이라면 얼만가요?"

이것이 시작이었다. 앞집은 큰 소리를 내기 시작했다. 소리뿐만이 아니었다. 전깃불도 유난히 밝아졌고, 냄새도 달라졌다. 마당과 접한 그 집 부엌 환기창을 통해 나온 고기 굽는 냄새가 바람에 실려 오고는 했다. 채소를 위주로 한 간편한 저녁상을 가운데 놓고 식사를 할 때, 그 집에서 흘러나온 갈비 굽는 냄새가 마당을 가로질러 방 안으로 들어온다.

소리까지 들려온다.

"애들아 밥 먹어라."

"싫어."

“갈비를 구웠는데.”

“싫다니까!”

“그럼 이따가라도 먹어라. 복순아, 오렌지주스나 한 잔씩 갖다 주렴.”

뒷집과 마찬가지로 앞집이 신애를 고문하기 시작했다.

“새 텔레비전을 들여왔는데 한번 와 보실래요?”

그 집 여자가 얼마 뒤에 한 말이었다.

그 텔레비전이 지금 큰 소리를 내고 있다.

“중요한 문제라면 지긋이 앉아서 풀어야지.”

신애는 아들에게 말했다.

“무슨 일이든 네가 마음먹기에 달린 거야. 네가 책상 앞에 앉아서 남의 집 텔레비전 소리에나 신경을 쓴다는 것은 잡념을 갖고 있다는 얘기밖에 안 돼. 너는 앞으로 뭔가 새로운 것을 위해 일하고 싶다고 했지? 앞서간 훌륭한 사람들이 일생을 바친 것은 묵은 것을 위해서가 아니었다는 말을 너한테서 들었던 것 같아. 말을 그렇게 하면서 너는 작은 일에 너무 신경을 써. 공부가 안 되겠으면 나가서 바람이라도 쐬고 들어오든지.”

아들은 아무 말도 하지 않았다.

아들은 고민을 하는 표정이었다.

신애는 말을 하고 가슴이 아팠다.

그녀는 아들의 방문을 닫아 주었다.

딸애는 마당으로 내려가 서 있었다.

신애는 딸애가 마당가 수도꼭지를 트는 것을 보았다.

"아무 소리도 안 나요."

딸애가 말했다.

"소리가 날 리 없지."

딸애 옆으로 다가가자 딸애는 엄마를 쳐다보았다.

"오늘밤엔 일찍 주무세요."

딸애가 말했다.

"왜?"

"제가 물을 받을게요."

"어쩐 일이냐?"

짐짓 신애가 물었다.

"그냥, 받아 보고 싶어요."

"물은 새벽 두 시나 돼야 나와."

"그래도 받아 놓고 잘래요. 밤마다 일찍 자면서도 수도꼭지 앞에 앉아 있을 엄마를 생각하면 불안했어요. 한밤중에도 엄마는 깨어 있었어요. 다른 엄마들이 깊은 잠에 빠져 있을 시간에. 다른 집 엄마들은 가정부한테 맡기고 일찍들 자잖아요. 앞뒷집엔 자가 수도까지 있어서 수돗물은 조금만 받아도 돼요. 밤마다 잠이 들면서 엄마는 캄캄한 무인도에 사는 사람 같다는 생각이 들어 괴로웠어요. 오늘밤엔 제가 받아 드릴 테니까 일찍 주무세요."

"학교에 가서 졸기나 하려구."

말은 이렇게 했지만 신애의 가슴은 높게 뛰었다. 우리 혜영이가 어느 틈에 이렇게 컸구나. 그러니까 내가 또 모르는 사이에 "피로해요, 엄마"라고 말할 나이가 될 거야.

"그것보다 아깐 내가 어째서 틀렸다고 그랬니?"

"제가 그랬어요?"

"그랬지. 공부를 할 땐 라디오를 꺼야 된다고 하니까 틀렸다고 그랬어."

"엄만, 참."

딸애가 얼굴을 붉혔다.

앞뒷집 텔레비전에서는 광고 노래가 한창이었다.

"전 벌써 잊고 있었어요."

딸애가 말했다.

"그렇지만 엄마도 좀 이해해 줘요."

"이해하라니, 뭘 말이냐?"

"팝송을 듣고 있으면 공부가 더 잘되는 것 같아요."

"그런 말이 어디 있니?"

"아냐, 엄마, 정말 그런 것 같아요."

"갑자기 너희들이 사는 세상이 좁다는 생각이 드는구나."

"엄마 땐 달랐어요?"

"달랐지. 아빠나 엄마는 너희만 했을 때 농촌을 찾아다니면서 꽤 열성적인 운동을 했어. 할아버님은 중국, 만주, 시베리아 그리고 하와이까지 다녀오셨다고 그러더구나. 고생을 많이 하셨던 어른이야."

"왜요?"

"왜냐구?"

신애는 딸애의 얼굴을 보았다.

"나라를 위해서지."

"그런데 그 할아버지가 말년까지 불행하셨던 걸 전 이해할 수 없어요."

"일이 풀려 나가는 게 마음에 안 드셨던 거야. 자, 저쪽 양동이를 가져와라."

신애는 말했다.

"너희들에겐 구할 나라가 없단다."

"엄마, 이제 그만 들어가요."

딸애가 다시 말하고 있었다.

"제가 받아 놓고 잘래요."

"그럼 같이 받아 보자."

"벌써 나와요?"

신애는 마당가에 무릎을 꿇듯 앉더니 쇠뚜껑을 열었다. 그리고 허리를 굽혔다.

"이런, 내 정신 좀 봐라."

딸애는 엄마의 목소리가 유난히 차분하다고 느꼈다. 엄마는 맨홀에서 생선칼을 꺼내 들었다.

"낮에 쓰고 이 안에 그냥 넣어 두었구나."

"어마, 피가 묻어 있잖아요?"

"놀랄 건 없다."

신애는 말했다.

"낮에 조그만 사고가 있었다."

여전히 차분한 목소리였다.

딸애는 엄마의 얼굴을 보았다.

신애는 난장이를 생각했다.

낮에, 난장이는 기계 부대를 둘러멘 채 뒷집 여자와 앞집 여자 앞에 서 있었다.

"아주머니, 저를 믿어 보세요."

난장이가 말했다.

"저를 믿고 맡겨 주십시오."

뒷집 여자는 고개를 저었다.

"믿을 수가 없어."

난장이는 그때 말하지 않았다.

뒷집 여자는 난장이를 훑어보았다.

"지금 몇 살이지?"

"쉰둘입니다, 아주머니."

"어마, 그래요!"

여자는 다시 난장이를 훑어보았다.

난장이는 이렇게 말했다.

"일감이 갑자기 뚝 떨어졌어요. 그런 데다 공장에 나가던 아이들이 직장을 잃고 놀고 있습니다. 제게 맡겨만 주시면 성의껏 해드리겠습니다."

그러나 두 집 여자는 거인처럼 서서 고개를 저었다. 난장이의 키
는 두 여자의 어깨 밑까지밖에 안 찼다.

신애는 부엌 환기창을 통해 내다보고 있었다. 난장이는 기계가
든 부대를 둘러멘 채 말없이 서 있었다.

"아저씨."

신애는 밖에다 대고 무작정 이렇게 말했다.

"저희 일 좀 해주시겠어요?"

난장이가 무슨 일을 하는지도, 그리고 맡길 일이 집에 있는지도
모르면서 그녀는 말했다. 그러자,

"거짓말이에요."

앞집 여자가 가로막고 나섰다.

"수도꼭지를 새로 달면 물을 일찍 받을 수 있다는 거예요. 그게
어디 말이나 돼요?"

"그게 왜 거짓말이에요?"

신애가 말했다. 생각보다 큰 소리로 말했던 것 같다. 그러자 뒷
집 여자가 발끈해서 말했다.

"아니라면 댁에나 달아 보세요."

"네, 저희가 달겠어요."

신애는 말하면서 환기창 문을 닫았다.

그녀는 부엌을 나와 마당으로 내려섰다. 바싹 마른 수도꼭지가
햇빛을 받고 서 있었다. 집 안에 물기라고는 없었다.

그녀는 밖으로 나갔다. 그런데 이상한 일이었다. 아무도 없었다. 난장이도 보이지 않았다. 신애는 윗골목으로 올라가면서 큰길로 통하는 길을 내다보았다. 골목을 빠져나간 난장이가 버스길로 들어서더니 오른쪽으로 꺾어 가고 있었다.

신애는 빠른 걸음으로 큰길을 향해 갔다. 난장이는 보이지 않았다. 전파사에서 틀어 놓은 전축 소리가 그녀의 귀를 잡아 때릴 뿐이었다. 그녀는 큰길을 따라 걷다가 낡은 간판 앞에 섰다. 수도꼭지와 펌프 머리를 그려 넣은 간판이었다.

"어서 오십시오, 아주머니."

안에서 한 사나이가 말했다.

"우물을 파시려구요?"

"아뇨."

신애는 가게 안을 기웃거렸다.

"들어오세요."

사나이가 말했다.

"수돗물이 안 나와서 그래요."

신애는 떠밀리듯 가게 안으로 들어섰다.

"그러시면 우물을 파셔야죠."

사나이는 쌓아 올린 쇠파이프 옆에서 말했다.

"우물을 파고 자가 수도를 설치하세요. 이 동네 자가 수도는 다 우리가 놓아 드린 겁니다. 아주머니 댁은 어디세요?"

"포도밭 아래쪽이에요."

"그쪽 일도 많이 했습니다. 세무서에 나가시는 댁 일도 우리가 했어요."

"그 댁 앞집 아주머니셔."

다른 사나이가 말했다. 대여섯 명의 사나이들이 안쪽 쇠파이프 밑에서 화투를 하고 있었다.

"그렇다면 잘 아실걸요. 제과회사 차장님 댁 일도 우리가 해드렸습니다. 고동만 틀면 언제나 물이 콸콸 나오죠. 수돗물을 쓰는 것하고 하나도 다를 게 없어요."

부러진 앞니를 드러내며 사나이가 말했다. 사나이의 바른쪽 팔에는 벌거벗은 여자의 문신이 새겨져 있었다. 사나이는 다시 부러진 앞니를 드러내며 말했다.

"들어갈 돈 생각부터 하시면 생전 물 걱정을 떠나시지 못합니다. 우선 시작하고 보세요. 어떤 분은 오셔서 수도선을 봐 달라고 그러시는데, 그건 백날 봐야 헛일입니다. 말이 나온 김에 드리는 말씀입니다만, 저 위 가발회사 사장님 댁 일도 우리가 한 것입니다. 그 댁은 큰 풀장의 물도 자가 수도로 올려 채우시죠. 말이 쉽지 풀장의 물을 자동 펌프로 올려 채운다면 다들 놀랍니다."

"수도꼭지를 새로 달아 보면 어떻겠어요? 물을 좀 일찍 받을 순 있지 않겠어요?"

"그건 말도 안 돼요. 될 리가 없습니다."

신애는 가게 안으로 들어온 것을 후회했다. 그리고 여기서 빨리 나가야겠다고 생각하면서

"잘 알았습니다."

라고 말했다. 그때,

"야아!"

사나이가 외쳐 불렀다. 신애의 가슴은 철렁 가라앉았다.

"너, 나 좀 봐!"

사나이가 무쇠 펌프 머리를 거꾸로 잡아 들면서 무서운 얼굴로 소리치고 있었다. 상상도 못 했던 일이다. 밖에 난장이가 와 서 있었고, 사나이는 그 난장이를 향해 곧 뛰어나갈 기세였다. 난장이는 무거운 부대를 고쳐 메면서 주춤거리듯 물러서더니 이내 빠른 걸음으로 사라져 갔다. 신애는 사나이를 옆으로 밀면서 밖으로 나갔다. 사나이가 부러진 앞니를 드러내며 뭐라고 말해 왔다. 신애는 그의 말을 알아들을 수 없었다. 난장이는 큰길을 따라 걸어가고 있었다. 그녀는 뒤도 돌아보지 않고 뛰었다. 가게 앞까지 따라 나온 사나이가 뭐라고 소리치고 있었다. 그녀는 뛰는 가슴을 눌러 가며 난장이를 쫓아갔다. 사나이의 목소리는 이제 들리지 않았고, 난장이는 왼쪽 골목에서 나온 경운기를 피해 길가에 섰다. 농기구공장에서 만들어진 경운기는 엉뚱한 곳에 와 연탄을 실어 나르고 있었다.

신애는 난장이 옆으로 바짝 다가갔다.

"아저씨를 찾았어요."

신애가 말했다.

난장이는 주위를 둘러보더니 골목 안으로 들어섰다. 신애는 난장이가 서 있던 자리에서 이쪽을 노려보고 서 있는 펌프집 사나이를 보았다.

"아직 서 있습니까?"

난장이가 물었다. 난장이가 골목 안에서 움직이지 않았다.

"들어갔어요."

신애가 말했다. 난장이는 부대를 내려놓고 땀을 씻었다.

"왜 저 사람을 무서워하세요?"

신애가 물었다. 난장이는 말없이 두 눈만 껌벅거렸다. 도대체 이런 종류의 공포는 어디서 오는 것일까 하고 그녀는 생각했다. 많은 사람이 전화를 걸기 위해 약국 앞에 서 있었다. 난장이는 그녀가 고개를 돌린 사이에 손을 움직였다. 그는 주머니에서 빵 한 조각을 뜯어 입안에 넣었다.

"아저씨, 저희 일 좀 해주세요."

신애가 말했다.

난장이는 입을 다문 채 신애를 쳐다보았다.

신애는 몸을 돌려 걷기 시작했다. 그녀는 걸으면서 말없이 따라오는 난장이의 발소리를 들었다.

"죄송합니다."

나중에 난장이는 말했다.

"전 이웃 아주머니들이 서로 싸우실 것 같아 피했었어요."

그가 둘러멘 부대 속에는 닳고 닳은 기계가 여러 가지 들어 있었다. 그 기계 부대는 난장이에게 지나치게 무거운 것이었다.

"내려놓으세요."

신애가 말했다.

난장이는 일을 시작했다.

그는 마당가 쇠뚜껑을 열더니 계량기를 들여다보았다. 그리고 자를 꺼내서 그 깊이를 재어 보는 것이었다. 장독대 앞의 마당과 수도꼭지의 높이도 재어 보았다.

"보세요, 아주머니."

난장이가 말했다.

"이 수도꼭지는 땅속으로 들어온 선보다 여섯 자나 높게 달렸습니다. 계량기에 이어진 선보다는 다섯 자나 높구요. 그런데 보내지는 물은 부족하거든요. 수압도 낮죠. 그러니까 꼭지를 낮게 달아 드리겠다는 거예요. 그러면 수도꼭지가 높은 다른 댁보다는 물을 일찍 받으실 수 있어요. 전 거짓말을 못 하는 사람입니다."

"아저씨, 전 알고 있어요."

신애는 가슴을 두근대며 말했다.

"계량기 뒤쪽에다 꼭지를 달아 드리겠습니다."

난장이가 말했다.

"앞쪽에다 달면 안 됩니다. 그러면 계량기를 속이는 게 돼요. 도둑질과 마찬가지죠. 엎드려 받기가 불편하시겠지만 잠을 못 주무시는 것보다는 나으실 겁니다. 다른 댁보다 서너 시간은 빨리 받으실 수 있을 거예요. 임시로 이렇게라도 사십쇼. 물이 잘 나올 세상이 언젠가는 올걸요."

난장이는 닳고 닳은 기계들을 꺼내어 일을 시작했다. 신애의 가슴은 그대로 뛰었다. 난장이는 거꾸로 처박히듯 몸을 굽혀 수도선을 잘랐다. 그의 기계들은 너무 오래 사용한 것이어서 이제는 거의 못 쓸 것들뿐이었다. 그래서 힘이 더 드는 것 같았다. 한 가지 다행한 것은 난장이의 몸이 원체 작아 좁은 시멘트 맨홀 속에 들어가서도 허리를 굽혀 일할 수 있다는 것이었다. 신애는 그 옆에 쪼그리고 앉아 말을 걸었다.

"아저씨, 댁은 어디세요?"

"저 건너 벽돌공장 밑입니다."

난장이가 말했다.

"여기서도 벽돌공장의 굴뚝이 보입니다. 그 밑으로 번호를 크게 써 붙인 집들이 닥지닥지 붙어 있어요. 집 앞엔 방죽이 있구요. 언제 한번 와 보세요. 동네는 지저분해도 재미있습니다. 동네 아이들은 발육이 나빠 유난히 작아 보이지만 귀엽습니다. 제 여편네는 돼지를 방죽으로 몰아넣어 목욕을 시키죠."

"돼지를 다 키우세요?"

"옆집 겁니다. 저희도 아이들이 공장에서 쫓겨나지만 않았어도 몇 마리 사 키울 수 있을 걸 그랬어요."

"자녀는 몇이나 두셨어요."

"셋입니다."

난장이는 하던 일을 멈췄다.

"그 녀석들은 난장이가 아닙니다."

"어머, 왜 그런 말씀을 하세요?"

"제가 이 꼴이라 말입니다."

"아저씨."

신애는 말했다.

"전 아저씨 같은 분이 좋아요. 방금 아저씨와 이웃해 살면 좋겠다는 생각을 했어요."

신애는 가슴이 뭉클해지는 것을 느꼈다. 난장이는 다시 몸을 굽혀 일했다.

"아이들이 다른 공장에 나가 일하게 되면 우선 돼지부터 몇 마리 살 생각입니다. 그때 한번 놀러 오세요."

신애는 난장이가 일을 하는 동안 그의 부대 속에서 나온 기계와 무쇠 조각들을 만져 보았다. 그것은 절단기, 멍키스패너, 렌치, 드라이버, 해머, 수도꼭지, 펌프 종짓굽, 크고 작은 나사, T자관, U자관 그리고 줄톱 들이었다. 쇠로 된 것들뿐이었다. 모두 난장이를 닮아 보였다. 난장이를 닮은 이 도구들도 난장이가 잠잘 시간에는 벽돌공장의 굴뚝 밑에 놓여 숨을 죽일 것이다. 난장이 식구들도 모두 숨을 죽이고 잠잘 테니까. 바람이 부는 밤에는 방죽의 잔물결 소리가 숨을 죽이고 잠자는 난장이네 뜰 앞까지 들릴 것이다. 바람이 센 날은 모두 불안에 떨 것이다. 그들이 편안한 잠을 청하기엔 벽돌공장의 굴뚝이 너무 높다. 동네에서 한 걸음이라도 나오면 난장이에게는 또 다른 위험이 있다. 그 위험은 여러 종류이다. 난장이에게 이 세상은 안전한 곳이 못 된다. 그래서 그런 일이 일어났을까? 난장이가 일을 다 끝내고 도구들을 하나하나 부대에 쓸어 담을 때 그 사나이가 온 것이다. 앞니가 부러진 사나이, 팔에 벌거벗은 여자의 문신을 새겨 넣은 그 펌프집 사나이가. 그는 거짓말처럼 한 발로 대문을 걸어차고 들어왔다. 그리고 깜짝 놀라며 고개를 돌리는 난장이의 얼굴을 찰싹 갈겼다. 난장이의 얼굴은 뒤로 획 돌아갔다. 바로 돌리자 이번에는 반대쪽을 갈겼다. 난장이는 코피를 흘리며 주저앉았다. 무서운 일이었다. 신애는 숨이 콱 막히는 것을 느끼며 난장이를 끌어안았다. 왜 이래요, 당신 뭐예요, 신애가 외쳤다. 사나이는 신애의 팔을 잡아끌었다. 신애는 어이없이 옆으로 끌려 나가며 쓰러졌다. 사나이는 난장이를 한 손으로 잡아 올렸다. 이번에는 주먹으로 가슴을 쿵쿵 쥐어박더니 두 손으로 번쩍 들어던졌다. 난장이는 바싹 마른 나무 등걸처럼 마당 가운데로 나가떨어졌다. 죽은 것 같았다. 그런데 죽지 않고 꿈틀거렸다. 사나이는 한 마리의 벌레를 다루듯 난장이를 다루었다. 그는 난장이의 배 위에 발을 얹었다. 그리고 너 왜 이 동네에 와서 자꾸 기웃거리니, 안 나오는 물을 너는 어떻게 하겠다는 거야, 꼭 우물을 팔 집만 찾아다니면서 초 치는 이유가 뭐야, 아직 몸이 성해서 그렇지, 그렇지, 그렇지…… 하면서 난장이의 배를 짓밟았다. 난장이의 얼굴은 피범벅이 되었다. 숨 몇 번 쉴 사이에 일어난 일이었다. 신애는 사나이가 난장이를 죽인다고 생각했다. 사나이는 이제 난장이의 옆구리를 걷어찼고, 난장이는 두 번 몸을 굴리더니 자벌레처럼 움츠러들었다. 신애는 난장이를 살려야 했고, 그래서 뛰었다. 한걸음에 마루로 뛰어올라 부엌으로 들어갔다. 그녀는 큰 칼과 생선칼을 집어 들었다. 어린 아들이 풀무질을 하는 동안 대장장이가 수많은 담 금질, 수없이 많은 망치질을 하여 만들었을 큰 칼과, 칼자루를 잡 으면 정말 무서운 생각이 드는 길이 삼십이 센티미터의 날카로운 생선칼을 그녀는 들었다. 아랫니와 윗니가 딱딱 마주치며 소리를 냈다. 신애는 사나이를 죽일 생각이었다. 단숨에 다시 마루로 뛰어 올라 마당으로 내려섰다. 그리고 죽어, 죽어, 하면서 생선칼로 사 나이의 옆구리를 찔렀다. 사나이는 외마디 소리를 내며 난장이에 게서 떨어졌다. 생선칼은 사나이의 살을 뚫고 들어가 내장에 치명 적인 상처를 줄 수도 있었다. 사나이는 운이 좋았다. 난장이에게서 빨리 떨어졌기 때문에 칼은 빗나갔다. 옆구리에서 빗나간 생선칼 은 사나이의 팔에 빨간 줄을 그었을 뿐이다. 사나이는 피가 흐르기 시작한 팔을 손으로 감싸며 뒷걸음쳤다. 그는 겁을 먹고 있었다. 죽어, 죽어, 하면서 칼을 휘두르는 신애에게서 무서운 살기를 느꼈 던 것이다. 사나이는 팔을 휘저었다. 그러나 그의 힘은 너무나 단 순한 것이어서 신애의 공격을 당해 낼 수 없었다. 그는 몸을 홱 돌 려 밖으로 뛰어나갔다. 신애는 대문을 닫아걸고 칼을 든 두 손을 힘없이 내렸다. 몸을 반쯤 일으킨 난장이가 보고 있었다. 두 사람 은 침묵을 지켰다. 신애는 인공조명을 받고 있는 닭장 속의 닭들을 생각했다. 달걀 생산을 늘리기 위해 사육사들이 조명장치를 해놓 은 사진을 어디에선가 보았다. 닭장 속의 닭들이 겪는 끔찍한 시련 을 난장이도, 저도, 함께 겪고 있다고 생각했다. 다만 알을 낳는 닭 과는 달리 난장이와 자기는, 생리적인 리듬을 흩트려 놓고 고통을 줄 때 거기에 얼마나 적응할 수 있을까, 그리고 어느 정도에서 병리 증상을 일으키게 될까 하는 실험용으로 사용되고 있다는 생각뿐이었다. 피범벅이 된 난장이와 칼 든 두 손을 힘없이 내리고 서 있는 신애를 뒷집 여자가 담 너머로 보고 있었다. 앞집 여자도 창문으로 내다보고 있었다. 신애의 시선과 마주치자 두 여자는 목을 움츠리며 안으로 들어갔다.

"아저씨."

신애가 말했다.

"어떠세요? 괜찮으시죠? 자, 괜찮다고 말씀해 보세요."

"네, 괜찮습니다."

난장이가 말했다. 피범벅이 된 그의 얼굴은 어느 사이에 통통 부어올라 있었다. 그는 터진 입술로 웃어 보이려고 애썼다. 끈질긴 생명이었다. 약한 몸 어디에 끔찍한 시련을 이겨 내는 힘이 감추어져 있을까 놀랄 정도였다. 이때까지 그와 그의 식구들은 더러운 동네, 더러운 방, 형편없는 식사, 무서운 병, 육체적인 피로, 그리고 여러 모양의 탈을 쓰고 눌러 오는 갖가지 시련을 잘도 극복해 왔다.

난장이는 도구들을 다시 부대에 쓸어 담았다. 앞뒷집 여자들이 숨어서 보고 있지만 않았다면 신애는 왁 울음을 터뜨렸을 것이다.

"아저씨."

신애는 낮게 말했다.

"저희들도 난장이랍니다. 서로 몰라서 그렇지, 우리는 한편이

64

에요."

그녀는 피 묻은 생선칼을 새로 단 수도꼭지 밑에 놓았다.

지금, 그 생선칼을 보고 딸애가 놀라고 있었다. 딸애는 낮에 일어난 일들을 알 리가 없다. 이야기해 준다고 해도 아직은 제대로 이해하지 못할 것이다. 그것은 아주 복잡한 것이다. 딸애가 제일 어려워하는 연립방정식의 풀이과정이나 화학의 원소기호보다도 복잡하고, 또 판이하게 다른 것이다.

신애는 딸애가 들고 있는 생선칼을 빼앗아 옆으로 밀어 놓았다. 그리고 말했다.

"자, 그 양동이를 이리 주렴."

"엄마, 아직 열한 시밖에 안 됐어요."

딸애가 말했다.

"제가 받아 놓고 잘 테니까 들어가 주무세요."

"아니다. 오늘밤부터는 일찍 받게 될 거다."

"수도국 사람들이 왔었어요?"

"그들은 받을 돈을 계산할 때 말고는 결코 오는 법이 없단다."

"그럼 어떻게 아세요."

"조금만 기다려라."

그녀는 심호흡을 했다.

난장이의 얼굴이 떠올랐다.

"엄마, 왜 그래요?"

"실은 수도꼭지를 새로 달아 봤다. 땅 위로 나온 이 꼭지는 이제 먹통이야. 진짜는 이 밑에 있단다."

"그럼 물이 잘 나온대요?"

"네 생각은 어떠냐?"

"잘 모르겠어요."

"다른 집 사람들은 일찍 받을 수 있다는 그의 말을 믿지 않더구나."

"그가 누구예요?"

"그런 사람이 있어."

"좋은 사람?"

"그래, 좋은 사람이야."

신애는 다시 무릎을 꿇고 허리를 굽혔다. 그렇게 엎드린 자세로 딸애가 가져온 양동이를 새 꼭지 밑에 놓았다. 몸이 거꾸로 박힐 것 같았다. 제발, 하느님…… 신애는 떨리는 손으로 수도꼭지를 틀었다.

꾸르륵꾸르륵하는 소리가 파이프를 타고 왔다. 수도꼭지를 끝까지 틀었다.

쪼르륵, 물소리가 들렸다.

파이프를 타고 온 물은 양동이 안으로 흘러 떨어졌다.

"정말! 벌써 나오잖아요!"

앞뒷집의 텔레비전은 밤이 깊어 가는 줄도 몰랐다. 딸애가 따라 엎드리며 뭐라고 소리치고 있었다. 그러나 신애의 귀에는 수돗물 소리 이외에는 아무 소리도 들리지 않았다.

우주여행

윤호는 서가의 책들을 한 권 한 권 뽑아 갔다. 남자아이들은 왜 여자아이라면 사족을 못 쓰고, 여자아이들은 또 남자아이라면 왜 사족을 못 쓰는지 알 수 없었다. 지금까지 함께 잤던 몇몇 여자아이들과의 일이 떠오르자 구역질이 날 것 같았다. 윤호는 그 아이들을 좋아하지 않았다. 그래서 그런지 끝이 좋았던 기억이 하나도 없다. 늘 울고 싶은 마음뿐이었다. 여자아이들은 윤호를 아주 약한 아이로 기억하고 있을지도 모를 일이다. 아무러하든 그것은 지금의 윤호와는 상관이 없었다.

책장을 펴 볼 때마다 곰팡이 냄새가 났다. 한결같이 두껍고 무거워 팔이 아팠다. 그러나 이제 시작에 불과하다는 것을 윤호는 알았다. 권총은 수백 권의 책 중 제일 마지막 것에 들어 있을 수도 있기 때문이다. 윤호는 사다리를 옮겨 놓고 다음 칸을 뒤지기 시작했다. 갑자기 지섭의 얼굴이 떠올랐다. 지섭이 쫓겨 나간 다음부터 윤호는 길을 잘못 들었다. 아버지는 그것을 몰랐다.

윤호는 지섭을 좋아했다. 지섭에게는 아무것도 없었다. 집도 없고, 부모도 없고, 형제도 없고, 소속 단체도 없고, 학교도 없고, 친구도 없었다. 그런데도 그는 자유롭지 못한 사람이었다. 윤호는 처음에 그 이유를 알 수 없었다. 이러한 지섭을 집으로 데려온 사람이 아버지였다. 윤호와 누나는 아버지가 거지를 데려왔다고 생각했다. 아버지의 차에서 내린 그의 차림은 말이 아니었다. 유월의 햇볕이 따갑게 느껴질 때였는데 그는 두꺼운 겨울옷을 입고 있었다. 그것도 다 낡아 못 입게 된 옷이었다.

"학생, 전화 왔어요."

"없다고 그러세요."

"누나예요."

"없다고 그러라니까요."

"받아 봐요. 집에 있는 걸 알아요. 거기서 받으면 될 걸 왜 그래요."

윤호는 할 수 없이 사다리에서 내려왔다.

"무슨 얘기야?"

"시험 잘 봤니?"

"할 말만 해."

"예비고사야 잘 봤겠지. 나 늦게 들어갈 것 같아. 아버지 들어오시면 말씀 잘 드려."

"거기 어디야?"

"끊는다."

"옆에 있는 새낀 누구지?"

"뭐라구?"

윤호는 권총을 찾기 위해 다시 사다리 위로 올라갔다.

"아버진 미쳤어. 어디서 저런 거지를 데려왔지? 저게 네 가정교사란다."

누나가 말했었다.

"너, 저 사람 옆에 가까이 가지 마. 냄새가 날 거야. 그리고 이도 옮을지 몰라. 꼴에 큰 가방은 또 뭘까?"

"가서 받아 줘야겠어."

"그만둬."

"난 저 사람이 마음에 드는데."

"뭐!"

"마음에 들어. 아버지가 모처럼 좋은 선생님을 모셔 오셨어."

"너도 미쳤구나. 다 미쳤어."

아버지가 지섭을 내쫓는 데 누나의 의견도 많은 참작이 되었다. 누나는 첫날부터 지섭을 나쁘게 생각했다. 지섭은 누나가 좋아할 어떤 한 면도 갖고 있지 못했다. 그는 미남도 아니었고 몸도 좋지 못했다. 그런 데다 그가 갖고 있는 생각은 높은 선반에 얹혀 있는 형상이라 그것을 내려 보여 주기 전에는 누나가 그것들을 알 리가 없었다. 그는 처음부터 누나를 무시했다. 누나는 예쁜 편이었다. 몸도 좋았다. 미끈한 다리, 하얀 팔, 볼록한 가슴, 크고 검은 눈──그리고 누구나 생각하게 하는 얇은 옷 속의 탄력. 그러나 쓸데없는 일이었다.

지섭은 누나를 결코 여자로 본 적이 없었다. 마찬가지로 누나도 지섭을 남자로 본 적이 없었다. 중요한 것은 윤호가 지섭을 좋아한다는 사실이었다. 그는 윤호가 물어 보는 이외의 것을 가르치기 위해 책상 앞에 앉아 본 적이 없다. 그는 『일만 년 후의 세계』라는 책을 읽었다. 날마다 그 책 하나만 읽었다. 윤호는 그 책에 대해 별로 알려고 하지 않았다. 일만 년 후의 세계가 어떻게 되든 윤호와는 상관이 없었다. 몇 달 후의 대학입학시험이 문제였다. 시험에 주어지는 문제는 어려운 것들이다. 모든 과목이 다 어렵다.

윤호가 이 어려운 과목들과 싸워 이겨야 하는 까닭이 있다. 윤호는 A대학교 사회 계열에 합격해야 하기 때문이다. 전국에서 이십오만 명이 대학에 가려고 한다. 전국의 대학 정원은 육만 명 정도이다. 얼른 생각하면 사 대 일 정도의 경쟁을 치러 이기면 되는 것 같다. 그러나 알고 보면 사정은 아주 다르다.

윤호가 가야 할 A대학 사회 계열의 정원은 오백삼십 명이다. 전국에서 제일 우수한 학생들이 머리를 싸매고 덤빈다. 윤호는 오백 대 일의 싸움에서 이겨야 한다. 아버지가 원하는 싸움이었다. 처음에는 잘될 것 같았다. 지섭이 있었기 때문이다. 그는 윤호가 공부하는 동안 『일만 년 후의 세계』를 읽었다. 윤호는 지섭을 믿었다. 그는 A대학 법학과 사학년 재학 중에 쫓겨났다. 쫓겨난 이유를 윤호는 몰랐다.

"말해 봐요."

"뭘?"

"형은 어떻게 됐어요?"

"내 생각을 말했더니 누가 뒤에서 쇠망치로 때렸다. 나는 넘어졌다."

"그게 무슨 말이에요?"

윤호는 그때 너무 모르는 것이 많았다. 일 년 전의 윤호는 아이와 마찬가지였다. 지섭은 윤호 할아버지 친구의 손자이다. 그 할아버지들은 벌써 전에 돌아갔다. 지섭의 할아버지는 십 년 이상 고향을 떠나 살았다. 밖에서의 생활은 끔찍했다. 바람에 날아가는 썩은 조밥을 먹고, 밤에는 얼음 속에서 추위와 싸웠다. 그는 풀을 찧어 그 풀물에 염색한 무명 한 겹 군복을 입고 살았다. 그는 날마다 사람들이 죽는 것을 보았다. 그는 일본 군인을 죽였다. 십 년 이상 바람 찬 땅에서 그가 쫓기며 싸워 얻은 것은 아무것도 없었다. 그는 고향으로 돌아갔다.

"애야!"

어머니가 말했다.

"애야, 헌병이 온다. 너를 잡으러 헌병들이 온다."

"어머니, 그냥 여기 있게 해주세요."

"그래, 나도 지쳤다."

그는 꼭 한 번 잡혔었다. 그들은 제일 먼저 그에게 물을 먹였다. 그의 배는 큰북처럼 불러 올랐다. 물 때문에 질식할 것 같았다. 그들은 하룻밤에 수십 가지의 고문을 가했다. 그의 온몸은 피투성이가 되었다. 뼈는 부서졌다. 그들이 그를 고문대에서 풀어 놓았을 때 그의 입에서는 물이 솟아올랐다. 그들은 그의 부러진 다리에 쇠사슬을 걸어 감방에 넣었다. 끝난 것이 아니었다. 간수까지 고문에 합세했다. 간수는 감방 안에 있는 벌레들을 쓸어 모아 그의 알몸 위에 쌓아 올렸다.

헌병들은 달랐다. 그의 고향집 문을 박차고 들어오면서 마구 총을 쏘아 대었다. 그는 밖으로 나돌아 다니느라고 아들을 가르치지 못했다. 그 아들의 아들인 지섭은 할아버지가 뭘 원했는지 몰랐다.

그를 윤호는 좋아했다.

"나는 도도새다."

지섭이 말했었는데, 윤호는 이렇게 근사한 말을 들어 본 적이 없었다.

"형, 도도새는 어떤 새지?"

"십칠 세기 말까지 인도양 모리셔스섬에 살았던 새다. 그 새는 날개를 사용할 생각을 하지 않았다. 그래서 날개가 퇴화했다. 나중엔 날 수가 없게 되어 모조리 잡혀 멸종당했다."

윤호에게 지섭은 의미 없는 말은 한마디도 안 하는 사람이었다. 그는 윤호가 학교에 간 동안 개천 건너 빈민촌에 가 살다시피 했다. 윤호네 집 삼층 다락방에서는 방죽가에 다닥다닥 붙어 있는 무허가 건물들이 보였다. 벽돌공장의 굴뚝도 보였다. 그 동네에서 지섭은 우주인을 만났다고 나중에 말했다. 윤호는 웃었다. 지섭은 끈질긴 사람이었다. 그는 우주인과 그 가족을 만나게 해주겠다면서 윤호를 끌고 나갔다.

큰 달이 방죽 한가운데 떠 있었다. 어린아이들이 이 집 저 집에서 울어 대었다. 그 동네에선 아주 이상한 냄새가 났다. 누가 방죽 한가운데로 작은 나무배를 저어 나갔다. 윤호는 발밑에 쓰러져 있는 술 취한 사람들을 밟지 않기 위해 다섯 번이나 껑충껑충 뛰었다. 난장이네 집은 바로 방죽가에 있었다. 바람에 밀린 잔물결이 난장이네 좁은 마당 끝에 와 찰싹거렸다. 난장이는 그 마당에 앉아 그의 공구들을 손질했다. 절단기, 멍키스패너, 플러그 렌치, 드라이버, 해머, 수도꼭지, 펌프 종짓굽, 크고 작은 나사, T자관, U자관, 줄톱 들이 난장이의 공구였다. 모두 쇠로 된 것들뿐이었다.

달빛 아래에서 이 공구들은 난장이를 닮아 보였다. 난장이 옆에서 난장이의 아들은 라디오를 고치고 있었다. 그는 라디오가 고장나 방송통신고교의 강의를 받지 못했다. 난장이의 딸은 팬지꽃이 피어 있는 두어 뼘 꽃밭가에서 줄 끊어진 기타를 쳤다. 난장이와 그의 아들딸이 사용하는 것은 모두 '최후의 시장'에서 나왔다.

난장이의 부인은 인형집에서 일했다. 소녀 인형에 치마를 입히는 것이 그녀의 일이었다. 종일 백 개의 인형에 백 벌의 치마를 지어 입히고 와 늦은 저녁밥을 지었다. 두 홉 보리쌀을 씻어 안쳐 끓이고 그 위에 여섯 개의 감자를 까 넣었다. 난장이와 그의 식구들은 조각마루에 앉아 저녁식사를 했다. 그들은 보리밥과 삶은 감자를 먹고 검은 된장에 시든 고추를 찍었다. 조각마루 끝에서 지섭이 종이 한 장을 집어 들었다. 그것을 윤호에게 주었다. 윤호는 '재개발사업 구역 및 고지대 건물 철거 지시'라는 제목의 철거 계고장을 한 자 한 자 뜯어 읽었다.

난장이와 그의 식구들은 말 한마디 없었다. 이 집 저 집에서 여전히 아이들이 울어 대었다. 이상한 냄새도 여전히 났다.

그날 밤 윤호는 공부를 하지 않았다. 지섭도 책을 읽지 않았다. 그는 처음으로 달나라의 생활에 대해 이야기했다. 달은 순수한 세계이며 지구는 불순한 세계라고 했다. 그래서 윤호는 인간이 달을 개조한다고 해도 그곳에 갈 이주자들은 불모의 황무지에 살게 될 것이라고 책을 통해 알게 된 것들을 이야기했다. 그곳 환경은 단조롭고, 일상생활은 권태로울 것이다. 거추장스러운 우주복을 입지 않으면 기지 밖으로 나갈 수 없다. 옷이 조금이라도 찢어지면 생명을 잃는다. 시계를 잘못 보아도 마찬가지다. 시계가 틀리면 산소가 떨어진 것을 몰라 죽게 된다. 그리고 삼백쉰네 시간, 즉 지구 시간으로 십사 일 동안이나 밤이 계속된다.──그런데 지섭은 고개를 저었다. 그때만 해도 윤호는 너무 모르는 것이 많았다. 그래서 사실에만 충실했다. 지섭은 미소 머금은 얼굴로 대기권 밖에서의 천체 관측에 대해 이야기했다.

그는 달에 세워질 천문대에서 일할 사람은 행복할 것이라고 말했다. 그에게 달은 황금색의 별세계였다. 그는 지상에서 일어나는 일들은 너무나 끔찍하다고 했다. 그의 책에 의하면 지상에서는 시간을 터무니없이 낭비하고, 약속과 맹세는 깨어지고, 기도는 받아들여지지 않는다. 눈물도 보람 없이 흘려야 하고, 마음은 억눌리고 희망도 이루어지지 않는다. 제일 끔찍한 일은 갖고 있는 생각 때문에 고통을 받는 일이다. 지섭은 다시 도도새의 이야기를 하려다가 입을 다물었다. 그날 밤 윤호는 우주인이 창 밑에 와 유리문을 두드리는 꿈을 꾸었다. 벽돌공장의 굴뚝 위에 올라가 종이비행기를 날리는 난장이의 꿈도 꾸었다. 다음 날 학교 수업을 어떻게 받았는지 생각이 나지 않았다.

윤호는 사다리 위에서 잠깐 쉬었다 떠나는 지섭을 보지 못했다. 윤호는 운전기사가 뒤쪽 시트에 묻어 있는 피를 씻어 내는 것을

76

보았다. 가정부가 현관 앞 보도 타일에 묻은 피를 씻어 내는 것도
보았다.

"창녀!"

윤호는 사다리 위에서 혼자 말했다.

"잘됐어."

누나는 수돗물에 씻겨 내려가는 보도 타일 위의 피를 보며 말했
었다.

"너를 위해서 잘됐어. 아버지가 들어오셔서 쫓아냈어."

"왜?"

"왜냐구?"

누나는 말했었다.

"네 공부를 망쳐 놓았잖아."

"형이? 그따위 말이 어디 있어!"

"시끄러워. 너는 아무것도 모르면서 만날 큰소리야. 그 사람은
감옥에까지 갔던 사람이야."

"그게 내 공부와 무슨 상관이야?"

"이 피를 봐."

"그만둬, 이 창녀야!"

"어마!"

"그 형에 대해 다신 이야기하지 마. 놈팡이와 붙을 생각만 하는
머리로 뭘 안다구 떠들어."

그해의 대학입시에서 윤호는 보기 좋게 떨어졌다. 처음부터 A대

학 사회 계열은 무리였다. 아버지는 덮어놓고 A대학 사회 계열이었다. 지섭을 쫓아낸 아버지는 전문가들을 집으로 초청해 윤호를 가르치게 했다. 그들은 차례로 자가용을 몰고 와 윤호 앞에서 시간을 채우고 다른 수험생 집으로 또 차를 몰아 갔다. 아버지는 아무것도 몰랐다. 영어, 수학, 국어 담당 전문가들에게 매달 이십만 원씩 육십만 원을 지불하면서 윤호의 학력이 눈에 띄게 늘어 가는 줄만 알았다. 율사답지 못했다. 그는 책 속에 권총을 숨겨 두었다. 그의 비서가 피 흘리는 지섭을 차에 밀어 넣었다. 운전기사가 지섭을 어디에 내려놓고 왔는지 아무도 몰랐다. 철거반이 난장이네 집 북쪽 벽부터 부수기 시작했을 때 지섭이 그곳에 가 무슨 일을 했는지도 아무도 몰랐다. 그는 피를 흘리며 돌아왔다. 윤호는 전문가들의 지도를 받을 때 이미 떨어질 것을 알았다. 공부를 하는 것은 윤호 자신이었다. 윤호의 희망은 B대학 사학과였다. 아버지는 윤호의 등을 한 번 탁 치면서 남자 자식이 절망하면 안 된다고 말했다. 실패는 다음의 성공을 위한 밑거름이라고도 했다.

윤호는 삼층 다락방에서 스팀 소리를 들으며 눈 덮인 벌판을 내다보았다. 난장이네 동네는 사라지고 없었다. 윤호는 사다리를 옮겨 놓고 다음 칸을 뒤지기 시작했다. 그는 다시 "창녀"라고 혼자 말했다. 누나가 이 시간에 어디서 무슨 짓을 하고 있는지 상상할 수 있었다. 율사의 권총은 좀처럼 나오지 않았다. 윤호는 스스로 자기는 이제 어린아이가 아니라고 생각했다. 그는 재수 생활을 했다. 아버지는 윤호를 전혀 새로운 동아리에 밀어 넣었다. 선택받은 동아리였다. 낮에는 세종로에 있는 학원에 나가 강의를 받고, 밤에는 한강가 십층 꼭대기 칠십 평 아파트에서 특수 지도를 받는 동아리였다. 인규는 모르는 것이 없는 아이였다. 그 아이는 작은 악마처럼 윤호에게 다가왔다.

"너도 끼겠니?"

인규가 물었다.

"뭔데?"

"동물의 생태를 연구하는 클럽이야. 컬러슬라이드를 이백 장이나 입수했어."

"무슨 말인지 모르겠다. 동물의 생태가 어떻다구?"

"와 보면 알아. 오지?"

"생각 좀 해보구. 너 도도새에 대해 들어 본 적 있니?"

"계집애들도 와."

"도도새에 대해 들어 본 적 없어?"

"그만둬. 새 따위는 나오지도 않는다구."

인규는 지섭과 정반대의 인물이었다. 그는 일요일 밤 아파트 거실에 모인 동아리들 틈에서 자기과시를 위해 큰 소리로 떠들어 대었다. 일요일에는 수업이 없었다. 교사들은 오지 않았다. 인규의 부모는 아들의 수업 진도를 알아 보기 위해 한 달에 두 번 비행기를 타고 부산에서 서울로 왔다. 가정부는 아이들이 무슨 짓을 하는지 몰랐다. 여자아이들은 거실에서 콜라를 마셨다. 남자아이들은 맨 끝방으로 들어갔다. 윤호는 한 아이가 작은 상자의 뚜껑을 열고 코를 대는 것을 보았다. 그 아이는 한참 냄새를 맡고 뒤로 벌렁 누웠다. 인규가 환등기를 조작했다. 불을 껐다. 아이들은 숨을 죽였다. 상자 속에는 솔벤트가 들어 있었다. 다른 아이가 그 통을 빼앗아 가슴에 안고 얼굴을 들이밀었다.

인규는 거짓말을 하지 않았다. 천연색 슬라이드였다. 그것은 덴마크 제품이었다. 아주 놀라운 사진이었다. 그러나 윤호는 끝까지 볼 수 없었다. 거실로 나와 가방을 들었을 때 여자아이 하나가 따라 일어섰다. 윤호는 엘리베이터 안에서 처음으로 은희를 보았다. 그들 동아리에서 제일 맑고 깨끗한 아이였다.

"아, 알았다."

하고 윤호가 말했다.

"갑자기, 뭘?"

"네가 시험에서 떨어진 이유를 알았어."

"말해 봐."

"우주인이 왔었어. 그가 네 답안지를 훔쳐 가 버렸어."

"어마! 그랬었구나."

은희는 웃지 않고 말했다.

"그런데 그 우주인이 왜 내 답안지를 훔쳐 갔을까?"

엘리베이터의 문이 열려 윤호는 말하지 않았다. 은희가 저희 차를 향해 걸어갈 때 윤호는 말했다.

"우주인은……"

은희가 섰다.

"내가 떨어질 것을 미리 알고 있었어."

은희는 잠깐 생각하고, 처음으로 미소를 지어 보였다. 그리고 저희 차를 향해 걸어갔다. 윤호는 지섭에게 은희 이야기를 들려주고 싶었다. 은희는 아주 예뻤다. 윤호는 단지 은희를 만나기 위해 학원에 가고 그 아파트 십층에 간다고 생각했다. 그렇지 않다면 벌써 전에 때려치웠을 것이라고 생각했다. 학원 강사와 밤에 오는 전문가들은 터무니없이 돈을 벌고 있었다. 매주 토요일 밤에는 대학 강사들이 나왔다. 그들은 선택받은 재수 동아리들이 무엇을 어떻게 공부하는지 조사했다. 방향이 틀렸으면 그것을 지적하고 새로운 방향을 제시해 주었다. 그들은 문제를 낼 교수들이 어느 분야에 특히 관심을 두고 있고, 그들의 문제 양식은 어떠하며 이러이러한 문제는 언제 나왔고, 내년도 입시에는 이런 문제가 나올 것이라고 짚어 주었다. 윤호는 한 해를 그들 틈에서 보냈다. 지섭은 거기에 없었다. 은희만 있었다.

윤호는 마음이 놓이지 않았다. 그래서 사다리에서 내려왔다. 그는 아래층으로 내려갔다.

"아줌마."

그는 가정부를 불렀다.

"미숙이 어디 갔어요?"

"시골에서 저희 어머니가 올라왔대요. 열 시까지 들어오겠다고 했어요."

"그럼 아줌마도 나갔다 와요. 아이들이 엄마를 보고 싶어 하지 않아요?"

"다음에 갈래요."

"갔다 오세요. 아까 누나는 늦게 들어온다고 했어요. 아버지도 늦게 들어오시든가, 호텔에서 주무시든가 할걸요. 중요한 일이 있어서 날마다 회의 중이세요. 텔레비전 뉴스 봤죠?"

"혼자, 괜찮겠어요?"

그러나 인규가 있었다. 인규는 작은 악마였다. 그 아이는 정말 모르는 것이 없었다. 일요일 오후에는 조명이 어두운 술집에 갔다.

시끄러운 음악이 고막을 찢을 듯한 술집이었다. 그는 윤호가 마음에 걸리는 모양이었다. 그래서 끌어들이려고 했다. 인규는 다른 아이들과 마찬가지로 앉아서 춤을 추었다. 테이블 밑으로 맞은편에 앉아 있는 여자아이들의 무릎이 와 닿았다. 아이들은 열심히 무릎을 비비대었다. 윤호는 그곳에 오래 앉아 있을 수가 없었다. 맞은편의 여자아이가 포도주를 권했다. 인규가 그 아이를 잡고 귓속말을 했다. 윤호는 일어섰다. 그 여자아이가 따라 나오면서 팔짱을 끼었다. 여자아이는 윤호의 몸에 자기 몸을 찰싹 대었다. 윤호는 그날 밤 그 아이와 잤다. 지섭이 있었다면 이야기를 했을 것이다. 난장이의 딸은 팬지꽃이 피어 있는 두어 뼘 꽃밭가에서 줄 끊어진 기타를 쳤다. 인규는 좋아했다. 윤호는 외등이 없는 어두운 골목으로 들어가 작은 호텔을 이용했다. 다른 여자아이들과 잘 때도 같은 호텔을 이용했다. 복도와 계단에 흠이 난 빨간 카펫이 깔려 있었다. 인규는 윤호를 끌어들였다고 생각했다.

"이번에도 우주인이 올까 봐 겁이 나."

은희는 윤호의 변화를 알고 있었다.

"와서 내 답안지를 또 훔쳐 가지 않을까?"

"이제 그런 이야긴 그만둬."

윤호는 말했었다.

"넌 내가 무슨 짓을 했는지 알고 있지?"

"응."

"넌 까딱없어."

"바로 말해 줘."

"내 손가락을 봐. 난 여자아이들과 잤다구."

"안다니까."

"너 도도새에 대해 들어 본 적 있니? 그 새는 날개를 사용하지 않았다구. 그래서 퇴화했어. 나중에 날 수가 없게 되어 멸종당했어. 나는 그 도도새야. 불쌍하지만 너도 그래. 우린 중요한 것만 골라 배반하는 쓰레기들 속에서 살고 있어."

"내가 묻는 말에나 대답해 줘. 이번에도 우주인이 와서 내 답안지를 훔쳐 가지 않을까?"

"넌 까딱없다니까."

"넌?"

"난 사람을 찾고 있어. 지섭이 형과 형의 친구인 난장이야. 넌 나의 꿈이 무엇인지 모르지?"

"그래, 난 몰라. 난 아무것도 몰라."

윤호는 다시 사다리 위로 올라가 책을 뽑았다. 혼자였다. 마음이 놓였다. 은희를 생각하자 가슴이 미어지는 것 같았다. 윤호가 여자아이들과의 일을 이야기했을 때 은희는 눈물이 글썽글썽해졌다. 윤호가 참을 수 없는 것은 인규가 다른 여자아이들과 접촉하면서 은희를 생각하는 것이었다. 그는 천연색 슬라이드를 보면서도 은희를 생각했을 것이다. 그러면서도 인규는 은희를 어떻게 하지 못했다. 그는 은희 아버지의 지위를 생각하고, 용렬하게도 일이 나쁘게 풀렸을 때 그것이 자기 아버지와 자기에게 미칠 영향을 생각했다. 인규가 조금이라도 순수한 면을 지녔다면 윤호는 그를 용서했을지도 모른다. 아버지는 아무것도 몰랐다. 아버지가 지섭을 쫓아냈을 때부터 윤호는 길을 잘못 들었다. 예비고사를 며칠 앞두고 전문가들로부터 마지막 점검을 받았다. 아무도 예비고사를 간단하게 생각하지 않았다. 대학입학 자격고사인 예비고사가 그 성적 반영도에 따라 대학별 선발고사의 성격까지 띠었기 때문이다. A대학도 예비고사 성적을 삼십 퍼센트나 반영했다. 그 일은 예비소집일에 시작되었다. 인규와 고사장이 같았다. 둘은 대각선으로 앉아야 했다.

"넌 날 나쁘게 생각하면 안 돼."

인규가 말했다. 윤호는 인규가 진지한 표정으로 말하는 것을 처음 대했다.

"난 네가 은희와 어떤 사이인지 알고 있어."

"말해."

"내가 은희를 좋아한다는 건 너도 알지?"

"말해."

"네가 잴 건 하나도 없어. 내가 은희를 좋아해서 너희들에게 좋을 건 없잖아?"

"대답할까?"

"간단히 말하자. 깨끗이 물러날 테야. 그 대신 네가 나를 좀 도와줘."

"뭘?"

"자리 봤지? 우린 내일 대각선으로 앉게 돼. 문제 배열이 똑같은 시험지야. 너의 팔로 시험지를 가리지 마. 그리고 오시알 카드에 답을 기입하기 전에 ㉮㉯㉰㉱ 중 맞는 것에 ○표를 해줘. 시험지에 말이야. 팔로 시험지를 가리지만 않으면 돼. 그 이상의 협조는 바라지도 않아."

윤호에게는 할 말이 없었다. 난장이의 아들은 고장 난 라디오를 고치고 있었다. 그것은 '최후의 시장'에서 사 온 것이었다.

전화가 울었다. 윤호는 사다리에서 내려왔다. 망설이다가 수화기를 들었다. 아버지가 바빠서 오늘밤 호텔에서 주무신다는 비서의 전화겠지 했다. 예상은 빗나갔다. 은희였다. 윤호는 순간적으로 목이 메었다. 가슴 안 뜨거운 것이 목을 타고 올라왔다.

"여보세요, 여보세요."

은희가 말했다. 윤호는 수화기를 놓았다. 그리고 의자에 주저앉았다. 아버지의 장식용 책들을 아직 반도 보지 못했다. 빨리 권총을 찾지 않으면 안 된다고 윤호는 생각했다. 다시 전화가 울었다. 윤호는 받지 않았다. 윤호는 사다리를 밀어 버렸다. 키 위의 책들을 마구 뽑았다. 그중의 한 권에서 권총이 나왔다. 그 책은 세계사 전집 뒤쪽 공간에 몇 권의 책과 함께 아주 자연스럽게 놓여 있었다. 아버지는 면도칼로 책 한가운데를 파고 그 안에 권총을 넣었다. 아주 작은 것이었다. 윤호는 탄창 안에 든 총알을 확인했다. '이제 곧 끝난다'고 그는 생각했다.

흐트러뜨린 책들을 제자리에 꽂아 놓고 불을 껐다. 거실로 나갈 때 초인종이 울렸다. 윤호는 우뚝 서서 그 소리를 들었다. 그 소리는 그칠 줄 몰랐다. 다른 방법이 없었다. 윤호는 울고 싶었다. 은희는 너무나 예뻤다. 작년 예비고사일에도 눈이 내렸다. 은희의 머리와 외투 위에 눈이 쌓여 있었다. 윤호는 주머니 속에 든 권총을 만졌다.

"꼭 오 분만 앉아 있다가 가."

윤호는 말했다.

"이게 네 방이야?"

은희가 물었다. 은희는 여자만이 갖는 직감으로 윤호에게는 어머니가 없었구나 생각했다. 은희는 창밖을 내다보는 윤호 옆으로 다가갔다.

"걱정하지 마. 나 혼자 왔어."

은희는 말했다.

"오 분 됐어."

"시험 잘 쳤지?"

"그만 가, 은희야."

"아이들은 인규네 아파트에 갔을 거야. 난 네가 거기 안 갈 걸 알았어. 네가 나를 피하는 이유를 말하기 전엔 안 갈 테야."

"가."

"싫어."

"안 가면 널 죽일 거야."

"마음대로 해."

"농담이 아냐."

하면서 윤호는 권총을 꺼냈다. 윤호는 은희의 가슴을 겨냥했다.

"그랬었구나!"

은희는 아주 낮게 말했다.

"너는 몰라."

윤호가 말했다.

"나는 인규가 원하는 대로 해줬어."

"인규가 뭘 원했는데?"

"너를."

"그런 이야긴 그만둬."

"너를 포기할 테니까 답을 가르쳐 달라고 했어. 오늘 그대로 해줬어."

은희는 잠깐 동안 말을 못 했다.

"그 총 치워."

하고 은희가 말했다.

"그 더러운 총을 제발 치워."

은희는 눈물이 글썽했다. 윤호는 팔을 내렸다.

"오 분 지났어. 그만 가. 그리고 우주인이 네 답안지를 훔치러 오지 않을까 하는 걱정은 하지 마. 너는 까딱없어. 나는 포기했어. 인규도 대학에 못 가. 나는 나의 오시알 카드에 인규의 이름과 인규의 수험번호를 썼어."

"어마! 그러면 어떻게 되지?"

"키스트에 가서 컴퓨터한테 물어봐."

"그럼 둘 다 불합격이야?"

윤호는 잿더미가 내려앉듯 주저앉았다. 그는 권총을 은희에게 내밀었다. 은희가 그것을 받았다.

"나를 쏴."

윤호는 말했다.

"네가 찾아오지 않았다면 벌써 끝났을 거야. 이젠 책임을 져야돼. 그렇지만 내가 아주 죽는 거로 믿지 마. 달나라에 가서 할 일이 많아. 여기서는 무엇 하나 이룰 수가 없어. 지섭이 형이 책에서 읽었던 대로야. 시간을 터무니없이 낭비하고, 약속과 맹세는 깨어지고, 기도는 받아들여지지 않아. 여기서 잃은 것들을 그곳에 가서 찾아야 돼. 자, 망설이지 말고 쏴."

윤호는 눈물을 줄줄 흘리며 울었다. 은희가 겨냥한 총 끝을 그는 보았다.

"그럼 나를 위해서 한 가지만 도와줘."

하고 은희가 말했다.

"우주인을 만나면 내 답안지를 훔쳐 가지 말라고 해."

은희의 눈에도 눈물이 괴었다. 윤호는 온몸의 힘을 잃었다.

"이제 쏴."

다시 말했다.

은희는 권총을 든 채 외투의 단추를 풀었다. 그리고 그 안 원피스의 지퍼를 내렸다. 권총을 책상 위에 놓고 팔을 내리자 알몸이 되었다. 그녀는 어머니처럼 다가가 눈물로 범벅이 된 윤호의 얼굴을 가슴과 두 팔로 감싸 안았다. 지섭이 그날 난장이네 집에 가서 무슨 일을 했는지 윤호는 몰랐다. 난장이와 그의 식구들은 조각마루에 앉아서 저녁식사를 했다. 그들은 말 한마디 없었다. 윤호는 지난 이 년 동안 자기가 무엇을 잘못했을까 생각했다. 그러나 아무 것도 알아낼 수 없었다.

난장이가 쏘아올린 작은 공

1

사람들은 아버지를 난장이라고 불렀다. 사람들은 옳게 보았다. 아버지는 난장이였다. 불행하게도 사람들은 아버지를 보는 것 하나만 옳았다. 그 밖의 것들은 하나도 옳지 않았다. 나는 아버지, 어머니, 영호, 영희 그리고 나를 포함한 다섯 식구의 모든 것을 걸고 그들이 옳지 않다는 것을 언제나 말할 수 있다. 나의 '모든 것'이라는 표현에는 '다섯 식구의 목숨'이 포함되어 있다. 천국에 사는 사람들은 지옥을 생각할 필요가 없다. 그러나 우리 다섯 식구는 지옥에 살면서 천국을 생각했다. 단 하루도 천국을 생각해 보지 않은 날이 없다. 하루하루의 생활이 지겨웠기 때문이다. 우리의 생활은 전쟁과 같았다. 우리는 그 전쟁에서 날마다 지기만 했다. 그런데도 어머니는 모든 것을 잘 참았다. 그러나 그날 아침 일만은 참기 어려웠던 것 같다.

"통장이 이걸 가져왔어요."

내가 말했다. 어머니는 조각마루 끝에 앉아 아침식사를 하고 있었다.

"그게 뭐냐?"

"철거 계고장이에요."

"기어코 왔구나!"

어머니가 말했다.

"그러니까 집을 헐라는 거지? 우리가 꼭 받아야 할 것 중의 하나가 이제 나온 셈이구나!"

어머니는 식사를 중단했다. 나는 어머니의 밥상을 내려다보았다. 보리밥에 까만 된장, 그리고 시든 고추 두어 개와 조린 감자.

나는 어머니를 위해 철거 계고장을 천천히 읽었다.

낙 원 구

주택: 444,1——   197×. 9. 10.
수신: 서울특별시 낙원구 행복동 46번지의 1839 김불이 귀하
제목: 재개발사업 구역 및 고지대 건물 철거 지시

귀하 소유 아래 표시 건물은 주택개량 촉진에 관한 임시 조치법에
따라 행복 3구역 재개발 지구로 지정되어 서울특별시 주택개량 재
개발사업 시행조례 제15조, 건축법 제5조 및 동법 제42조의 규정
에 의하여 197×. 9. 30.까지 자진 철거할 것을 명합니다. 만일 위
기일까지 자진 철거하지 않을 경우에는 행정대집행법의 정하는 바
에 의하여 강제 철거하고 그 비용은 귀하로부터 징수하겠습니다.

철거 대상 건물 표시
서울특별시 낙원구 행복동 46번지의 1839
구조   건평   평
                    끝
                              낙 원 구 청 장

어머니는 조각마루 끝에 앉아 말이 없었다. 벽돌공장의 높은 굴뚝 그림자가 시멘트 담에서 꺾어지며 좁은 마당을 덮었다. 동네 사람들이 골목으로 나와 뭐라고 소리치고 있었다. 통장은 그들 사이를 비집고 나와 방죽 쪽으로 걸음을 옮겼다. 어머니는 식사를 끝내지 않은 밥상을 들고 부엌으로 들어갔다. 어머니는 두 무릎을 곧추세우고 앉았다. 그리고 손을 들어 부엌 바닥을 한 번 치고 가슴을 한 번 쳤다. 나는 동사무소로 갔다. 행복동 주민들이 잔뜩 몰려들어 자기의 의견들을 큰 소리로 말하고 있었다. 들을 사람은 두셋밖에 안 되는데 수십 명이 거의 동시에 떠들어 대고 있었다. 쓸데없는 짓이었다. 떠든다고 해결될 문제는 아니었다.

나는 바깥 게시판에 적혀 있는 공고문을 읽었다. 거기에는 아파트 입주 절차와 아파트 입주를 포기할 경우 탈 수 있는 이주보조금 액수 등이 적혀 있었다. 동사무소 주위는 시장 바닥과 같았다. 주민들과 아파트 거간꾼들이 한데 뒤엉켜 이리 몰리고 저리 몰리고 했다. 나는 거기서 아버지와 두 동생을 만났다. 아버지는 도장포 앞에 앉아 있었다. 영호는 내가 방금 물러선 게시판 앞으로 갔다. 영희는 골목 입구에 세워 놓은 검정색 승용차 옆에 서 있었다. 아침 일찍 일들을 찾아 나섰다가 철거 계고장이 나왔다는 소리를 듣고 돌아온 것이었다. 누군들 이런 날 일을 할 수 있을까. 나는 아버지 옆으로 가 아버지의 공구들이 들어 있는 부대를 둘러메었다. 영호가 다가오더니 나의 어깨에서 그 부대를 내려 옮겨 메었다. 나는 아주 자연스럽게 그것을 넘겨주면서 이쪽으로 걸어오는 영희를 보았다. 영희의 얼굴은 발갛게 상기되어 있었다. 몇 사람의 거간꾼이 우리를 둘러싸고 아파트 입주권을 팔라고 했다. 아버지가 책을 읽고 있었다. 우리는 아버지가 책을 읽는 것을 처음 보았다. 표지를 쌌기 때문에 무슨 책을 읽는지도 알 수 없었다. 영희가 허리를 굽혀 아버지의 손을 잡아끌었다. 아버지는 우리들의 얼굴을 물끄러미 쳐다보더니 자리를 털고 일어났다. "난장이가 간다"고 처음 보는 사람들이 말했다.

어머니는 대문 기둥에 붙어 있는 알루미늄 표찰을 떼기 위해 식칼로 못을 뽑고 있었다. 내가 식칼을 받아 반대쪽 못을 뽑았다. 영호는 어머니와 내가 하는 일이 못마땅한 모양이었다. 그러나 마음에 드는 일이 우리에게 일어나 주기를 바랄 수는 없는 일이었다. 어머니는 무허가 건물 번호가 새겨진 알루미늄 표찰을 빨리 떼어 간직하지 않으면 나중에 괴로운 일이 생길 것임을 알고 있었다.

어머니는 손바닥에 놓인 표찰을 말없이 들여다보았다. 영희가 이번에는 어머니의 손을 잡아끌었다.

"너희들이 놀게 되지만 않았어도 난 별걱정을 안 했을 거다."

어머니가 말했다.

"스무 날 안에 무슨 뾰족한 수가 생기겠니. 이제 하나하나 정리를 해야지."

"입주권을 팔려고 그래요?"

영희가 물었다.

"팔긴 왜 팔아!"

영호가 큰 소리로 말했다.

"그럼 아파트 입주할 돈이 있어야지."

"아파트로도 안 가."

"그럼 어떻게 할 거야?"

"여기서 그냥 사는 거야. 이건 우리집이다."

영호는 성큼성큼 돌계단을 올라가 아버지의 부대를 마루 밑에 놓았다.

"한 달 전만 해도 그런 이야길 하는 사람이 있었다."

아버지가 말했다. 어머니가 내준 철거 계고장을 막 읽고 난 참이었다.

"시에서 아파트를 지어 놨다니까 얘긴 그걸로 끝난 거다."

"그건 우릴 위해서 지은 게 아녜요."

영호가 말했다.

"돈도 많이 있어야 되잖아요?"

영희는 마당가 팬지꽃 앞에 서 있었다.

"우린 못 떠나. 갈 곳이 없어. 그렇지 큰오빠?"

"어떤 놈이든 집을 헐러 오는 놈은 그냥 놔두지 않을 테야."

영호가 말했다.

"그만둬."

내가 말했다.

"그들 옆엔 법이 있다."

아버지 말대로 모든 이야기는 끝나 버린 것이나 마찬가지였다.

마당가 팬지꽃 앞에 서 있던 영희가 고개를 돌렸다. 영희는 울고 있었다. 어렸을 때부터 영희는 잘 울었다. 그때 나는 말했다.

"울지 마, 영희야."

"자꾸 울음이 나와."

"그럼, 소리를 내지 말고 울어."

"응."

그러나 풀밭에서 영희는 소리를 내어 울었다. 나는 손으로 영희의 입을 막았다. 영희의 몸에서는 풀 냄새가 났다. 개천 건너 주택가 골목에서는 고기 굽는 냄새가 났다. 나는 그것이 고기 굽는 냄새인 줄 알면서도 어머니에게 묻고는 했다.

"엄마, 이게 무슨 냄새야?"

어머니는 말없이 걸었다. 나는 다시 물었다.

"엄마, 이게 무슨 냄새지?"

어머니는 나의 손을 잡았다. 어머니는 걸음을 빨리하면서 말했다.

"고기 굽는 냄새란다. 우리도 나중에 해 먹자."

"나중에 언제?"

"자, 빨리 가자."

어머니는 말했다.

"너도 공부를 열심히 하면 좋은 집에 살 수 있고, 고기도 날마다 먹을 수 있단다."

"거짓말!"

어머니의 손을 뿌리치면서 내가 말했다.

"아버지는 나쁜 사람이야."

어머니가 우뚝 섰다.

"너 방금 뭐라고 했니?"

"우리 아버지는 나쁜 사람이야."

"너 매 좀 맞아야겠구나. 아버지는 좋은 분이다."

"나도 주머니가 달린 옷을 입고 싶어."

"빨리 가자."

"엄마는 왜 우리들 옷에 주머니를 안 달아 주지? 돈도 넣어 주지 못하고, 먹을 것도 넣어 줄 게 없어서 그렇지?"

"아버지에 대해 말을 막 하면 너 매 맞을 줄 알아라."

"아버지는 악당도 못 돼. 악당은 돈이나 많지."

"아버지는 좋은 분이다."

"알아."

나는 말했다.

"수백 번도 더 들었어. 그렇지만 이젠 속지 않아."

"엄마, 큰오빠는 말을 안 들어."

영희는 부엌문 앞에 서서 말했다.

"엄마 몰래 또 고기 냄새 맡으러 갔었대. 나는 안 갔어."

어머니는 아무 말이 없었다. 나는 영희를 흘겨보았다. 영희는 또 말했다.

"엄마, 큰오빠가 고기 냄새 맡으러 갔었다고 말했더니 때리려고 그래."

영희는 좀처럼 울음을 그치지 못했다. 나는 영희의 입에서 손을 떼었다. 영희를 풀밭으로 끌고 들어간 것이 잘못이었다. 영희를 때려 주고 나는 후회했다. 귀여운 영희의 얼굴은 눈물로 젖었다. 우리는 그때 주머니 없는 옷을 입고 있었다.

아버지는 철거 계고장을 마루 끝에 놓고 책을 읽었다. 우리는 아버지에게서 무엇을 바라지는 않았다. 아버지는 그동안 충분히 일했다. 고생도 충분히 했다. 아버지만 고생을 한 것이 아니다. 아버지의 아버지, 아버지의 할아버지, 할아버지의 아버지, 그 아버지의 할아버지——또——대대로 거슬러 올라간다. 그들은 아버지보다 더 심한 고생을 했을 수도 있다. 나는 공장에서 이상한 매매 문서가 든 원고를 조판한 적이 있다. 그 내용의 일부를 짜기 위해 나는 열심히 손을 놀렸다. "婢 金伊德(비 김이덕)의 한 소생 奴 今同 庚寅生(노 금동 경인생), 奴 今同의 양처 소생 奴 金今伊 丁卯生(노 김금이 정묘생), 奴 今同의 양처 소생 奴 德水 己巳生(노 덕수 기사생), 奴 今同의 양처 소생 奴 存世 辛未生(노 존세 신미생), 奴 今同의 양처 소생 奴 永石 癸酉生(노 영석 계유생), 奴 金今伊의 양처 소생 奴 鐵壽 丙戌生(노 철수 병술생), 奴 金今伊의 양처 소생 奴 今山 戊子生(노 금산 무자생)." 나는 그때 이것이 무엇인지 몰랐다. 그 판을 짜고 다음 판을 짜 나가다 겨우 알았다. 노비 매매 문서의 한 부분이었다. 나는 열흘 동안 같은 책을 조판했다. 그 열흘 동안 나는 아버지와 아무 말도 하지 않았다. 어머니하고도 이야기를 하지 않았다. 나는 어머니의 어머니, 어머니의 할머니, 할머니의 어머니, 그 어머니의 할머니 들이 최하층의 천인으로서 무슨 일을 해 왔는지 알고 있었다. 어머니라고 달라진 것은 없었다. 마음 편할 날 없고, 몸으로 치러야 하는 노역은 같았다. 우리의 조상은 세습하여 신역을 바쳤다. 우리의 조상은 상속, 매매, 기증, 공출의 대상이었다. 어느 날 어머니는 나에게 말했다.

"너희들은 엄마를 잘못 두어 이 고생이다. 아버지하고는 상관이 없단다."

어머니는 장남인 나에게만 말했다. 외할머니에게 들은 말을 나에게 전한 것이었다. 천 년을 두고 우리의 조상은 자손들에게 이 말을 남겼다. 그러나 나는 알고 있었다. 아버지도 씨종의 자식이었다.

할아버지의 아버지 대에 노비제는 사라졌다. 증조부 내외분은 아무것도 몰랐다. 나중에서야 해방을 맞았다는 것을 알았으나 두 분이 한 말은 오히려 "저희들을 내쫓지 마십시오"였다. 할아버지는 달랐다. 할아버지는 유습에서 벗어나려고 했다. 늙은 주인은 할아버지에게 집과 땅을 주었다. 그러나 쓸데없는 일이었다. 모르는 면에서는 할아버지나 증조부나 같았다. 증조부 대까지는 선조들이 살아온 경험이 도움이 되었으나 할아버지 대에는 그것이 도움을 주지 못했다. 할아버지에게는 어떤 교육도 없었고 경험도 없었다. 할아버지는 집과 땅을 잃었다.

"할아버지도 난장이였어?"

언젠가 영호가 물었다.

나는 영호의 머리를 쥐어박았다.

좀 큰 영호는 말했다.

"왜 지난 일처럼 쉬쉬하는 거야? 변한 것이 없는데 우습지도 않아?"

나는 가만있었다.

영희는 손수건을 꺼내 두 눈에 대었다 떼었다. 아버지는 계속 책을 읽었다. 어머니는 뒷집 명희 어머니와 이야기하고 있었다.

"얼마에 파셨어요?"

"십칠만 원 받았어요."

"그럼 시에서 주겠다는 이주보조금보다 얼마 더 받은 셈이죠?"

"이만 원 더 받았어요. 영희네도 어차피 아파트로 못 갈 거 아네요?"

"무슨 돈이 있다구!"

"분양 아파트는 오십팔만 원이구 임대 아파트는 삼십만 원이래요. 거기다 어느 쪽으로 가든 매달 만오천 원씩 내야 된대요."

"그래 입주권을 다들 팔고 있나요?"

"영희네도 서두르세요."

어머니는 괴로운 얼굴로 서 있었다. 어머니를 명희 어머니가 다그쳤다.

"저희는 내일이라도 떠날 준비가 돼 있어요, 영희네가 돈을 해준다면. 집이야 도끼질 몇 번이면 무너질 테구."

영희의 눈에 다시 눈물이 괴었다. 커도 마찬가지였다. 계집애들은 잘 울었다. 내가 영희 옆으로 다가갔을 때 영희는 장독대 바닥을 가리켰다. 장독대 시멘트 바닥에 "명희 언니는 큰오빠를 좋아한다"고 쓰여 있었다. 집을 지을 때 남긴 낙서였다. 영희가 웃었다. 우리에게는 그때가 제일 행복했다. 아버지와 어머니가 도랑에서 돌을 져 왔다. 그것으로 계단을 만들고, 벽에는 시멘트를 쳤다. 우리는 아직 어려 힘드는 일을 못 했다. 그래도 할 일이 많았다. 우리는 며칠 동안 학교에 가지 않았다. 하루하루가 즐거웠다. 처음 보는 사람들이 하루에도 몇 차례씩 떼를 지어 동네를 돌았다. 그때만은 더러운 옷을 입은 어린아이들도 울음을 그쳤다. 윽박지르는 주인의 기세에 눌린 개들도 짖기를 멈추고 뒤로 물러섰다. 온 동네가 조용해졌다. 갑자기 평화스러워져 어안이 벙벙할 정도였다. 나는 우리 동네에서 풍기는 냄새가 창피했다. 그들은 아버지에게 허리를 굽혀 인사했다. 그들과 악수할 때 아버지는 발뒤꿈치를 들었다. 아버지가 어떤 자세를 취했건 상관이 없었다. 난장이 아버지가 우리들에게는 거인처럼 보였다.

"너 봤지?"

내가 물었다.

영호가 고개를 끄덕였다.

"나도 봤어."

영희가 말했다.

그때 아버지에게 허리를 굽혀 인사한 사람은 개천에 다리를 놓고 도로를 포장하고, 우리 동네 건물을 양성화하겠다고 말했다. 우리는 어른들을 따라 크게 크게 손뼉을 쳤다. 다음 사람은 앞사람이

다리를 놓고 도로를 포장하겠다고 하니 구청장으로 보내고, 자기는 이러이러한 나랏일을 하겠으니 그 일을 하게 해달라고 말했다. 어른들은 또 손뼉을 쳤다. 우리도 따라 쳤다. 커서까지 나는 그때 일을 종종 생각하고는 했다. 두 사람의 인상은 아주 진하게 나의 머릿속에 남았다. 나는 그들을 증오했다. 그들은 거짓말쟁이였다. 그들은 엉뚱하게도 계획을 내세웠다. 그러나 우리에게 필요한 것은 계획이 아니었다. 많은 사람이 이미 많은 계획을 내놓았다. 그런데도 달라진 것은 없었다. 설혹 무엇을 이룬다고 해도 그것은 우리와는 상관이 없었을 것이다. 우리가 필요로 하는 것은 우리의 고통을 알아주고 그 고통을 함께 져 줄 사람이었다.

"그런 사람이 또 있겠니!"

어머니가 말했다.

"누구 말씀이세요?"

영호가 물었다.

"명희 엄마 말이다. 얼마나 고마우냐. 십오만 원을 대줘 건넌방 전셋돈을 빼줬잖니."

"영희 엄마."

명희 어머니는 담 너머에서 말했다.

"섭섭하게 생각하지 말아요."

"그럼요."

어머니가 말했다.

"어떻게든 해드릴 테니 걱정 마세요."

"그 돈이 보통 돈이우."

"알고 있어요. 명희 생각을 하면 가슴이 미어져요."

나도 마찬가지였다.

"명희 언니."

영희가 소리쳐 불렀었다.

"놀러 와. 우리집에 놀러 와."

"새집이라 좋지?"

"응."

"네가 장독대에 써 놓은 거 지우지 않으면 너희 집에 놀러 가지 않을 거야."

"지울 수가 없어."

"왜?"

"세멘이 굳어져서 못 지워."

"그럼 난 안 가."

영희는 몹시 실망하는 눈치였다. 그러나 나는 명희를 만났다. 그 때는 방죽 오른쪽은 숲이었다. 거기 앉아 있으면 숲 사이로 인쇄공장의 불빛이 보였다. 그곳 노동자들은 밤중에도 일을 했다.

"네가 약속하면 허락할 테야."

명희가 말했다.

"무슨 약속?"

내가 물었다.

"넌 저 공장에 나가면 안 돼."

"미쳤어? 난 저따위 공장엔 안 나가."

"정말이다? 약속했어."

"그래, 약속했어."

"그럼, 만져 봐."

명희는 나에게 가슴을 맡겼다. 아주 작은 가슴이었다.

"네가 처음이야."

명희가 말했다.

"내 가슴을 만져 본 사람은 너밖에 없어."

나는 왼팔로 명희의 어깨를 안고 오른손으로 그 애의 가슴을 만졌다. 동그스름한 가슴이 따뜻했다.

"아무에게도 말하면 안 돼."

명희가 속삭이듯 말했다. 그 애의 입김이 귀밑에 느껴졌다.

"말 안 할게."

"동생들한테도 말하지 마."

"말 안 해."

"네가 비밀을 지키고, 아까 한 약속을 지키면 네가 하고 싶은 대로 하게 해줄 테야."

"정말이지?"

"정말이야."

"지금 다른 데 만지면 안 되니?"

그런데 명희는 만날 때마다 힘이 없어 보였다. 어떤 때는 정신없이 가만히 앉아만 있었다.

"왜 그러니?"

나는 걱정이 되었다.

"너 어디 아프니?"

"아니."

"그럼 왜 그래?"

"우리집 밥은 먹기가 싫어."

"왜?"

"질렸어."

"그럼 넌 죽어."

"죽고 싶어."

"명희야, 난 저따위 공장엔 안 나갈 거야. 공부를 해서 큰 회사에
나갈 테야. 약속해."

"배가 고파."

작은 명희가 웃으며 말했다.

"뭐가 먹고 싶니?"

내가 물었다.

명희는 나의 손을 잡았다. 그 애는 나의 손가락을 하나하나 짚어
가며 말했다.

"사이다, 포도, 라면, 빵, 사과, 계란, 고기, 쌀밥, 김."

명희는 나의 손가락 하나를 마저 짚지 못했다. 그때의 명희에게
는 그 이상의 것은 필요하지 않았을 것이다. 그 명희가 자라면서
다방 종업원이 되고, 고속버스 안내양이 되고, 골프장 캐디가 되었

다. 그 애가 어느 날 핼쑥해진 얼굴로 집에 돌아왔다. 그 애로서는 마지막 인사였다. 어머니는 명희가 집에 올 때마다 배가 불러 있었다고 나중에 말했다. 명희는 음독자살 예방센터에서 숨을 거두었다. "싫어! 엄마! 싫어!" 독약 기운에 빠져 명희는 소리쳤다. 성장한 명희는 마지막 순간에 어렸을 적 일들 속을 헤매었을 것이다. 그 애가 남긴 예금통장에 십구만 원이 들어 있었다.

"십오만 원이에요."

명희 어머니가 말했다.

"우선 건넌방 사람들을 내보내세요."

어머니는 돈을 받아 들었다. 아무 말도 못 했다.

"헐릴 집이라는 걸 알면서 세 들어올 사람이 있겠어요?"

"그래서 그래요."

"모진 소리 더 듣지 말고 우선 나가겠다는 사람은 내보내세요."

"이게 어떤 돈인데!"

"명희 언니는 큰오빠를 좋아했어."

영희가 말했다.

"큰오빠도 알았지?"

"그만둬."

영희가 기타를 쳤다. 나는 벽돌공장 굴뚝 위에 떠 있는 달을 보았다. 나의 라디오는 고장이 났다. 며칠 동안 나는 방송통신고교의 강의를 받지 못했다.

나는 명희와의 약속을 지킬 수 없었다. 중학교 삼학년 초에 학교를 그만두었다. 더 이상 나갈 수 없었다. 아버지와 어머니는 내가 공부를 계속하기를 바랐다. 그러나 밀어줄 힘이 없었다. 자세히 보면 아버지는 같은 또래의 사람들보다 많이 늙어 보였다. 우리 식구들밖에 모르는 일이었다. 아버지의 신장은 백십칠 센티미터, 체중은 삼십이 킬로그램이었다. 사람들은 이 신체적 결함이 주는 선입관에 사로잡혀 아버지가 늙는 것을 몰랐다. 아버지는 스스로 황혼기에 접어들었다는 체념과 우울에 빠졌다. 실제로 이가 망가져 잠을 못 이루는 밤이 많았다. 눈도 어두워지고 머리의 숱도 많이 빠졌다. 의욕은 물론 주의력과 판단력도 줄었다. 아버지가 평생을 통해 해온 일은 다섯 가지이다. 채권 매매, 칼 갈기, 고층건물 유리 닦기, 펌프 설치하기, 수도 고치기이다. 이 일들만 해온 아버지가 갑자기 다른 일을 하겠다고 했다. 서커스단의 일이었다. 아버지는 처음 보는 꼽추 한 사람을 데리고 와 여러 가지 이야기를 했다. 처음 얼마 동안은 그의 조수로 일하면 된다고 했다. 두 사람은 자기들이 무대 위에서 해야 할 연기에 대해 이야기했다. 그러자 어머니가 아버지에게 대들었다. 우리들도 아버지를 성토했다. 아버지는 힘없이 물러섰다. 꼽추는 멍하니 앉아 우리를 보았다. 꼽추는 눈물이 핑 돌아 돌아갔다. 그의 뒷모습은 아주 쓸쓸해 보였다. 아버지의 꿈은 깨어졌다. 아버지는 무거운 부대를 메고 일을 찾아 나갔다. 그날 저녁이었다.

 "얘들아!"

어머니가 우리를 불렀다.

"아버지의 음성이 이상해지셨어."

"왜 그러세요?"

내가 물었다. 아버지는 아무 말 안 했다.

"약방엘 다녀와야겠다."

어머니가 봉당으로 내려섰다.

"백반을 사 와."

아버지가 말했다. 아버지의 목소리 같지 않았다. 아주 짧은 혀가 안으로 말려드는 소리를 냈다. 어머니가 히비탄 트로키라는 약을 사 왔다.

"백반은 안 나오고 이게 더 좋은 약이래요. 이걸 빨아 잡수세요."

아버지는 말없이 약을 받아 입에 넣었다. 아버지는 그 일 이후 말을 잘 안 했다. 혀가 안으로 말려든다고만 했다. 잠을 잘 때는 혀를 이로 물었다.

"아버지는 너무 지치셨다."

어머니가 말했다.

"알겠니? 이젠 아버지를 믿지 마라. 너희들이 아버지 대신 일해야 한다."

어머니가 울었다. 어머니는 인쇄소 제본공장에 나가 접지 일을 했다. 고무 골무를 끼고 인쇄물을 접었다. 나는 겁이 났다. 나는 인쇄소 공무부 조역으로 출발했다. 땀을 흘리지 않고는 아무것도 얻을 수 없다는 것을 뒤늦게 알았다. 명희는 나를 만나 주지 않았다. 아주 쌀쌀했다. 영호와 영희도 몇 달 간격을 두고 학교를 그만두었다. 마음이 차라리 편해졌다. 우리를 해치는 사람은 없었다. 우리는 보이지 않는 보호를 받고 있었다. 남아프리카의 어느 원주민들이 일정한 구역 안에서 보호를 받듯이 우리도 이질 집단으로서 보호를 받았다. 나는 우리가 이 구역 안에서 한 걸음도 밖으로 나갈 수 없다는 것을 깨달았다. 나는 조역, 공목, 약물, 해판의 과정을 거쳐 정판에서 일했다. 영호는 인쇄에서 일했다. 나는 우리가 한 공장에서 일하는 것이 싫었다. 영호도 마찬가지였다. 그래서 영호는 먼저 철공소 조수로 들어가 잔심부름을 했다. 가구공장에서도 일했다. 그 공장에 가 일하는 영호를 보았다. 뽀얀 톱밥 먼지와 소음 속에 서 있는 작은 영호를 보고 나는 그만두라고 했다. 인쇄공장의 소음도 무서운 것이었으나 그곳에는 톱밥 먼지가 없었다. 우리는 죽어라 하고 일했다. 우리의 팔목은 공장 안에서 굵어 갔다. 영희는 그때 큰길가 슈퍼마켓 한쪽에 자리 잡은 빵집에서 일했다. 우리가 고맙게 생각한 것은 환경이 깨끗하다는 것 하나뿐이었다. 영희는 하늘색 빵집 제복을 입고 일했다. 영호와 나는 유리창 밖에서 영희가 일하는 것을 보았다. 영희는 예뻤다. 사람들은 영희가 난장이의 딸이라는 것을 믿지 않으려고 했다. 우리는 무슨 일이 있든 공부는 해야 한다고 생각했다. 공부를 하지 않고는 우리 구역에서 벗어날 수가 없다고 생각했다. 세상은 공부를 한 자와 못 한 자로 너무나 엄격하게 나누어져 있었다. 끔찍할 정도로 미개한 사회였다. 우리가 학교 안에서 배운 것과는 정반대로 움직였다. 나는 무슨 책이든 손에 잡히는 대로 읽었다. 정판에서 식자로 올라간 다음에는 일을 하다 말고 원고를 읽는 버릇까지 생겼다. 동생들에게 필요하다고 느껴지는 것은 판을 들고 가 몇 벌씩 교정쇄를 내기도 했다. 영호와 영희는 나의 말을 잘 들었다. 내가 가져다준 교정쇄를 동생들은 열심히 읽었다. 실제로 우리가 이 노력으로 잃은 것은 하나도 없었다. 나는 고입 검정고시를 거쳐 방송통신고교에 입학했다.

그해 늦가을 밤 아버지는 나를 작은 나무배에 태우고 방죽 안으로 들어갔다. 아버지는 말없이 노만 저었다.

"돌아와요."

영희가 마당에서 소리쳤다.

"그 배 위험해요."

그러나 아버지는 방죽 한가운데로 노를 저어 갔다. 손을 흔드는 영희의 모습이 희미하게 떠올랐다. 나는 방죽의 물이 별빛을 받아 반짝이는 것을 보았다. 배 안으로 물이 스며들고 있었다. 우리는 언덕 위에 교회를 지을 때 나무 널빤지를 훔쳐 왔다. 영호와 나는 한밤중에 깨어 널빤지를 훔쳐 왔다. 영희는 잠자리에 들기 전에 철조망 안으로 기어 들어가 널빤지를 훔쳐 왔다. 교회 건물은 말짱했다. 그런데 우리의 배는 망가져 물이 스며들었다. 영희는 아버지를 걱정했다. 나는 수영을 할 줄 알았다. 아버지는 방죽 한가운데서 노를 세웠다. 스며든 물이 우리의 발목을 넘어 찼다. 나는 신발을 벗어서 물을 퍼냈다. 아버지가 내 신발을 빼앗았다. 아버지는 웃고 있었다.

"영수야."

아버지가 말했다.

"어제 왔던 꼽추 아저씨 생각나니?"

"언제요?"

"어제."

나는 다른 신발을 벗어서 또 물을 퍼냈다. 아버지가 다시 내 손을 막았다.

"전 모르겠어요."

내가 말했다.

"모르는 척해도 쓸데없어. 난 다 안다."

"뭘 아신단 말씀이에요?"

어제가 아니라 이미 삼 년 반 전의 일이었다. 생전 처음 보는 꼽추였다. 그런데 아버지는 말했다.

"그 아저씨와 전에도 일을 했었어. 아주 큰 바퀴를 탔었다."

"아버지, 무슨 말씀을 하시는 거예요? 그런 일이 언제 있었어요?"

"너는 장남이야. 장남인 네가 믿지 않으니까 두 동생도 믿질 않아."

"어머니도 모르시는 일이에요."

"얘야."

아버지가 말했다.

"너만은 알고 있어야 한다. 너희 어머니는 병이야. 어제 왔던 꼽추 아저씨가 또 올 거다. 나를 막지 마. 다른 일은 이제 힘이 들어

못 하겠다. 너는 내가 언제까지나 수도 파이프를 갈아 잇고, 펌프 머리를 들어 달 수 있을 거라고 믿니? 높은 건물에서 줄을 타고 내려오는 일도 할 수가 없어. 이젠 안 돼."

"아버지는 일을 안 하셔도 돼요. 저희들이 일을 하잖아요."

"누가 너희더러 일하라고 했니?"

아버지는 말했다.

"너희들은 학교에만 나가면 돼. 그게 너희들이 할 일이다."

"알았어요, 아버지."

내가 말했다.

"이제 그 신발을 주세요."

아버지는 나를 쳐다보다가 신발을 내주었다. 나는 물을 퍼냈다.

"어제 꼽추 아저씨는 나를 도와줄 생각으로 왔었어. 내일 또 올 거다. 너희들이 그 아저씨를 처음 본다는 건 말도 안 돼. 우리는 함께 일했었다. 생각나지 않니? 아예, 힘으로 나를 윽박지를 생각은 하지 마라."

"그 아저씨가 왔던 게 언제라구요?"

"어제."

"그 노를 주세요."

아버지는 세워 들고 있던 노를 나에게 주었다. 나는 말할 수 없었다. 처음 본 꼽추였다고 해도 믿지 않았을 것이다. 어제가 아니라 삼 년 반 전의 일이라고 해도 아버지는 믿지 않았을 것이다. 나는 조심스럽게 노를 저었다. 물가에 닿기 전에 배는 가라앉았다.

나는 아버지를 안고 수초 사이를 헤쳐 나갔다. 우리는 물에 젖어 온몸을 떨고 있는 아버지를 어머니에게 맡겼다. 아버지를 어머니 이상으로 간호할 사람은 이 세상에 없었다.

"아버지는 병이세요."

내가 말했다.

"닥쳐라!"

어머니가 말했다.

"언제나 알아듣겠니! 아버지는 지쳐서 그런 거야."

그해 겨울을 아버지는 방 안에서 났다. 나는 배를 끌어내 말뚝에 다 매었다. 날이 추워지자 울안으로 끌어 들였다. 그날 밤 방죽이 얼었다.

밤에 명희 어머니가 또 왔다.

"영희 엄마."

명희 어머니가 말했다.

"조금만 기다려 보세요. 입주권이 자꾸 올라요. 아침에 십칠만 원 했던 게 십팔만오천 원으로 뛰었어요. 우리는 괜히 먼저 팔아 가지고 손해만 봤어요."

"저런!"

"만오천 원이나!"

어머니는 낮에 떼어 놓았던 알루미늄 표찰을 종이로 쌌다. 그것을 철거 계고장과 함께 옷장 안에 넣었다.

"영희야."

어머니가 불렀다.

"아버지 어디 가셨니?"

"모르겠어요."

"영호야."

"아까 아무 말씀 없이 나가셨어요."

"영희야, 큰오빠는 어디 있니?"

"방에 있어요."

"아버지가 어딜 가셨을까?"

어머니의 목소리가 불안해졌다.

"얘들아, 아버지를 찾아봐라."

나는 아버지가 놓고 나간 책을 읽고 있었다. 그것은 『일만 년 후의 세계』라는 책이었다. 영희는 온종일 팬지꽃 앞에 앉아 줄 끊어진 기타를 쳤다. '최후의 시장'에서 사 온 기타였다. 내가 방송통신고교의 강의를 받기 위해 라디오를 사러 갈 때 영희가 따라왔었다. 쓸 만한 라디오가 있었다. 그런데 영희가 먼지 속에 놓인 기타를 들어 퉁겨 보는 것이었다. 영희는 고개를 약간 숙이고 기타를 쳤다. 긴 머리에 반쯤 가려진 옆얼굴이 아주 예뻤다. 영희가 치는 기타 소리는 영희에게 아주 잘 어울렸다. 나는 먼저 골랐던 라디오를 살 수 없었다. 좀 더 싼 것으로 바꾸면서 영희가 든 기타를 가리켰다. 그 라디오가 고장이 나고 기타는 줄이 하나 끊어졌다. 줄 끊어진 기타를 영희는 쳤다. 나는 아버지가 무슨 생각을 하고 있는지 알 수 없었다. 『일만 년 후의 세계』라는 책을 아버지는 개천 건너 주택가에 사는 젊은이에게서 빌렸다. 그의 이름은 지섭이었다. 지섭은 밝고 깨끗한 주택가 삼층집에서 살았다. 지섭은 그 집 가정교사였다. 아버지와 그는 서로 통하는 데가 있었다. 지섭이 하는 말을 나는 들었었다. 그는 이 땅에서 우리가 기대할 것은 이제 없다고 말했다.

"왜?"

아버지가 물었다.

지섭은 말했다.

"사람들은 사랑이 없는 욕망만 갖고 있습니다. 그래서 단 한 사람도 남을 위해 눈물을 흘릴 줄 모릅니다. 이런 사람들만 사는 땅은 죽은 땅입니다."

"하긴!"

"아저씨는 평생 동안 아무 일도 안 하셨습니까?"

"일을 안 하다니? 일을 했지. 열심히 일했어. 우리 식구 모두가 열심히 일했네."

"그럼 무슨 나쁜 짓을 하신 적은 없으십니까? 법을 어긴 적 없으세요?"

"없어."

"그렇다면 기도를 드리지 않으셨습니다. 간절한 마음으로 기도를 드리지 않으셨어요."

"기도도 올렸지."

"그런데 이게 뭡니까? 뭐가 잘못된 게 분명하죠? 불공평하지 않으세요? 이제 이 죽은 땅을 떠나야 합니다."

"떠나다니? 어디로?"

"달나라로!"

"얘들아!"

어머니의 불안한 음성이 높아졌다. 나는 책장을 덮고 밖으로 뛰어나갔다. 영호와 영희는 엉뚱한 곳을 찾아 헤매고 있었다. 나는 방죽가로 나가 곧장 하늘을 쳐다보았다. 벽돌공장의 높은 굴뚝이 눈앞으로 다가왔다. 그 맨 꼭대기에 아버지가 서 있었다. 바로 한 걸음 정도 앞에 달이 걸려 있었다. 아버지는 피뢰침을 잡고 발을 앞으로 내밀었다. 그 자세로 아버지는 종이비행기를 날렸다.

2

나는 방죽가 풀숲에 엎드려 있었다. 온몸이 이슬에 젖어 축축했다. 조금만 움직이면 잡초에 맺힌 이슬방울이 나의 몸에 떨어졌다. 한밤을 나는 방죽가 풀숲에 엎드려 새웠다. 아무것도 볼 수 없었다. 어둠이 조금씩 뒷걸음질쳐 가기 시작했다. 마지막 밤을 '우리의 집'에서 보내지 못했다는 아픔이 목을 타고 올라왔다. 동네는 아직 깊은 잠에 빠져 있었다. 그러나 나는 더 이상 기다릴 필요가 없었다. 비행접시를 타고 온 외계인들이 영희를 태워 갔다는 소문은 터무니없는 것이었다. 나는 처음부터 그 소문을 믿지 않았다.

"얘들아!"

어머니가 말했다.

"이러고만 있으면 어떻게 할 거냐?"

"찾아봐도 없는 걸 어떻게 해요?"

내가 말했다.

나는 헐려 버린 이발관집 공터에서 주정뱅이를 만났다.

"찾아봐야 쓸데없는 일이야."

"정말 보셨어요?"

"암, 봤다니까."

주정뱅이는 말을 잘 못 했다. 그는 심하게 딸꾹질을 해댔다.

"영희를 보았다는 사람은 아저씨밖에 없어요. 그러니까 자세히 좀 말씀해 주세요."

"너희 아버지는 알고 있어."

"아버지도 모르세요."

"그럴 리가 없다. 너희 아버지가 신호를 보내서 비행접시가 왔던 거야."

더 이상 들을 필요가 없었다. 그런데도 나는 그곳에 서 있었다.

"굉장히 큰 접시였지. 그 밑에서 나온 괴물들이 영희를 끌어 올렸어, 순식간에. 나중에 알아보았더니, 그게 비행접시라는구나."

주정뱅이는 계속 딸꾹질을 해댔다.

"그만두세요."

내가 말했다.

"그럼 찾아보렴."

주정뱅이가 말했다.

"네 동생이 어디 있나 찾아봐. 있을 턱이 없지. 나는 목이 말라 잠을 깼었어. 그 시간에 잠을 깰 사람은 나밖에 없다. 그들은 영희를 태우고 순식간에 날아갔어. 머리가 몹시 크고 다리는 아주 가늘었다."

"안녕히 가세요."

내가 말했다.

"나는 아직 안 간다."

주정뱅이가 말했다.

"이것들을 마셔 버리고 가야지."

그는 구들돌 위에 쌓아 놓은 여섯 짝의 창문과 두 짝의 대문을 가리켰다. 그는 전날 지붕에서 걷어 내린 기왓장과 펌프 머리, 그리고 장독 두 개를 팔아 모두 마셔 버렸다. 우리 동네 주민들의 삼분의 이 이상이 이미 집을 헐어 버리고 떠났다. 나는 풀숲에서 몸을 일으켰다. 방죽 위 하늘의 별빛이 흐려 보였다. 날이 서서히 밝기 시작했다. 어린아이들의 울음소리가 들렸다. 나는 풀어지지도 않은 신발끈을 고쳐 매고 몇 번 껑충껑충 뛰었다. 대문을 열고 나온 형이 방죽길을 따라 걸어왔다. 두 어깨가 축 늘어져 있었다.

"힘을 내, 형."

내가 말했다.

"이건 힘으로 할 일이 아니다."

120

형이 말했다.

"그럼 뭐야? 용기야?"

형은 점심시간에 식사를 하지 않고 나를 찾아왔다. 우리는 기계실 뒤에 쪼그리고 앉아 이야기했다.

"우리가 말을 할 줄 몰라서 그렇지, 이것은 일종의 싸움이다."

형이 말했다. 형은 말을 근사하게 했다.

"우리는 우리가 받아야 할 최소한도의 대우를 위해 싸워야 해. 싸움은 언제나 옳은 것과 옳지 않은 것이 부딪쳐 일어나는 거야. 우리가 어느 쪽인가 생각해 봐."

"알아."

형은 점심을 굶었다. 점심시간이 삼십 분밖에 안 되었다. 우리는 한 공장에서 일했지만 격리된 생활을 했다. 노동자들 모두가 격리된 상태에서 일만 했다. 회사 사람들은 우리의 일 양과 성분을 하나하나 조사해 기록했다. 그들은 점심시간으로 삼십 분을 주면서 십 분 동안 식사하고 남는 이십 분 동안은 공을 차라고 했다. 우리들은 좁은 마당에 나가 죽어라 공만 찼다. 서로 어울리지 못하고 간격을 둔 채 땀만 뻘뻘 흘렸다. 우리는 제대로 쉬지도 못하고 일했다. 공장은 우리에게 일방적으로 원하기만 했다. 탁한 공기와 소음 속에서 밤중까지 일을 했다. 물론 우리가 금방 죽어 가는 상태는 아니었다. 그러나 작업환경의 악조건과 흘린 땀에 못 미치는 보수가 우리의 신경을 팽팽하게 잡아당겼다. 그래서 자랄 나이에 제대로 자라지 못하는 발육 부조 현상을 우리는 나타냈다. 회사 사람들과 우리의 이해는 늘 상반되었다. 사장은 종종 불황이라는 말을 사용했다. 그와 그의 참모들은 우리에게 쓰는 여러 형태의 억압을 감추기 위해 불황이라는 말을 이용하고는 했다. 그렇지 않을 때는 힘껏 일한 다음 노사가 공평히 나누어 갖게 될 부에 대해 이야기했다. 그러나 그가 말하는 희망은 우리에게 아무 의미를 주지 못했다. 우리는 그 희망 대신 간이 알맞은 무말랭이가 우리의 공장 식탁에 오르기를 더 원했다. 변화는 없었다. 나빠질 뿐이었다. 한 해에 두 번 있던 승급이 한 번으로 줄었다. 야간작업 수당도 많이 줄었다. 노동자들도 줄였다. 일 양은 많아지고, 작업시간은 늘었다. 돈을 받는 날 우리 노동자들은 더욱 말조심을 했다. 옆에 있는 동료도 믿기 어려웠다. 부당한 처사에 대해 말한 자는 아무도 모르게 쫓겨났다. 공장 규모는 반대로 커 갔다. 활판윤전기를 들여오고, 자동접지기계를 들여오고, 오프셋윤전기를 들여왔다. 사장은 회사가 당면한 위기를 말했다. 적대 회사들과의 경쟁에서 지면 문을 닫을 수밖에 없다고 말했다. 이것은 노동자들이 제일 무서워하는 말이었다. 사장과 그의 참모들은 그것을 알고 있었다.

그것은 생각만 해도 무서운 일이었다. 큰 공장이 문을 닫으면 수많은 노동자들은 갈 곳이 없었다. 작은 공장들이 채용할 인원은 한정되어 있다. 나는 돈도 못 벌고 놀게 될지도 모른다. 새로운 일터를 찾는다고 해도 낯선 곳이다. 작은 공장이라 작업장은 더 나쁘고 돈도 오르지 않은 채 받는 액수보다 훨씬 적을 수가 있다. 생각만 해도 끔찍한 일이다. 노동자 대부분이 어린 나이에 들어와 중요한 성장기의 삼사 년을 이 공장에서 보냈다. 익힌 기술을 빼놓으면 성장의 기반이랄 것이 없다. 우리 공원들은 우리가 아는 것만큼밖에는 사물을 이해하지 못했다. 아무도 땀으로 다진 기반을 잃고 싶어 하지 않았다. 회사 사람들은 우리가 생각하는 것을 싫어했다. 공원들은 일만 했다. 대다수 공원들이 변화가 일어날 수 없는 상태를 인정했다. 무엇 하나 일깨워 줄 사람도 없었다. 어른들도 자기의 경험을 들려줄 것이 없었다. 마음속에서는 옳은 것이 실제에서는 반대 방향으로 움직이는 것만을 그들은 보았다. 우리는 너무나 모르는 것이 많았다. 사장에게는 다행한 일이었다. 그 집 식구들은 정원 잔디를 기계로 밀어서 깎았다. 그 집 정원에서는 손질이 잘된 나무들이 밝은 햇빛을 받아 무럭무럭 자랐다. 그 집 나무들은 '나무종합병원'에서 나온 나무 의사들이 돌보았다. 나도 나무병원 앞을 지나가 본 적이 있다. 간판에 "귀댁의 나무는 건강합니까?"라고 쓰여 있었다. 그 밑에는 작은 글씨로 "병충해 구제 진단, 생리적 피해 진단, 외과 수술, 건강 유지 관리"라고 쓰여 있었다. 함께 지나던 어린 조역이 말했다. "우리집에는 나무가 없습니다. 나는 건강하지 못합니다." 우리는 배를 잡고 웃었다. 무엇이 그렇게 우스웠는지 모른다. 어린 조역은 그때 거의 날마다 코피를 흘렸다.

형은 웃옷을 벗어 나의 등에 얹어 주었다. 풀숲으로 들어선 형의 바짓가랑이도 이슬에 젖었다.

"영희를 보았다는 사람은 주정뱅이 아저씨밖에 없었어."

변명하듯 내가 말했다.

"비행접시가 내렸다는 곳이 여기야."

"그래 밤새도록 뭘 봤니?"

"형은 내가 그 아저씨 말을 믿었던 것 같아?"

"아니."

"찾아 나설 데가 있어야지."

"그만 들어가자."

"형은 영희가 왜 집을 나간 것 같아?"

"너희들 때문이야."

어머니는 말했다.

"너희들이 펑펑 놀고 있기 때문에 나갔어. 돈도 없고, 집도 없고. 모든 게 너희들 책임이야. 다른 아이들은 멀쩡하게 남아서 일을 하는데 너희들은 왜 쫓겨났니?"

"어딜 가면 꼭 말을 하고 나갔잖아? 나는 영희가 집을 나간 이유를 알 수가 없어."

"참을 수가 없었겠지."

형이 말했다.

형은 괴로운 표정을 지었다. 형은 언제나 나보다 생각이 깊었다. 아는 것도 많았다. 학교를 그만두자 더 많은 책을 읽었다. 아버지가 난장이만 아니었다면 형은 학자가 될 사람이었다. 형은 틈만 있으면 책을 읽었다. 나는 형을 위해 기계에서 돌아 나오는 인쇄물을 접어다 주고는 했다. 아주 어려운 것도 형은 참고 읽었다. 돈을 타면 헌책방에 가서 사다 읽기도 했다. 책은 형에게 무엇이든 주었다. 형은 고민하는 사나이의 표정을 종종 지어 보이고는 했다. 내가 이해할 수 없는 것들을 공책에 옮겨 적기도 했다. 형의 공책에는 다음과 같은 것들도 적혀 있었다.

"폭력이란 무엇인가? 총탄이나 경찰 곤봉이나 주먹만이 폭력이 아니다. 우리의 도시 한 귀퉁이에서 젖먹이 아이들이 굶주리는 것을 내버려 두는 것도 폭력이다. / 반대 의견을 가진 사람이 없는 나라는 재난의 나라이다. 누가 감히 폭력에 의해 질서를 세우려는가? / 십칠 세기 스웨덴의 재상이었던 악셀 옥센셰르나는 자기 아들에게 말했다. '애야, 세계가 얼마나 지혜롭지 않게 통치되고 있는지 아느냐?' 사태는 옥센셰르나의 시대 이래 별로 개선되지 않았다. / 지도자가 넉넉한 생활을 하게 되면 인간의 고통을 잊어버리게 된다. 따라서 그들의 희생이라는 말은 전혀 위선으로 변한다. 나는 과거의 착취와 야만이 오히려 정직하였다고 생각한다. / 햄릿을 읽고 모차르트의 음악을 들으면서 눈물을 흘리는 (교육받은) 사람들이 이웃집에서 받고 있는 인간적 절망에 대해 눈물짓는 능력은 마비당하고, 또 상실당한 것은 아닐까? / 세대와 세기가 우리에게는 쓸모도 없이 지나갔다. 세계로부터 고립되었기 때문에 우리는 세계에 무엇 하나 주지 못했고, 가르치지도 못했다. 우리는 인류의 사상에 아무것도 첨가하지 못했고 …… 남의 사상으로부터는 오직 기만적인 겉껍질과 쓸모없는 가장자리 장식만을 취했을 뿐이다. / 지배한다는 것은 사람들에게 무엇인가 할 일을 준다는 것, 그들로 하여금 그들의 문명을 받아들이게 할 수 있는 일, 그들이 목적 없이 공허하고 황량한 삶의 주위를 방황하지 않게 할 어떤 일을 준다는 것이다."

나는 형을 알 수가 없었다. 내가 공책을 읽는 동안 형은 고민하는 사나이의 표정을 지었다. 그야말로 의젓한, 고민하는 사나이의 얼굴이었다. 나는 웃음이 나오려는 것을 억지로 참았다. 형은 나의 무지와 어리석음을 비웃었을 것이다.

"도대체 이걸로 뭘 하겠다는 거야?"

내가 물었다.

"영호야."

아버지가 말했다.

"너도 형처럼 책을 읽어라."

"뭘 하겠다는 게 아냐."

형이 말했다.

"나는 책을 통해 나 자신을 알아보는 거야."

"이제 알겠어."

나중에 나는 말했다.

"형은 이상주의자야."

말을 하고 나는 아주 기분이 좋았다. 나도 형만큼 자랐다는 것을 알려 주고 싶었다. 다른 아이들과 달리 어려운 말을 할 수 있을 만큼 자랐다는 것을 알려 주고 싶었다. 나는 고민하는 이상주의자의 얼굴을 쳐다보았다. 기대는 어그러졌다. 형은 화가 나 있었다. 나는 그때 형이 화를 내야 하는 까닭을 알 수 없었다. 나는 나의 어리석음을 스스로 인정했다. 우리는 난장이의 아들이었다. 형은 어깨를 축 늘어뜨리고 풀숲에서 나갔다. 나는 돌멩이를 집어 방죽을 향해 던졌다. 소리 없이 물방울만 올랐다. 마당에서 나는 계속 돌멩이를 던졌다.

"영호야."

어머니가 말했다.

"그 돌멩이질은 그만두고 동회 앞에나 나가 봐라."

"가 보나 마나예요. 한 시간 전에 이십이만 원 했는데 또 올랐겠어요?"

"그래도 가 봐. 이십오만 원이면 팔겠다고 그래."

나는 다시 돌멩이를 집어 방죽을 향해 던졌다. 동사무소 앞에 사람들이 몰려 있었다. 승용차도 몇 대 서 있었다. 그곳에는 두 부류의 사람밖에 없었다. 입주권을 팔려는 사람과 사려는 사람이었다. 팔려는 사람들은 초조한 얼굴로 거간꾼들의 눈치만 보았다. 한결같이 영양이 나쁜 얼굴들이었다. 거기서는 눈물 냄새가 났다. 나는 눈물 냄새를 가슴으로 맡았다. 누가 팔을 꼈다. 영희였다. 영희는 햇볕에 발갛게 탄 얼굴을 옆으로 저어 보였다. 잠실까지 갔다 오는 길이었다. 아파트를 짓고 있는 현장 근처의 복덕방 시세도 이십이만 원이라고 했다. 이젠 더 이상 버틸 필요가 없을 것 같았다.

"작은오빠, 엄마더러 그만 팔자고 그래."

영희가 말했다.

"갑자기 내려가면 어쩌려고 그러지?"

"저에게 파세요."

웬 여자가 말했다.

"소개업자가 아녜요. 직접 입주하려고 그래요. 명의변경이 가능한 건가요?"

"물론 가능한 거죠."

내가 말했다.

"우린 표찰이 있어요."

"그 표찰이란 거 어떻게 생긴 거예요?"

"작은 알루미늄판입니다. 무허가 건물 번호가 새겨져 있어요."

"무찰은 또 뭔가요? 무찰은 값이 싸던데."

"표찰이 없는 집을 무찰이라고 그래요. 몇 년 전 무허가 건물 일제 조사 때 시에서 잘못 조사해 빠뜨렸던가, 사유지 건물로 판단, 무허가 건물 등록대장에서 빠진 겁니다."

여자는 땀을 흘리고 서 있었다. 손수건으로 땀을 찍어 내며 게시판을 가리켰다. 무허가 건물 명의변경 신청 양식이 붙어 있었다. 그 밑에는 갖추어야 할 구비서류가 적혀 있었다. "신청서 한 통, 매도자 인감 한 통, 매매계약서 사본 한 통, 인우보증서 한 통" 하고 여자가 읽었다.

"매매계약서 한 통만 쓰면 됩니다."

내가 말했다.

"철거 계고장이 나온 날짜보다 한두 달 앞서 산 거로 하면 돼요."

"그럼 정말 안전한가요?"

"아주머니 이름으로 바꾸어진다니까요. 아파트에 아주머니 이름으로 입주하게 돼요."

"그건 불법 아녜요?"

여자는 뻣뻣한 자세로 서서 땀을 찍어 냈다.

"동회에 들어가서 건설계 직원에게 물어보세요."

나는 말했다.

"왜 불법적인 일을 처리하느냐고 따져 보세요."

"이십이만 원은 비싸요. 만 원만 깎아 줄래요?"

"아주머니."

내가 말했다.

"헐릴 저희 집 같은 걸 새로 지으려면 백삼십만 원은 있어야 합니다. 저희 아버지가 평생을 일해 지은 집이에요. 우린 그걸 이십이만 원과 바꾸어야 할 입장이에요. 거기서 전세 주었던 돈 십오만원을 제하고 나면 칠만 원이 남습니다."

"어쨌든 이십일만 원에는 안 되겠다는 얘기 아녜요?"

나는 말하지 않았다. 여자가 돌아섰다. 영희가 작은 주먹으로 나의 등을 쳤다. 잠시 후에 또 한 번 쳤다. 영희는 청바지를 입고 있었다. 영희는 청바지도 잘 어울렸다. 나는 영희의 얼굴을 보지 않고 돌아서 걸었다.

"팔지 말고 기다려요."

승용차 안에서 한 사나이가 말했다.

"내가 사겠소."

"얼마에요?"

"얼마면 팔겠어요?"

"이십오만 원."

"좋아요. 저녁에 가죠. 이웃에 팔 사람이 또 있으면 싸게 팔지 말고 기다리라고 그래요."

"조금만 더 기다려라."

아버지가 말했었다.

"진실을 말하고 묻혀 버리는 사람들이 있다. 너희들이 그 꼴이 되었구나."

우리는 개천 위에 놓은 시멘트 다리 위에 서 있었다. 아버지는 난간 사이에 두 다리를 내리고 앉아 술을 마셨다. 아버지가 술을 다 마실 때까지 기다려야 했다. 다리 저쪽 끝에서는 곯아떨어진 주정뱅이가 코를 골았다. 아버지의 주량은 그의 반의반도 안 되었다. 그날 밤 아버지는 주정뱅이 주량의 반을 마셨다. 밤이 늦어 동네 사람들은 불을 끄고 잠자리에 들었다. 두 집만 깨어 있었다. 주정뱅이네 집과 우리집이었다. 나는 아버지가 술에 취해 돌아갈 것 같았다. 형도 아버지가 든 술병을 빼앗아 버리지 못했다. 나는 아버지가 마지막 눈을 감는 날의 일을 생각했다. 죽음은 모든 것의 끝이다. 언덕 위 교회의 목사는 달랐다. 그는 인간의 숭고함, 고통, 구원을 말했다. 나는 인간이 죽은 다음에 또 다른 생을 시작한다는 그의 말을 이해할 수 없었다. 아버지에게는 숭고함도 없었고, 구원도 있을 리 없었다. 고통만 있었다. 나는 형이 조판한 노비 매매 문서를 본 적이 있다. 확실히 아버지만 고생을 한 것이 아니다. 아버지와 어머니는 자식들이 전혀 새로운 삶을 시작하기를 바랐다. 그러나 우리는 이미 첫 번째 싸움에서 져 버렸다.

나는 내가 마지막 눈을 감는 날의 일도 생각했다. 나는 아버지만도 못할 것이다. 아버지와 아버지의 아버지, 아버지의 할아버지, 할아버지의 아버지, 그 아버지의 할아버지는 그들 시대의 성격을 가졌다. 나의 몸은 아버지보다도 작게 느껴졌다. 나는 작은 어릿광대로 눈을 감을 것이다.

아무도 우리에게 할 일을 주려고 하지 않았다. 사람들은 우리가 공장 안으로 들어가려는 것을 막았다. 사장과 그의 참모들은 회의실 창가에 서서 우리를 내다보았다. 그들이 우리의 일을 빼앗았다.

"그러니까 다시 얘길 해보자."

아버지가 말했다.

"너희 둘만 남았었다 이거지? 처음엔 함께 일손을 놓고 사장을 만나 담판하기로 했던 아이들이 너희들을 배반해 너희 둘만 남았다 이거 아냐?"

"술은 그만 드세요, 아버지."

내가 말했다.

"잘했어."

아버지는 다시 병을 기울여 술을 마셨다.

"너희도 잘했고, 그 아이들도 잘했다."

"저희들 먼저 들어갈래요."

"그래, 들어가라. 들어가서 너희 엄마를 내보내."

"그럴 필요 없어요."

어머니였다. 어머니는 주정뱅이의 몸에 걸려 넘어질 뻔했다.

"잘한다!"

어머니가 말했다.

"둘이서 아버지도 제대로 못 모시는구나."

"가만있어."

아버지는 빈 술병을 다리 밑으로 던졌다.

"애들이 오늘 훌륭한 일을 했어. 사장을 만나 얘기를 했대. 회사가 잘되려면 몇 사람의 목이 필요하다고 말이야. 그리고 사장에게 당신이 당하고 싶지 않은 일을 노동자들에게 강요하지 말라고 한 거야. 이 말뜻을 엄마가 알까? 응?"

"아버지, 그게 아녜요."

내가 말했다.

"우리는 아무도 만날 수 없었어요. 얘기가 먼저 새 버려 그냥 쫓겨났을 뿐이에요."

"마찬가지야!"

아버지가 큰 소리로 말했다.

"사장을 만났으면 그런 말을 했을 거 아냐? 그렇지? 대답해 봐."

"네."

작은 목소리로 내가 대답했다.

"들었지? 엄마 들었어?"

"걱정할 거 없어요."

어머니가 말했다.

"얘들은 이제 일류 기술자예요. 어느 공장에 가든 돈을 벌 수 있어요."

"모르는 소리 하지 마."

"모르는 소리는 왜 모르는 소리예요? 공장도 옮겨 보는 게 좋아요."

"그게 안 된다니까. 벌써 공장끼리 연락이 돼 있어. 똑같은 공장들이야. 얘들을 받아 줄 공장이 없어. 얘들이 오늘 무슨 일을 했는지 당신이 알아야 돼."

"그만두세요. 얘들이 무슨 반역죄라도 지은 것처럼 야단이에요."

"뭐라구?"

"가자."

형은 시멘트 다리를 성큼성큼 걸어 건넜다. 그 끝에서 곯아떨어진 주정뱅이를 일으켜 업었다. 다리를 휘청거리면서도 넘어지지 않았다. 형은 지난 며칠 동안 제대로 먹지 못했다. 잠도 잘 못 잤다. 혓바늘이 돋고 입맛을 잃었다. 밤에도 머리가 맑아져 잠을 이루지 못했다. 이제 그 보상을 받기 시작했다. 형은 주정뱅이네 마루에다 주정뱅이를 내려놓았다. 어린 딸이 눈을 비비며 나와 아버지를 받아 눕혔다. 우리는 골목을 나와 밤공기를 크게 들이마셨다. 어머니가 아버지를 업고 가는 것이 보였다. 형은 돌아서면서 두 손으로 머리를 눌렀다.

노동자들은 여느 때와 마찬가지로 좁은 마당에 나와 공을 찼다. 그들은 우리 쪽으로 고개를 돌리려고 하지 않았다. 이십 분이 지나자 땀을 뻘뻘 흘리며 작업장으로 몰려 들어갔다.

"이게 뭐람!"

혼잣말처럼 형이 중얼거렸다.

"저녁에 다른 이야길 하면 안 됩니다."

승용차 안의 사나이가 말했다.

"이십오만 원이면 아무 말 안 해요."

내가 말했다. 그날 밤 승용차 안의 사나이가 우리 동네의 나머지 입주권을 모두 사 버렸다. 그는 다른 투기업자들이 이십이만 원에 사는 것을 이십오만 원씩 주고 모두 사 버렸다. 그날 밤에도 영희는 팬지꽃 앞에 앉아 기타를 쳤다. 영희는 팬지꽃 두 송이를 따, 하나는 기타에 꽂고 하나는 머리에 꽂았다. 그리고 꼼짝도 하지 않고 기타만 쳤다. 사나이가 아버지에게 담배를 권했다.

"이십오만 원이 분명하죠?"

어머니가 물었다. 사나이를 따라온 나이 든 사람이 검은 가방을 열어 돈을 보여 주었다. 그는 마루에 앉아 매매계약서를 썼다. 어머니가 방으로 들어가 서류가 든 봉투와 도장을 가지고 나왔다. 아버지는 계약서 매도자란에 '金不伊(김불이)'라고 쓰고 도장을 눌렀다. 나이 든 사람은 아버지의 이름을 제대로 읽지 못했다. 아버지 이름이 갖는 아픈 바람의 뜻을 그가 알 리 없었다. 어머니는 소중하게 싸 두었던 것들을 하나하나 넘겨주었다. 식칼 자국이 난 표찰, 아침 수저를 놓고 가슴을 세 번 치게 한 철거 계고장, 집을 헐 값에 버리기 위해 생전 처음 내본 인감증명 두 통, 미리 서명해 두 었던 명의변경 신청서, 힘 하나 없는 식구들의 이름과 나이가 차례 대로 적혀 있는 주민등록등본 두 통. 마당가 팬지꽃 앞에 앉아 있 던 영희가 고개를 숙였다. 사나이가 돈을 내밀었다. 어머니는 머리 를 저으며 뒤로 물러앉았다. 아버지가 그것을 받았다. 꼭 삼 초 동 안 들고 있다가 어머니에게 넘겨주었다. 어머니는 두 손으로 돈을 받아 들었다.

다음 날 아침, 명희 어머니는 사람들을 시켜서 집을 헐었다. 어 머니가 십오만 원을 갚았다. 두 부인은 손을 마주 잡은 채 아무 말 도 못 했다. 용달차가 좁은 골목을 뚫고 들어와 명희네 짐을 실었 다. 명희 어머니가 치마를 올려 눈물을 닦았다.

"에유, 정이란 게 뭔지!"

명희 어머니가 말했다.

"정이란 게 이렇게 더러운 거라오."

그 말이 우리의 눈에 고춧가루를 뿌렸다. 용달차가 집 앞을 지나 갔다. 아버지는 오른손을 반쯤 올렸다 내렸다. 왼손에는 책이 들려 있었다. 지섭의 책에 아버지의 손때가 까맣게 묻었다. 아버지와 지 섭은 우리에게 대기권 밖을 날아다니는 사람들로 보였다. 두 사람 은 하루에도 몇 번씩 달을 왕복했다.

"살기가 너무 힘들다."

아버지가 말했었다.

"그래서 달에 가 천문대 일을 보기로 했다. 내가 할 일은 망원렌즈를 지키는 일이야. 달에는 먼지가 없기 때문에 렌즈 소제 같은 것도 할 필요가 없지. 그래도 렌즈를 지켜야 할 사람은 필요하다."

"아버지, 도대체 그런 일이 가능할 것 같아요?"

내가 말했다.

"넌 이때까지 뭘 배웠니?"

아버지가 말했다.

"뉴턴이 그 중요한 법칙을 발표하고 삼 세기가 지났어. 너도 그 걸 배웠지? 국민학교 때부터 배웠어. 그런데 우주에 관한 기본법칙을 전혀 모르는 사람처럼 말하는구나."

"그런데 누가 아버지를 달에 모시고 가겠대요?"

"지섭이 미국 휴스턴에 있는 존슨우주센터에 편지를 써 보냈다. 그곳 관리인 로스 씨가 답장을 보내올 거야. 후년에 우주 계획 전문가들과 함께 달에 가게 될 거다."

"그 책을 돌려주세요."

내가 말했다.

"그리고 그 사람 말을 믿지 마세요. 그는 미쳤어요."

"이 책의 사진을 봐라. 이 사람은 프랜시스 베이컨이고, 이 사람은 로버트 고더드다. 당시 사람들이 미치광이로 지목했던 인물들이야. 이 미친 사람들이 어떤 업적을 남겼는지 아니?"

"몰라요."

"넌 학교에서 죽은 교육을 받았어."

"어쨌든 그 책을 돌려주세요."

"너희들은 내가 이 땅에서 끝까지 고생하다 바짝 마른 몰골로 죽기를 바라고 있지? 힘든 일에 눌려 허우적거리다 숨을 거두기를 바라고 있는 것 아니냐?"

"마음대로 생각하세요."

"너희들은 왜 지섭에게 아무것도 배울 생각을 하지 않니?"

"도대체 뭘 배우라는 말씀이에요?"

"로스 씨의 편지를 받기 전에 보여 줄 것이 있다. 지섭에게 말해서 쇠공을 쏘아올려 보여 주마."

"없지?"

"네."

"찾지도 못하면서 밤새도록 어디 가 있었니?"

나는 돌멩이를 집어 다시 방죽을 향해 던졌다. 어머니도 기진해 다른 말을 못 했다. 형이 어머니의 등을 밀면서 대문 안으로 들어갔다. 조용한 아침이었다. 백여 채의 집이 헐리고 남은 것은 몇 채 안 되었다. 우리도 영희만 집을 나가지 않았다면 전날 떠났을 것이다. 철거일을 어겨야 할 다른 이유는 없었다.

행복동 생활의 마지막 며칠은 우리에게 악몽과 같았다. 우리는 영희를 찾아 헤매었다. 영희를 본 사람은 없었다. 영희는 가방도 들지 않고 집을 나갔다. 갖고 나간 것은 줄 끊어진 기타와 팬지꽃 두 송이뿐이었다. 나는 좀 큰 돌멩이를 집어 던졌다. 이번에도 소리를 들을 수 없었다. 잔물결이 수초 사이로 밀려왔다. 지섭이 이

발관집 공터를 지나 곧장 걸어오고 있었다. 그의 손에 쇠고기가 들려 있었다. 대문 앞까지 나온 아버지가 그의 손을 잡고 들어갔다. 아버지가 쇠고기를 부엌 안 어머니에게 넘겨주었다. 부엌 안에 연기가 자욱했다. 형이 안쪽 아궁이 앞에 엎드려 불을 피우고 있었다. 형은 눈물을 씻으면서 일어나 아궁이에 나무를 넣었다. 어머니는 밖으로 나와 눈물을 씻었다. 우리는 며칠 동안 명희네 집에서 나온 나무를 쪼개 때었다. 형은 명희네 안방 문설주를 쪼개 아궁이에 넣고 나왔다. 형의 몸에서 연기 냄새가 났다. 아버지가 밭은기침을 했다. 아버지와 지섭은 아무 말도 하지 않았다. 지섭은 아버지에게 빌려준 책을 읽었다. 아버지는 그가 감옥살이를 했다고 말했었다. 아버지에 의하면 그는 잘못한 것도 없이 감옥에 갔었다. 그는 마루에 걸터앉아 책을 읽었다. 형과 나는 시멘트 담 앞에 서서 밖을 내다보았다. 집들이 다 헐려 곧바로 동사무소가 보였다. 그 너머로 밝고 깨끗한 주택가가 보였다. 그 바른쪽은 슈퍼마켓이 있는 큰길이다. 영희가 한때 일한 빵집이 보였다. 형과 내가 유리창 밖에서 본 영희는 정말 예뻤다. 아무도 영희가 난장이의 딸이라는 것을 믿으려고 하지 않았다. 우리는 끝내 영희를 찾지 못했다.

부엌에서 고깃국 끓는 냄새가 났다. 고기 굽는 냄새도 났다. 어머니가 상을 내려 행주질을 했다. 동사무소 앞에 사람들이 서 있었다. 쇠망치를 든 사람들이었다. 그들이 헐어 버린 집들 공터를 가로질러 우리집을 향해 오고 있었다. 내가 대문을 잠갔다. 어머

니가 밥상을 차렸다. 형이 상을 들어다 마루에 놓았다. 형은 나를
걱정했다. 괜한 걱정이었다. 그들이 쇠망치로 머리를 내리친다고
해도 나는 가만히 있었을 것이다. 아버지가 먼저 수저를 들었다.
그 옆자리에서 지섭이 수저를 들었다. 어머니는 마루 끝에 앉아
국을 마셨다. 형과 나는 밥을 국에 말았다. 대문을 두드리는 소리
가 들렸다. 우리는 꼼짝도 하지 않고 식사를 했다. 영희가 이 시간
에 어디서 어떤 식탁을 대하고 있을지 우리는 알 수 없었다. 우리
의 밥상에 우리 선조들 대부터 묶어 흘려보낸 시간들이 올라앉았
다. 그것을 잡아 칼날로 눌렀다면 피와 눈물, 그리고 힘없는 웃음
소리와 밭은기침 소리가 그 마디마디에서 흘러 떨어졌을 것이다.
대문을 두드리던 사람들이 집을 싸고 돌았다. 그들이 우리의 시멘
트 담을 쳐부수었다. 먼저 구멍이 뚫리더니 담은 내려앉았다. 먼
지가 올랐다. 어머니가 우리들 쪽으로 돌아앉았다. 우리는 말없이
식사를 계속했다. 아버지가 구운 쇠고기를 형과 나의 밥그릇에 넣
어 주었다. 그들은 뿌연 시멘트 먼지 저쪽에 서서 우리를 지켜보
았다. 그들은 안으로 들어오지 않았다. 그대로 서서 우리의 식사
가 끝나기를 기다렸다. 어머니가 부엌으로 들어가 숭늉을 떠 왔다.
아버지와 지섭이 숭늉을 마셨다. 숭늉을 다 마시자 어머니가 밥상
을 들었다. 내가 먼저 내려가 잠갔던 대문을 열었다. 어머니는 밥
상을 들고 밖으로 나갔다. 형이 이불과 옷가지를 싼 보따리를 메
고 뒤따라 나갔다. 쇠망치를 든 사람들은 무너진 담 저쪽에서 말
없이 지켜보고 있었다. 우리는 어머니가 싸 놓은 짐을 하나하나

밖으로 끌어냈다. 어머니가 부엌으로 들어가 조리, 식칼, 도마 들을 들고 나왔다. 마지막으로 아버지가 나왔다. 아버지는 아버지의 공구들이 들어 있는 부대를 메고 나왔다. 쇠망치를 든 사람들 앞에 쇠망치 대신 종이와 볼펜을 든 사나이가 서 있었다. 그가 아버지를 보았다. 아버지가 바른손을 들어 집을 가리키고 돌아섰다. 쇠망치를 든 사람들이 집을 쳐부수기 시작했다. 한꺼번에 달라붙어 집을 쳐부수었다. 어머니는 돌아앉아 무너지는 소리만 들었다. 북쪽 벽을 치자 지붕이 내려앉았다. 지붕이 내려앉을 때 먼지가 올랐다. 뒤로 물러섰던 사람들이 나머지 벽에 달라붙었다. 아주 쉽게 끝났다. 그들은 쇠망치를 놓고 땀을 씻었다. 사나이가 종이에 무엇인가 써넣었다. 지섭이 들고 있던 책을 아버지에게 주었다. 그는 사나이를 향하여 걸어갔다.

"방금 무슨 일을 하셨습니까?"

지섭이 물었다. 사나이는 몇 초 후에야 지섭의 말을 알아들었다. 그가 말했다.

"삼십 일까지 철거를 하게 돼 있었죠? 시한이 지났어요. 행정대집행법에 따라 철거 작업을 했습니다. 더 이상 할 이야기도 없습니다."

사나이가 돌아서려고 했다.

지섭이 재빨리 말했다.

"지금 선생이 무슨 일을 지휘했는지 아십니까? 편의상 오백 년이라고 하겠습니다. 천 년도 더 될 수 있지만. 방금 선생은 오백 년이

140

걸려 지은 집을 헐어 버렸습니다. 오 년이 아니라 오백 년입니다."

"그 오백 년이란 게 도대체 뭡니까?"

사나이가 물었다.

"모르시겠어요?"

지섭이 되물었다.

"그만 비켜요."

"당신이 덫을 놓았습니다. 당신이 아니라면 당신 상부에서. 백여 세대 이상이 여기다 생활 터전을 잡는 것을 몰랐어요? 덫을 놓은 게 아닙니까? 가서 말해요, 내가 치더라구."

설마 하고 서 있던 사나이는 고개도 돌리지 못했다. 지섭의 주먹이 사나이의 안면에 정통으로 들어갔다. 사나이는 두 손으로 얼굴을 감싸며 상체를 수그렸다. 두 손 사이로 피가 흘러내렸다. 수그린 사나이를 지섭이 또 쳤다. 사나이는 앞으로 푹 쓰러졌다. 우리가 말릴 사이도 없었다. 쇠망치를 든 사람들도 마찬가지였다. 그들은 뒤늦게 몰려와 지섭에게 달려들었다. 여러 사람이 한꺼번에 치고, 받고, 밟았다. 형과 내가 나설 차례였다. 그런데 아버지가 우리의 팔을 잡아끌었다.

"놔둬라."

아버지가 말했다.

"아는 사람이 말하게 해라."

형과 나는 아버지에게 팔을 잡힌 채 보았다. 일은 간단히 끝났다. 사나이는 일어나고 지섭은 땅에 죽은 듯 쓰러져 있었다. 사람들이 지섭을 일으켜 세웠다. 어머니가 갑자기 몸을 떨면서 울었다. 지섭의 얼굴은 피에 젖었다. 피는 머리에서 얼굴로 흘러내렸다. 그들이 지섭을 끌고 갔다. 그들은 올 때처럼 곧바로 공터를 가로질러 갔다. 동사무소를 지나 큰길 쪽으로 나가는 것이 보였다. 아버지가 돌아서더니 들고 있던 책을 형에게 주었다. 아버지가 그들을 향해 걸어갔다. 아버지의 작은 그림자가 아버지를 따라갔다. 나는 더 이상 견딜 수가 없었다. 잠이 나를 눌러 왔다. 나는 부서진 대문 한 짝을 끌어내 그 위에 엎드렸다. 햇살을 등에 느끼며 나는 서서히 잠에 빠져들었다. 우리 식구와 지섭을 제외하고 세계는 모두 이상했다. 아니다. 아버지와 지섭마저 좀 이상했다. 나는 햇살 속에서 꿈을 꾸었다. 영희가 팬지꽃 두 송이를 공장폐수 속에 던져 넣고 있었다.

3

거실에 걸려 있는 부엉이가 네 번을 울었다. 이렇게 긴 밤을 새워 보기는 처음이다. 한 밤에 비하면 지금까지의 나의 열일곱 해는 얼마나 긴 것인가. 그러나 큰오빠가 셈해 본, 우리 선조 대대로의 세월에 비하면 열일곱 해는 아무것도 아니다. 선조 대대로의 세월도 마찬가지다. 아버지는 달에 가서 천문대 일을 보게 될 것이라고 말했었다. 달에서는 머리카락좌도 선명하게 볼 수 있다. 지섭의 책에 의하면 머리카락좌의 성운은 오십억 광년 저쪽에 있다. 오십억 광년에 나의 열일곱 해를 대볼 수는 없다. 천 년이라고 해야 모래 몇 알이 될지 모른다. 오십억 광년이라면 나에게는 영원이다. 나는 영원을 어떻게 느낄 수 없다. 영원이 죽음과 어떤 관련이 있다면 나는 죽음을 통해 그것을 조금 이해할 수 있을지 모른다.

내가 죽음을 생각할 때 떠오르는 장면이 있다. 사막으로 이어지는 지평선이다. 어두울 녘에 모래 섞인 바람이 분다. 선 하나로 표시될 그 지평 끝에 내가 알몸으로 서 있다. 다리를 약간 벌리고 팔을 안으로 끌어 들였다. 머리도 반쯤 숙여 나의 머리카락이 나의 가슴을 덮었다. 눈을 감고 열을 세면 나의 모습은 사라지고 없다. 바람 부는 회색의 지평선만 남는다. 이것이 내가 아는 죽음이다. 이러한 죽음이 영원과 무관할 리가 없다. 우리의 생활은 회색이다. 집을 나온 다음에야 나는 밖에서 우리의 집을 들여다볼 수 있었다. 회색에 감싸인 집과 식구들은 축소된 모습을 나에게 드러냈다. 식구들은 이마를 맞댄 채 식사하고, 이마를 맞대고 이야기했다. 작은 목소리라 나는 알아들을 수 없었다. 아버지의 실제 모습보다도 작게 축소된 어머니가 부엌으로 들어가다 말고 하늘을 쳐다보았다. 하늘까지 회색이다. 나는 나 자신의 독립을 꿈꾸고 집을 뛰쳐나온 것이 아니다. 집을 나온다고 내가 자유로워질 수는 없었다. 밖에서 나는 우리집을 들여다볼 수 있었다. 끔찍했다. 두 오빠와 마찬가지로 나도 학교를 그만두었다. 그 직전에 읽은 부독본에 다음과 같은 것이 있었다. "물, 물, 어디를 보나 물뿐, 그러나 한 방울도 마실 수 없다." 배를 잃은 늙은 수부가 바다에 떠 있었다. 물 가운데서 그는 목말라했다. 밖에서 회색에 싸인 축소된 집과 축소된 식구들을 들여다보고 늙은 수부를 생각했다. 그와 똑같았다.

나는 침대에서 일어났다. 침대가 흔들렸으나 나는 걱정하지 않았다. 그는 깊은 잠에 빠져 있었다. 나는 만약을 위해 한 번 더 약병의 뚜껑을 열고 수건을 대어 흔들었다. 그 수건으로 그의 입과 코를 가볍게 누르고 속으로 열을 세었다. 처음 일이 떠올랐다. 그는 나이 든 사람이 매매계약서를 쓰는 동안 내 옆에 서 있었다. 아버지가 이름을 쓰고 도장을 누를 때도 내 옆에 서 있었다. 철거 계고장이 나온 날 내가 동사무소 앞으로 달려갔을 때부터 그는 나를 보았다. 어머니가 소중하게 싸 두었던 것들을 내놓을 때 그는 내 옆을 떠났다. 돌아서면서 그는 바른손을 내려 나의 가슴 쪽을 살짝 건드렸다. 어머니가 두 손으로 돈을 받아 들고 있었다. 내가 나오는 것을 아무도 못 보았다. 나는 울음이 나오려는 것을 억지로 참았다. 나는 방죽가 골목길을 빠져 동사무소 앞으로 갔다. 낮에 그렇게 붐비던 사람들이 하나도 없었다. 그의 승용차는 게시판 앞에 세워져 있었다. 나는 승용차 앞에 서서 그를 기다렸다. 그는 그의 사람들에게 둘러싸여 큰 소리로 이야기하며 내려왔다. 나를 보자 우뚝 섰다. 나이 든 사람이 검은 가방을 넘겨주었다. 그는 그의 사람들을 돌려보내고 나를 향해 걸어왔다.

"나를 기다렸나?"

그가 물었다. 나는 고개를 끄덕였다.

"왜?"

"우리 거도 그 안에 있어요?"

내가 검은 가방을 가리키며 물었다.

"이 안에 있겠지."

"그걸 따라 나왔어요."

"어떻게 하려구?"

나는 할 말이 없었다.

"어떻게 할 테야? 난 가야 하는데."

"그건 우리집이에요."

겨우 내가 말했다. 그는 나를 내려다보았다.

"이젠 아니지."

그가 말했다.

"내가 돈을 주고 샀어."

그는 열쇠를 꺼내 승용차의 문을 열었다. 검은 가방을 넣고 그는 차에 올라탔다. 내가 손바닥으로 유리문을 두드렸다. 그가 반대쪽 문을 열었다. 나는 그의 차에 올라탈 때에서야 기타를 들고 나왔다는 것을 알았다. 그가 기타를 받아서 뒷자리에 놓아 주었다. 그는 동사무소 앞에서 차를 돌려 나갔다. 나는 자리에 비스듬히 누워 몸을 숨겼다.

"바로 앉아."

그가 말했다. 차는 행복동을 떠나 낙원구를 벗어나고 있었다. 그는 운전을 하면서 나의 얼굴을 보았다. 차가 빨간 신호를 받자 나

의 머리에서 팬지꽃을 가져다 냄새를 맡았다. 그는 작은 꽃송이를
왼쪽 윗주머니에 꽂았다.

"우리집은 영동이야."

그가 말했다.

"조금 가다 내려 줄 테니까 집으로 돌아가."

"싫어요."

내가 말했다.

"돌아갈 집이 없어졌어요."

"그럼 어떻게 하겠다는 거야? 이 가방을 강탈해 갈 셈이야?"

"생각 중이에요."

"좋아."

그가 말했다.

"네가 할 일을 주지. 말을 잘 들어야 돼. 그렇지 않으면 내쫓을
테야. 사실은 전부터 너를 봤어, 예뻐서. 그렇지만 어떤 경우에든
'안 돼요' 하는 말을 내 앞에서는 쓸 수 없다는 걸 알아야 돼. 그러
면 나는 너에게 내가 고용한 어떤 사람보다 많은 돈을 줄 용의가
있어. 잘 생각해 보고 결정해."

나로서는 생각해 볼 것도 없었다. 큰오빠는 우리의 집을 짓는 데
천 년의 세월이 걸렸다고 말했다. 나는 그 말뜻을 잘 몰랐다. 큰
오빠의 말에는 물론 과장도 섞여 있었다. 그러나 거짓은 아니었다.
어머니는 내가 열일곱 살이 되자 여자가 가져야 할 가족과 가정에
대한 그 전통적 의무가 어떤 것인가를 은연중 가르치려고 했다. 순

결도 입이 닳게 강조하는 것 중의 하나였다. 어머니는 내가 어둠 속에서 남자를 생각하는 것도 용서할 수 없다는 입장을 취했다. 내가 집을 나와 한 생활을 알았다면 어머니는 목을 맸을 것이다. 그는 나에게 친절하게 해주었다. 제일 먼저 옷을 맞추어 주었다. 한꺼번에 여러 벌을 맞추어 주었다. 나는 그를 위해 나를 치장하지 않으면 안 되었다. 그의 아파트는 영동에 있었다. 사무실도 영동에 있었다. 나는 그의 사무실에서 주택에 관한 신문 기사를 오려 스크랩북에 옮겨 붙였다. 날마다 같은 일만 했다. 주택에 관한 기사가 없을 때는 일반 기사를 읽으며 소일했다. 그의 광고도 신문에 날마다 났다. "잠실은 우리 모두의 관심입니다. 잠실 아파트에 대해 상담하실 분은 지금 곧 전화를 하세요. 은아는 당신의 성실한 부동산 안내자입니다.—은아부동산" 주택분양 광고도 났다. "신천호대교, 잠실 지구, 강남 1로에 붙은 급속도 발전 지역. 꿈이 깃든 주택을 염가 분양 중이오니 이 기회를 이용하십시오.—은아주택" 그는 무서운 사람이었다. 스물아홉에 못 하는 일이 없었다. 우리 동네에서 사 온 아파트 입주권은 오히려 적은 편이었다. 그는 재개발 지구의 표를 거의 몰아 사들이다시피 했다. 영동 일대에 잡아 놓은 땅도 많았다.

그의 집은 부자였다. 지금 자기가 하는 일은 작은 훈련에 지나지 않는다고 나에게도 말했었다. 그는 아버지 회사로 들어가 더 큰일을 해야 할 사람이었다. 밤에 아파트로 돌아오면 집으로 전화를 하고는 했다. 그 전화선 저쪽 끝에 그의 아버지가 앉아 있었다. 그는 아버지에게 자기가 한 일을 보고하고 자문도 구했다. 그는 거의 차렷 자세로 아버지에게 전화를 걸었다. 전화가 끝나면 그의 고용인들이 정리한 대장을 하나하나 검토했다. 그는 우리 동네에서 사 온 아파트 입주권을 사십오만 원에 팔았다. 그 이하로는 팔지 않았다. 상상도 못 했던 일이다. 나는 미리 사 두었다가 일이만 원 정도 더 받고 넘기겠지 했다. 그가 거실에 앉아 일을 하는 동안 가정부는 음식을 차려 놓고 그가 식탁 앞에 앉기를 기다렸다. 어머니가 보내 준 가정부였다. 그는 그 가정부에게 별도의 돈을 주었다. 집 식구들에게 나에 관한 일을 보고하면 안 된다는 조처였다. 가정부는 내가 온 다음부터 잠을 나가서 잤다. 나는 처음 약속대로 '안 돼요'라는 말을 그에게 하지 않았다. 아무도 그에게 '안 돼요'라고 말하지 못했다. 나는 전혀 다른 세상 사람과 생활하고 있었다. 우리는 출생부터 달랐다. 나의 첫울음은 비명으로 들렸다고 어머니는 말했다. 나의 첫 호흡이 지옥의 불길처럼 뜨거웠을지도 모를 일이다. 나는 모태에서 충분한 영양을 보급받지 못했다. 그의 출생은 따뜻한 것이었다. 나의 첫 호흡은 상처난 곳에 산을 흘려 넣는 아픔이었지만, 그의 첫 호흡은 편안하고 달콤한 것이었다. 성장 기반도 달랐다. 그에게는 선택할 것이 많았다. 나나 두 오빠는 주어지는 것 이외의 것을 가져 본 경험이 없다. 어머니는 주머니가 없는 옷을 우리들에게 입혔다. 그는 자라면서 더욱 강해졌지만 우리는 자라면서 반대로 약해졌다. 그가 나를 원했다. 그는 원하고 또 원했다. 나는 밤마다 알몸으로 잠을 잤다. 나는 밤마다 꿈을 꾸었다. 꿈

속에서 오빠들은 다른 공장에 취직이 되어 일을 나갔다. 아버지는 하루에도 몇 번씩 달을 왕복했다. 잠이 든 듯 만 듯한 상태에서 나는 어머니의 목소리를 듣고는 했다.

"영희야, 넌 집을 나가 뭘 하고 있는 거냐?"

그러면 나는 대답했다.

"그의 금고 속에 우리 아파트 입주권이 들어 있어요. 그걸 맨 밑으로 내려놓았어요. 아직 팔리지 않았어요. 팔리기 전에 그걸 꺼내 가지고 갈래요. 그의 금고 번호를 알아 놓았어요."

"누가 너더러 그런 짓을 하라고 했니? 빨리 일어나 옷을 입어라."

"안 돼요, 엄마."

"우린 성남으로 가기로 했다. 빨리 일어나라."

"안 돼요."

"너의 증조할머니 동생 한 분이 알몸 시체로 수리조합 봇물에 막혀 있었단다. 왜 그랬는지 아니? 주인 서방과 잠자리를 함께했기 때문이야. 주인 여자가 너의 증조할머니 동생을 사매질해 숨지게 했단다."

"엄마, 전 달라요."

"같아."

"달라요."

"같아."

"달라요!"

"넌 이제 그것 때문에 망한다. 어린 게 그것을 좋아해."

"그래요. 전 좋아해요."

"망할 것!"

몸부림치다 눈을 떠 보면 밤중이었다. 그는 깊은 잠에 빠져 깨어날 줄 몰랐다. 나의 몸에서는 그의 정액 냄새가 났다. 그는 나를 좋아했다. 그는 어린 나를 좋아했다. 그는 완전하게 나를 좋아했다. 그래서 나는 도덕적인 고통에서 벗어날 수 있었다.

나는 그의 금고에서 우리의 것을 꺼냈다. 그의 금고 속에는 돈과 권총과 칼이 함께 들어 있었다. 나는 돈과 칼도 꺼냈다. 나는 달 천문대 밑에 쪼그리고 앉아 있는 아버지의 모습을 상상했다. 아버지는 이미 오십억 광년 저쪽에 있는 머리카락좌의 성운을 보았는지 모른다. 오십억 광년이라면 나에게는 영원이다. 영원에 대해서 나는 별로 할 말이 없다. 한 밤이 나에게는 너무나 길었다. 나는 그의 얼굴에서 수건을 떼고 약병의 뚜껑을 닫았다. 나에게 더없이 고마운 약이었다. 첫날 그 약이 괴로워하는 나의 몸을 마취시켜 잠 속으로 몰아넣었다. 그래서 나는 그의 처음 표정을 볼 수 없었다. 나는 손가방을 열어 그 안의 것들을 확인했다. 모두 가지런히 넣어져 있었다. 나는 옷을 입었다. 머리가 어지러웠다. 방문을 열고 거실로 나갔다. 그를 돌아보지 않았다. 내가 가지고 가야 할 것은 이제 없었다. 집을 나올 때 입었던 옷, 뒷굽이 닳은 신발, 큰오빠가 사준 줄 끊어진 기타는 이미 그 집에 없었다. 나는 심호흡을 하고 현관문을 열었다. 밖으로 나가 반대로 밀었다. 문은 닫히면서 스스로 잠겼다.

날이 밝으려면 아직 멀었다. 나는 아파트 앞에서 택시를 기다려 탔다. 택시는 불을 켜고 빈 영동 거리를 달렸다. 어지러워 눈을 감았다. 제삼한강교를 건널 때 나는 차를 세웠다. 문을 열고 나가자 시원한 공기가 몽롱한 정신을 일깨워 주었다. 나는 난간을 짚고 이제 희뿌연 빛을 반사하며 흘러가는 강물을 내려다보았다. 운전기사가 따라 나와 난간에 기대어 섰다. 그 자세로 담배를 피우며 나를 보았다. 날이 밝기 시작했다. 아버지가 누워 난 한겨울 동안 어머니는 취로장에 나가 일했다. 어머니가 집을 나설 때마다 맞았던 그 새벽의 빛깔을 이제 알았다. 자갈 채취선에서 날카로운 금속성이 들려왔다. 내가 탄 택시는 남산터널을 빠져 시내를 가로질러 달렸다. 죄인들은 아직 잠자고 있었다. 이 거리에서 구할 자비는 없었다. 나는 낙원구에서 내렸다. 나는 낙원구의 거리와 골목을 걸으며 시간을 보냈다. 마지막으로 다방에 들어가 차를 마셨다. 차를 마시면서 아버지의 도장이 찍힌 매매증서를 꺼내 찢었다. 우리가 어렸을 때 이 일대는 채마밭이었다. 나는 차를 마시고 채마밭 위에 깔아 놓은 포장도로를 따라 걸었다. 이제 더 이상 헤맬 필요가 없었다. 나는 곧장 행복동 동사무소를 향해 갔다. 동사무소는 아침부터 붐볐다. 내가 줄 뒤에 가서 서는 것을 건설계원이 힐끗 보았다. 그는 일을 하다 말고 나를 뚫어지게 보았다.

"난장이 딸 아냐?"

직원들이 수군거리는 소리가 나에게까지 들렸다. 나는 똑바로 서서 차례를 기다렸다. 도장 찍는 소리, 표찰 떨어지는 소리, 웃음소리가 들렸다. 나는 우리집 표찰을 꺼내 들었다. 어머니가 남긴 식칼 자국이 손끝에 느껴졌다. 나의 차례가 되었다.

"어쩐 일이지?"

건설계원이 물었다.

"집이 이사 간 건 알아?"

"네."

나는 말했다.

"철거 확인증이 필요해서 왔어요."

"철거 확인증은 왜?"

그가 알 수 없다는 표정을 지었다.

"입주권을 팔았잖아? 팔아 버리고 무슨 필요로 그러는 거야?"

"그 세단차 사나이가 사 갔지."

옆 사나이가 말했다. 나는 몇 초 동안 가만히 서 있었다.

"아저씨는 어느 편이에요?"

내가 말했다.

"아파트에 들어가야 할 사람은 저희예요."

"딴은 그래."

계원이 옆 사나이를 보았다. 그들은 어깨만 들었다 놓았다.

"서류를 갖고 있어?"

"서류는 무슨 서류야? 당사자 입주인데. 계고장과 표찰만 있으면 돼. 그걸 갖고 있다면 우리가 할 말은 없어."

"여기 있어요."

나는 표찰과 철거 계고장을 내주었다. 두 사람이 그것을 받아 대장과 비교해 보았다. 옆 사나이가 표찰을 큰 통에 던져 넣었다. 그 안에 많은 표찰이 들어 있었다. 우리 표찰이 가벼운 생철 소리를 내며 그것들 위에 떨어졌다. 건설계원이 용지를 내주었다. 나는 거

번 호	458	기존 무허가 건물 철거 확인원				처리기간	
						즉 시	
신청인	성 명	김불이	주민등록 번 호	123456- 123456	생년월일	1929년 3월 11일	
	주 소	서울특별시 낙원구 행복동 46번지의 1839					
	본 적	경기도 낙원군 행복면 행복리 276번지					
	철 거 된 건물위치	서울특별시 낙원구 행복동 46번지의 1839					
	구 분	가옥주 (○) 세입자 ( )					
	철거일시	197×년 월 일	무허가건물 발생 연도	196×년 5월 8일			
용 도		아파트 입주 신청용					
위 사실을 확인하여 주시기 바랍니다. 197×년 10월 7일 신청인 김 불 이							
위 사실을 확인함. 197×년 10월 7일 낙원구 행복 제1동장							

기에 써넣었다.

아버지의 이름, 주민등록번호, 생년월일, 무허가 건물 발생 연도
를 써넣으며 나는 손을 떨었다. 글씨가 제대로 써지지 않았다. 몸
이 약해져서 그래, 나는 생각했다. 큰오빠의 말대로 나는 어렸을
때부터 잘 울었다. 눈물이 앞을 가려 잠시 멈추었다가 썼다. 철거
확인원을 건설계원 앞으로 밀어 놓았다.

"철거 일시를 모르겠어요."

내가 말했다. 계원은 나를 빤히 쳐다보며 물었다.

"어디 가 있었어?"

나는 말하지 않았다. 그는 197×년 10월 1일이라고 써넣었다.

"이사 간 곳도 모르지?"

"네."

"아무 이야기도 못 들었어?"

나는 다리의 힘까지 빠지는 것을 느끼며 책상 모서리를 짚고 섰
다. 옆 사나이가 건설계원을 쿡 찔렀다. 계원은 "위 사실을 확인함"
옆에 작은 도장을 찍고 그것을 안쪽 사무장에게 넘겼다. 나는 줄
밖으로 나서며 이마를 짚었다. 가벼운 미열이 전신에 일었다. 안쪽
에서 사무장이 일어서며 나를 손짓해 불렀다. 그는 "행복 제1동장"
위에 직인을 찍었다. 그것을 내주기 전에 나를 창가로 데리고 갔
다. 사무장은 큰길 건너 포도밭 아랫동네를 가리켰다.

"위에서 세 번째 집이야."

그가 말했다.

"그 댁 아주머니를 찾아가. 윤신애 아주머니. 전부터 아버지를 잘 아시는 분이야. 하루에도 몇 번씩 여기까지 오셨어. 너를 찾느라구."

"저도 전에 뵌 적이 있어요."

내가 말했다.

"구청에 들렀다 주택공사로 가야 돼요. 일을 끝내고 갈게요."

"그 아주머니가 다 말씀해 주실 거다."

사무장이 말했다.

"친절하신 아주머니야."

"고맙습니다."

인사를 남기고 밖으로 나왔다. 사무장과 이야기하는 동안 직원들이 나를 보고 있었다. 그들은 무언가 나에게 말하고 싶어 했다. 잠시도 그곳에 서 있을 수 없었다.

큰길로 나가 택시를 잡았다. 슈퍼마켓 앞을 지날 때 빵집이 보였다. 다른 아이들이 내가 했던 일을 하고 있었다. 거기서 고개를 돌렸다면 우리 동네를 한눈에 볼 수 있었을 것이다. 나는 참았다. 차마 고개를 돌려 볼 수 없었다. 구청 일은 좀 쉽게 끝났다. 나는 주택과로 가서 철거 확인증을 내주고 입주 신청을 했다. 구청 층계를 내려오면서 심한 어지럼을 느꼈다. 몇 년을 밖에서 산 것 같았다.

그가 나를 더욱 약하게 만들었다. 나는 집을 나온 다음 편한 잠을 이루어 본 적이 없다. 나는 모태에서뿐만 아니라 출생 후에도 충분한 영양을 보급받지 못했다. 집을 나온 다음 그와 대한 식탁은

늘 풍성했다. 그 영양은 축적이 되지 않았다. 내가 받는 정신적 압박 때문만은 아니었다. 나에게 맛있는 음식을 제공한 그가 거기서 취한 열량을 다시 빼앗아 갔다. 마지막 밤을 꼬박 새운 것도 영향을 주었다. 아무 데나 눕고 싶은 생각뿐이었다. 빨리 일을 끝내고 신애 아주머니를 찾아가야지. 그 아주머니가 나를 식구들 옆으로 보내 줄 것이다.

나는 새벽에 왔던 길을 되밟아 갔다. 남산터널을 빠져 제삼한강교를 건넜다. 벌판에 서 있는 그의 아파트가 보였다. 나는 가방을 열고 안에 들어 있는 그의 칼을 만져 보았다. 상아로 만든 칼자루 윗부분에 작은 구슬만 한 쇠가 붙어 있었다. 그것을 누르면 칼날이 튀어나온다는 것을 나는 알고 있었다. 주택공사 입구에서 차를 세웠다. 많은 사람이 공사 정문을 향해 걸어갔다. 나는 서둘러 그들 속으로 들어갔다. 가만히 서 있어도 앞으로 밀려갔다. 나는 사람들에게 밀려 마당 안으로 들어갔다. 하얀 건물이 햇빛을 반사해 눈이 부셨다. 잔칫날 같았다. 몇 군데에 차일까지 쳐져 있었다. 나는 신청용지를 타는 곳에 가 섰다. 차례가 되자 직원이 시 접수증을 보자고 했다. 그 직원이 신청용지를 내주었다. 나는 줄 밖으로 나서며 아파트 임대 신청서의 내용을 쭉 읽었다. 그 임대 조건 중에 "신청자와 입주자는 동일인이어야 하며 제삼자에게 전대하거나 임차권을 채권의 담보로 제공할 수 없음"이라는 것도 있었다. 죽어 버린 조문이었다. 그 조문이 든 신청서에 아버지의 이름, 주소, 주민 등록번호를 적어 넣었다. 다시 손이 떨렸다. 다리의 힘도 빠져 주저앉을 것 같았다. 신청서를 써 가지고 다음 줄에 가 섰다. 내가 선 줄에 재개발 지구의 주민은 나밖에 없었다. 그런데도 앞줄 책상의 직원은 모든 사람에게 묻고 있었다.

"산 거죠?"

알면서 묻고 있었다. 사람들은 그 물음에 얼른 대답하지 못했다.

"산 거죠?"

그 직원이 나에게도 물었다.

"네, 샀어요!"

아프지만 않았다면 나는 대답을 했을 것이다. 불친절하고 기분 나쁜 사나이였다. 나는 아팠다. 나는 아무 말도 하지 않았다. 그 직원은 신청용지, 시 접수증, 주민등록등본을 철박이로 눌렀다. 그 위에 접수 도장을 쿡 찍었다. 그것을 받아 돌아서다 말고 나는 몸을 숨겼다. 줄 반대쪽으로 들어가 건물 바로 앞쪽을 살폈다. 바로 그가 그의 승용차 앞에 서 있었다. 그는 건강한 몸으로 서 있었다. 나는 아픈 몸을 숨기고 그가 나가기를 기다렸다. 그와 마주친다면 나는 그를 죽일 생각이었다. 그는 아직까지 한 번도 죽음에 대해 생각해 본 적이 없을 것이다. 인간이 갖는 고통에 대해서도 그는 아는 것이 없다. 절망에 대해서도 모를 것이다. 빈 식기들이 맞부딪치는 소리, 손과 발, 무릎 그리고 이가 추위에 견디지 못해 맞부딪치는 소리를 그는 들어 본 적이 없을 것이다. 그가 원할 때마다 알몸으로 그를 받아들이며 삼킨 나의 신음 소리도 듣지 못했을 것이다. 그는 벌겋게 달군 쇠로 인간에게 낙인을 찍는 사람들 편이었다. 나는 가방을 열어 칼을 만져 보았다. 그가 손을 흔드는 것이 보였다. 건물 안에서 한 사나이가 나왔다. 그가 사나이를 맞아 악수하고 함께 차 안으로 들어갔다. 그의 승용차는 사람들을 옆으로 밀치면서 주택공사 마당에서 나갔다. 눈물이 또 나의 눈에 내배었다. 그는 가진 것이 너무 많았다.

나는 사람들을 따라 업무과로 들어갔다. 그 안에서도 줄을 섰다. 손으로 이마를 짚고 차례를 기다렸다.

"어디 아파요?"

나의 차례가 되었을 때 직원이 물었다.

"괜찮아요."

나는 말하며 들고 있던 것들을 넘겨주었다. 직원은 나의 서류를 확인해 받고 영수증 용지에 신청번호를 적어 주며 경리과에 가서 돈을 내라고 했다. 한 아주머니가 물을 받아다 주었다. 나는 물을 마셨다. 경리과 사람들은 아무것도 묻지 않았다. 그들은 돈 액수를 확인한 다음 영수증에 도장을 찍어 내주었다.

"이제 됐어!"

내가 말했다.

사람들이 나를 보았다.

그들은 알았을까?

나는 주택공사 건물을 등지고 나왔다. 거리에 쓰러지지 않고 신애 아주머니네 집까지 갔다. 아주머니네 집 초인종을 누르고 우리 동네를 보았다. 우리집이, 이웃집들이, 온 동네의 집들이 보이지 않았다. 방죽도 없어지고, 벽돌공장의 굴뚝도 없어지고, 언덕길도 없어졌다. 난장이와 난장이의 부인, 난장이의 두 아들, 그리고 난장이의 딸이 살아간 흔적은 거기에 없었다. 넓은 공터만 있었다. 신애 아주머니가 딸의 이름을 큰 소리로 부르며 나와 나의 몸을 부축해 안았다. "안녕하세요?" 하는 인사도 제대로 못 했다. 신애 아주머니는 전에도 다친 아버지를 이렇게 부축해 안아 일으켰다. 아주머니와 아주머니의 딸이 나를 방으로 안아다 눕혔다. 딸이 물수건을 해오고, 아주머니는 나의 옷을 풀어 헤쳤다. 아주머니는 어머니처럼 나에게 해주었다. 물수건으로 얼굴을 닦아 주고, 손과 발을 닦아 주고, 푹신한 이불을 내려 덮어 주었다.

"고맙습니다, 아주머니."

내가 말했다. 나는 겨우 눈을 떴다.

"자, 아무 말도 하지 마라."

아주머니가 말했다.

"의사 선생님을 모셔 오마. 오늘은 아무 얘기도 하지 말자."

"괜찮아요."

내가 말했다. 저절로 눈이 감겼다.

"잠을 못 잤을 뿐이에요. 잠이 와서 그래요."

"그럼 잠을 자라. 한잠 푹 자."

"빼앗겼던 걸 찾아왔어요."

"잘했다!"

"수속까지 끝냈어요."

“잘했어.”

“이사 간 델 아시죠?”

“암, 알잖구.”

“사무장님을 만났어요.”

잠이 들 듯 말 듯한 상태에서 나는 말했다.

“아주머니가 다 말씀해 주실 거라고 했어요.”

“다른 말은 없었지?”

“무슨 일이 있었어요?”

“한잠 자라. 자구 나서 우리 얘기하자.”

“말씀을 듣기 전엔 못 잘 것 같아요.”

내가 다시 눈을 떴다. 아주머니의 딸이 마루로 나갔다. 이내 대문 소리가 들렸다. 병원으로 의사를 데리러 가는 길이었다.

아주머니가 말했다.

“네가 집을 나가구 식구들이 얼마나 찾았는지 아니? 이 방 창문에서도 보이지. 어머니가 헐린 집터에 서 계셨다. 너는 둘째 치구 이번엔 아버지가 어딜 가셨는지 모르게 되었단다. 성남으로 가야 하는데 아버지가 안 계셨어. 길게 얘길 해 뭘 하겠니. 아버지는 돌아가셨어. 벽돌공장 굴뚝을 허는 날 알았단다. 굴뚝 속으로 떨어져 돌아가신 아버지를 철거반 사람들이 발견했어.”

그런데──나는 일어날 수가 없었다. 눈을 감은 채 가만히 누워 있었다. 다친 벌레처럼 모로 누워 있었다. 숨을 쉴 수 없었다. 나는 두 손으로 가슴을 쳤다. 헐린 집 앞에 아버지가 서 있었다. 아버지는 키가 작았다. 어머니가 다친 아버지를 업고 골목을 돌아 들어왔다. 아버지의 몸에서 피가 뚝뚝 흘렀다. 내가 큰 소리로 오빠들을 불렀다. 오빠들이 뛰어나왔다. 우리들은 마당에 서서 하늘을 쳐다보았다. 까만 쇠공이 머리 위 하늘을 일직선으로 가르며 날아갔다. 아버지가 벽돌공장 굴뚝 위에 서서 손을 들어 보였다. 어머니가 조각마루 끝에 밥상을 올려놓았다. 의사가 대문을 들어서는 소리가 들렸다. 아주머니가 나의 손을 잡았다. 아아아아아아 하는 울음이 느리게 나의 목을 타고 올라왔다.

"울지 마, 영희야."

큰오빠가 말했었다.

"제발 울지 마. 누가 듣겠어."

나는 울음을 그칠 수 없었다.

"큰오빠는 화도 안 나?"

"그치라니까."

"아버지를 난장이라고 부르는 악당은 죽여 버려."

"그래. 죽여 버릴게."

"꼭 죽여."

"그래. 꼭."

"꼭."

육교 위에서

신애는 시내 중심가를 걸으며 정신을 차릴 수 없었다. 그녀가 볼 수 있는 것은 사람, 건물, 자동차뿐이었다. 거리에서는 기름 타는 냄새, 사람 냄새, 고무 타는 냄새가 났다. 잠시 서서 주위를 둘러보기도 어려울 정도였다. 인도에 사람들이 넘치고, 차도에 자동차들이 넘쳤다. 몸 둘 곳이 없었다. 단 몇 초 동안이라도 걸음을 멈추고 우울을 달랠 곳이 없었다.

병원에 가는 길이었다. 밑의 동생이 입원을 했다. 아직 마흔도 안 된 나이인데 음식을 제대로 먹지 못하고, 잠도 자지 못했다. 동생은 내과 의사들만 찾아다녔다. 위가 나빠져 음식을 소화시키지 못했던 것이다. 그런데 의사들을 찾아다녀도 동생의 병은 좀처럼 낫지 않았다. 육십삼 킬로그램이었던 몸무게가 오십일 킬로그램으로 줄었다. 신애의 남편이 동생을 정신과 의사에게 데리고 갔다. 동생을 본 의사들이 입원할 것을 권했다. 다행히 의사 한 사람이 동생의 대학 동기였다. 동생을 잘 아는 사람이었다. 신애는 동생이 믿을 수 있는 의사를 만나 마음이 놓였다.

동생의 몸은 많이 좋아졌다.

신애는 가파른 육교의 층계를 올랐다. 그 육교를 지나다 말고 신애는 섰다. 사람들에게 밀리지 않기 위해 옆쪽으로 붙어 서며 난간을 꼭 잡았다. 동생의 친구가 나가는 직장의 건물이 보였다. 제일 친했던 친구이다. 신애는 동생과 동생 친구의 기질을 잘 알고 있었다. 두 사람의 기질은 너무나 같았다. 신애가 어렸을 때 떠받든 우상은 한 사람의 전제에 대항한 이야기 속의 주인공들이었다. 열 살

의 차이가 있다 해도, 동생이 자랄 때도 마찬가지였을 것이다. 그
러나 동생 또래들은 불행한 대학 생활을 했다. 대학은 툭하면 문을
닫았다. 그러니 어둑어둑해지는 마지막 시간에, 이제는 고전이 되
어 버렸지만, 프랑스혁명을 유발시킨 이유의 하나로 세제를 예로
들고 뚜벅뚜벅 걸어 나가는 교수의 등을 대할 수도 없었다. 다행히
동생과 동생 친구는 골방에서 다른 아이들이 골치 아프다고 안 읽
는 책도 읽고, 담배를 빡빡 빨아 대며 입씨름도 했다.

두 사람에게 이 사회는 괴물 덩어리였다. 그것도 무서운 힘을 마
음대로 휘두르는 괴물 덩어리였다. 동생과 동생의 친구는 저희 스
스로를 물 위에 떠 있는 기름으로 보았다. 기름은 물에 섞이지 않
는다. 그러나 이러한 비유도 합당한 것은 못 된다. 정말 무서운 것
은 두 사람이 인정하든 안 하든 하나의 큰 덩어리에 묻어 굴러간
다는 사실이었다.

동생은 그날 오후 이순신 장군의 동상이 보이는 시민회관 앞 나
무의자에 앉아 있었다. 동생은 네 번째 나무의자에 앉아 친구를 기
다렸다. 나무의자들 앞에는 열다섯 개의 공중전화 부스가 있었다.
알루미늄 틀에 폴리에틸렌 문을 해 단 열다섯 개의 부스는 703번
에서 시작해 717번으로 끝났다. 동생은 712번 부스로 들어가 친구
에게 전화를 했다.

"아직 멀었니?"

동생이 물었다.

친구는 몇 초 동안 말이 없었다.

"왜 그래?"

"나갈 테니까 조금만 더 기다려."

"야, 아직 퇴근을 할 수 없다면 천천히 나와도 돼. 바쁘다면 다음에 만나든지."

"거기 그대로 있어. 오늘 널 만나야겠어."

"그럼 기다릴게."

"기다려."

친구가 전화를 끊었다. 동생은 712번 부스에서 나왔다. 나오면서 동생은 어쩌다가 이 숨막히는 도시의 무거운 하늘을 떠받치고 서 있는 이순신 장군의 동상을 보았을까. 동생은 얼른 고개를 돌렸다. 영악한 후세들이 장군을 배기가스 속에 세워 놓고 고문했다. 동생은 네 번째 나무의자로 돌아가 친구를 기다렸다.

친구는 토요일 오후의 인파에 싸여 밀려왔다. 친구는 동생 옆자리에 앉았다. 언뜻 보기에 둘은 서로 모르는 사람이었다. 둘은 아직 대학에서 공부하던 때 이런 자세를 취했던 적이 있다. 그때도 동생과 동생의 친구는 교수회관 앞 나무의자에 모르는 사람처럼 앉아 있었다. 학생들의 의사를 나타낼 수 있는 유일한 방법인 시위가 잘 훈련된 조직과 새로운 시위 진압 기계에 의해 억압받기 시작한 때였다. 편리한 머리들이 잊어버려서 그렇지 우리에게 그런 시기가 있었다. 그것을 넘겨 버렸다. 반대 의사를 가진 사람들의 입은 봉해졌다. 그때 동생과 동생의 친구는 생각이 같은 학생들과 만나 자주 이야기했다. 그들은 그들의 생각을 글로 써서 학교신문에 싣기로 했었다. 동생과 동생의 친구가 글을 썼다. 그러나 밤을 새워 쓴 원고는 주간의 손에 의해 되돌려졌다. 그는 이따위 글을 신문에 싣는 것은 무서운 죄악이며 설사 실어 준다고 해도 이 원고를 쓴 사람은 고통을 받게 될 것이라고 말했다. 그는 교수였다.

"도대체 자네들이 원하는 게 뭔가?"

그가 대뜸 물었다.

"원하는 게 뭐야? 말을 해봐."

"저희 글을 보셨잖습니까?"

동생이 말했다.

"시끄러워!"

주간이 책상을 쳤다.

"너희들이 다시 혼란을 불러일으키려는 것을 알고 있어. 질서가 잡힐 만하니까 또 시작이야."

"그 말씀은 틀렸습니다."

친구가 말했다.

"틀려?"

"틀렸습니다."

"어째서?"

"시작이 아닙니다. 끝이 나지 않았어요."

"이봐."

뜻밖이었다. 그의 목소리가 낮아졌다.

"무슨 일을 또 꾸몄나?"

낮은 목소리로 그가 물었다. 둘은 서로의 얼굴을 쳐다보았다. 낮은 목소리 앞에서 젊은이들은 약간 당황했다. 말이 없자 어른은 다시 소리쳤다.

"혼란이야!"

아주 큰 목소리였다.

"너희들이 원하는 건 혼란일 뿐이야. 너희 자신이 대학 문을 걸어 잠그고 있어."

"그건 사실입니다."

동생이 말했다.

교수는 동생을 쳐다만 보았다.

"그들이 못 들어오게 우리가 문을 닫으려고 했습니다."

"그 얘기가 아냐."

"우리는 보초를 세울 수 없었습니다."

"나가!"

그가 소리쳤다.

"원고를 주십시오."

동생의 친구가 말했다.

"안 돼."

그가 말했다.

"이따위 글을 쓰게 된 동기를 말하기 전엔 줄 수가 없어."

"저희들은 반대 의견이 있다는 것을 알려야 되겠다고 생각했습니다."

친구가 말하자,

"자넨?"

동생에게 물었다.

"같은 생각입니다."

동생이 말했다.

"아냐."

그가 원고를 가리켰다.

"불온한 글이야. 그런 줄 알고 썼지?"

"온순한 글은 어떤 글입니까?"

"알고 썼지?"

"저희들은 반대 의견을 말할 수 없는 나라는 재난의 나라라고 배웠습니다."

"누가 반대 의견을 말할 수 없다고 했나?"

"선생님께선 그걸 알고 계십니다."

그는 잠깐 동안 말하지 않았다.

그는 원고를 밀어 놓으며 말했다.

"우리가 이야기한다고 해서 해결될 일은 하나도 없어. 어떤 일을 계획하고 실행하는 건 우리가 아냐. 그런 사람들은 따로 있어. 이 원고는 원하니까 돌려주는데, 싣지 못하게 했다고 나를 원망하면 안 돼. 내가 자네들에게서 받아야 할 것은 원망이 아니라 감사의 말이야. 이런 글을 실어서 이로울 것은 하나도 없어. 자, 가져가라구."

"가자."

친구가 말했다.

밖으로 나온 동생과 동생의 친구는 만신창이가 된 원고, 색연필로 죽죽 뭉개진 자신들의 생각을 다시 읽어 보며 슬퍼했다. 신애도 그 글을 읽어 보았다. 대단한 글은 못 되었다. 신애는 그 글을 읽으며 몇 번 속으로 웃었다. 동생과 동생의 친구는 원고지 스무 장 안팎의 글 속에 그들이 알고 있는 것 전부를 털어놓으려고 했다. 주장하는 것이 무엇인지 잘 나타나 있지도 않았다. 그런데 주간은 색연필로 죽죽 줄을 쳤다. "보이지 않는 힘이 평화로운 변화를 방해하고 있다"는 부분은 얼마나 세게 그었는지, 몇 장의 원고지가 눌려 찢어지기까지 했다. 살기가 그의 손끝까지 내려와 있었던 게 분명했다. 동생과 동생의 친구는 무서운 분노를 눌러 가며 여학생회관으로 달려갔다.

둘은 여학생회의 등사판을 빌려 가지고 신애네 집에 와 밤을 새웠다. 무슨 비밀 일을 하듯 마루 밑 지하실에서 일했다. 연탄이 쌓여 있는 한쪽 구석, 백열전등 아래서 등사 롤러를 밀었다. 다음 날 아침, 둘은 밥도 안 먹고 나갔다. 한 뭉텅이씩의 등사판 신문을 그들은 가지고 나갔다. 그것을 학생들에게 나누어 주었다. 학생들은 몸을 움츠리며 종종걸음을 쳤다.

"이봐."

둘이 모르게 주간이 옆쪽에 와 있었다.

그는 이렇게 말했다.

"나는 그 원고를 자네들 손으로 없애 버리길 바랐어. 그런데 이제 와서 나의 뒤를 치는구만. 다른 말은 않겠어. 하지만, 아이들 생각이 달라졌다는 걸 알아야지. 자네들의 이 딱딱하고 재미없는 등사판 글을 읽어 줄 학생이 과연 몇이나 될까? 지난 시위 때처럼 자네들을 따라 줄 것 같아? 봐, 이 등사판 글을 읽겠다고 오는 학생들이 없잖아. 집어치우고 강의실로 돌아가라구. 사태를 좀 정확히 판단해. 내일부터 저번 시위로 연기했던 시험을 친다구. 싸움에는 적이 있어야 돼. 도대체 자네들의 적은 누구인가? 햇빛 줄기인가? 별빛 줄기인가? 아니면 그림잔가?"

"아닙니다."

친구가 말했다.

"아니겠지."

그가 말했다.

"우리 자신입니다."

동생이 말했다.

그는 웃었다.

"이쯤 해."

그가 말했다.

"이쯤 하고 이웃집을 넘겨다보라구."

이것은 확실히 위선적인 인간의 말이었다. 그러나 그가 정확히 본 것이 있었다. 같은 생각을 갖고 자주 만나 이야기한 학생들도 그때는 이미 둘의 편이 아니었다. 이때의 둘을 생각하면 신애는 웃음이 절로 나왔다. 큰 소리로 구호를 외쳐 대던 아이들이 군에 들어간 뒤였다. 몇 개의 법도 새로 만들어졌다. 아이들은 캠퍼스 안에서 포커를 시작했다. 아이들은 카드놀이의 재미를 뒤늦게 알았다. 동생과 동생의 친구는 엉뚱한 때 엉뚱한 곳에 서 있었다. 둘만 남은 것 같았다. 동생과 동생의 친구는 어떤 희망에 대해서도 이야기할 수 없었다.

주간의 관찰은 정확했다. 그러나 그 정확이 옳은 것은 아니었다. 동생과 동생의 친구는 그날 아침 그의 위선적인 말을 들은 뒤 밤새워 민 등사판 신문을 옆구리에 낀 채 교수회관 앞 나무의자에 말없이 앉아 있었다. 신애가 보기에 둘은 이미 그때 어떤 상처를 입었다.

둘은 나무의자에서 일어날 수가 없었다. 동생과 동생의 친구는 그들이 속해 있는 사회에 대한 단정을 빨리, 아주 빨리 내리지 않으면 안 되었다. 둘은 배도 고팠고, 또 졸립기도 했다. 그래도 동생과 동생의 친구는 저희들의 시대, 사회 그리고 그 안에서의 저희들의 역할에 대해 생각했다. 동생과 동생의 친구는 그때 참 진지했었다.

"이것만은 분명하다."

이윽고 친구가 말했다.

"모두 한편이 돼 가고 있다."

"왜?"

동생이 물었다.

"그 까닭을 알아야 돼. 한편이 돼 가면서 마비 현상을 일으키고 있어."

"그거야, 마비."

동생이 말했다. 동생은 친구의 생각에 동의했다. 목소리는 작아졌고, 눈빛은 흐려졌다.

"박쥐가 온다."

친구가 말했다.

친구는 주간을 박쥐라고 불렀다. 그의 할아버지는 일본의 한국 지배를 위해 일했다. 그의 아버지가 한 일도 비슷한 것이었다. 도서관에 가면 지금도 그의 아버지가 쓴 「인간 이기붕」이라는 글을 지난 신문에서 읽을 수 있다. 그는 한 학생과 이야기하며 걸어오고 있었다. 벌써 전에 둘에게 등을 돌린 학생이었다. 동생과 동생의 친구는 뒤늦게 둘만 남았다는 것을 알았다. 목소리가 유난히 컸던 친구들은 모두 군에 갔다. 동생과 동생의 친구는 말없이 앉아 있었다. 언뜻 보기에 서로 모르는 사람이었다.

이순신 장군의 동상이 보이는 거리의 나무의자에 앉아서도 마찬가지였다. 처음 얼마 동안 말을 하지 않았다. 토요일 오후의 인파가 동생과 동생 친구 옆으로 흘러넘쳤다. 나무의자들 앞쪽, 공중전화 부스도 전부 사람들로 메워졌다. 둘의 기분은 아주 우울했다. 즐거울 일이 없었다. 둘은 아직도 많은 사람이 어떤 치명적인 질병에 걸려 헤어나지 못한다고 믿고 있었다.

그날 친구는 한참 만에야 입을 열었다.

"나는 협박과 유혹을 받고 있다."

그의 표정은 굳어 있었다. 얼굴을 들 때는 지나치게 심각해 보

174

였다.

"왜 그래?"

동생이 물었다. 친구는 바짝 다가앉으며 말했다.

"박쥐 때문이야."

"박쥐라니?"

"벌써 잊었니?"

동생은 소스라치듯 물었다.

"그는 대학에 있잖아?"

"그가 나를 협박하고 있어."

"어디서?"

"신문을 봐야 알지. 그가 우두머리가 돼 왔어."

"빌어먹을!"

동생이 소리쳤다.

전화 차례를 기다리던 몇 사람이 둘을 돌아보았다. 그들은 이내 아무 일도 아니라는 듯 고개를 돌렸다.

"사실, 놀랄 일은 아닌데."

동생도 친구의 얼굴을 닮아 가며 말했다.

"그다운 결정 아냐?"

"물론 그래."

"그런데 네가 그에게서 받는 협박은 어떤 거야?"

"나를 자기와 가까운 자리에 앉히겠다는 거야."

침울한 목소리였다. 동생은 할 말을 잃었다. 친구가 이야기를 했다.

"그가 나를 불렀을 때 나는 참을 수가 없었어. 과장이 오히려 놀라워하며 급히 가 보라고 해 나는 그의 방으로 갔지. 다들 부러워하는 눈치였어. 그런데도 나는 붉은 카펫이 깔려 있는 그의 방 바로 그 앞에서 마음문은 더욱 굳게 닫히고, 하늘처럼 높아야 할 제일 우두머리가 위선적인 인간, 기회주의자, 그리고 우리를 짓밟은 끄나풀이라는 생각밖에는 할 수가 없었어. 그는 웃고 있었어. 나의 손을 잡아 흔들면서 말이야. '지난 얘기지만 나는 대학에 있을 때부터 자네가 훌륭한 젊은이라는 점을 인정했지. 물론 자네의 약점이 어떤 건지도 잘 알고 있었지만. 지난 이야기는 그만하구, 다음 주부터 이 옆방으로 와 일해 주게.' 알겠니? 그러면 자기가 나를 끌어 주겠다는 거야."

이때의 친구는 아주 짧은 동안 동생이 처음 보는 표정을 지었다.

"간단히 말해 한편이 되자는 거야."

하고 동생의 친구는 말했다.

"그는 너의 이용 가치를 생각한 거다."

이번에는 동생이 말했다.

"학교에서 우리를 괴롭힌 인간이 밖에서 달라져야 할 까닭은 없잖아?"

"없지."

"그는 너에게서 뭘 원하는 걸까?"

"그야 충성이지. 자기가 못 갖고 있는 것을 내가 갖고 있다고 믿었을지도 모를 테구."

"하지만, 난 이해할 수가 없다."

동생은 말했다.

"그의 말이 이제 와서 왜 유혹으로 느껴질까? 협박이라는 말도 우습지만 유혹이라는 말은 더욱 이상하지 않아? 그런 게 유혹으로 느껴진다면 지금까지의 너는 뭐였니? 지난 얘기지만 앞에 나서서 소리칠 필요도 없었고, 숨어 다닐 필요도 없었고, 밤새도록 등사판을 밀 필요도 없었잖아. 너는 앞 대의 사람들은 그들의 부정과 부의 심한 편중을 가리기 위해, 맑은 정신을 흐리게 하는 허황되고 또 위선적인 희망을 내세우지는 않았다고 썼었어. 너는 아무리 좋은 사회가 이뤄진다고 해도 다음 대를 위해 비판과 저항은 잃지 말아야 한다고 썼었지. 너는 정작 우리가 부끄러워해야 할 것은 가난이 아니라고 말해 왔어. 그런데 알 수 없는 일 아냐? 도대체 네가 말하는 유혹은 어떤 거냐?"

그러나 이미 늦었다. 토요일 오후의 인파는 점점 불었다. 앉아 있는 자리에서 동생은 숨이 막혔다. 동생은 몰랐다. 동생은 친구를 믿었다.

"이상한 일이야."

무거운 목소리로 친구가 말했다.

"나는 내 생각들을 바로 펴 보지도 못하고 시들어 가는 것 같아."

"안 되겠다."

동생이 벌떡 일어섰다.

"이런 데 앉아서 이야기를 시작한 때문이야. 자리를 옮기자."

"내가 마비 현상 운운했던 말을 기억하고 있니?"

"그래, 너의 판단은 정확했다."

"그땐 설마 하는 사람들이 있었어."

"누구에게나 잘 듣는 생화학제가 필요해. 그걸 우리가 만들어야 돼."

"하지만, 불안한 일뿐이야. 견딜 수가 없어. 나는 이미 박쥐가 오기 전부터 직장 동료들로부터 협박을 받아 왔어. 앞으로의 처신 문제가 나를 불안하게 해. 이것이 내가 개인으로 갖는 가장 큰 불안이야."

신애에게 이때의 둘은 아직도 아이들이었다. 둘은 그날 인파에 묻혀 지하도로 내려섰다. 그곳을 빠져나와 무교동으로 들어섰다. 거기서 술을 마셨다. 아주 많이 마셨다. 사람들이 많았다. 동생은 정신을 차릴 수 없었다. 둘이 싫어하는 사람들은 술집만은 점령하지 않았다. 둘에게는 마지막 숨통이었다.

"나는 용서할 수가 없다!"

친구는 말했다.

"모두, 한 치 앞도 못 보고 끌려가는 이 마비 속에서 뻗어 버려라!"

신애가 보기에 동생과 동생의 친구는 너무나 닮은 선천적인 기질을 갖고 있었다. 그러나 육교의 난간을 잡은 채 신애는 생각했다. 누가 동생의 친구를 죽였을까?

동생의 친구는 변해 버렸다. 처음에는 기진해 쓰러진 것이라고 동생은 말했다. 그러나 동생은 오랫동안 친구를 만날 수 없었다. 만나야 이제는 할 이야기도 별로 없다. 동생의 친구는 둘에게 첫 번째의 상처를 입혔던 그 사람 옆방으로 가 일하고 있다. 친구는 애써 잃어버린 희망을 찾지 않기로 했을 것이다. 그 친구는 냉난방 시설을 갖춘 큰 집에 없는 게 없이 해놓고 산다. 몇 개의 낙원 중 하나를 보는 것 같다. 친구의 낙원은 언제나 따뜻했다. 비싼 그림도 사다 걸었다. 곧 아내와 아이들을 위한 승용차도 갖게 될 것이다. 그러나 신애는 행복이라는 말을 빼어 놓는다. 아이들은 너무 빨리 늙어 죽는다. 마비 속에서. 신애는 육교의 층계를 내려오면서 생각했다. 동생의 친구는 정말 그가 술집에서 말했던 대로 용서하지 않았다.

동생은 병실 침대 위에서 잠을 자고 있었다. 간호사가 나가면서 손가락을 입에 댔다. 동생 머리맡에 사진 한 장이 놓여 있었다. 아내가 갖다 놓은 것이다. 동생의 아이들이 사진 속에서 웃고 있었다. 사람을 제일 약하게 하는 것들이 아무것도 모르는 채 웃고 있었다.

궤도 회전

셋째 해를 윤호는 조용히 보냈다. 두 번째 해의 십이월과 다음의 일월을 괴롭게 보냈을 뿐이다. 아버지만 아니었다면 그 두 달도 조용히 보냈을 것이다. 아버지는 윤호가 예비고사에서 떨어진 이유를 밝혀내려고 했다. 윤호는 아무 말도 하지 않았다. 첫해의 예비고사 성적이 이백육십칠 점이었다. 그해의 커트라인은 백구십육 점이었다. 칠십일 점이나 더 받고 합격했던 윤호가 다음 해에 떨어진 이유를 아버지는 알 수 없었다. 나중에야 알고 파랗게 질렸다. 아들의 낙방을 반항으로 받아들이려고 했다. 그러한 아버지를 윤호는 불쌍하게 생각했다. 아버지의 매를 피하지 않았다. 화가 난 아버지는 철사로 아들을 때렸다. 아버지는 지난 몇 달 동안 남의 나라의 묵은 법을 꺼내 밑줄을 그었다. 윤호는 아버지가 무슨 일을 하고 있는지 알 수 있었다. 네 겹 철사가 공기를 가르면서 윤호의 몸을 휘감았다. 누나가 소리를 내어 울었다. 비서가 시간을 알리지 않았다면 율사는 아들의 몸에 큰 상처를 남길 뻔했다. 그는 매를 놓고 호텔로 갔다. 그와 그의 동료들은 호텔에서 중요한 회합을 갖고는 했다. 누나가 윤호의 옷을 벗겼다. 살 속까지 파고들어 간 내의가 피에 젖어 있었다. 윤호는 사흘 밤낮을 그 아픔에서 벗어날 수 없었다.

잘못은 아버지에게 있었다. 처음부터 윤호를 전혀 다른 계층의 사람으로 키우려고 했다. 그의 우월주의가 윤호를 A대학교 사회계열로 민 것이다. 결국 두 달이 지나자 아버지는 윤호에게 어떻게 할 것이냐고 물었다. 윤호는 처음처럼 B대학교에 가 역사 공부를 하겠다고 말했다. B대학교에는 지금 실력으로도 충분히 들어갈 수 있기 때문에 학원은 물론 개인 지도 같은 것도 일절 받지 않겠다고 했다. 학원 강사, 개인 지도교사 들을 생각하면 구역질부터 났다. 윤호에게 걸었던 아버지의 기대는 이때 무너졌다. 그는 담담히 물러섰다. 화를 내지도 않았다. 깨져 버린 꿈에 불까지 지를 필요는 없다고 생각했을 것이다.

윤호는 아버지의 주문과 기대를 밀쳐 버리자 자유로워졌다. 그 셋째 해의 삼월과 사월 사이에 『노동수첩』이라는 작은 책자를 읽었다. 그 안에는 근로기준법, 근로기준법 시행령, 근로 안전 관리 규칙, 노동조합법, 노동조합법 시행령, 노동쟁의조정법, 노동쟁의조정법 시행령, 노동위원회법, 노동위원회법 시행령, 국가 보위에 관한 특별조치법, 은강방직 단체협약, 은강방직 노사협의회 규칙, 은강방직 지부 운영 규정 등이 들어 있었다. 윤호는 막 이사 간 동네에서 이 책을 읽었다. 아주 밝고 깨끗한 동네였다. 아버지가 행복동 삼층집을 팔고 북악산 산허리 숲속 단층집으로 이사를 한다고 처음 말했을 때 누나는 발을 동동 구르며 싫다고 했다. 비서를 따라갔다 와서는 반대로 이사 갈 날만 기다렸다. 울타리가 쳐져 있는 동네였다. 입구에 경비실이 있고, 경비원들이 차를 세워 동네로 들어가는 사람들의 신원을 확인했다. 전혀 다른 세계에 와 있는 느낌이었다. 거리는 깨끗하고, 집들은 그림 같았다. 걸어서 이 저택촌을 드나드는 사람은 하나도 없었다.

봄이 되자 동네는 향기로 가득 찼다. 겹벚꽃, 덩굴장미, 라일락,

백목련, 산철쭉, 가막살나무, 박태기나무 등이 꽃을 피웠다. 벌들이 잉잉 소리를 내며 날았다. 그 동네에서는 과거의 소리를 들을 수 없었다. 비 온 다음의 풍경은 말할 수 없이 아름다웠다. 윤호는 거기서 작은 혼이 자지러지는 소리를 듣고는 했다. 그러나 숨을 죽이고 살았다. 『노동수첩』은 더없이 좋은 책이었다.

"그거 무슨 책이야?"

"응?"

"그 책."

"이건 책이 아냐."

"그럼 뭐야?"

사월이 다 갈 때 옆집의 여자아이가 말을 걸어왔다. 그 아이는 저희 빨간 차에 기대서서 뚫어지게 윤호를 쳐다보았다. 윤호는 아무 대꾸를 하지 않았다. 계집아이들도 마찬가지였다. 학원 강사나 개인 지도교사 들처럼 생각만 해도 구역질이 날 것 같았다. 여자아이들과 자고 끝이 좋았던 기억이 하나도 없다. 늘 울고 싶은 마음뿐이었다. 그런데 옆집 아이는 윤호 앞으로 확 다가서면서 작은 책자를 낚아챘다. 그 아이가 제목을 읽고, 속 차례를 읽는 모습을 윤호는 보았다. 경애는 이제 고등학교 이학년이 된 열일곱 살짜리 여자아이였다. 얼른 차례를 읽고 첫 장을 넘겨 근로조건의 준수, 균등처우, 폭행의 금지, 중간착취의 배제, 공민권 행사의 보장 등 고딕체의 글자를 따라 읽었다. 『노동수첩』을 넘겨주면서 경애는 얼굴을 붉혔다.

그 아이가 얼굴을 붉힌 까닭을 윤호는 알 수 없었다. 그 아이는 눈이 부시게 흰 스웨터에 눈이 부시게 흰 바지를 입고 있었다. 나중에 안 일이지만 그때 그 아이의 할아버지가 죽어 가고 있었다. 경애의 옷은 몸에 찰싹 붙었다. 다음에 만났을 때는 원피스를 입고 있었다. 경애가 윤호를 집으로 찾아와 만났다.

"셀 모임이 있어."

그 아이가 대뜸 말했다.

윤호가 물었다.

"뭐라구?"

"셀."

"셀이 뭐야?"

"셀(cell), 셀 테크닉(cell technique)——알지?"

"그래, 알아."

윤호는 경애의 얼굴을 들여다보면서 물었다.

"그런데 왜 나를 찾아왔니?"

"오빠를 초청하러."

"나를? 왜?"

"토론 주제가 십 대 노동자야."

"잘못 짚었어. 난 할 이야기가 없다."

"『노동수첩』은 어디서 났어?"

"은강엘 갔었지. 거기서 구했어."

"노동자들을 만났잖아? 그렇지?"

이번에는 경애가 윤호의 얼굴을 빤히 들여다보면서 물었다. 얼굴만 돌렸다면 피할 수도 있었을 것이다. 윤호는 저도 모르게 열일곱 살 아이에게 끌려가고 있었다. 그 시간에 경애의 할아버지가 죽어 가고 있었다. 경애의 할아버지는 돈이 많았다. 많은 돈을 갖고 있음에도 불구하고 그는 마지막 숨을 크게 쉬고 눈을 감았다. 숨의 매듭끈은 쉽게 끊겼다. 동네는 진한 꽃향기에 묻혔다. 승용차들이 지붕 위에 큰 화환을 싣고 왔다. 그 화환의 수를 정확히 셀 수 없었다. 누나는 진한 향기를 참을 수 없다면서 창문을 꼭꼭 닫아걸었다. 서울의 모든 꽃집 꽃들이 동났을 것이라고 누나는 말했다.

그날 밤 아버지는 그의 동료 율사들과 지하 홈 바에서 술을 마셨다. 그들은 먼저 경애네 집에 들렀다 왔다. 아무도 경애 할아버지와 악수를 할 수 없었을 것이다. 윤호는 영어 공부를 했다. 지겨운 수학 공부도 했다. 그러다 창가로 가 잔디밭 덩굴장미 너머로 경애네 집을 보았다. 까만 옷을 입은 경애가 집 앞에 나와 서 있었다. 그 아이는 시들어 가는 꽃을 만졌다. 윤호는 이제 경애 할아버지의 몸도 냄새를 풍기기 시작했을 것이라고 생각했다. 그런데 다음 날 만난 경애는 고개를 저었다. 할아버지의 몸은 절대로 썩지 않을 것이라고 말했다. 그 아이는 윤호를 저희 빨간 차 안으로 끌어 들인 다음 장의사 사람들이 밤을 새워 한 일에 대해 이야기했다. 그들은 굉장한 기술자였다.

"이해할 수가 없어."

경애가 말했다.

"나도 언젠가 죽을 것 아냐. 그리고 땅에 묻히겠지. 내가 땅에 묻혀 흙으로 변한 다음에도 할아버지는 관 속에 지금 그대로 누워 계시겠다는 거야."

"너희 할아버지는 왕이구나."

"독재자야."

"울지 않았니?"

"내가 왜 울어야 되지? 아무도 울지 않았어. 어른들은 지금도 싸우고 있어."

"왜?"

"할아버지의 자리가 탐이 나서."

"어디로 가는 거지?"

"학생회관."

둘이 도착하였을 때 회관 성물 판매소 앞에 아이들이 서 있었다. 아이들이 경애를 둘러싸며 손을 잡았다. 남자아이들은 건물 안 휴게실에서 여자아이들을 기다렸다. 여자아이들이 들어갔을 때 어떤 아이는 전화를 걸고 있었고, 어떤 아이는 사탕 판매기 앞에서 동전을 찾고 있었으며, 어떤 아이는 가방을 열어 그 안에 든 초와 성경, 학생 교본인 『믿음을 향한 대화』, 제가 사용할 컵 등 준비물을 확인하고 있었다. 남자 쪽 총무가 사무실에서 지하 성당의 열쇠를 가지고 왔다. 아이들이 그를 따라서 내려갔다. 윤호는 건물 현관문 위의 '자유, 정의, 평화'와 휴게실 접수부 위 벽의 '팍스 로마나(Pax Romana)'를 읽었다. 경애가 윤호를 안내했다.

스무 개의 계단을 내려가자 나무 십자가가 보였다. 윤호는 왼쪽 벽 앞으로 다가선 경애가 성수를 찍어 성호를 긋는 것을 보았다. 경애는 "주여, 이 성수로써 내 죄를 씻어 없애시고, 마귀를 쫓아 몰으시고, 악한 생각을 빼어 버리소서"라는 기도문을 외었다. 그날 아이들은 지하 성당에서 '십 대 노동자'라는 주제를 가지고 삼십 분 동안 토론을 벌였다. 윤호는 가만히 앉아 듣고만 있었다. 눈이 마주칠 때마다 경애가 미소를 띠어 보였다. 그 아이의 어깨 너머로 성체를 모신 감실, 대리석 제대 안쪽의 성합이 보였다. 반쯤 열린 커튼 사이로 빨간 불빛이 새어 나왔다. 아이들의 목소리가 높아졌다. 열심히 자기의 생각들을 털어놓았다. 아이들은 그림자를 잡고 있었다. 그림자를 잡다가 윤호를 불렀다.

"오빠!"

경애가 소리쳐 아이들이 웃었다.

회장이 말했다.

"지도 선생님이 못 나오시게 되어 한윤호 선배를 모셨습니다. 지금부터 말씀을 듣도록 하겠습니다."

"여러분의 지도 선생님이 못 나오시게 된 이유를 방금 알았습니다."

윤호가 말했다.

"하실 말씀이 없으셨을 겁니다."

아이들이 웃었다.

"선생님은 굉장히 창피하셨을 겁니다."

아이들이 다시 웃었다.

"나도 부끄럽습니다. 그런데 놀랍게도 여러분은 부끄러움을 모릅니다."

"왜요?"

여자아이가 물었다.

윤호는 말했다.

"여러분은 십 대 노동자 문제를 놓고 삼십 분 동안이나 이야기를 했습니다. 모르면서 아는 것처럼 이야기했습니다. 우리나라에서 십 대 노동자에 대해 죄스러운 마음 없이 이야기할 수 있는 사람은 하나도 없습니다. 나도 마찬가지입니다. 나는 행복동에 살 때 어느 분의 소개로 난장이 아저씨를 알게 되었습니다. 그분은 평생 동안 고생만 하시다 돌아가셨습니다. 그분의 아들과 딸이 공장지대에 가 일하고 있습니다. 그들은 복잡하고 힘든 일을 합니다. 그들의 어린 동료들은 자기 자신을 표현할 줄도 모르고, 인간적인 대우를 어떻게 해야 받는지도 모릅니다. 현장 일이 그들의 성장을 짓누르고 있습니다. 위에서는 날마다 무지한 생산계획을 세웁니다. 노동자들은 기계를 돌려 일합니다. 어린 노동자들은 생활의 리듬을 기계에 맞춥니다. 생각이나 감정을 기계에 빼앗깁니다. 학교에서 배운 것 생각나죠? 그들은 낙하하는 물체가 갖는 힘, 감긴 태엽 따위가 갖는 힘과 같은 기계적 에너지로 사용됩니다. 그래서 나는 여러분처럼 십 대 노동자 이야기를 하며 노동이라는 말, 의무라는 말, 자연적인 권리라는 말을 할 수가 없습니다. 그리고 여러분처럼

190

그들을 돕자고도 말할 수 없습니다. 여러분이 갖는 감상은 그들에게 아무 도움을 못 줍니다. 난장이 아저씨의 아들딸과 그 어린 동료들이 겪는 일을 보고 느낀 것이 있습니다. 197×년, 한국은 죄인들로 가득 찼다는 것입니다. 죄인 아닌 사람이 없습니다."

이야기를 하다 말고 윤호는 기타 소리를 들었다. 남자아이가 구석 쪽으로 가 기타를 치기 시작한 것이다.

"계속하세요."

여자아이가 말했다.

"아주 작게 쳐."

다른 여자아이가 남자아이에게 말했다. 그것은 슬픈 음악이었다. 그 기타 소리가 은하계의 별들을 떠올리게 했다. 윤호는 작은 별들의 운행을 생각했다. 경애는 말 한마디 없이 윤호만 쳐다보았다. 윤호는 죽은 난장이의 아들딸이 공장에서 겪는 몇 가지 실례를 들어 주고 이야기를 끝냈다. 난장이의 큰아들은 자동차 조립공장에서 드릴 일을 했다. 작은아들은 연마 일을 했다. 딸은 방직공장에 나가 틀보기 일을 했다. 큰아들은 지금 일을 못 하고 있다. 그러나 아이들은 윤호의 이야기를 제대로 이해할 수 없을 것이다. 아이들을 끌어들여 이해시키기 위해서는 『노동수첩』을 처음부터 끝까지 읽어 줘야 하고, 노동자들이 인간으로 받는 대우를 하나하나 열거해야 하고, 현장 설명을 구체적으로 해야 하고, 그곳 하늘 빛을 세세히 묘사해야 하고, 그들의 식탁과 잠자리를 이야기해야 하고, 고용주와 피고용인이 갖는 힘의 불균형과 그에 의한 분배를 말해야 하고, 노동운동의 역사를 들춰야 하고, 불편한 잠자리에서 고향 꿈을 꾸다 일어나 앉는 어린 소년소녀 노동자들의 얼굴 표정을 설명해야 한다. 윤호는 단념하고 이야기를 끝내 버렸다. 아이들은 다음 프로그램을 원하고 있었다. 성급한 남자아이 중의 몇몇은 처음부터 윤호의 말을 듣지 않겠다는 자세였다.

경애가 다가와 대신 사과했다.

"신경 쓰지 마."

경애가 말했다.

"다른 아이들은 오빠를 좋아해. 마실 것 좀 줄까?"

"괜찮아."

윤호는 말했다.

"나 먼저 가 봐야겠다."

"왜?"

"내가 어울리지 않는 곳이야."

"오빠를 좋아하는 아이들을 실망시키지 마."

"그런 아인 없어."

"있어!"

"이곳이 갑갑해서 나가고 싶어."

"모두 죄인이라면서? 그러니까 우리가 사는 곳은 다 감옥 아냐?"

남자아이들이 일어나 의자 뒤쪽으로 물러섰다. 여자아이들은 의자를 하나씩 비우고 떨어져 앉았다. 두 아이가 은박 접시에 접은 종이를 넣어 돌렸다. 아이들이 그것을 집었다.

"네 파트너는 초대 손님이야."

여자아이가 말했다.

"오빠가 내 파트너야."

경애가 말했다.

"토론 주제는 누가 정했니?"

윤호가 물었다.

"왜?"

"용서할 수 없어."

"나는 상제야."

"자유를 팔았다면 용서했을 거야."

"할아버지의 몸은 썩지 않을 거야. 내일이 장례날이야. 나는 상
제야. 오빠가 날 어떻게 하면 안 돼."

윤호는 감실 옆쪽의 마리아상을 보았다. 남자아이들은 접은 종
이를 펴 자기 파트너를 찾아갔다. 여자아이들은 옆자리에 와 앉는
남자아이들을 보았다. 어떤 아이는 만족하고 어떤 아이는 실망했
다. 그 아이들이 탁자 위에 준비해 온 것들을 올려놓기 시작했다.
무지개떡, 햄버거, 과자, 과일 그리고 마실 것들인 우유와 콜라였
다. 어떤 아이는 커피를 끓이기 위해 문 왼쪽 콘센트에 커피포트의
플러그를 꽂았다.

아이들의 준비는 완벽했다. 아이들은 소형 전축과 전축 음반까
지 반입하는 데 성공했다. 기타는 문제가 될 것이 없었다. 기타는
이미 오래전부터 합동회합 때 지참해도 되는 필수품목으로 공인

을 받아 왔기 때문이다. 여자아이들이 촛불을 켰다. 남자아이가 전등을 껐다. 아이들은 탁자에 둘러앉아 차려 놓은 것들을 먹고 마셨다. 아이들은 아주 행복했다.

"소꿉장난이야."

경애가 말했다.

"오빠한테 미안해. 그렇지만 먼저 가면 안 돼."

"왜 날 잡는 거냐?"

윤호는 바짝 다가앉는 경애에게 물었다.

"오빠가 좋아서."

낮게 경애가 말했다.

"주제가 자유였다면 오빠와 이야기를 할 수 없었을 거야."

"너는 불쌍한 아이들을 팔았어."

"오빠 이야기는 멋있었어. 오빠가 오늘 나를 구원해 줬어."

"너는 불쌍한 아이들을 팔고, 이제 너의 신까지 모독했다."

"그러지 마, 오빠."

경애가 눈을 흘겼다.

"다들 조용히 해."

여자아이가 말했다.

"자, 됐지?"

남자아이가 기타를 쳤다. 윤호로 하여금 작은 별들의 운행을 생각하게 했던 아이다. 그 아이는 기타를 치면서 "……바람은 알고 있다……"고 노래했다. 그 아이의 파트너가 촛불을 옮겨 놓으며 콜라를 마시는 모습을 윤호는 보았다. 성급한 남자아이들은 또 다음 프로그램의 진행을 원했다. 그중의 한 아이가 밖으로 나갔다. 아이들이 노래를 합창했다.

"들리니?"

안에서 한 아이가 물었다.

밖으로 나갔던 아이가 들어와 문을 잠그며 말했다.

"안 들려."

"전축을 틀어."

"벌써 춤이야?"

"그만둬."

남자 쪽 총무가 말했다.

"게임 순서야."

"오빠도 해."

"나는 옵서버야."

"두고 봐."

경애는 말했다.

"오빠도 끼게 될 거야."

아이들은 탁자를 벽 쪽으로 옮겼다. 윤호는 그 반대쪽 벽에 걸려 있는 열네 장의 그림, 십사처 상본을 보았다. 아이들이 게임을 시작했다. 아이들은 크게 소리치고 크게 웃었다. 남자아이들이 웃옷을 벗었다. 땀을 흘리기 시작한 몇몇 여자아이들도 거추장스러운 웃옷을 벗었다. 시간 재기를 할 때 경애가 윤호 옆으로 다가와 앉았다. 경애는 윤호의 두 손 사이에 작은 손을 포개어 넣었다. 남자 아이들도 파트너의 손을 두 손 사이에 넣었다. 아이들은 눈을 감았다. 정확히 십오 초 후에 일어나라고 말한 사회자가 두 개의 촛불을 꺼 버리는 것을 윤호는 보았다. 남은 세 개 중의 한 촛불이 경애의 얼굴에 희미한 빛을 던졌다. 남자아이들이 일어서기 시작했다. 어떤 아이들은 너무 일찍 일어섰고, 어떤 아이들은 너무 늦게 일어섰다. 십오 초라는 짧은 시간이 많은 착각을 주었다. 사회자는 오차가 심했던 짝들을 좁은 의자 위에 올려 세우려고 했다. 아이들은 제대로 서지도 못하고 떨어졌다. 여자아이들이 남자아이들을 밀어 버렸다. 서로를 안지 않고서는 좁은 의자 위에서 매암을 돌 수 없었다. 남자아이가 촛불 하나를 꺼 버렸다. 여자아이 둘이 남은 두 개의 촛불을 손으로 가렸다. 아이들이 의자 위로 올라서는 소리를 윤호는 들었다.

"올라와, 오빠."

경애가 말했다.

"나에게 명령을 하면 안 돼."

윤호가 말했다.

"오빠도 한 번만 나에게 명령해."

"그럴 일이 없어."

"생각해 봐."

"너를 고문대에 눕힐 테야."

경애가 말없이 손을 내밀었다. 윤호는 그 손을 잡고 의자 위로 올라섰다. 경애는 윤호의 두 손을 잡아 허리 뒤쪽에 대 주며 깍지를 끼게 했다. 자신의 팔은 윤호의 등 뒤로 돌려 가슴 부분을 안았다. 윤호가 두 팔에 힘을 주는 것을 느끼며 경애는 발을 들었다. 두 아이는 의자 위에서 작은 궤도를 따라 돌았다. 다른 아이들은 의자와 함께 넘어갔다.

"됐어."

경애가 속삭이듯 말했다.

윤호는 경애를 풀어 주었다.

"근사했어!"

여자아이가 낮게 경애에게 말했다. 그 아이의 파트너가 남은 두 개의 촛불 중에서 또 하나를 껐다. 다른 아이가 전축을 틀었다. 아이들은 음악 소리를 들으며 자기 짝하고만 이야기하기 시작했다. 모두 그 시간을 기다렸다. 마지막 촛불 하나는 한쪽 벽과 천장에만 빛을 던졌다. 아이들은 그 마지막 촛불만은 끄지 못했다. 돌아가는 음반 속에서 여자 가수는 "……어느 맑은 여름날 연못 속에 붕어 두 마리 서로 싸워 한 마리는 물 위에 떠오르고 그놈 살이 썩어 들어가 물도 따라 썩어 들어가 연못 속에선 아무것도 살 수 없게 되었죠……"라고 노래 불렀다. 윤호는 벽에 기대앉았다. 경애는 얼마 동안 고개를 들지 않았다. 윤호가 팔에 힘을 주었을 때 가졌던 감각을 아직 떨어 버리지 못했다. 장의사 사람들은 굉장한 기술자였다. 그러나 그들도 죽은 할아버지의 감각세포만은 어떻게 할 수 없었을 것이다. 경애의 할아버지는 평생을 하등감각에 얽매여 산 사람이다. 윤호는 경애의 얼굴을 들게 하더니 약속을 지켜 하고 말했다. 날 어떻게 할 생각이야, 경애가 물었다. 고문대에 눕힌 다음 너를 고문할 거야, 하고 윤호가 말했다. 내가 무엇을 잘못했어? 이제 네 죄를 네가 불어야 돼. 좋아 오빠 마음대로 해, 하고 경애가 말했다. 윤호는 경애를 일으켜 세우더니 옷을 벗어 하고 말했다. 미쳤어 오빠, 경애가 웃었다. 아이들이 전축을 껐다. 그 아이들이 윤호와 경애를 둘러쌌다. 윤호는 경애의 원피스 목 부분을 걸머잡았다. 걸머잡은 손을 아래쪽으로 확 내리자 경애가 외마디 소리를 지르며 얼굴을 감쌌다. 아이들이 웃었다. 옷이 찢기며 알몸을 드러낸 착각을 경애는 가졌다. 순간적인 수치심 때문에 입술을 꼭 물었다. 윤호는 경애의 두 손을 끈으로 묶는 시늉을 했다. 고문리는 발가벗긴 죄수를 수직 고문대에 매달 생각이었다. 나에겐 아무 죄가 없어, 하고 경애가 말했다. 여자아이들이 소리를 내어 웃었다. 윤호는 경애를 의자 위에 올려 세우더니 손을 들게 했다. 경애의 몸은 끈에 묶여 매달린 셈이다. 자백할 때까지 매달아 둘 테야, 하고 윤호가 말했다. 아이들에게는 지루한 놀이의 시작처럼 보였다. 그래서 다시 전축을 틀고 중단했던 이야기를 계속했다. 경애가 고개를 숙였다. 그 자세로 윤호를 향해 쓰러졌다. 윤호는 경애를 안아 바닥에 눕혔다. 경애는 집 앞에 세워진 화환들을 생각했다. 꽃은 시들어가고 있었다. 고문리는 경애를 반듯하게 눕힌 다음 두 팔과 두 다리를 묶어 말뚝에 매었다. 그 말뚝 돌리는 흉내를 윤호가 냈다.

"소리를 질러."

윤호가 말했다.

"네 몸의 심줄과 살이 찢어질 거야."

"하나도 안 아파."

경애가 말했다.

"아깐 서 있기가 싫어서 까무러친 흉내를 냈어. 지금은 아주 편해."

"네가 진실을 말하게 할 테야."

윤호가 보이지 않는 네 개의 말뚝을 세 번씩 돌려 졸랐다. 정확한 기록이 전해지지 않아 알 수는 없지만 옛날 지하 감옥의 고문실은 이 순간 비명으로 가득 찼을 것이라고 윤호는 생각했다. 입술이 경련을 일으키고 살이 찢어지며 피가 흘렀을 것이다. 윤호는 경애의 가슴 위에 손을 얹었다.

"너의 심장이 이제 파열할 거야."

조용히 말했다.

"네가 자백을 안 하면 또 돌리게 돼."

"난 편해."

경애가 말했다.

"난 자백할 것이 없어."

"넌 불쌍한 아이들을 팔았어."

"그 이야긴 싫어."

"그 아이들을 팔아 나를 불러냈어."

"싫다니까."

"자, 말을 해."

"난장이 아저씨가 누군지 난 몰라."

"은강방직은?"

"그럴 줄 알았어."

경애가 말했다.

"할아버지 회사야."

"할아버진 뭘 갖고 있었니?"

"많은 회사, 많은 공장, 아름다운 섬, 근교의 농장, 풀장·홈 바·에스컬레이터 시설을 갖춘 저택, 많은 기계, 많은 차, 많은 젖소……."

"됐어. 이제 네 죄를 말해 봐."

"나는 죄인이야."

경애가 말했다.

"많은 죄를 지었어. 그런데 이상해. 한 가지도 말을 할 수가 없어."

"생활 전체가 죄였기 때문이야."

윤호는 다시 보이지 않는 말뚝을 돌렸다.

"아파, 오빠."

처음으로 경애가 말했다.

"그러니까 정말 심장이 터질 것 같아."

"네 죄를 말하라니까."

"오빠네가 우리 옆집으로 이사 온 게 좋았어. 나는 처음부터 오빠를 좋아했어. 나는 잠자리에 누워서 오빠를 생각하고는 했어. 이게 나의 죄야."

"너의 잠자리는 늘 따뜻했지? 오십 년생 굴피나무까지 얼어 터지게 한 지난겨울, 네 방의 온도는 몇 도였지?"

"몰라."

"넌 겨울에도 반팔 옷을 입고 살았지? 목욕을 하고 싶으면 언제나 네 방에 딸린 목욕탕에서 목욕을 할 수 있었지? 너는 잠을 자다 춥고 배고파 깨 본 적이 없지? 그런데 은강방직 공장에 나가는 난장이 아저씨의 딸은 어땠는지 아니?"

"몰라."

"공장 식당에서 보리가 더 많은 밥에 신김치, 무청을 말려 끓인 시래깃국을 먹고 살았어. 기숙사 방 안 온도는 영하 삼 도였다구. 그 나쁜 식사를 하고 그 무서운 잠자리에서 눈을 붙이며 난장이 아저씨의 딸이 어떤 취급을 받았는지 아니?"

"몰라."

"값싼 기계 취급을 받았어, 인간이."

"난 오빠의 그 말을 모르겠어."

힘없이 경애가 말했다.

"알게 될 거야."

윤호가 일어서려고 하자

"싫어, 오빠!"

경애가 소리쳤다.

"열일곱 살짜리 계집애가 옆집 남자애를 생각한 것은 죄가 아냐."

고문리가 말했다.

"난 몰랐어."

경애가 말했다.

"그게 너의 죄야."

윤호가 말했다.

"그게 모르고 있는 모든 사람의 죄야. 너의 할아버지는 무서운 힘을 마음대로 휘둘렀어. 지금처럼 많은 사람이 한 사람의 요구에 따라 일한 적이 이때까지 없었어. 너의 할아버지는 모든 법 조항을 무시했어. 강제 근로, 정신·신체 자유의 구속, 상여금과 급여, 해고, 퇴직금, 최저임금, 근로시간, 야간 및 휴일 근로, 유급휴가, 연소자 사용 등, 이들 조항을 어긴 부당노동행위 외에도 노조 활동 억압, 직장 폐쇄 협박 등 위법 사례를 다 말할 수 없을 정도야. 난장이 아저씨의 딸이 읽던 책을 보았어. 너의 할아버지가 한 말이 거기 쓰여 있었다구. 지금은 분배할 때가 아니고 축적할 때라고 쓰여 있었어. 그리고 너의 할아버지는 돌아갔어. 누구에게 언제 어떻게 나누어 주지? 너의 할아버지가 죽은 난장이 아저씨의 아들딸과 그 어린 동료들에게 주어야 할 것을 다 주지 않았어. 그리고 너는 그걸 몰랐지? 몰랐기 때문에 방학을 그 할아버지의 영토인 아름다운 섬에 가서 보냈고, 빨간 승용차를 탔고, 고기와 싱싱한 채소가 늘 오르는 식탁을 대했고, 따뜻한 잠자리에서 남자아이를 생각했고, 그 남자아이를 끌어내기 위해 불쌍한 아이들을 팔았지? 이제 네 죄에서 네가 스스로 벗어나야 돼. 지금까진 너희를 위해서 난장

202

이 아저씨의 아들딸과 그의 어린 동료들이 희생을 당해 왔어. 지금부터는 그들을 위해 너희가 희생할 차례야. 알겠니? 집에 돌아가면 어른들에게 말해."

그런데 경애는 아무 말이 없었다. 윤호가 경애를 들여다보았다. 경애가 구역질을 하고 있었다. 경애는 얼굴을 돌려 먹은 것들을 토해 냈다. 윤호가 손수건을 꺼내 옆얼굴에 대 주고, 보이지 않는 네 개의 말뚝에서 경애를 풀었다. 아이들은 춤을 추고 있었다.

아이들은 오랫동안 참고 있었다. 아이들의 몸에서는 열기가 풍겨 나왔다. 윤호는 촛불 밑으로 경애를 부축해 갔다. 여자아이가 커피를 끓여다 주었다. 경애는 커피를 마시면서 윤호를 보고 웃었다. 고문리는 이제 어깨를 늘어뜨린 채 얼굴을 몇 번 가로저었다. 아이들이 춤출 동안 경애는 앉아만 있었다. 나중에는 벽에 기대앉아 무엇인가 썼다. 경애는 그날 지하 성당을 나오기 전에 "성 토마스 아퀴나스여, 우리를 위하여 빌어 주소서!"라고 기도했다.

그 셋째 해를 윤호는 조용히 보낼 수 있었다. 아버지는 A대학교 사회 계열에 대해 다시는 이야기하지 않았다. 그는 정말 담담히 물러섰다. 경애와 함께 동네로 돌아왔을 때 비가 내렸다. 시들어 가는 꽃들이 비를 맞고 서 있었다. 경애 할아버지는 처음부터 행복한 죽음을 맞을 수 없었던 사람이다.

저희 집으로 들어가던 경애가 빗속으로 뛰어나오는 것을 윤호는 보았다. 경애가 종이 한 장을 넘겨주고 돌아섰다. 빨간 승용차의 운전기사가 황급히 우산을 받쳐 들고 뛰어나왔다. 경애가 쓴 할

아버지의 묘비명을 윤호는 읽었다.

"화를 쉽게 냈던 무서운 욕심쟁이가 여기 잠들어 있다. 돈과 권력에 대한 욕심 때문에 그는 죽었다. 평생을 통해 친구 한 사람 갖지 못했던 어른이다. 자신은 우리의 경제발전을 위해 큰 업적을 남겼다고 자랑하고는 했으나 국민 생활의 내실화에 기여한 것은 하나도 없다. 그가 죽었을 때 아무도 울지 않았다."

경애는 다음 날 까만 옷을 입고 할아버지의 장례식을 지켜보았다. 경애는 아직 어렸다. 윤호도 마찬가지였다. 그러나 윤호는 대학에 들어가는 대로 경애와 결혼하겠다고 생각했다. 셋째 해를 보내면서 윤호는 저희들이 가져야 할 어떤 과제를 떠올리고는 했다. 그 과제란 사랑, 존경, 윤리, 자유, 정의, 이상과 같은 것들이었다.

기계 도시

그해의 칠월과 팔월은 유난히 무더웠다. 삼십 년 만의 더위라는 기사가 신문을 덮고는 했다. 나라 전체가 바싹 말라 타 버릴 것 같았다. 그러나 윤호 개인으로서는 걱정할 것이 없었다. 아버지가 설치하게 한 냉방기가 잡음 하나 안 내고 찬 공기를 내뿜었다. 어느 날 갑자기 큰 부피로 떠오른 도시가 없었다면 쾌적한 상태에서 수험 공부만 했을 것이다. 은강시는 윤호의 머릿속에 어두운 그림으로 남아 있었다. 죽은 난장이의 아들딸이 그곳에서 일하고 있었다. 윤호에게 은강은 작은 유성 표면의 한 부분에 지나지 않았다. 죽은 난장이의 아들딸이 어두운 표면 부분에서 짜낸 생활수단은 기계가 있는 작업장에서 땀을 흘려 일하는 것이었다. 그들은 쉽게 일을 얻었다. 우수한 기술을 갖고 있어서가 아니었다. 그곳 기계도 사람의 도움을 받지 않고서는 일을 할 수 없었다. 난장이의 아들딸은 이미 많은 시련을 겪어 왔다. 최저 수준의 생활을 같은 집단 속에서 했기 때문에 그들의 모습은 드러나 보이지 않았다. 죽은 난장이도 쇠로 된 공구들을 사용했다.

말년의 그는 절단기, 멍키스패너, 플러그 렌치, 드라이버, 해머, 수도꼭지, 펌프 종짓굽, T자관, U자관, 나사, 줄톱 들을 부대에 넣어 메고 다녔다. 난장이네 동네에서는 아주 이상한 냄새가 났다.

윤호는 발밑에 쓰러져 있는 술 취한 사람들을 밟지 않기 위해 다섯 번이나 껑충껑충 뛰며 난장이네 집에 갔었다. 난장이의 부인은 보리쌀을 씻어 안쳐 끓이다 감자를 까 넣었다. 윤호에게는 대학에 가는 것이 가장 큰 문제였다. 재수생은 그때까지 불공평에 대해서는 한 번도 생각해 본 적이 없었다. 그는 빈곤을 뜻하는 poverty 도 시사용어로만 이해했다. 그래서 poverty 하면 population과 pollution이 동시에 떠오르고 이것을 잊지 않기 위해 3P로 암기했 다. 학교에서, 학원에서, 그룹 교실에서 가르치는 것이 이런 것들 이었다. 교실에서 아이들을 죽였다. 난장이는 방죽가 마당에 앉아 그의 공구들을 손질했었다. 윤호는 그의 죽음을 한 세대의 끝으로 보았다. 윤호는 여자아이와 자면서도 난장이의 죽음을 생각했었 다. 여자아이들은 그것을 싫어했다.

"제발."

한 아이는 말했다.

"제발 난장이에 대해서는 말하지 마."

"왜?"

"벌레 생각이 나."

"벌레가 아니라 인간이야!"

"그래도 마찬가지야."

여자아이는 알몸으로 누워 있었다.

"벌레는 바로 너야."

윤호가 말했었다.

은희는 달랐다. 한참이나 말없이 앉아 있었다. 아주 예쁜 아이 였다.

"이상해."

은희가 말했다.

"생각한 것을 어떻게 말할 수가 없어."

"어떤 생각이지?"

"난 잘 모르겠어. 사람들이 그의 몫을 가로챘던 것 아냐?"

은희는 조심스럽게 말했다. 은희는 두 번째 해의 재수 동아리에서 제일 맑고 깨끗했던 아이다.

윤호가 삼수 생활을 시작할 때 그 아이는 대학에 갔다. 대학의 첫인상은 별로 좋지 않았다. 은희는 윤호를 찾아와 말없이 앉아 있다가 가고는 했다. 지난 몇 달 동안 대학이 은희에게 준 것은 자유 하나였다. 그것은 수업시간에 맞추어 집을 나서는 순간부터 부모의 간섭을 받지 않아도 되는 이상한 자유였다. 운전기사는 대학 정문이 보이는 이백 미터 전방 골목길에 은희를 내려 주고 돌아갔다. 아이들은 은희를 보면 은희 아버지부터 생각했다. 윤호의 도덕 기준에 의하면 은희의 아버지도 존경받을 사람이 못 되었다. 아이들은 은희 앞에서는 날씨 이야기도 제대로 하지 않았다. 아이들은 은희를 경계하고 피해의식을 가졌다. 율사로서의 은희 아버지의 역할은 윤호 아버지의 역할보다도 큰 것이었다. 그러니까 아이들이 옳았다. 율사들은 아무도 모르는 장소에서 회합을 갖고는 했다. 윤호가 난장이의 아들딸 이야기를 할 때 은희는 귀기울여 듣기만 했었다.

윤호가 은희에게 영향을 주었다. 은희도 검은 기계가 가득 차 있는 은강을 생각했다.

"너 때문이야."

은희가 말했다.

"네가 나를 잡고 있기 때문이야."

"틀려."

윤호는 말했다.

"내가 너에게 강요한 것은 하나도 없어."

"강요한 것은 없어. 너는 그냥 원했지."

"내가? 뭘?"

"나를."

그러나 그것은 은희도 마찬가지였다.

"내가 너를 어떻게 했니?"

윤호가 물었다.

"아니."

은희가 말했다.

"나는 다른 아이들과 어떻게 할 수가 없어."

"나는 안 그래."

"네가 말했었어. 그래서 내가 울었어. 나는 네가 아니면 싫었어."

그것은 윤호도 알고 있었다. 알면서도 작은 호텔로 가 다른 아이와 잠을 잤었다.

외등이 없어 어두운 골목 안 호텔에는 흠이 난 빨간 카펫이 깔려 있었다. 여자아이와 잔 다음 윤호는 늘 절망했다. 마음 깊이 절망했다. 한없이 어리석은 짓 같아서 자신의 존재까지 부정했다. 눈앞의 물체만큼이나 어리석게 생각되었다. 윤호는 좀 더 빨리 은희를 사랑해 주었어야 했다.

그해 여름 윤호는 은희를 사랑하기로 마음먹었다. 은희만은 윤호를 이해했다. 은희는 윤호가 노동운동가 또는 사회운동가가 될지도 모른다고 생각했다. 은희는 윤호를 단순한 삼수생으로는 결코 보지 않았다. 그래서 죽은 난장이의 아들딸이 일하는 은강을 윤호처럼 큰 부피로 떠올렸다. 윤호는 은강을 생각하면 저절로 오그라드는 자신을 느꼈다.

은강은 크고 그 안은 복잡하다. 은강 사람들이 자기네 도시를 두고 이야기할 때 얼른 이해할 수 없는 것 중의 하나가 '갑갑하다'는 말이다. 은강은 서울에서 멀지 않은 서해 반도부에 위치해 있어 삼면이 바다이다.

밀물 때 그곳 사람들이 제일 먼저 발견하게 되는 것은 해면의 파랑이다. 그 해면이 하루에 두 번씩 높아졌다 낮아졌다 해 은강 전체가 지구 밖 천체의 인력에 따라 움직이고 있는 것처럼 느껴진다. 은강의 면적은 백구십육 제곱킬로미터, 인구는 팔십일만 명이다. 우리나라의 주요 도시와 비교해 보면 면적도 넓고 인구도 알맞은 편이다. 그런데도 '갑갑하다'는 말을 은강 사람들이 하는 것은 그들의 기질 또는 생활 안에 바깥 사람들이 볼 수 없는 깊은 회의가 깔려 있기 때문이 아닌가 하는 생각이 든다. 사회통제와는 상관이 없는 관찰이다. 질서를 유지하기 위한 개인의 활동 구속을 불만으로 말할 사람은 그곳에 하나도 없다. 진정한 사회학자라면 그 사회의 현상, 구조, 성질, 변동에 대하여 적합한 기술을 할 수 있을지 모를 일이다. 그러나 우리 시대의 특징 그대로 자기 책임을 다하는 사람은 많지 않다. 어떻게 보면 은강은 버려진 도시이다.

교육청, 시청, 경찰서, 세무서, 법원, 검찰청, 항만관리청, 세관, 상공회의소, 문화원, 교도소, 교회, 공장, 노동조합 등이 그곳에 있다. 노동자들이 공장에서 하는 일은 쉽게 알 수 있지만 기관이나 단체 또는 집회소 사람들이 하는 일은 그렇게 간단히 이해할 수 없다. 은강 사람들은 서울 사람들이 섬으로 가기 위해 부두를 메우는 것을 본다. 서울 사람들은 없는 조개와 게를 잡으러 섬으로 간다. 은강 사람들은 그들이 얼마나 어리석은가 생각한다. 바다에 떠 있는 기름을 서울 사람들은 보려고 하지 않는다. 그때 바람은 바다로부터 육지로 분다. 은강에서 바람 이상 중요한 것은 있을 수가 없다. 은강 사람들은 뒤늦게 그것을 알았다.

아이들은 학교에서 1883년 개항과 더불어 국제적 무역항으로, 산업도시로 발달한 은강의 역사를 배운다. 은강공업지대는 금속, 도자기, 화학, 유지, 조선, 목재, 판유리, 섬유, 전자, 자동차, 제강 공업이 성하고, 특히 판유리는 한국 최고의 존재로 교과서에 나와 있다. 또 조수 간만의 차가 구 미터에 이르나 갑문식 독을 설치하여 불편을 제거했다.

시내는 많은 구릉이 기복을 이루며, 동서로 뻗은 중앙부의 구릉에 의하여 시가지는 남북으로 나뉜다. 공장지대는 북쪽이다. 수없이 솟은 굴뚝에서 시커먼 연기가 오르고, 공장 안에서는 기계들이 돌아간다. 노동자들이 그곳에서 일한다. 죽은 난장이의 아들딸도 그곳에서 일하고 있다. 그곳 공기 속에는 유독가스와 매연 그리고 분진이 섞여 있다. 모든 공장이 제품 생산량에 비례하는 흑갈색, 황갈색의 폐수, 폐유를 하천으로 토해 낸다. 상류에서 나온 공장폐수는 다른 공장용수로 다시 쓰이고, 다시 토해져 흘러 내려가다 바다로 들어간다. 은강 내항은 썩은 바다로 괴어 있다. 공장 주변의 생물체는 서서히 죽어 가고 있다.

은강에도 물론 꽃이 피지만, 그곳의 봄은 차고 건조한 북서 계절풍이 덥고 습기를 품은 남동 계절풍으로 바뀌는 계절이다. 바다의 고기압대에서 남동 계절풍은 여름 더위를 몰아온다.

여름부터 초가을에 걸쳐 불어오는 태풍은 은강을 지나 내륙으로 들어간다. 겨울을 몰아오는 것은 차고 건조한 북서 계절풍이다.

겨울이 되면 은강에도 물론 눈이 내리지만 공장노동자들은 눈이 내려 쌓이는 것을 보지 못한다. 아무리 추워도 하천은 얼어붙는 법이 없고 눈은 주거지역 쪽에만 내려 쌓인다.

은강 바람은 낮에는 바다에서 육지로, 밤에는 육지에서 바다로 분다. 그 바람이 공장지대의 유독가스와 매연을 바다와 내륙으로만 몰아갔다. 그런데 오월 어느 날 밤, 은강 사람들은 바람이 갑자기 방향을 바꾸었다는 사실을 알았다. 바람은 바다로 안 불고, 내륙으로도 안 불고, 공장지대의 상공에 머물렀다가 곧바로 주거지를 향해 불었다. 그 바람은 기복을 이룬 시내의 구릉을 넘어 주거지 일대에 가라앉으며 빠져나갔다. 막 잠이 들려던 어린아이들이 바람이 방향을 바꾼 사실을 제일 먼저 알았다. 어른들은 아이들이 갑자기 호흡장애를 일으키는 것을 보았다.

아이들을 안고 병원으로 달려가던 어른들도 악취 때문에 제대로 숨을 쉴 수 없었다. 눈이 아프고, 목이 따가웠다. 견딜 수 없는 사람들이 거리로 뛰어나왔다. 시가지와 주거지에 안개가 내리고, 가로등은 보이지 않았다. 대혼잡이 일어 질서는 순식간에 무너졌다. 도둑과 불량배가 꿈에도 생각 못 했던 기회를 잡아 날뛰었다. 시민들은 주거지를 벗어나 중앙으로 이어지는 국도 쪽으로 대피했다. 아홉 시에서 자정까지, 세 시간에 지나지 않았지만 은강 사람들은 큰 공포 앞에 맨몸으로 노출된 자신들을 깨닫고 몸서리쳤다. 짧은 시간에 은강 사람들은 여러 가지 불안을 경험했다. 아무도 정확히 말하지 못했지만, 그들은 은강 역사에 전례가 없는 생물학적 악조건 속에서 자기들이 살아간다는 것을 깨달았다. 다음 날 그들은 문제를 해결해 보겠다고 생각했다. 그러나 이내 큰 벽에 부딪혀 그들은 맥없이 물러서고 말았다. 은강을 움직이는 사람들은 서울에 있었다. 은강 사람들은 필요하다면 공중 집회를 갖거나 시위를 벌일 수 있을 것이라고 믿고 있었다. 그럴 수 없다는 것을 뒤늦게 깨닫고 입을 벌렸다.

윤호는 아버지가 무서운 일을 하고 있다는 것을 늘 생각했다.

수많은 공장, 그 공장을 움직이는 경영인들, 그리고 그 경영인들을 움직일 수 있는 사람은 서울에 있었다. 그들은 공장 기계를 돌리기 위해 물리적 힘만을 사용하고, 그 힘의 일부로 은강의 공해도를 측정, 발표했다. 은강 사람들은 잠들기 전에 바람의 방향을 확인한다. 바람은 난장이의 아들딸이 일하는 공장지대의 가스와 매연을 내륙으로 바다로 쓸어 간다. 은강 사람들은 거기서 그친다. 하루에 십만여 톤의 폐수를 바다로 흘려 넣은 그 공장지대의 노동자들에 대해서는 생각하지 않는다. 공장지대에 머물렀던 바람이 다시 주거지로 불지 않는 한 그들은 깊은 잠에서 깨어나지 않을 것이다. 그들은 노동청 은강 중부 지방 사무소의 근로감독관이 네 명이라는 사실을 알 필요도 없다. 그 네 명의 근로감독관이 일천여 개소의 사업장을 관할하고 있다. 한 명이 이백오십 명의 노동자를 담당하는 것이 아니라 이백오십 개소의 사업장을 관할하고 있는 것이다.

난장이의 아들딸이 거기서 일하고 거기서 생활한다. 처음 은강에 도착한 난장이의 큰아들은 저희 생활이 더 이상 나빠질 수 없다고 생각했다. 그는 은강에서의 첫날밤을 노동자 교회 사무실에서 새웠다고 윤호에게 말했었다. 거기서 그는 노동자 교회 사람들이 노동자들을 상대로 한 조사 자료를 보았다.

취업 동기(%)

빈곤	가정불화	도시 동경	친구의 권유	기타
58.1	15.1	12.4	11.7	2.7

원하는 직장 요건

임금을 많이 주는 직장	인간적인 대우를 해주는 직장	기술을 배울 수 있는 직장	기타
8.4	71.6	19.1	0.9

작업 피로도

항상 피로하다	피로할 때도 있고 피로하지 않을 때도 있다	별로 피로하지 않다	전혀 피로하지 않다
59.8	33.8	5.7	0.7

노동조합의 간부들이 회사의 앞잡이라고 생각하는가?

거의 모두 그렇다	약간 그렇다	전혀 그렇지 않다	잘 모르겠다
39.1	28.3	19.2	13.4

**우리나라에서 부지런히 일하고 아껴 쓰면서 저축하면
누구나 잘살 수 있다고 생각하는가?**

그렇다	어느 정도 그렇다	좀 어려운 이야기다	도저히 안 된다
41.3	21.5	33.5	3.7

　　난장이의 큰아들은 빈곤 58.1, 인간적인 대우를 해주는 직장 71.6, 항상 피로하다 59.8, 거의 모두 그렇다 39.1, 좀 어려운 이야기다 33.5, 도저히 안 된다 3.7이라는 백분율 숫자를 몇 번에 걸쳐 확인했다. '도저히 안 된다'고 답한 적은 수의 좌절, 반항, 소외 의식을 난장이의 큰아들은 생각했다.

　　"그때 이미 일만 할 수 없다는 것을 나는 알았어."

　　난장이의 큰아들이 나중에 말했었다.

　　"왜?"

　　윤호가 물었다.

　　"그건 질문이 못 돼. 내가 은강자동차에 들어가던 날 일곱 명의 조립공이 쫓겨났어."

"쫓겨났다니? 해고당했단 말이야? 그들이 뭘 잘못했어?"

"아니."

"노조가 없었군. 그렇지?"

"있어."

"그런데 그런 부당 해고가 가능해? 노조 간부들은 뭘 하지?"

"사용자를 위해서 일하지."

"그게 무슨 노조야?"

"그게 노조야."

"그는 또 불행해질 거야."

이것은 은희의 말이었다.

"넌 스스로 행복한 아이라고 생각하니?"

윤호가 말했다.

"그도 지킬 것을 가져야 돼."

"그래!"

은희가 감탄했다. 그해 여름 은희가 원하는 것은 하나밖에 없었다. 윤호는 그것을 알고 있었다. 난장이의 큰아들이 원하는 것이 무엇인지도 윤호는 알고 있었다. 그러나 난장이의 아들딸을 위해서 윤호가 해줄 수 있는 일은 하나도 없었다. 공장 안에서 돌아가는 기계들은 정밀한 것이었지만 그 사회는 이상한 습성, 감시, 비능률, 위험 들로 가득 차 있었다. 난장이의 큰아들에게는 사진으로나 볼 수 있는 증기기관처럼 모든 것이 까맣게만 보였다.

난장이의 작은아들이 은강전기에 들어가 처음 한 일은 쇠로 만든 손수레에 주물을 넣어 나르는 것이었다. 석 달 동안 훈련공으로 일했다. 연마 일을 하게 되었을 때 조합 총무가 종이 한 장을 내주었다.

"그는 가입하지 않았어."

윤호가 말했다.

"그도 행복해질 수 없는 사람이야."

"그는 사용자에게 요구할 것들이 무엇인지 알기 위해 책을 읽기 시작했어. 그리고 믿을 수 있는 노동자들에게 조합에서 탈퇴하라고 말했어."

"어떻게 하려구?"

"그의 꿈은 새로운 노조였어."

"여동생은 어디서 일하지?"

"은강방직."

"영희는 잘 있어?"

윤호가 여동생 안부를 물었을 때 난장이의 큰아들은 고개를 저었었다.

"쉬고 있어."

그가 말했다.

"회사에서 해고 통고를 해왔어."

"무슨 이유지?"

"상사인 담임의 말을 안 들었다구. 하지만 걱정 없어. 조합 아이들이 일을 잘해."

윤호는 난장이의 큰아들이 웃는 것을 그때 처음 보았다. 윤호는 그와 오래 이야기할 수 없었다. 그는 바빴다. 그가 뒤늦게 안 것은 대중 앞에 나타나지 않는 몇십 명 정도의 사람들이 우리나라 국민 경제생활을 실질적으로 지배한다는 것이었다. 그들이 큰 공장을 돌리고, 은강시 내항 독에 들어온 육만 톤급 화물선에 제품을 적재한다.

"안 되겠어."

난장이의 큰아들은 뒤에 말했었다.

"우리가 할 수 있는 일은 없어."

"우리는 누구야?"

"나와 두 동생, 그리고 은강에서 일하는 사람들이야."

"네가 갑자기 너무 큰 것을 원하는 것 아냐?"

윤호가 물었다.

"너는 몰라."

난장이의 큰아들은 돌아보지도 않고 말했었다. 아버지가 설치하게 한 미국제 냉방기는 정말 잡음 하나 안 내고 찬 공기를 내뿜었다. 그해의 칠월과 팔월은 유난히 더웠다. 은강공장지대의 기계들은 그 여름에도 계속 돌았다. 윤호는 너무 몰랐다. 난장이의 큰아들은 은강에 가 일하기 시작한 이후 수없이 울었다. 협박도 수없이 받고, 폭행도 당했고, 병원에도 입원했고, 구류까지 살았다. 그의 얼굴은 몰라보게 야위었다. 두 눈만 유난히 커 보였다. 그의 이상이 그를 괴롭혔다.

"나의 꿈은 단순한 거야."

그가 힘없이 말했다.

"알아."

윤호가 말했다. 윤호를 가만히 들여다보더니 그는 말했다.

"조합 총회, 대의원 대회 한 번 제대로 치러 보지 못했어. 모든 것이 일방적이야. 법대로 되는 게 없어. 내내 지기만 했어. 동료들을 대할 면목도 잃었어. 내가 그들에게 준 것은 고통뿐이야."

"그들은 널 이해할 거야."

"넌?"

"이해해."

"날 이해한다면 도와줘야 돼."

"어떻게?"

난장이의 큰아들은 윤호의 등에 손을 얹었다.

"날 너희 집으로 데려가 줘. 네 방에만 처박혀 있을 테야. 기회를 봐서 나는 나갈 거야."

"도대체 뭘 하겠다는 거지?"

"그를 만나야 돼."

"그라니? 누구."

"은강 그룹의 경영주야. 너희 옆집이라는 것을 알고 있어."

"그를 만나서 무슨 말을 하려구?"

난장이의 큰아들은 윤호의 등에서 손을 내렸다.

"할 말은 없어."

그가 말했다.

"그를 죽이려고 그래."

"미쳤어!"

윤호가 소리쳤다.

"사람을 죽인다고 해결될 일은 없어. 넌 이성을 잃었어."

"좋아."

그는 낮은 목소리로 말했다.

"아무의 도움도 필요 없어. 혼자 힘으로 할 거야."

"넌 너 자신을 죽이고 있어. 도대체 누구를 위해 죽겠다는 거야."

"난 아무를 위해서도 죽지 않아."

"그럼?"

"그만두자."

"그를 만나려면 브라질로 가."

윤호는 화를 눌러 가며 말했다.

"그는 열일곱 살짜리 막내딸을 데리고 그곳에 가 휴양 중이야. 산투스 휴양지에 가서 그의 이름을 외쳐 불러 봐."

"올 때까지 기다려야지."

난장이의 큰아들은 말했다.

"그를 죽여야 돼."

그리고 등을 돌렸다.

난장이의 큰아들을 도와줄 일이 윤호에게는 없었다. 윤호가 도

울 수 있는 사람은 은희 하나뿐이었다. 은희는 윤호를 원했다. 은희는 윤호를 찾아와 말없이 앉아 있다 돌아가고는 했다. 윤호는 외등이 없어 어두운 골목 안 호텔로 은희를 데리고 갔다. 그 호텔에는 흠이 난 빨간 카펫이 깔려 있었다.

윤호는 집게손가락을 은희의 입술에 댔다. 은희는 두 손을 펴 눈에 대고 손가락 사이로 윤호를 보았다. 은희를 안으면 은희의 원피스가 겹쳐지며 바스락 소리를 냈다. 알몸의 은희는 윤호의 얼굴을 두 손으로 감싸 가슴에 댔다. 윤호가 두 팔에 힘을 주자 은희는 포옥 숨을 들이마셨다. 그러나 쓸데없는 일이었다. 그때 윤호는 어떤 도덕적인 핵심과 맞부딪쳤다. 그래서 이제 끝내야지, 하고 그는 중얼거렸다. 은희를 안고 있는 윤호의 머릿속에 까만 기계들이 들어차 있는 은강시가 떠올랐다.

'단체를 만들자. 그 사람 혼자의 힘으로는 안 되는 일이야.'

그날 호텔을 나서면서 윤호는 생각했다.

은강 노동 가족의 생계비

영희의 이야기를 나는 들으려고 하지 않았다. 영희는 독일 하스트로 호수 근처에 있다는 릴리푸트읍 이야기를 했다. 자세히 듣지 않아도 슬픈 이야기였다. 돌아간 아버지를 생각하면 언제나 눈물이 나려고 했다. 릴리푸트읍은 국제 난장이 마을이다. 여러 나라의 난장이들이 그곳에 모여 살고 있다. 키가 칠십팔 센티미터로 세계에서 제일 작은 사나이인 터키인 난장이도 최근에 그곳으로 이주했다. 릴리푸트읍의 난장이 인구는 늘어만 간다. 릴리푸트읍을 제외한 곳은 난장이들이 살기에 모든 것의 규모가 너무 커서 불편하고 또 위험하다.

난장이들에게 릴리푸트읍처럼 안전한 곳은 없다. 집과 가구는 물론이고, 일상 생활용품의 크기가 난장이들에게 맞도록 만들어져 있다. 그곳에는 난장이의 생활을 위협하는 어떤 종류의 억압, 공포, 불공평, 폭력도 없다. 권력을 추종자에게 조금씩 나누어 주고 무서운 법을 만드는 사람도 없다. 릴리푸트읍에는 전제자가 없다. 큰 기업도 없고, 공장도 없고, 경영자도 없다. 여러 나라에서 모인 난장이들은 세계를 자기들에게 맞도록 축소했다. 그들은 투표를 했다. 그들은 국적 따위는 무시했다. 모두 열심히 투표에 참가하여 마리안느 사르를 읍장으로 뽑았다. 여자 읍장의 키는 일 미터이다. 독자적인 마을을 열망한 작은 힘들이 난장이 마을을 세웠다. 영희는 흥분된 목소리로 말했다. 나는 그곳 난장이들은 혁명가라고 생각했다. 그들은 이제 자녀들의 출산에 대해서도 걱정하지 않는다. 거인들이 사는 곳에서는 너무 불행했었다.

지금 릴리푸트읍의 난장이들은 자기들의 특수 의료 문제, 사회 심리적인 문제, 그리고 재정 문제 등을 토의하고 있다. 해결해야 될 몇 가지 문제점이 있지만 "우리는 극히 행복하다"고 마리안느 사르 읍장은 말했다.

'행복'이라고 영희는 썼다. 영희는 돌아간 아버지를 생각했다. 나는 영희의 눈에 눈물이 괴는 것을 보았다. 릴리푸트읍 같은 곳에서 아버지는 살았어야 했다. 아무도 "난장이가 간다"고 말하지 않았을 것이다. 하스트로 호수 근처에 살았다면 아버지는 일찍 돌아가지 않았을 것이다. "타살당한 아버지"라는 말을 영호가 했었다. 나는 영호의 말을 막을 수 없었다. 깊고 캄캄한 벽돌공장 굴뚝 안을 생각하면 숨이 막혔다. 아버지의 몸은 작았지만 아버지의 고통은 컸었다. 아버지의 키는 백십칠 센티미터, 몸무게는 삼십이 킬로그램이었다. 은강 생활 초기에 나는 아버지의 꿈을 자주 꾸었다. 아버지의 키는 오십 센티미터밖에 안 되어 보였다. 작은 아버지가 아주 큰 수저를 끌어가고 있었다. 푸른 녹이 낀 놋수저를 아버지는 끌고 갔다. 머리 위에서는 해가 불볕을 내렸다. 아버지에게 그 놋수저는 너무 무거웠다. 그래서 불볕 속에서 땀을 흘리며 숨을 몰아쉬었다. 지친 아버지는 키보다 큰 수저를 놓고 쉬었다. 쉬다가 그 수저 안으로 들어가 누웠다. 아버지는 불볕을 받아 뜨거워진 놋수저 안에 누워 잠을 잤다. 나는 수저 끝을 들어 아버지를 흔들었다. 아버지는 눈을 뜨지 않았다. 아버지의 몸은 놋수저 안에서 오므라들었다. 나는 울면서 아버지의 놋수저를 잡아 흔들었다.

어머니는 나에게 말했다.

"걱정할 것 없다."

어머니는 나의 머리숱에 손가락을 넣었다.

"가장이라는 생각을 하지 마라. 그러면 꿈을 꾸지 않을 거다. 아버지가 돌아가셔서 네 책임이 무거워졌다는 생각은 아예 하지 마라."

"전 한 번도 가장이라는 생각을 해본 적이 없어요."

내가 말했다.

"아니다."

어머니가 말했다.

"너도 모르는 일이다. 네 마음속 어디에 그런 생각이 들어 있는 거야."

어머니의 말대로 나의 마음속 어느 구석에 그런 생각이 들어 있었을 것이다. 아버지는 항상 나에게 말했었다.

"얘야, 너는 장남이다."

아버지는 나를 올려다보며 말했었다.

"나에게 무슨 일이 생기면, 네가 집안의 기둥이다."

"영수야."

어머니는 말했다.

"나도 아직 일을 할 수 있고, 영호와 영희도 자랄 만큼 자랐다. 네가 어떤 결정을 내리면 우리는 너를 믿고 따라갈 거야."

은강은 릴리푸트읍과는 전혀 다른 도시였다. 영희는 그것을 가슴 아파했다. 모든 생명체가 고통을 받는 땅이었다. 우리는 살기 위해 은강에 왔다. 아버지가 돌아가고, 얼마 동안 정지했던 생명 활동을 우리는 은강에서 다시 시작했다. 나는 생명처럼 추상적인 것이 없다고 생각하고는 했다. 그것은 만질 수도 없고 볼 수도 없는 것이었다. 그것은 아버지가 우리에게 준 것이었다. 중학교 때의 생물책 용어를 빌려 쓴다면 아버지는 자기와 똑같은 것을 복제하여 종족을 늘려 놓고 돌아갔다. 어머니에 의하면 아버지는 생명의 다른 모임터로 돌아갔다. 아버지의 몸은 화장터에서 반 줌의 재로 분해되었다. 그 반 줌의 재를 받아 들고도 어머니는 믿으려고 하지 않았다. 누구나 죽으면 완전히 없어져 버린다는 사실을 믿지 않았다. 우리는 반 줌의 재를 흐르는 물 위에 뿌려 넣었다. 영호와 나는 눈물을 주먹으로 씻어 내리며 울었다.

"숙제 다 했니?"

아버지가 물었었다.

"아뇨."

나는 자를 대고 끝이 뾰족한 삼각형을 그렸다.

"숙제를 해."

"이게 숙제예요."

아버지는 내가 그린 그림을 들여다보았다.

"먹이피라미드예요."

내가 말했다.

"그 효용이 뭐냐?"

"생태계를 설명하는 그림이에요."

"설명을 해봐라."

"이 맨 밑이 녹색식물로 일 단계예요. 이 식물들을 먹는 동물이 이 단계이고, 식물을 먹는 동물을 잡아먹는 작은 육식동물이 삼 단계, 또 이것을 잡아먹는 큰 육식동물이 맨 위의 사 단계예요."

"영호야."

아버지는 말했다.

"너도 형처럼 설명할 수 있겠니?"

"못 해요."

영호가 말했었다.

"형처럼은 못 해요. 그래도 전 알아요. 우리는 이 맨 밑이에요. 우리에겐 잡아먹을 게 없어요. 그런데 우리 위에는 우리를 잡으려는 무엇이 세 층이나 있어요."

"아버지도 쉬셔야지!"

어머니가 말했다.

"그동안 힘든 일을 너무 많이 하셨어. 이제는 편히 쉬실 수 있을 게다."

"쉬셔야 할 분은 어머니예요."

내가 말했다. 어머니는 반 줌의 재를 쌌던 흰 종이를 물 위에 띄웠다. 우리는 물가에 앉아 흐르는 물을 바라보았다. 아버지는 없어졌다. 바람이 불었다. 햇볕이 따뜻했다. 몇 마리의 새가 어머니 옆에서 날았다. 나는 사태로 내려앉은 언덕을 보았다. 영호와 나는 거의 동시에 울음을 그쳤다. 아버지의 죽음이 우리 생명 활동의 양식에 변화를 주었다. 은강으로 온 우리는 호흡까지 조심스럽게 했다. 처음에 우리는 바싹 마른 콩알처럼 아주 약한 호흡을 했다.

영호가 먼저 은강전기 제일공장에 들어갔다. 영희는 은강방직 공장에 들어갔다. 두 동생이 일자리를 잡은 것을 확인한 나는 은강 자동차에 들어갔다. 삼 남매가 똑같이 은강 그룹 계열회사의 공장에 훈련공으로 들어갔다. 돌아간 아버지와는 전혀 다른 일을 우리는 시작했다. 우리는 큰 공장 안에서 기계를 돌려 일하는 수많은 노동자 중 하나에 불과했다. 그것도, 아직 기술을 익히지 못한 훈련공이었다. 우리는 그 집단 속에서도 최하 계급에 속했다. 어쨌든 우리는 큰 공장에 들어가 일을 하게 되었고, 집도 공장과 멀지 않은 곳에다 얻을 수 있었다. 신분에 맞게 우리는 빈민굴에서 살았다. 우리가 하는 일은 단순노동이었다. 영호는 쇠로 만든 손수레에 주물을 넣어 날랐다. 영희는 훈련센터에서 교육을 받으며 작업장으로 이어진 중앙 복도를 청소했다. 나는 승용차 조립라인에서 일하는 사람들에게 작은 부품들을 날라다 주었다. 한 대의 승용차는 헤아릴 수 없이 많은 부품으로 만들어졌다. 선참 노동자들은 열심히 일했다. 조립라인 사람들은 나를 또 하나의 보조기계로 보았다. 공장장에게는 노동자 전체가 기계였다.

그 공장에서, 묘하지만 기술의 진보나 변혁에 대해 한 번도 생각해 본 적이 없었다면 나는 좀 더 빨리 그만두었을 것이다. 처음 며칠 동안 나는 놀라운 기술에 매혹되었다. 주조공장, 단조공장, 열처리공장, 판금공장, 용접공장, 공작기계공장, 손다듬질공장, 도장

공장 등을 차례로 견학하고 나는 나의 조립공장에 섰다. 실린더 블록을 만드는 주조공장의 열기와 빛깔이 나를 흥분시켰다. 그러나 내가 실제로 일하고 싶은 곳은 공작기계공장이었다. 나는 선반 일을 배우고 싶었다. 작업을 하는 자동선반이 더없이 아름답게 보였다. 내가 본 선반은 그때 타이어 공기 밸브 나사를 깎고 있었다. 공구대가 주축의 회전을 리드 스크루에 전했고, 바이트는 공작면에 나선을 그으며 작고 예쁜 나사를 깎아 냈다. 내가 그 앞에 서 있을 때, 주축대에서 흐른 기계 기름이 오일 팬에 흘러내렸다. 나에게는 그것이 땀으로 보였다. 선반공은 바이트의 이동속도를 조절하며 신입 훈련공의 어깨를 툭 쳤다. 나는 공작기계공장을 나오며 나의 선반을 갖겠다고 결심했다.

영호도 나와 비슷했다. 영호는 연마 일을 하고 싶어 했다. 회전기 가공반에 있는 연마기 이야기를 나에게 하고는 했다. 연마도 고도의 정밀 작업이다. 정밀도 일천분의 오 밀리미터 이내의 작업을 계속해 내는 기계공들 앞에서 영호는 기가 죽었다. 아버지는 너무 힘이 없었다. 두 아들을 공업학교에도 보낼 수 없었다. 아버지의 시대가 아버지를 고문했다. 난장이 아버지는 경제적 고문을 이겨 내지 못했다. 공업학교를 나왔다면 우리는 처음부터 기능공으로 일했을 것이다. 나는 운이 좋았다. 한 달이 채 못 되어 권총 모양의 손드릴을 받았다. 자동선반기를 생각하면 우스운 일이었다. 그러나 어머니는 기뻐했다. 어머니는 내가 조립공장의 기계공으로 그 훌륭한 승용차 제작에 참여하게 되었다고 믿었다. 나는 어머니에게 내가 하는 일을 설명하지 않았다. 나는 승용차 시트 뒤에 달려 있는 트렁크에 구멍을 뚫었다. 드릴로 구멍을 뚫은 다음 십자나사 못을 틀어넣는 것이 나의 일이었다. 나는 권총 모양의 두 가지 공구를 사용했다. 하나로는 구멍을 뚫고 다른 하나로는 나사못과 고무 패킹을 넣었다. 선참 노동자들은 나를 '쌍권총의 사나이'라고 불렀다. 일을 하면서 처음으로 기계에 의한 속박을 받았다. 난장이의 아들에게 이것은 아주 놀라운 체험이었다. 컨베이어를 이용한 연속 작업이 나를 몰아붙였다. 기계가 작업 속도를 결정했다. 나는 트렁크 안에 상체를 밀어 넣고 두 가지 작업을 동시에 해야 했다. 트렁크의 철판에 드릴을 대면, 나의 작은 공구는 팡팡 소리를 내며 튀었다. 구멍을 하나 뚫을 때마다 나의 상체가 파르르 떨었다. 나는 나사못과 고무 패킹을 한입 가득 물고 일했다. 구멍을 뚫기가 무섭게 입에 문 부품을 꺼내 박았다.

날마다 점심시간을 알리는 버저 소리가 나를 구해 주고는 했다. 오전 작업이 조금만 더 계속되었다면 나는 쓰러졌을 것이다. '쌍권총의 사나이'는 점심식사를 제대로 할 수 없었다. 혓바늘이 빨갛게 돋고, 입에서는 고무 냄새와 쇠 냄새가 났다. 물로 양치질을 해도 냄새가 났다. 큰 식당에 가 차례를 기다려 밥을 타지만 수저를 드는 나의 손은 언제나 떨리기만 했다. 시래기와 꽁치를 넣어 끓인 국을 반쯤 먹었다. 밥도 반밖에 못 먹었다. 날마다 보리를 섞어 푸석한 밥을 나는 대했다. 반찬은 허연 김치를 끼어 두 가지였다. 좋은 식사가 나왔다고 해도 나는 먹지 못했을 것이다. 공구실 조역이

232

내가 식사를 끝내기를 기다렸다. 정량의 밥이 그에게는 늘 모자랐다. 남은 밥을 밀어 주면 그는 웃었다. 남은 식사 시간은 공장 옥상에 올라가 보냈다. 옥상에 올라가면 바다가 보였다. 더러운 바다였다. 은강 내항은 언제나 썩은 바다로 괴어 있었다. 항만관리청 소속의 작은 청소선 하나가 항내의 부유물을 제거했다. 그때 산화철 생산공장에서 내뿜는 유독가스가 내가 앉아 있는 옥상을 지나갔다. 나는 그 가스 속에 앉아 부들부들 떨고 있는 내 몸의 신경을 진정시켰다.

옥상에서는 영희가 일하는 방직공장도 보였다. 영희는 이제 푸른 작업복을 입고 흰 작업모를 썼다. 영희는 생산부 직포과에서 일했다. 모자에는 훈련공 마크가 그대로 달려 있었지만 하는 일은 원공과 다를 것이 없었다. 영희는 일 분에 백이십 걸음을 뛰듯 걸었다. 영희가 뛰듯 걷는 동안 직기들은 무서운 소리를 내며 돌아갔다. 기계도 고장이 나면 죽어 버렸다. 아니면 일을 제 마음대로 했다. 영희는 죽은 틀은 살리고, 이상 작업을 하는 틀에서는 관사를 풀었다 이어 정상으로 돌렸다. 영희에게 주어지는 점심시간은 십오 분밖에 안 되었다. 직포과의 노동자들은 차례를 정해 한 사람씩 달려가 식사를 하고 왔다. 그동안 조장이 틀을 보아 주었다. 영희도 차례가 되면 조장에게 틀을 맡기고 중앙 복도를 지나 식당으로 달려갔다. 내가 한 점심과 하나도 다를 것이 없는 점심을 영희도 했다. 영희는 시간에 쫓겨 허겁지겁 먹었다. 허겁지겁 먹고 다시 현장으로 달려 들어가 직기 사이를 뛰듯 걸었다. 영희는 한 시간에 칠천이백 걸음을 걸었다.

작업장의 실내온도는 섭씨 삼십구 도였다. 직기가 뿜어내는 열기가 영희의 몸 온도를 항상 웃돌았다. 무더운 여름의 은강 최고기온은 섭씨 삼십오 도이다. 직기의 소음도 무섭기 짝이 없다. 소음의 측정 단위는 데시벨이다. 정상적인 상태는 영 데시벨, 오십 데시벨이면 대화를 할 수 없다. 영희의 작업장 소음은 구십 데시벨이 넘었다. 직기의 집단 가동으로 생기는 소음이 땀에 절어 있는 작은 영희를 몰아붙였다. 영희는 잠을 자다 일어나 울었다. 어머니가 모르게 영희는 울었다. 그러나 영희는 아직도 어려 저를 속박하고 있는 굴레에 대해서는 생각하지 못했다. 그 아이가 어느 날 저희 노동조합 사무실로 가『노동수첩』을 받았다. 일이 끝나면 노동자 교회에 갔다. 교회는 북쪽 공업지역 안에 있었다. 목사는 더러운 옷을 입고 있었다. 그는 지독한 근시였다. 목사는 오목렌즈를 통해 아이들을 보았다. 영희는 노동자들 틈에 끼어 앉아 노래를 불렀다. "아침에 솟는 해는 우리의 동맥 / 여명에 종 울려서 지축을 돌린다 / 쉬지 않고 생산하는 영원한 건설자 / …… 아, 우리들은 노동자." 영희는 집에서도 아주 낮게 이 노래를 불렀다. 영호와 나는 영희의 변신을 말없이 지켜보았다.

어머니는 두 아들이 위험한 일에 말려들지나 않을까 항상 걱정했다. 서울 행복동에 살 때 너무 많은 고생을 했다. 두 아들이 공장에서 쫓겨나며 받은 고통을 잊지 못했다. 아버지는 시멘트 다리 위에 앉아 술을 마시고 있었다.

"애들이 오늘 다른 아이들이 못 한 일을 했어."

술을 마시며 아버지는 말했었다.

"사장에게 당신이 당하고 싶지 않은 일을 노동자들에게 강요하지 말라고 했대."

"걱정할 거 없어요."

어머니가 말했다.

"애들은 어느 공장에 가든 돈을 벌 수 있어요."

"모르는 소리 하지 마."

아버지가 말했다.

"벌써 공장끼리 연락이 돼 있어. 애들을 받아 줄 공장이 없다구. 애들이 오늘 무슨 일을 했는지 당신이 알아야 돼."

"그만두세요!"

참을 수 없다는 듯 어머니는 말했다.

"애들이 못된 일을 했나요? 왜 반역죄라도 지은 것처럼 야단이에요. 죄를 지은 건 그들이에요."

어머니의 말이 옳았다. 아버지도 잘 알고 있었다. 그러나 고통을 받은 것은 우리였다. 어머니는 같은 일이 다시는 일어나지 않기를 바랐다.

영호와 나는 어머니의 말을 잘 듣기로 했다. 어머니는 영희 걱정은 하지 않았다. 영희가 저희 노동조합 지부장이 실종되었다고 다른 조합원과 몰려다녀도 걱정하지 않았다. 영희의 의식이 눈에 띄게 달라지고, 사용자들을 비판하는 격렬한 문구의 유인물을 싸 들고 다녀도 어머니는 걱정하지 않았다. 문제는 나에게 있었다. 나는 어머니의 말을 잘 듣기로 한 영호와의 약속을 지킬 수 없었다.

두 번째 월급을 탄 날 나는 노동조합 사무실로 지부장을 만나러 갔다.

"이게 제 월급봉투입니다."

내가 말했다.

"왜 그래?"

지부장이 물었다. 마흔 살쯤 되어 보였다.

"전 지난 두 달 동안 매일 아홉 시간 삼십 분씩 일해 왔습니다."

"그런데?"

"한 시간 반의 시간외근무수당이 빠졌습니다."

"자네만 빠졌나?"

"아닙니다."

"그럼 됐어."

지부장은 담배를 피우며 말했다.

"가 보게."

"지부장님."

나는 말했다.

"지부 운영 규정을 봐 주십시오. 9조 2항에 의해 사용자의 부당 행위에 대한 보호 요청을 할 권리를 저는 갖습니다."

"무엇이 사용자의 부당 행위인가?"

"연장근로수당을 안 주는 것은 근로기준법 46조 위반입니다. 지부 협약 29조에도 여덟 시간 외의 연장근로에 대해서는 근로기준법에 따라 통상임금의 백분의 오십을 가산하여 지급하게 되어 있습니다."

"고마운 일이야."

지부장이 말했다.

"아무도 나에게 와서 말해 주는 사람이 없었어. 할 말은 그것뿐인가?"

"저는 지금 원공으로서 일하고 있습니다. 손드릴 일을 하지만 원공입니다."

"그런데?"

"조역이 받는 월급을 받았습니다."

"그리고 할 얘기가 또 있나?"

"회사는 근로기준법 27조와 단체협약 21조를 어겼습니다."

"부당 해고를 했단 말이지?"

"조립라인에서만 일곱 명이 정당한 이유 없이 해고당했습니다."

"그럴 수가 있나!"

지부장은 손가락으로 책상 끝을 톡톡 두들겼다.

"부당 해고는 있을 수가 없어."

"그런데 있었습니다. 조합에서 가만있으면 이런 일은 계속 일어납니다."

"회사에서 해명 통지가 올 거야."

"그리고."

나는 또 말했다.

"이건 제가 신문 기사를 오려 두었던 것입니다."

"나도 그 기사를 봤어."

지부장이 상체를 바로 하며 말했다.

"회장님이 사회복지를 위해 해마다 이십억 원을 내놓으시겠다는 기사지? 불우한 사람들을 위해 해마다 거액을 희사하시겠다는 거야. 이미 복지재단의 이사진이 결정됐을걸. 그건 훌륭한 일이 아닌가?"

"하지만 노사협의 때 회사 측에 상기시켜 주실 게 있습니다."

"그게 뭐지?"

"그 돈은 조합원들의 것입니다."

"어째서?"

"아무도 일한 만큼 받지 못하고 있습니다. 임금은 너무 쌉니다. 제가 받아야 할 정당한 액수에서 깎인 돈도 그 이십억 원에 포함됩니다."

"좋은 걸 지적해 줬네."

"정작 받을 권리가 있는 노동자들에게 주지 않은 돈을 이제 어떤 사람들을 위해 쓰겠다는 건지 전 이해할 수가 없습니다."

"자네 말이 맞아. 기만행위를 하고 있어."

"조합에서 그 돈을 지켜 조합원들에게 돌아가게 해야 합니다."

"그래야지."

지부장은 말했다.

"또 할 얘기는 뭔가?"

"없습니다."

그리고 나는 사흘이나 더 은강자동차에서 '쌍권총의 사나이'로 일했다. 그 사흘 동안의 일이 고되어 나는 잠자리에서까지 코피를 흘렸다. 나의 작은 공구들이 자주 고장을 일으켰다. 절삭 칩이 막히고, 날은 부러졌다. 공구실로 달려가 다른 드릴로 바꾸어 와도 결과는 같았다.

내가 남은 밤을 밀어 줄 때마다 웃던 공구실 조역은 이제 웃지 않았다. 작업반장은 나를 무섭게 다그쳤다. 기계에 의한 연속 작업 속도를 따라갈 수 없었다. 나는 파르르 떠는 몸을 곧추세운 채 바라보고는 했다. 손도 못 댄 작업물이 앞으로 밀려가고 있었다. 가까스로 해낸 것도 검사 과정에서 불량 작업으로 체크를 당했다. 잘 되어 가던 일이 갑자기 막혀 버렸다. 사흘 만에야 나는 이 사회의 음모를 알아차렸다. 힘을 합치려는 가난한 사람들의 노력을 부유한 사람들은 깨뜨리려고 했다. 지부장은 회사 사람이었다. 그는 노동자를 위해서는 아무 일도 하지 않았다.

나는 해고자 명단에 이름이 오르기 직전에 은강자동차에서 나왔다. 블랙리스트에도 나의 이름은 오르지 않았다. 나는 은강방직으로 옮겼다. 은강방직 공장에서 나는 잡역부로 일했다. 어머니는 아무 말도 하지 않았다. 영호도 아무 말 안 했다. 영희는 노동자 교회에서 만난 저희 상집 대의원에게 나의 이야기를 해주고 있었다. 그 시간에 나는 어머니의 가계부를 보았다.

콩나물 50원

왜간장 120원

고등어자반 150원

통일 밀쌀 3,800원

영희 티셔츠 900원

앞집 아이 교통사고 문병 230원

새우젓 50원

방세 15,000원

영호 직장 동료 퇴직 송별비 500원

길 잃은 할머니 140원

방범비 50원

정부미 6,100원

영수 용돈 450원

두통약 100원

배추 220원

감자와 닭 내장 110원

치통약 120원

꽁치 180원

소금 100원

연탄 2,320원

밀가루 3,820원

영희 공장 친구들 와서 380원

라디오 수리 500원

불우이웃돕기 150원

두부 80원

어머니의 가계부는 이런 내역들로 꽉 찼다. 나는 은강에서의 생존비를 생각했다. 생활비가 아니라 살아남기 위한 생존비였다. 우리 삼 남매는 죽어라 공장 일을 했다. 우리는 우리의 생산 공헌도에 못 미치는 돈을 받았다. 네 명의 가족을 둔 그해 도시 근로자의 최저 이론 생계비는 팔만삼천사백팔십 원이었다. 어머니가 확인한 삼 남매의 수입 총액은 팔만이백삼십일 원이었다. 그러나 보험료, 국민저축, 상조회비, 노동조합비, 후생비, 식비 등을 제하고 어머니 손에 들어온 돈은 육만이천삼백오십일 원밖에 안 되었다. 이 돈을 벌어 오기 위해 우리는 죽어라 일했고 어머니는 늘 불안해했다.

오른쪽 어금니 1,500원

왼쪽 어금니 1,500원

나는 가계부를 덮었다. 어머니가 두 개의 어금니만 뽑지 않았다면 우리는 그 달에 삼천 원의 돈을 문화비로 지출할 뻔했다——가계부대로라면. 결국 나는 영희의 이야기에 귀를 기울이기로 했다. 릴리푸트읍에서는 이런 일이 절대 일어나지 않을 것이다. 그래서 나는 또 하나의 릴리푸트읍을 생각하기 시작했다.

잘못은 신에게도 있다

나는 아주 단순한 세상을 그렸다. 아버지가 꿈꾼 세상보다도 단순했다. 달에 가서 천문대 일을 보겠다는 것이 아버지의 꿈이었다. 그 꿈을 이루었다면 아버지는 오십억 광년 저쪽에 있다는 머리카락좌의 성운을 볼 수 있었을 것이다. 그러나 불쌍한 아버지는 아무것도 이루지 못하고 돌아갔다. 몸은 화장터에서 반 줌의 재로 분해되고, 영호와 나는 물가에 서서 어머니가 뿌려 넣는 재를 보며 울었다. 난장이 아버지가 무기물로 없어져 버리는 순간이었다. 아버지는 생명을 갖는 순간부터 고생을 했다. 아버지의 몸이 작았다고 생명의 양까지 작았을 리는 없다. 아버지는 몸보다 컸던 고통을 죽어서 벗었다. 아버지는 자식들을 잘 먹일 수 없었다. 학교에도 제대로 보낼 수 없었다. 우리집에 새것이라고는 아무것도 없었다. 충분한 영양을 섭취해 본 적도 없었다. 영양부족으로 일어나는 이상 증세를 우리는 경험했다. 단백질의 부족이 빈혈, 부종, 설사를 부르고는 했다. 아버지는 열심히 일했다. 열심히 일하고도 인간다운 생활을 할 권리를 잃었다. 그래서 말년의 아버지는 자기 시대에 대해 앙심을 품고 있었다. 아버지 시대의 여러 특성 중의 하나가 권리는 인정하지 않고 의무만 강요하는 것이었다. 아버지는 경제·사회적 생존권을 찾아 상처를 아물리지 못하고 벽돌공장 굴뚝에서 떨어졌다.

그러나 아버지는 따뜻한 사람이었다. 아버지는 사랑에 기대를 걸었다. 아버지가 꿈꾼 세상은 모두에게 할 일을 주고, 일한 대가로 먹고 입고, 누구나 다 자식을 공부시키며 이웃을 사랑하는 세계였다. 그 세계의 지배계층은 호화로운 생활을 하지 않을 것이라고 아버지는 말했다. 인간이 갖는 고통에 대해 그들도 알 권리가 있기 때문이라는 것이었다. 그곳에서는 아무도 호화로운 생활을 하려고 하지 않을 것이다. 지나친 부의 축적을 사랑의 상실로 공인하고, 사랑을 갖지 않은 사람 집에 내리는 햇빛을 가려 버리고, 바람도 막아 버리고, 전깃줄도 잘라 버리고, 수도선도 끊어 버린다. 그런 집 뜰에서는 꽃나무가 자라지 못한다. 날아들어 갈 벌도 없다. 나비도 없다. 아버지가 꿈꾼 세상에서 강요되는 것은 사랑이다. 사랑으로 일하고 사랑으로 자식을 키운다. 사랑으로 비를 내리게 하고, 사랑으로 평형을 이루고, 사랑으로 바람을 불러 작은 미나리아재비꽃 줄기에까지 머물게 한다. 그러나 아버지가 그린 세상도 이상 사회는 아니었다. 사랑을 갖지 않은 사람을 벌하기 위해 법을 제정해야 한다는 것이 문제였다. 법을 가져야 한다면 이 세계와 다를 것이 없다. 내가 그린 세상에서는 누구나 자유로운 이성에 의해 살아갈 수 있다. 나는 아버지가 꿈꾼 세상에서 법률 제정이라는 공식을 빼 버렸다. 교육의 수단을 이용해 누구나 고귀한 사랑을 갖도록 한다는 것이 나의 생각이었다.

아버지가 나에게 사랑이라는 기반을 주었다. 나도 아버지처럼 사랑에 기대를 걸었다. 그런데 우리 네 식구가 살기 위해 온 은강시는 머릿속 이상사회와 너무나 달랐다. 우리는 참고 살았다. 쾌적한 생활환경을 찾아 은강에 온 것이 아니다. 공장 주변의 생물체가 서서히 죽어 가는 것을 나는 목격하고는 했다. 은강 공작창과 합성

고무공장 앞을 지날 때 나는 땅만 보고 걸었다. 공장을 끼고 흐르는 작은 내를 건널 때는 숨을 쉬지 않았다. 시커먼 폐수, 폐유가 그냥 흘렀다. 노동자들은 아침 일찍 공장으로 걸어 들어갔다. 저녁때 노동자들은 터벅터벅 걸어 나왔다. 조업공장의 새벽 교대반원 얼굴에는 잠이 그대로 붙어 있었다. 그들은 잠을 쫓기 위해 잠 안 오는 약을 먹고 일했다. 영국의 상태는 아주 끔찍했던 모양이다. 로드함 공장에서는 어린 공원들이 정신을 차리게 하기 위해 채찍질을 했다는 기록을 나는 읽었다. 이 로드함 공장이 오히려 인간적이었다는 기록도 나는 읽었다. 리턴 공장에서는 어린 공원들이 한 공기의 죽을 먹기 위해 서로 싸웠다. 성적 난행도 당했다. 공장 감독은 무서웠다. 공원들의 손목을 묶어 기계에 매달았다. 공원들의 이를 줄로 갈아 버릴 때도 있었다. 리턴 공장의 공원들은 겨울에도 거의 벌거벗고 일했다. 하루 열네 시간 노동은 보통이었다. 공장 주인은 노동자들이 시계를 갖는 것을 금했다. 하나밖에 없는 공장 표준 시계가 밤늦게까지 일을 하게 했다. 이들 노동자와 가족들이 공장 주변에 빈민굴을 형성하고 살았다. 노동자들은 싸고 독한 술을 마셨다. 죽어서 천국에 간다는 복음만이 그들에게 위안을 주었다. 참혹한 생활에서 빠져나오기 위해 아편을 쓰는 사람도 있었다. 자식에게까지 쓰는 사람이 있었다. 공장 주인과 그의 가족들은 상점이 들어선 깨끗한 거리, 깨끗한 저택에서 살았다. 그들은 좋은 옷을 입고 맛있는 음식을 먹었다. 교외에 그들의 별장이 있었다. 신부는 그들을 위해 기도했다. 더 이상 참을 수 없게 된 영국의 노동자들은 공장을 습격했다. 그들이 제일 먼저 때려 부순 것은 기계였다. 프랑스의 철공장에서는 노동자들이 망치 소리에 맞추어 노래를 불렀다. 그 노래는 절망에서 나온 부르짖음이었다.

이 상태에 비하면 우리 은강 노동자들은 더없이 좋은 환경에서 일하는 것이었다. 매질을 하는 공장주도 없고, 이를 줄로 갈아 버리는 공장장도 없었다. 우리 공원들은 결코 한 공기의 죽을 얻어먹기 위해 싸울 필요가 없었다. 아편 주사를 맞는 사람도 없었다. 나는 나의 사랑 때문에 괴로워했다. 아버지도 이 사랑 때문에 괴로워했을 것이다. 영국이나 프랑스의 공장주들은 괴로워해 본 적이 없을 것이다. 그러나 백육십 년 전에 그 두 나라에 있었던 일을 지금 은강에서 생각한다는 것은 우스운 일이었다.

"중요한 건 현재야."

영호의 말이었다.

"큰오빠."

영희는 말했다.

"우리는 어느 쪽에 가깝지?"

"뭐라구?"

"그들의 백육십 년 전 상태에 가까워, 아니면 현재의 상태에 가까워?"

나는 할 말을 잃었다. 영희는 기계 기술의 역사에 대해 아는 것이 없었다.

"형, 영희는 맨 모르는 것 투성이야."

어린 영호가 말했었다.

"그러는 작은오빠?"

"난 알아."

"나도 중학교에 가면 배울 거야."

"오학년 책에도 산업혁명이 나왔어."

"중학교까지 의무교육이 된대."

"그건 바라지 마라."

아버지가 말했었다.

"안 돼도 넌 중학교에 가게 될 거야."

"정말이다, 아빠."

"그래, 약속하마."

"오늘은 바람이 이상하게 부는구나."

어머니가 말했다.

"공장 매연 때문에 머리가 아파."

"빨래도 다시 해야겠어요."

영희가 말했다.

"저 공장에 나가는 아이들의 건강은 말이 아녀요."

"영희야, 제발 연필 좀 아껴 써라."

어머니는 말했었다.

"그래야 중학교에 보내 준다."

"그건 작은오빠가 버린 거야."

"끝까지 써야 돼. 우리는 부자가 아냐."

비 온 끝이었다. 저녁 아카시아 숲에서 매미가 울어 댔다. 아버지가 방죽가에 매어 둔 배를 마당 위로 끌어 올리고 있었다.

이제 교대반으로 밤일을 나가야 할 영희가 나의 대답을 기다렸다.

"자가 없잖니?"

웃으면서 나는 말했다.

"자가 없어서 재어 볼 수가 없어."

"세상을 끄는 것은 미친 말들이야."

영호가 말했다.

"그래서 아무도 정확히 말할 수 없어."

"그들의 후손이 지금은 자기 차를 몰고 공장에 나가."

영희가 말했다.

"그곳 노조 사람들은 경영주와 동등한 입장에서 노사문제에 대해 이야기해."

"너희 조합 지부장은 어떻게 됐니?"

"몰라."

영희는 말했다.

"회사 사람들이 우리가 모를 곳으로 끌고 간 것 같아."

"늦겠다."

어머니가 말했다.

"너 잠 안 오는 약 같은 건 먹지 마. 그리고 너희 조합 일에 큰오빠를 끌어들일 생각을 하면 안 된다. 오빠는 그냥 일이나 하게 놔둬."

"알았어요."

그러나 은강에서 나는 일만 할 수 없었다. 우리 삼 남매는 공장에 나가 죽어라 일했으나 방세 내고, 먹고…… 남는 것은 없었다. 우리가 땀을 흘려 벌어 온 돈은 다시 생존비로 다 나가 버렸다. 우리만 그런 것이 아니었다. 은강 노동자들이 똑같은 생활을 했다. 좋지 못한 음식을 먹고, 좋지 못한 옷을 입고, 건강하지 못한 몸으로 오염된 환경, 더러운 동네, 더러운 집에서 살았다. 동네의 아이들은 더러운 옷을 입고, 더러운 골목에서 놀았다. 버려진 아이들이었다. 나는 공장 주변의 아이들이 자라면서 나타낼 질병의 증세를 생각했다. 은강공업지역이 저기압권에 들면 여러 공장에서 뿜어내는 유독가스가 지상으로 깔리며 대기를 오염시켰다.

어머니는 은강에 온 후 계속 머리가 아프다고 했다. 호흡장애, 기침, 구토 증상도 자주 일으켰다. 영희는 청력 장애를 일으켰다. 직포와 작업 현장의 소음이 영희를 괴롭혔다. 나는 그때 보전반 기사 조수로 일하고 있었다. 밤일을 하는 영희를 보는 순간 나는 죽고 싶었다. 영희는 졸음을 못 참아 눈을 감았다. 두 눈을 감은 채 직기 사이를 뒷걸음쳐 걷고 있었다. 그 밤 작업장 실내온도는 섭씨 삼십구 도였다. 은강방직의 기계들은 쉬지 않고 돌았다. 영희의 푸른 작업복은 땀에 젖었다. 영희가 조는 동안 몇 개의 틀이 서 버렸다. 반장이 영희 옆으로 가 팔을 쿡 찔렀다. 영희는 정신을 차리고 죽은 틀을 살렸다. 영희의 작업복 팔 부분에 한 점 빨간 피가 내배었다. 새벽 세 시였다. 새벽 두 시부터 다섯 시까지가 제일 괴롭다고 영희는 말했었다. 영희는 눈물이 핑 돈 눈을 돌렸다. 그 시선

끝에서 큰오빠가 기사 조수로 일하고 있었다. 나는 기사가 손본 기계에 기름칠을 하고 공구를 챙겼다. 나의 작업복은 땀과 기름에 절었다.

나는 은강에서 일하는 사람들을 머릿속부터 변혁시키고 싶은 욕망을 가졌다. 나는 그들이 살아가는 사람이 갖는 기쁨, 평화, 공평, 행복에 대한 욕망들을 갖기를 바랐다. 나는 그들이 위협을 받아야 할 사람은 자신들이 아니라는 것을 깨닫기를 바랐다. 영희는 많은 시간을 나를 관찰하는 데 보냈다. 나는 날마다 사무실 게시판 앞에 가 섰다. 퇴직, 해고, 출근정지 처분자의 명단이 거기 나붙었다. 나는 게시판 앞에 아버지보다 작은 몸이 되어 서 있고는 했다. "난장이가 간다"고 사람들은 말했었다. 아버지가 차도를 건널 때 승용차 안 사람들은 일부러 경적을 울리게 했었다. 그들은 아버지를 보고 웃었다. 영호는 그들이 다니는 길 밑에 지뢰를 만들어 심겠다고 말했었다. "큰오빠." 영희는 말했었다. "아버지를 난장이라고 부르는 악당은 죽여 버려." 마음속 큰 증오로 얇은 입술을 떨었다. 영호가 심은 지뢰 터지는 소리를 나는 꿈속에서 듣고는 했다. 그들의 승용차는 불길에 휩싸였다. 불 속에서 그들이 울부짖었다. 꿈속에서 들은 것과 같은 울부짖음 소리를 나는 은강에서 들었다. 알루미늄 전극 제조공장의 열처리 탱크가 폭발했을 때였다. 주물 공장 용광로에 연결된 탱크가 폭발하는 순간 시뻘건 불기둥이 하늘 높이 솟았다. 쇳물, 쇳조각, 벽돌, 슬레이트 부스러기 들이 하늘에서 쏟아져 내렸다. 주위의 공장들도 지붕이 날아가고 벽이 무너지는 피해를 입었다. 우리가 달려가 보았을 때 공장 부근에는 공원들의 몸이 잘린 채 여기저기 널려 있었다. 작은 공장이었으나 한순간 은강에서 제일 큰 소리를 냈다. 겨우 살아난 공원들은 동료의 몸 옆에서 울부짖었다.

희생된 공원들을 위한 특별 예배를 북쪽 공업지역 안에 있는 노동자 교회에서 보았다. 영희도 노동자들 틈에 앉아 기도했다. 목사는 지독한 근시였다. 목사는 오목렌즈를 통해 아이들을 보았다. 목사는 안경을 벗어 들고 눈을 감았다. 나는 기도하는 목사와 아이들을 보았다. 감은 눈에서 흐르는 눈물을 나는 보았다. 어머니가 흘리는 눈물도 보았다. 어머니는 때 묻은 치마 끝을 올려 눈물을 닦았다. 알루미늄 전극 제조공장에 나가는 젊은이가 어린 신부와 함께 이웃에 세를 들어 살았다. 그는 열처리 탱크가 터질 때 현장에 있었다. 젊은이의 몸은 흔적도 없이 날아가 버렸다. 그는 하루에 천삼백 원씩 받고 일했다. 남편을 잃은 어린 신부는 목을 매어 죽었다. 어머니는 신부가 임신 중이었다고 말했다. 배 안에 웅크리고 앉아 있던 또 하나의 생명이 어머니를 울렸다. 나는 아버지에게 물려받은 사랑 때문에 괴로워했다. 우리는 사랑이 없는 세계에서 살았다. 배운 사람들이 우리를 괴롭혔다. 그들은 책상 앞에 앉아 싼 임금으로 기계를 돌릴 방법만 생각했다. 필요하다면 우리의 밥에 서슴없이 모래를 섞을 사람들이었다. 폐수 집수장 바닥에 구멍을 뚫어 정수장을 거치지 않은 폐수를 바다로 흘려 넣는 사람들이 그들이었다. 영희는 회사 사람들이 노동조합 지부장을 아무도 모르는 곳으로 끌어갔다고 말했다. 아주 심한 날은 삼십여 명의 공원들을 무더기로 해고시켰다.

그들은 우리와 전혀 다른 배를 탄 사람으로 행동했다. 그들은 우리의 열 배 이상의 돈을 받았다. 저녁때 그들은 공업지대에서 먼 깨끗한 주택가, 행복한 가정으로 돌아갔다. 그들은 따뜻한 집에서 살았다. 그들은 몰랐다. 사용자는 아이들이 무엇을 급히 원한다든가 시위를 하지 않지만, 전혀 새로운 모습으로 옮터 간다는 사실을 몰랐다. 아무도 얼굴을 들지 않아 그 변화를 좀처럼 알 수 없었을 것이다. 꼭 말을 해야 한다면 그것은 어떤 힘이다. 권위에 대해 아주 회의적인 힘이다.

나는 책을 읽기 위해 자주 노동자 교회에 갔다. 내가 필요로 하는 자료들을 목사가 찾아 주었다. 공포심이 우리의 가장 큰 적이라는 것을 목사는 강조했다. 그럴 필요는 없었다. 나는 알고 있었다. 일반 교회의 목사들이 그 공포심을 이용한다는 사실도 나는 알고 있었다. 노동자 교회의 목사는 달랐다. 그도 사랑 때문에 괴로워하는 사람이었다. 그는 나를 '사회조사연구회'라는 모임에 끌어들였다. 지부장은 공장으로 돌아오지 않았다. 사표 복사본만 게시판에 나붙었다. 은강방직 노조는 조용히 침몰해 가고 있었다. 경영자는 만족스러웠을 것이다. 대의원 대회를 소집하여 부지부장을 새 지부장으로 선출하게 했다. 공장 안은 조용했다. 기계는 스물네 시간 쉬지 않고 돌았고, 해고자들도 소란을 피우지 않았으며, 생산 부서의 책임자들이 무섭게 다그쳐도 공원들은 저항 없이 일만 계속했다. 공장장은 이사였다. 공장장은 서울 본사에서 열리는 이사회에 나가 어깨를 펴고 앉았다. 대표이사가 그를 칭찬했다. 모든 주주가 그를 칭찬했고, 은강 그룹의 총수도 그의 역량을 인정했다. 그들은 낙원을 이루어 간다는 착각을 가졌다. 설혹 낙원을 건설한다고 해도 그것은 그들의 것이지 우리의 것이 아니라는 생각을 나는 했다. 낙원으로 들어가는 문의 열쇠를 우리에게는 주지 않을 것이다. 그들은 우리를 낙원 밖, 썩어 가는 쓰레기 더미 옆에 내동댕이쳐 둘 것이다. 그들은 냉·온방기를 단 승용차에 가족을 태우고 나가다 교외로 이어진 도로 옆에서 우리를 발견할 것이다. "더럽기도 해라!" 그들의 부인이 말할 것이다. "게으른 낙오자들!" 그들이 말할 것이다. 그들은 우리에게 일한 만큼 주지 않은 돈에 대해서는 생각하지 않을 것이다.

영희가 새 지부장을 나에게 데리고 왔다. 부지부장으로 있을 때 직포과에서 영희와 함께 일한 아이였다. 밤일을 할 때는 잠 안 오는 약을 먹고, 낮일을 할 때는 반대로 잠 오는 약을 그 아이도 먹었었다. 나는 앞으로 우리가 해야 할 일의 어려움에 대해 지부장에게 설명했다. 똑똑하고 예쁜 아이였다. 내가 하는 이야기를 영이는 빨리 알아들었다. 노동법에 대해서는 나보다 더 많이 알고 있었다. 아직 나이가 어려 자기 정리를 못 할 뿐이었다. 그 혼란에서 그 아이를 끌어내면 되었다. 나는 날마다 영이를 만났다. 우리는 자료를 모아 토론하고 합당한 말을 찾아 노트했다. 영희가 영이를 집으로 데려오고는 했다. 어머니는 영이를 좋아했다. 우리는 이야기가 밖으로 나가는 것을 막기 위해 노동자 교회에도 나가지 않았다. 공장 안에서 만나도 서로 모르는 사람처럼 행동했다. 내가 훌륭한 지도 자가 될 것이라는 목사의 말을 영희가 가져왔다. 그 말을 영이는 믿었다. 어머니는 불안했으나 더 이상 나를 잡아 둘 수 없다는 판단을 내렸다. 나는 영이가 노동자 측 대표위원으로 사용자에게 할 말을 하나하나 기록해 나갔다. 영이는 조합 상무집행위원회를 열어 다른 네 명의 위원을 선출했다. 그 명단을 회사에 제출하고 사용자 측 대표위원 및 위원의 명단을 받았다. 공장장이 조합 사무실에 큰 화분을 보내왔다. 노사의 경제적인 이익과 산업 평화를 위한 협의가 되기를 바라는 뜻이라고 생산부장이 설명했다. 그들은 조합이 아주 알맞게 힘을 잃었다고 믿었다. 그들은 여느 날과 마찬가지로 해고자와 출근정지 처분자의 명단을 사무실 앞 게시판에 붙였다. 밤일을 끝낸 아이들과 오후반 아이들이 회의장 앞에 몰려 노사 대표들에게 똑같이 손을 흔들었다. 사용자 측 대표들이 그들을 향해 손을 흔들었다. 영이는 나와 함께 토론하고 검토하여 만든 작은 노트를 들고 회의장으로 들어갔다. 영이는 흰 원피스에 흰 구두를 신었다. 영이는 예뻤다. 영희가 영이의 가슴에 진한 보라색 꽃 한 송이를 달아 주었다. 아이들이 큰 소리로 웃었다. 회사 사람들이 휘파람을 불었다. 영이는 웃지 않았다.

나는 기름 묻은 작업복을 입은 채 다섯 명의 노동자 측 방청인 중의 한 사람으로 회의장에 들어갔다. 사용자 측 대표들은 엉뚱하게 끼어든 보전반 기사 조수를 보고 웃었을 것이다. 노사 대표위원 및 위원들이 다섯 걸음 정도의 거리를 두고 마주 앉았다. 나는 구석 자리, 낮은 의자에 앉아서 보았다. 처음 분위기는 아주 부드러웠다. 참석자들은 찬 음료수를 선풍기 밑에 앉아서 마셨다. 나까지 마셨다. 아주 조심했으나 공장 손님 접대용 유리잔에 기계 기름을 묻히고 말았다. 이십 분쯤 지나자 분위기는 달라졌다.

사용자 3: "생산성 향상에 관한 사항은 부공장장님 말씀과 생산부장님 말씀을 들어 잘 이해했을 줄 믿습니다. 노사 양측이 회의록을 작성하고 있으니까 전 종업원에게 공개하여 두루 알리는 게 좋겠습니다."

노동자 3: "여기서 핀 이야기를 잠깐 하고 싶습니다."

사용자 2: "핀?"

노동자 3: "네, 끝이 뾰족한 옷핀입니다. 생산부장님은 아실 거예요."

사용자 4: "무슨 얘기야? 영이가 말해 봐."

노동자 1: "이런 상태에선 말씀드릴 수가 없습니다."

사용자 4: "왜?"

노동자 1: "저희는 천오백 명의 노동자를 대표해서 이 자리에 나왔습니다."

사용자 3: "그렇지. 그런데?"

노동자 1: "저희는 존댓말을 쓰는데 부공장장님도 부장님들도 반말을 쓰십니다."

사용자 1: "우리의 실수입니다."

사용자 3: "회의록엔 어떻게 됐죠? 처음 부분을 고쳐 주세요."

노동자 1: "옷핀에 관한 이야기는 생산부장님이 더 잘 아실 테니까 직접 듣고 싶습니다."

사용자 4: "난 금시초문이라니까."

사용자 3: "다시 말씀해 주십시오."

사용자 4: "네, 그러죠. 옷핀이 도대체 어쨌다는 건지 전 모르겠습니다."

사용자 2: "옷핀?"

어머니: 옷핀을 잊지 마라, 영희야.

영희: 왜, 엄마.

어머니: 옷이 뜯기면 이 옷핀으로 꿰매야 돼.

노동자 3: "그 옷핀이 저희 노동자들을 울리고 있어요."

영희: 아빠보고 난장이라는 아인 이걸로 찔러 버려야지.

어머니: 그러면 안 돼. 피가 나.

영희: 찔러 버릴 거야.

노동자 3: "밤일을 할 때 일어나는 일입니다. 누구나 새벽 두세 시가 되면 졸음을 못 이겨 깜빡 조는 수가 있습니다. 반장이 옷핀으로 팔을 찔렀습니다."

사용자 4: "말도 안 되는 소립니다."

노동자 4: "저희는 벌레가 아네요."

사용자 2: "왜들 이래요!"

노동자 5: "반장은 옷핀을 짧게 잡았습니다. 그 끝으로 팔을 찌르는 거예요. 살 속으로 파고들어 잠을 쫓아 틀은 잘 볼 수 있었는지 모르겠습니다. 그렇지만 저는 지난 한 달 동안 밤일을 하는 조합원들이 울면서 틀 사이를 뛰는 것을 너무 자주 보았습니다."

노동자 4: "생산성 향상과 핀의 관계를 알고 싶습니다."

사용자 4: "아무 관계가 없어요."

노동자 2: "핀을 쓰는 건 아셨죠?"

사용자 4: "왜들 이러지, 정말. 그런 못된 짓을 하는 걸 알았다면 가만 놔뒀겠어요? 어떤 반장이 핀을 사용했다면, 그것은 그 개인이 갖고 있는 잔인한 성격 탓이지 회사와는 상관이 없는 일이에요."

노동자 1: "일단 조사를 해주세요."

사용자 1: "생산부장이 조사를 해보세요. 사실이라면 인사 조처하세요."

노동자 1: "이게 직포과에서 쓰였다는 핀입니다. 물론 생산도 중요하지만, 다들 잠자는 시간에 저희 조합원들이 울면서 틀 사이를 뛰게 할 수는 없습니다."

사용자 1: "지부장 말이 옳아요. 우린 문명인으로 문명사회에 삽니다. 미개사회에서나 일어날 일이 지금 우리에게서 일어난다면 수치스러운 일입니다."

사용자 2: "여러분이 이미 알고 있는 대로 우리 공장은 폭행, 협박, 감금, 기타 정신 또는 신체의 자유를 부당하게 구속하는 수단으로 근로자 여러분의 자유의사에 반하는 근로를 강요하고 있지 않습니다. 또 근로자 여러분이 작업 중 사고를 일으키는 일이 있어도 어떤 구타 행위를 하지 않아요."

노동자 1: "이의를 말씀드려야 하겠지만, 우선 사항이 있기 때문에 그냥 넘어가겠습니다."

사용자 2: "그러면 안 돼요. 말해 봐요."

노동자 1: "하지 않는다고 하셨는데, 그것은 금지 사항입니다. 우선 협의할 안건이 있어서 지금은 말씀 안 드리겠어요. 금지 사항이 안 지켜지고 있는 것이 많아요."

사용자 5: "모든 걸 법대로 하자면 은강에서 돌아가는 기계들 대부분을 지금 세워야 합니다."

사용자 4: "기계는 세워 두면 녹이 슬어요. 공장 문도 닫아야죠. 그렇게 되면 여러분 모두가 일할 곳을 잃어요."

사용자 1: "엉뚱한 비약입니다. 두 분 말씀에 잘못이 있습니다."

사용자 2: "두 분이 하신 말씀은 회의록에서 빼도록 하죠."

사용자 1: "빼세요."

아이 1: 쟤들은 빼.

아이 2: 왜?

아이 1: 난장이 아들하곤 놀 수 없어.

영호: 형.

나: 참아, 영호야.

영호: 말리지 마. 저 새낄 죽여 버릴 거야.

아이 1: 어! 이게 날 쳐!

영호: 죽어! 죽어!

나: 놔줘, 영호야. 영호야, 영호야!

아이 3: 난장이가 온다!

아이 4: 난장이가 온다!

노동자 2: "저희 공장은 어떻죠?"

사용자 2: "무슨 말을 하는 거요?"

사용자 1: "우리에게 필요한 것은 노사협조와 산업 평화입니다. 이야기를 다른 방향으로 이끌어 가면 안 돼요."

노동자 1: "저희들은 돌아가는 기계를 더욱 빨리 돌아가게 하기 위해 애쓰고 있습니다. 그런데 저희 노동자들은 인간다운 생활을 못 하고 있습니다. 저희들은 공장 안에서 하는 일과 생계비와 임금을 생각했습니다. 부공장장님의 말씀과는 달리 저희는 미개사회에 사는 미개인이라는 결론을 얻었습니다. 기계를 좀 더 빨리 돌리기 위해서라도 저희 노동자들이 인간다운 생활을 해야 한다는 생각을 했습니다."

사용자 1: "이거야말로 무서운 비약이오. 따져 보면 우리도 여러분과 같이 일하고 돈을 받는 근로자예요."

노동자 1: "봉투를 받는다는 점만 생각하면 같습니다. 그러나 저희들이 받는 봉투는 여러분이 받는 것처럼 두툼하지가 못합니다. 우리가 받는 것은 터무니없이 얇습니다. 저희들은 언제까지나 그 얇은 봉투를 받을 수 없다는 것을 알려 드리기 위해 이 자리에 나왔습니다."

사용자 2: "말을 잘해 사실이 그런 것 같구먼. 하지만, 한 가지 물어 봐도 되겠지요?"

노동자 1: "네."

사용자 2: "지부장은 무슨 돈으로 그렇게 예쁘게 차려입을 수 있었소? 봉투가 그렇게 얇다면 무슨 돈으로 먹고, 무슨 돈으로 옷과 구두를 샀어요?"

노동자 1: "저는 혼자 살아요. 부모님도 안 계시고, 학비를 대 줘야 할 동생들도 없습니다. 저는 많이 먹지도 못하고, 맛있는 것을 골라 군것질도 하지 않습니다. 일하지 않는 시간엔 피로해서 잠만 잤습니다. 옷도 깨끗이, 오래 입으려고 늘 신경을 썼습니다. 이 옷과 구두는 저축한 돈으로 산 것입니다. 지금은 종업원을 대표하는 입장이라 깨끗이 입고 나오고 싶었습니다. 이렇게 차려입기 위해 저는 삼급 노동자의 한 달 임금보다 더 많은 돈을 썼습니다."

사용자 1: "도대체 여러분의 요구 사항은 뭐예요?"

노동자 1: "임금 이십오 퍼센트 인상, 상여금 이백 퍼센트 지급, 부당 해고자의 무조건 복직──이상입니다."

사용자 5: "얘들이!"

사용자 4: "더 이상 이야기할 필요 없어요. 뒤에서 얘들을 조정하는 파괴자가 있어요."

영희: 엄마, 큰오빠가 저 아래 큰 집 유리를 깨 버렸어.

어머니: 알아. 아버지가 가셨어.

영희: 그 집 아이가 아버지를 난장이라고 놀려서 그런 거야. 그

런데 왜 아버지가 가지?

어머니: 너희들이 뭘 잘못하면 그 책임을 아버지가 지셔야 된 단다.

영희: 언제까지?

어머니: 너희들이 클 때까지.

사용자 1: "앞으로 무슨 일이 일어나면 그 책임은 여러분이 져야 돼요."

어머니: 큰 다음엔 너희가 한 일에 대한 책임을 너희 스스로 져 야 돼.

사용자 2: "임금은 지난 이월에 이미 인상 조정이 되었고, 그 조 정에 따라 지급하고 있어요. 상여금도 작년 연말에 지급했어요."

노동자 1: "일방적인 인상이었습니다. 지급된 상여금도 상여금 이라는 이름을 붙일 수 없을 정도였어요. 한 달 잔업수당 정도였습 니다."

사용자 2: "여러분은 연장근로수당을 다 받죠? 본사 사람들을 가 봐요. 밤 아홉 시, 열 시까지 연장근무를 하면서도 말 한마디 안 해요."

노동자 1: "그들은 배운 사람들입니다. 비교할 수가 없어요. 저 희들은 배운 사람들에게 아무 기대도 걸지 않아요. 그들은 저희가 줄을 서서 받는 봉투처럼 얇은 것을 받지 않아요. 그들은 또 연 육 백 퍼센트의 상여금을 받습니다. 마땅히 받아야 할 연장수당을 못 받는 것도 그들이 잘못하는 일이에요. 그들이 잘못하는 것을 저희들에게 말씀하실 필요는 없습니다."

사용자 5: "안 되겠군."

사용자 1: "지부장은 사용자와 근로자의 이해관계가 아주 상반되는 거로 믿고 있죠?"

노동자 1: "지금, 은강에선 그래요."

사용자 1: "잘못 알고 있어요. 사업이 잘되면 이익을 보는 것은 여러 근로자들이에요."

노동자 1: "노동자들만의 이익이어서는 안 됩니다. 노사 간의 이익이어야 합니다. 이것이 저희들의 이상이에요. 지금은 너무 불공평합니다. 공평해야 산업 평화가 이뤄집니다."

사용자 5: "집어치워!"

사용자 3: "왜 이래요?"

사용자 5: "쟤가 뭘 압니까?"

사용자 1: "앉으세요."

사용자 5: "왜 쟤로 하여금 산업 평화 운운하게 놔둬야 하는지 알 수가 없습니다."

사용자 3: "앉으세요."

사용자 1: "다시 말하지만 여러분이 잘못 알고 있어요. 회사가 이익을 올리면 그 이익 전체를 몇 사람이 나누어 갖는 줄 아는데 아주 위험한 생각이에요. 기업 이윤은 사회로 환원되고, 종업원 봉급으로 지급되고, 주주 배당금으로 나가고, 기업 자체 축적금으로 공정하게 배분되는 겁니다."

264

노동자 1: "그런 말씀을 하실 줄 알았습니다."

사용자 1: "아니란 말인가요?"

노동자 1: "종업원에게 정당한 임금을 지급하지 않고 올린 수치스러운 이윤을 어느 사회에 어떻게 환원합니까? 그 이윤을 또 어떤 주주들에게 나누어 주고, 그 끔찍한 이윤을 축적해 또 뭘 하려는 거죠? 그런 기업은 더 이상 자라면 안 된다는 생각을 저희들은 하고 있습니다. 정확히 말하면 노동자에게 인간다운 생활을 할 수 없는 임금을 지급하고 기계를 돌린 이상 그것은 이윤이 아닙니다. 다른 말로 불려야 해요. 얼마 전에 우리 회장님께서 불우한 사람들을 위해 해마다 이십억 원을 내놓으시겠다고 하신 기사를 신문에서 읽었습니다. 신문기자들 앞에서 웃고 계신 회장님 사진도 보았습니다. 부공장장님 말씀대로 공정했다면 있을 수 없는 일입니다. 여러 공장의 노동자들에게 먹고 자고 일만 하다, 해고 통지를 받으면 나가라고 일방적인 희생을 요구한 기업이 새삼스럽게 사회에 뭘 내놓겠다는 것은 기만입니다. 국민의 지탄을 피하려는 속임수에 불과해요. 저희들은 회장님이 설립하신 사회복지재단의 이사 명단도 구해 보았습니다. 그분들에게 기대를 걸어 보고 싶었습니다. 그 기대도 깨져 버렸습니다. 저희들이 받는 물리적·경제적·정신적 고통이 어떤 건지 전혀 모르실 분들이었습니다. 그분들이 정말 훌륭한 어른들이라면 회장님이 내놓으시겠다는 돈을 먼저 불쌍한 노동자들에게 나누어 주고 사회에는 다른 돈을 내놓으라고 말씀하셨을 겁니다."

사용자 5: "보세요. 용서할 수 없습니다."

사용자 3: "제발 가만히 좀 계십시오."

사용자 1: "지부장, 그 노트를 우리에게 넘겨줘요. 그리고 끝냅시다."

노동자 1: "저희 요구 사항에 대한 회사 측 답변은 언제 주시겠습니까?"

사용자 1: "기다리지 말아요. 모든 걸 부정적인 눈으로 보는 사람들에겐 줄 것이 없어요. 여러분이 왜 우리의 발전을 부정하는지 알 수가 없어요."

노동자 1: "그렇지 않습니다. 산업 전선에서 일하는 사람들이 바로 저희 노동자들이에요. 다만 그 혜택을 우리에게도 돌려야 한다는 거죠. 건강한 경제를 위해 왜 저희들은 약해져야 합니까?"

사용자 1: "시간이 지나면 다 해결이 돼요."

노동자 1: "노동자들은 이미 오랫동안 기다려 왔습니다."

사용자 5: "감옥에나 가야 될 아이들이야."

사용자 3: "제발 가만히 앉아 계세요."

사용자 1: "아뇨. 그 말이 맞습니다. 밤반, 오후반 아이들이 밖에 몰려 있습니다. 애들이 조합원을 선동하여 단체행동을 하겠다는 게 분명해요. 애들은 이미 법을 어기고 있어요."

노동자 1: "아녜요. 궁금해서 모여 서 있는 거예요. 설혹 무슨 일이 일어난다고 해도 저희들은 하나를 잘못하게 되는 겁니다. 그러나 사용자는 달라요. 저희가 어쩌다 하나인 데 비해 사용자는 날마다 열 조항의 법을 어기고 있습니다."

사용자 1: "문을 닫으세요."

사용자 2: "양쪽 문을 다 닫으십시오. 애들을 내보내면 안 돼요."

아버지: 영수를 당분간 내보내지 말아요.

어머니: 네.

영희: 큰오빠가 뭘 잘못했어? 잘못한 건 그 집 아이야.

아버지: 그 아이가 뭘 잘못했니?

영희: 아버지를 난장이라고 놀려 댔어.

아버지: 그 아이는 돌멩이를 던져 우리집 창문을 깨뜨리지 않았다. 그 아이에겐 잘못이 없어. 아버지는 난장이야.

그래서 나는 사흘 동안이나 밖에 나가 놀 수 없었다. 나는 어머니의 실패에서 바느질 바늘을 빼어 낚싯바늘을 만들었다. 불에 달구어 끝을 정확히 꼬부려 만들었다. 실을 두 겹으로 꼬아 초를 먹이고 그 끝에 바늘을 달았다. 어머니가 나가 놀아도 좋다고 한 날 나는 뒷산으로 달려 올라갔다. 긴 싸리나무를 꺾어다 낚싯대를 만들었다. 그해에도 가뭄이 들었다. 아버지는 날마다 펌프 일을 나갔다. 방죽 물도 바짝 줄었다. 나는 방죽 중간쯤에 들어가 낚시질을 했다. 내가 낚아 올린 붕어는 벽돌공장 굴뚝 그림자 속에서 팔딱팔딱 뛰었다. 아버지가 당신의 입으로 난장이라고 한 말을 나는 그래서 꼭 한 번 들었다. 어머니는 펌프가에 앉아 보리쌀을 씻다 말고 부엌으로 들어갔다. 나에게 무슨 일이 있었다면 어머니까지 돌아갔을 것이다. 나는 그날 밤 늦게 집으로 돌아갔다. 은강 전체가 저 기압권에 들어 숨을 쉬기가 아주 어려운 밤이었다. 어머니는 꼼짝 도 않고 앉아 있었다. 먼저 영이에 대해 묻고 영희를 물었다. 어머 니는 영희에게 했던 것처럼 영이에게 여자가 가져야 할 가족과 가 정에 대한 전통적 의무가 어떤 것인지 이야기하고 싶어 했다. 영이 가 얼마 동안 고생을 하게 될지 나는 알 수 없었다. 영이의 흰 원피 스는 그날로 더러워졌다. 영희는 하룻밤 두 낮의 단식과 구호, 그 리고 노동자의 노래만 부르면 되었다. 나는 혼자 돌아왔다. 나는 그날 밤 아버지가 그린 세상을 다시 생각했다. 아버지가 그린 세상 에서는 지나친 부의 축적을 사랑의 상실로 공인하고, 사랑을 갖지 않은 사람 집에 내리는 햇빛을 가려 버리고, 바람도 막아 버리고, 전깃줄도 잘라 버리고, 수도선도 끊어 버린다. 그 세상 사람들은 사랑으로 일하고, 사랑으로 자식을 키운다. 비도 사랑으로 내리게 하고, 사랑으로 평형을 이루고, 사랑으로 바람을 불러 작은 미나리 아재비꽃 줄기에까지 머물게 한다. 아버지는 사랑을 갖지 않은 사 람을 벌하기 위해 법을 제정해야 한다고 믿었다. 나는 그것이 못마 땅했었다. 그러나 그날 밤 나는 나의 생각을 수정하기로 했다. 아 버지가 옳았다.

모두 잘못을 저지르고 있었다. 예외란 있을 수 없었다. 은강에서 는 신도 예외가 아니었다.

클라인 씨의 병

은강에는 장님이 많았다. 은강에 살면서 놀란 것 중의 하나가 바로 이것이다. 공업지역에서는 물론 볼 수가 없었다. 시가와 주거지역을 거닐다 나는 알았다. 어느 날 나는 십 분 동안에 다섯 사람의 장님을 보았다. 다음 십 분 동안에는 세 명을 보았고, 그다음 십 분에는 나의 발 옆을 두드리며 지나는 둘밖에 보지 못했다. 그러나 이것은 놀라운 일이었다. 한 시간 이상을 헤매고도 단 한 명의 장님을 볼 수 없는 도시가 세계에는 있을 것이다. 은강에 유독 장님이 많은 까닭을 나는 알 수 없었다. 다른 사람들 중에 장님이 많다는 사실을 은강 사람들은 몰랐다. 그래서 은강 사람들 모두가 장님으로 보일 때가 있었다. 나는 장님들이 세상을 볼 수 있는 방법은 한 가지밖에 없다고 생각했다. 그것은 눈을 갖는 일이었다. 어머니는 다른 생각을 갖고 있었다. 세상을 보는 눈은 따로 있다는 것이었다. 어머니는 한쪽 눈만으로도 잘 보는 한 노인을 알고 있었다. 어머니는 날마다 은강 지방 항만관리청의 점용 허가를 받은 목재 공장의 저목장에 나갔다. 저목장에는 인도네시아에서 들여온 원목들이 쌓여 있었다. 저목장에 바닷물이 들어오면 원목들이 떠올랐다. 코끼리 지게차가 그 원목들을 건져 올렸다. 해방동 주민들은 인도네시아에 내린 햇빛을 받아 크게 자란 인도네시아산 원목의 껍질을 벗겼다. 사람들은 그 껍질을 벗겨다 땔감으로 썼다. 남는 것은 팔았다. 어머니는 애꾸눈 노인과 함께 껍질을 벗겼다. 노인은 주물공장에서 일하다 한쪽 눈을 잃었다. 그는 삼십 년 동안 한쪽 눈으로만 세상을 보아 왔다. 그는 장님 나라의 애꾸눈 왕과는 다르다. 장님 나라의 애꾸눈 왕은 제가 언제나 제일 잘 본다는 확신을 갖는다. 그러나 애꾸눈 왕이 볼 수 있는 세계는 반쪽 세계에 지나지 않는다. 그가 자신의 눈만 믿고 방향을 바꾸어 보지 않는다면 다른 반쪽 세계에 대해서는 끝내 알 수 없다. 어머니는 인도네시아산 원목의 껍질을 벗겨 등에 지고 해방동 비탈길을 올라왔다. 애꾸눈 노인이 어머니의 뒤를 따랐다. 그가 먼저 집으로 들어갔다. 애꾸눈 노인의 작은 집은 원목 껍질에 감겨 있었다. 그날 주거지역 교회의 학생들이 노인을 찾아왔다. 한 아이가 "앞으로 할아버지의 생활은 어때질 거라고 믿으세요?"라고 물었다. 다른 아이가 하나만 짚으라면서 여섯 개의 문장을 읽어 내려갔다.

- 아주 좋아질 것이다.
- 비교적 좋아질 것이다.
- 좋아지지도 나빠지지도 않을 것이다.
- 약간 나빠질 것이다.
- 아주 나빠질 것이다.
- 대답할 수 없다.

노인은 간단히 말했다.

"아주 좋아질 거야. 거기다 동그라미를 쳐 줘."

학생들은 나무껍질 문 앞에 서 있었다. 뜻밖의 대답이라는 표정을 그 아이들이 지었다.

"나는 곧 죽을 거야."

애꾸눈 노인이 말했다. 어머니는 그 노인도 아버지와 마찬가지

로 죽은 다음에야 평온을 얻을 것이라고 말했다. 찾아온 아이들에
게는 "우리의 생활은 아주 나빠질 것이다"라고 했다. 어머니는 나
때문에 불안해했다. 어머니는 내가 질 싸움을 시작했다고 믿었다.
나는 어머니가 저목장에 나가는 것이 못마땅했다.

"제발 그만두세요, 어머니."

내가 말했다.

"어머니가 저목장에 나가시는 게 저희들을 괴롭게 해요. 그 껍질
나무가 얼마나 보탬이 된다고 그러세요."

"이게 다 너 때문이란다."

바닷물에 전 껍질 나무를 어머니는 널었다.

"네가 없을 때를 대비해 내가 이러는 거야."

"제가 어딜 가요?"

"언젠가 넌 집을 나가게 될 거다."

"전 아무 데도 안 가요."

"넌 쫓겨 다니게 돼."

"누구에게요?"

"그만두자."

어머니가 등을 돌렸다.

"지난번에 여드레씩이나 집을 비웠던 일을 벌써 잊었지?"

"그건 조합 일 때문이었잖아요?"

"마찬가지야. 넌 매를 맞고 피를 흘리면서 들어왔어. 넌 이 에미
와 두 동생을 내동댕이쳐 놓구 계속 엉뚱한 일만 하게 될 거야. 그

러다 한 보따리씩 걱정만 안겨 주겠지.”

“걱정할 거 없어요.”

나는 말했다.

“앞으론 아무 일 없을 거예요.”

“그럴 필요 없다.”

어머니는 알고 있었다.

“이제 시작이다.”

어머니는 껍질 나무를 옮겨 널면서 말했다.

“너의 그 일은 이제 시작이야. 나는 잘 모르는 일이야. 넌 누굴
위해 무슨 일을 하겠다는 거냐?”

“남을 위해 일할 힘이 저에게는 없어요.”

“날 속일 생각은 마라.”

“알면서 왜 그러세요?”

“그래.”

어머니는 허리를 펴고 섰다.

“은강으로 온 게 잘못이다. 난 밤마다 너희 아버지 꿈을 꾼단다.”

“개꿈을 꾸었구나.”

아버지가 말했었다.

“너희들 꿈은 다 개꿈이야.”

“그래도 좋아!”

영호가 말했다.

“막 날아다녔어! 날아서 강을 건넜어!”

274

"키가 크느라구 그래."

내가 말했다. 아버지가 나의 머리에 손을 얹었다.

"쟤들 좀 봐라."

아버지가 문밖을 가리켰다. 동네 아이들이 버들여뀌가 꽃을 피운 방죽가에 앉아 흙을 주워 먹고 있었다. 영희는 그 아이들을 보면서 생쌀을 먹었다.

"나도 흙을 먹었었죠?"

내가 물었다.

"나는 안 먹었어."

영호가 말했다.

"오빠도 먹었어."

영희가 생쌀을 털어 넣으며 말했다.

"배 속에 기생충이 있는 아이들이 흙을 먹는단다."

"회충 말이야?"

"그래."

"영희야, 생쌀 좀 먹지 마."

어머니가 말했다.

"맛있어!"

"돈이 생기면 고기 한칼 사 오세요. 제대로 먹이지 못하니까 생쌀만 축내요."

"그러지."

아버지가 대문을 나섰다. 아버지는 식칼 소리를 내면서 멀어져 갔다. 그 순간부터 우리는 아버지를 기다렸었다.

"아버지가 잘못했지."

어머니는 말했다.

"어느 시골로든 터전을 옮겨야 했어. 그럼 아버지도 안 돌아가셨을 거다."

"먹고살 수가 있었어야죠."

"땅을 파는 게 낫지."

"팔 땅이 있었어요?"

"남의 땅을 파 줘도 이곳보다는 좋았을 거야."

껍질 나무를 던지며 어머니가 돌아섰다.

"왜 공장 일만 하지 못하니, 너는."

어머니의 목소리가 높아졌다.

"도대체 넌 뭘 어떻게 하겠다는 거냐? 왜 가만히 시키는 일만 못해?"

"어머니."

나는 말했다.

"사람처럼 살고 싶어서 그래요."

"누가 사람처럼 살지 말랬니?"

"막는 놈들이 있어요. 그리고 아이들은 모르고요."

"막으면 막게 놔두고, 모르면 계속 모르고 있게 놔둬. 내 말을 안 듣다가는 잡혀가. 너는 죄를 짓고, 재판을 받고, 감옥에 갇힌다. 그 문에 머리를 찧는 이 에미와 동생들을 안 보려면 가만히 좀 있어."

276

나는 다락방으로 기어 올라갔다. 어머니는 계속 껍질 나무를 펴 널었다. 은강의 조석은 그 주기가 열두 시간 이십오 분이었다. 어 머니는 달이 바닷물을 끌어 올렸다 내렸다 한다는 사실을 몰랐을 것이다. 바다 한가운데 떠 있던 큰 화물선이 내항 독으로 들어갈 때 어머니는 저목장으로 나가고는 했다. 저목장의 원목들도 만조 때에만 떠올랐다. 어머니는 은강에서 큰아들을 잃게 될지도 모른 다는 강박관념에 사로잡혀 있었다. 은강은 너무 크고 복잡한 도시 였다. 영희의 말대로 은강은 위험한 도시일 뿐 아니라 죄악으로 가 득 찬 곳이었다. 애꾸눈 노인네 껍질 나무 벽에는 지명 피의자 수 배 벽보가 붙어 있었다. 살인, 살인미수, 강도상해, 강간, 공무원 자 격 사칭, 특수강도, 사기, 수회 등의 죄목이 피의자들에게 걸려 있 었다. 내가 아는 죄인들의 이름은 올라 있지 않았다. 잡범들의 사 진 위에 검거 도장이 찍혀 나갔다. 큰 범법자들은 우리와 먼 곳에 있었다. 어머니를 제일 먼저 놀라게 한 것은 블랙리스트에 나의 이 름이 올랐다는 것이었다. 조합 활동에 깊게 관여한 노동자들의 취 업 기회를 봉쇄하기 위해 은강 공장의 사용자들이 작성한 명부에 나의 이름이 올랐던 것이다. 사용자들에게 나는 작은 악마로 보였 다. 그들이 제일 싫어하는 사람은 노동자 교회의 목사였다. 그들은 사랑과 희생의 덩어리인 성인을 싫어했다. 목사는 나에게 완전한 성인으로 보였다. 오목렌즈 안의 눈을 볼 때마다 그가 성인이라는 생각을 하고는 했다. 그러나 나로서는 가장 이해하기 힘든 인물이 었다. 나는 우리가 노력만 하면 스스로를 구원할 수 있을 것이라고 믿었다. 내 생각을 말하면 그는 웃기만 했다. 목사 앞에서 나는 언제나 어린 학생이었다. 몸이 약하다는 한 가지 약점을 제외하면 그는 정치, 철학, 역사, 과학, 경제, 사회, 노동에 대해 모르는 것이 없는 지혜로운 사람이었다. 그는 부를 생산이라는 샘에서 솟아나는 물에 비유하고, 그것은 사람의 손에서 손으로 이동하지 않으면 한곳에 괴어 썩어 버린다고 말했다. 그 말을 받아 누가 꽤 진지한 목소리로 "역사와 같군요"라고 말했는데, 그는 안경을 치켜올리더니 "여러분이 알아야 할 것은 그게 아니라 부의 생산자가 바로 여러분 자신이란 점입니다"라고 했다. '사회조사연구회'에서 있었던 일이다. 그날 "나는 여러분과 여러분의 동료들이 열심히 부를 생산하는 것을 보아 왔습니다"라고 목사는 말했다. "그러나 부를 생산하고도 그것을 제대로 나누어 받는 사람은 아직 한 사람도 못 보았습니다"라고 그는 말했다. 일종의 의식화 교육으로, 나의 머리에 발전기를 설치한 이가 바로 그였다. 나는 그가 마련한 여섯 달 과정의 교육 프로그램에 참가하여 많은 것을 배웠다. 나는 산업사회의 구조와 인간 사회조직, 노동운동의 역사, 노사 간의 당면 문제, 노동관계법 등을 배웠다. 정치, 경제, 역사, 신학, 기술에 대해서도 배웠다. 모두 열네 명이 매주 토요일 오후에 모여 일요일 저녁까지 숙식을 함께하며 배웠다. 피교육자들은 전기, 철강, 화학, 전자, 제분, 방직, 목재, 공작창, 알루미늄, 자동차, 유리, 조선, 피복 공장 등에서 왔다. 모두 가난한 집안의 아들딸이었다. 다 눈물 젖은 밥을 먹어 보았다는 한 가지 공통점만으로도 우리는 가까워질 수 있었다. 우리는 그때 노래했다.

　내가 굶주려 애쓸 때 너 있었나
　밥을 찾을 때 거기 있었나
　내가 목말라 애쓸 때 너 있었나
　물을 찾을 때 너 있었나
　내가 병들어 누웠을 때 너 있었나
　돌봄 바랄 때 거기 있었나

교육과정을 끝마치고 헤어질 때 우리는 또 노래했다.

　함께 나누는 기쁨과 슬픔
　함께 느끼는 희망과 공포

　목사는 대량생산체제를 갖춘 공장에서의 생활이 비인간적이라
면 그 요소들을 찾아 개조하지 않으면 안 된다고 말했다. 우리의
어른들은 그렇게 큰 공장에서 일해 본 경험이 없다는 점을 그는
강조했다. 그는 전혀 새로운 환경에서 희생만 강요당하는 세대에
우리를 넣었다. 우리의 침묵은 우리의 권리에 상처만 준다고 그는
말했다. 그에게서 교육받은 열네 명이 공장으로 돌아가 어려운 일
을 해냈다. 여섯 명은 조합을 만드는 데 성공했다. 나중에야 나는
목사가 어떤 면에서는 아주 보수적인 온건주의자라는 것을 알았

다. 그는 그의 신을 떠나서는 잠시도 살 수 없는 사람이기도 했다.
그가 우리의 교육을 위해 과학자를 부르고는 했다. 과학자는 매주
일요일 오후에 와 기술과학에 관한 이야기를 우리에게 해주었다.
그의 이야기를 듣고 있으면 시커먼 기계들 속에서 기계를 움직여
일하는 단순노동자들의 모습이 자연스럽게 떠올랐다. 그 자신이
작은 공장을 경영하고 있었다. 아주 작은 공장이었다. 과학자 자신
은 공작소라고 했다. 자동선반, 공구선반, 나사절삭선반, 나사연마
기, 드릴링 머신, 밀링 머신 그리고 작은 용해로가 공장 시설물의
전부였다. 그의 공장에서는 언제나 열 명 안팎의 기술자들이 몇 개
의 공작기계를 돌려 일했다. 그 공장의 주생산품은 Z1 3/8이라는
이름의 나사였다. 생산량의 거의 전부를 미국으로 수출했다. 그의
나사는 달 착륙선과 그 밖의 우주선, 기상관측 위성, 금성 탐색 위
성, 유도 로켓, 실험용 로봇, 컴퓨터 들의 제작에 쓰였다. 그의 작은
부품은 지능을 지닌 기계의 제작에만 쓰였다. 그러나 과학자는 자
기가 하는 일을 창피하게 생각했다. 그의 꿈은 과학자가 되는 것이
었다. 그는 꿈을 이루지 못했다. "나의 환경이 내가 과학자가 되는
것을 막았다"고 그는 말했다. 그의 가냘픈 목소리에서는 언제나 쇳
소리가 났다. 그러면서도 우울한 느낌을 주었다. 목소리 때문에 그
는 손해를 보았다. 처음에는 아무도 그의 말을 진실로 받아들이려
고 하지 않았다. 그에 의하면 기술과학의 발전이 숙련 노동자를 실
직시켰고, 공장 내의 단순노동은 어린 노동자들의 장시간 저임금
의 노동으로 충당되었다. 그리하여 공장을 중심으로 인구가 집중

하고, 도시에는 빈민굴이 생겼다. 이미 알고 있는 이야기를 들려주기 위해 그는 예의 쇳소리를 냈다. 그러나 노동자의 손해는 경영주의 이익이라는 단순한 지적이 우리의 뒤통수를 쳤다. 부의 증가는 저임금 노동자 수의 증가와 비례해 왔다는 역사를 그가 들춰냈다. 우리는 그를 믿었다. 교육과정을 끝마치면서 바닷가로 놀러갈 때도 그를 초청했다. 우리는 비닐봉지에 든 인스턴트식품과 마실 것들을 장만하여 바닷가로 갔다. 오염된 바닷가에서 먹고, 토론하고, 노래했다. 물속으로 뛰어들면 기름 냄새가 났다. 목사는 헤엄을 칠 줄 몰랐다. 내가 파도를 헤치며 헤엄쳐 들어갈 때 그가 손을 저어 말리는 것이 보였다. 나는 삼십 미터쯤 나가다 돌아 나왔다. 폐유 찌꺼기가 나의 몸을 쌌다. 목사가 수건으로 씻겨 주었다. 하얀 수건이 시커멓게 되고, 폐유 찌꺼기가 묻은 피부 위로 물방울이 흘러내렸다. 나는 모래 위에 주저앉으며 헛구역질을 해댔다. 과학자는 목선을 빌려 타고 노를 저어 나갔다. 얼마 전까지 어장이었다는 바다에 흰 원반을 가라앉혀 보이지 않을 때까지의 깊이를 미터로 쟀다. 동해안 어느 쪽이 18미터인데 이 바다의 투명도는 2.7미터라면서 과학자가 혀를 찼다. 그 썩어 가는 바닷가에서 우리는 하룻밤을 잤다. 무언가 고르지 못하다는 생각들 때문에 나는 잠을 이룰 수 없었다. 영희와 영호가 밤일을 하는 날이었다. 영희는 직기 사이를 뛰었고, 영호는 연마기를 돌렸다. 어머니에게는 몹시 불안한 밤이었을 것이다. 그때, 장남으로서 내가 하는 일은 거의 없었다. 영호와 영희가 벌어 오는 돈으로 먹고사는 형편이었다. 물론 나도 벌었지만 나는 그 돈을 다시 내다 쓰지 않으면 안 되었다.

"미안하다."

나는 말했다.

"영호한테도 미안하고, 영희한테도 미안하다."

그러면 나의 동생들은 말했다.

"걱정하지 마, 형."

"괜찮아, 큰오빠."

어머니는 달랐다.

"네가 공장 일만 열심히 한다면 정말 좋겠다."

늘 같은 말이었다.

"시간이 얼마나 걸릴지 모르겠다만, 우리의 심신도 편해질 날이 오지 않겠니?"

"지치지도 않으셨어요?"

나는 말했다.

"길게 보면 우리 모두가 늙어 죽어요."

"아니다."

어머니는 낮은 목소리로 말했다.

"너는 아냐. 아버지도 명대로 사신 분이 아니다."

어머니의 말을 들었다면 나는 은강방직 보전반 기사 조수에서 기사로 올라갔을지도 모를 일이다. 받는 돈도 많아졌을 것이다. 나는 어머니가 원하는 아들이 될 수 없었다. 나는 스스로 어려운 길을 택했다. 노동자 교회의 교육을 받은 직후 나는 다시 은강대학

부설 노동문제연구원에 나갔다. 삼 주의 교육을 받기 위해 은강방직 보전반 기사 조수는 삼 주 내내 밤일을 해야 했다. 사람들이 잠자는 시간에 잠자지 않고 일했다. 몸은 말할 수 없이 약해졌다. 나쁜 식사지만 제시간에 할 수 없었고, 잠도 늘 부족한 상태였다. 그때 남쪽 공업단지에서 일하는 한 사나이가 나를 만나러 온다는 소식을 들었다. 목사가 그 사나이의 이야기를 해주었다. 그 사나이의 이야기는 나도 들어 왔다. 그는 여러 공장에서 일한 경험을 갖고 있으며, 그의 운동 방법은 아주 특이한 것이어서 그가 가는 곳에 조합이 생기고, 조합원들은 공장 경영주들이 끌어가는 수레바퀴를 잡고 늘어져 그 수레에 실은 이윤이라는 짐을 덜어 나눈다고 했다. 그의 몸에는 여러 곳에서 입은 상처가 있고, 많이 아는 사람들이 흔히 그렇듯이 말이 아주 느린 편이나 판단이 빠르다는 소문을 나는 들었다. 물론 떠도는 풍문을 나는 그대로 믿지 않았다. 그러나 그가 고생을 한 사람이라는 것, 그리고 사심 없이 많은 사람을 위해 일하고 있는 사나이라는 것을 나는 믿었다. 그가 노동자 교회에 도착해 나를 기다린다는 전갈을 받고 달려가서야 알았다. 지섭이었다. 나는 놀라지 않았다. 어머니는 지섭을 보고 아무 말 못 했다. 몇 초 후에 돌아서더니 소매 끝을 눈에 대었다. 어머니는 돌아간 아버지를 생각했다. 영호와 영희도 지섭을 보는 순간 돌아간 아버지를 생각했다고 말했다. 그는 우리를 서울 행복동에서의 마지막 시절로 끌어갔다. 우리는 뿌연 유리를 통해 과거를 들여다보았다.

"죽기가 살기보다 쉽지."

어머니가 말했다.

"하지만 애들 아버지를 원망해 본 적은 한 번도 없다우."

"그러시겠죠."

지섭이 말했다. 그의 눈 밑에 상처가 있었다. 코뼈도 약간 내려 앉은 것 같았다. 그는 약손가락과 새끼손가락이 뭉툭 잘린 왼손을 바른손으로 눌러 가렸다. 그를 위해 어머니는 시장을 보아 왔다. 쇠 고기를 사다 국을 끓이고 조금은 구웠다. 영희가 부엌 아궁이에 껍 질 나무를 넣고 불을 붙였다. 집 안에 연기가 자욱했다. 어머니는 껍질 나무의 불등걸을 화덕으로 옮긴 다음 고기를 구웠다. 은강에 온 뒤 처음으로 우리는 풍성한 밥상을 대하고 앉았다. 밥에도 보리 를 섞지 않았다. 그 정황이 행복동 집에서의 마지막 날과 비슷했다. 지섭이 밥을 국에 말았고 어머니는 구운 쇠고기를 손님의 밥그릇 에 넣어 주었다. 냄새를 풍기는 게 겁이 나 조금 구웠다고 어머니 는 말했다. 어머니가 고기를 굽는 동안 더러운 동네의 꼬마들은 놀 다가 서서 냄새를 맡았다. 지섭이 고기를 집어 영호의 밥그릇으로 옮겼다. 영호의 손이 그것을 막다가 놓았다. 좁은 마루에 앉아 있던 영희가 부엌으로 가 숭늉을 떠 왔다. 그 얼굴이 푸석했다. 계속 조 업공장에 나가는 아이들이 모두 그렇듯이 영희도 일하고 잠자는 시간이 매주 달랐다. 아버지가 그렇게 사랑한 막내가 숭늉 그릇을 들고 서 있고, 나는 그 애 얼굴 뒤로 펼쳐진 공장지대의 어두운 밤 하늘을 보았다. 아버지는 싫다는 영희를 자꾸 업어 주려고 했었다.

"낮엔 싫어."

어린 영희가 말했었다.

"아이들이 놀려서 싫어."

"왜 널 놀리니?"

어머니가 물었다.

"아이들이 손가락질을 해."

"저거 봐라!"

아이들은 말했었다.

"난장이가 저보다 큰 애를 업었다!"

영희는 밤에만 아버지 등에 업혀 나갔다. 아버지의 웃음소리와 영희의 웃음소리를 우리는 앉아서 들었다. 몇 해 동안 이웃해 산 주정뱅이가 어린 영희에게 술을 먹이려고 뱅뱅 따라 도는 소리도 우리는 들었다. 영희를 업은 아버지가 개천에 놓인 나무다리를 건너오고 있었다. 까르르 웃는 영희의 웃음소리가 아버지보다 빨리 다리를 건너 집으로 들어오고는 했다.

"장가를 가야지."

어머니가 말했다.

"남자는 그래야 마음을 잡는다우."

"전 글렀어요."

지섭이 웃었다.

"한세상 이렇게 떠돌다 끝낼 셈입니다."

"우리 영수 듣는데 그런 소리 말아요."

"제가 어때서 그래요, 어머니."

내가 말했다.

"쟨 이미 내놓은 자식이라우."

영호와 영희가 어머니의 손을 잡았다.

"손은 왜 잡니?"

어머니가 말했다.

"놔."

"놔라."

아버지는 말했었다.

"이 손을 놔. 넌 언제나 힘으로 이 애빌 막으려고 하는구나."

"아직 추워서 그래요, 아버지."

"얘들도 내 말을 못 알아들어요."

어머니가 말했다.

"난 외톨이라우."

"그럴 리가 있습니까?"

다시 지섭이 웃었다.

"배를 내려라."

아버지는 방죽가에 서서 말했다. 꽁꽁 얼어붙었던 방죽의 얼음
이 풀려 녹아 없어지기 시작한 때였다. 나는 배를 내려 물 위에 띄
웠다. 겨울을 방 안에서만 난 아버지가 나를 작은 나무배에 태우고
방죽 안으로 들어갔다. 물 가운데 떠 있던 얼음 조각들이 뱃전에
닿아 밀렸다.

"얘들 아버지는 무덤두 없어요."

어머니가 말했다.

"화장을 했어요. 한 줌도 못 되는 가루를 물 위에 뿌렸다우."

"춥지 않으세요?"

"괜찮다."

아버지는 노를 세워 들었다.

"너는 장남이야. 그래서 너와 단둘이 이야기를 하고 싶었다. 너희 엄마가 들어서도 안 될 이야기야."

"무슨 말씀이신데요?"

"서둘지 마라."

아버지는 멀어진 집을 힐끔 돌아보았다.

"난 죽기로 결심했다."

아주 낮게 아버지는 말했다.

"장남이기 때문에 너에게만 이야기하는 거다. 난 죽기로 결심했어."

"왜요?"

나는 무서운 생각이 들어 몸을 떨었다.

"왜냐구? 왜냐구 물었니?"

"네, 왜 돌아가실 생각을 하셨어요?"

"너희 삼 남매하구 너희 엄마 때문이야. 그리구 저 집 때문이다."

"얼마 동안은 못 살 것 같았다우."

어머니가 말했다.

"하지만 산 사람은 그냥 살아가요."

"아버지, 저희가 뭘 어쨌다고 그러세요?"

"뭘 어쨌다는 게 아니다."

"그럼 뭐예요?"

"스스로 생각해 알아야지. 이만큼 이야기해도 모르겠니?"

"알겠어요."

나는 말했다.

"아버지가 돌아가신다고 해결될 일이 있어요?"

"너희들 짐이 되기가 싫어."

"누가 아버지를 짐으로 생각한단 말이에요? 돌아가시면 아버지는 비겁자가 되세요."

"그래도 할 수 없지."

아버지는 담담히 말했다.

"하지만 너만 내 편이 되어 준다면 죽을 생각이 없다."

"그럼 됐어요."

나는 아버지를 향해 다가앉았다.

"얼마 동안만 너희들과 떨어져 살 생각이야."

아버지는 말했다.

"언젠가 날 찾아왔던 꼽추 아저씨 있잖니? 집을 나가 그 아저씨와 일을 하는 수밖에 없겠어. 그 아저씨 친구 한 분이 걷질 못하는 불구자야. 앉은뱅이를 너도 본 적이 있지? 차력도 하고 곡예도 하는 약장수가 있는데 우리 셋이 가면 동업자로 받아 주겠대. 차를 두 대씩이나 몰고 다니면서 큰돈을 버는 사람이야. 방방곡곡 안 다

니는 데 없이 다니면서 약을 팔아 자식들을 대학까지 보내고, 집도
큰 것을 갖고 없는 게 없이 잘사는 사람이지. 그가 우리 셋을 동업
자로 받아 주겠다는데 망설일 게 뭐가 있겠니? 돈을 똑같이 나누
겠다는 거야. 나에겐 마지막 기회다. 집도 재개발 지역에 들어 헐
리게 되고 너희들은 학교가 아닌 공장에나 나가니 하룬들 내 마음
이 편할 수 있겠니? 희망도 없구. 벌레야. 마지막으로 꿈틀대 돈을
모아야지."

"아버지는 꼽추가 아녜요. 앉은뱅이도 아니구요. 아세요?"

"안다."

아버지는 다시 말했다.

"나는 벌레야."

"이젠 편해지셨겠지."

어머니의 목소리가 낮아졌다.

"아주머닌 오래 사세요."

지섭이 말했다.

"얘들이 앞으로 편히 모시게 될 겁니다."

"그럴 날이 올까?"

"오잖구요."

"안 믿어져. 왜 그런지 안 믿어져."

아버지는 더 깊은 곳을 향해 노를 저었다. 뱃전에서 밀리는 얼음
조각들이 거푸 놓을 때의 유리장 소리를 냈다. 방죽의 깊이를 나는
알 수 없었다. 바람이 아직도 찼다.

"어머니와 의논하세요."

나는 말했다.

"영호와 영희에게도 말해 주세요."

"그럼 다 틀려 버려."

"어머니와 영호, 영희가 좋다고 하면 그들을 따라가세요. 전 가만 있겠어요. 아버지가 꼽추와 앉은뱅이하구 사람들을 불러 모으기 위해 어떤 차림으로 어떤 일을 하게 될 거라고도 전 말하지 않겠어요. 그렇지만 그 약장수가 어떤 계산을 하고 꼽추와 앉은뱅이에 난장이 아버지까지 원하는지 먼저 생각해 보세요. 이용만 당할 게 뻔하지 않아요?"

"그만두거라."

아버지는 노를 놓았다.

"내 마음이 찢어질 것처럼 아프다. 그걸 알아야지. 찢어질 것처럼 아파."

아버지는 배를 반대쪽 물가에 대었다. 나는 그대로 앉아 있고, 아버지는 마른 잡풀 위로 올라섰다. 몇 걸음 걷다가 앉았다. 다리를 오므려 붙인 아버지가 그 위에 머리를 숙여 대는 것을 나는 보았다. 시퍼런 칼을 맞아 살이 찢겨 파이고 칼자리에서는 피가 흐르는데 그 상처에 소금을 뿌려 넣는 무엇의 정체를 나는 알 수 없었다. 행복동 시절을 생각하면 언제나 슬픔이 앞섰다. 난장이네 큰아들로 태어나 자란 나는 정말 불행하게도 무엇을 선택할 기회를 한 번도 가져 본 적이 없다. 지섭을 이해하는 데는 나의 출생과 성장,

그 경험과 사고 들이 오히려 도움을 주었다. 은강에 온 지섭은 여러 가지 면에서 목사, 과학자와 비슷한 사람이었으나 한 가지 면에서만은 전혀 다른 사람이었다. 그 자신이 바로 노동자였다. 그의 표현을 빌리자면 그 자신이 많은 희생자 중의 한 사람이었다. 행복동 집이 헐린 직후 피를 흘리며 공터를 가로질러 끌려가던 그의 뒷모습을 우리 식구들은 보았다. 쫓겨나듯 서울을 떠난 그는 여러 지방의 공장을 전전하며 떠돌이 임시공으로 일했다. 철공소 절단공, 자전거포 땜장이, 주물공장 쇳물 주입반 보조공에서부터 새로 생긴 공업도시의 대단위 공장 보통 노동자, 미숙련 노무자, 단순작업 노동자로서 그는 일했다. 그는 부두, 조선, 고무, 방직, 자동차, 전기, 시멘트, 제빙, 피복 등 여러 종류의 공장에서 조금씩이지만 일한 경험을 갖고 있었다. 내가 은강 공장에 나가며 겪은 일은 그가 여러 공장에서 겪은 일 중에서도 아주 작은 어느 한 부분에 지나지 않는 것이었다. 아버지가 좋아한 지섭이 아버지에게 경제적 고문을 퍼부었던 시대에 노동운동가가 되었다는 것은 전혀 우연한 일이 아니었다. 난장이 일가도 그에게는 하나의 관찰 대상이었는지 알 수 없는 일이다. 중요한 것은 그가 따뜻한 애정으로 아버지를 대했다는 것이다. 그때까지만 해도 달나라의 이름으로 펴보인 아름답고 순수한 세계는 그의 머릿속에만 있었다. 그것을 밖으로 실현하기 위해 용기를 갖고 행동하는 사람으로서 그는 은강에 왔다. 그는 내가 어떤 일을 하여 사용자들이 작성한 블랙리스트에 오르게 되었는지 알고 싶어 했다. 내가 은강방직에서 한 일이라고는 임금을 십오 퍼센트 정도 더 올리도록 한 것과 보너스를 백 퍼센트 더 지급받을 수 있게 한 것, 그리고 부당 해고자 열여덟 명을 복직시킨 것이었다. 물론 쉬운 일은 아니었다. 지부장인 영이는 일주일 동안 우리가 모르는 곳에 가 조사를 받았으며, 조합원들은 식사를 거부하고 버티다 쓰러졌다. 그들 속에 영희가 끼어 노래하고, 침묵하고, 외치다 정신을 잃고 까무러치고는 했다. 회사 사람들은 나중에야 천오백 명을 움직인 한 사람이 보전반 기사 조수라는 것을 알았다. 나는 원면 창고 앞에 앉아 방적부 남자 노동자가 실타래로 부는 슬픈 노랫소리를 듣고 있었다. 일주일 만에 만난 영이는 몰라볼 정도로 마르고 파리해져 있었다. 영희가 영이를 집으로 데려왔다. 나를 보는 순간 영이는 울음을 터뜨렸다. 까칠해진 볼을 타고 흐르는 영이의 눈물이 누워 있는 나의 가슴 부분에 떨어졌다. 어두운 은강 공작창 뒷골목에서 나는 힘센 그림자들에게 맞아 쓰러졌었다. 지섭은 내가 분배의 약속을 일방적으로 파기한 기업주의 부당 이윤 중에서 이억 정도를 덜어 내는 데 성공한 것으로 계산했다. 그리고 보이지 않는 것으로 조합원들의 의식을 들었다. 그는 내가 죽은 조합을 살려 냈다고 말했다. 그의 말들을 나는 칭찬으로 받아들였다.

"제가 한 일은 별로 없어요."

내가 말했다.

"알아."

지섭이 받았다. 나는 그가 이렇게 말할 줄은 몰랐다.

"너는 이미 많은 사람들이 한 일을 따라 했을 뿐이야."

그가 말했다.

"네 잘못을 이제 알아야 돼."

"그게 뭐죠?"

"어떤 일이든, 무지가 도움을 준 적은 없어."

화가 난 목소리로 그가 말했는데, 이에 대해서는 나도 할 말이 있었다.

"형이 알다시피 전 많이 배울 기회가 없었어요."

내가 말했다.

"방송통신고교도 중간에서 그만뒀고, 대학은 생각도 못 했어요. 그래서 책도 닥치는 대로 읽었고, 모르는 것은 아무나 붙잡고 물었어요. 여기 와서도 모르는 게 많아 노동자 교회에 가 두 어른에게 배웠어요. 대학 부설 기관 교육도 그래서 받은 거예요."

"그래서 뭘 얻었니?"

"눈을 떴어요."

"너는 처음부터 장님이 아니었어!"

지섭이 큰 소리로 말했다.

"현장 안에서 이미 잘 알고 있는 사람이 바깥에 나가서 뭘 배워? 네가 오히려 이야기해 줘야 알 사람들 앞에 가서 눈을 떴다구? 장님이 돼 버린 거지, 장님이. 그리고 행동을 못 하게 스스로를 묶어 버렸어. 너의 무지가 너를 묶어 버린 거야. 너를 신뢰하는 아이들을 팽개쳐 버리구."

"그렇진 않아요."

내가 말했다.

"열다섯 개의 서클을 만들었어요. 상집 대의원들이 그들을 지도해요."

"그 대의원들은?"

"지부장이 잘해요."

"넌?"

"교회 목사님이 만드신 모임이 있어요. 여러 산업장의 대표급 노동자 모임인데 얼마 전부터 제가 그 모임을 주도하게 됐어요."

"아버지가 살아 계셨다면 놀라셨겠구나. 그래, 너에겐 훌륭한 이론가가 될 소질이 많아. 원하기만 하면 넌 고급 노동운동 지도자가 될 수도 있을 거야."

"난 형이 그렇게 말하는 이유를 모르겠어요."

"네가 안 해도 할 사람이 있는 일을 네가 하는 이유는 뭐냐?"

"제가 할 일은 뭐예요?"

"현장을 지키는 일이야."

"제가 일하는 곳이 현장이에요."

"그럼 그곳을 뜨지 말고 지켜. 그곳에서 생각하고, 그곳에서 행동해. 노동자로서 사용자와 부딪치는 그 지점에 네가 있으라구."

그는 바쁜 사람이었다. 처음부터 나는 알고 있었다. 단지 행복동 시절을 추억하기 위해 남쪽에서 기차와 버스를 갈아타 가며 은강에 올 사람이 아니었다. 우리는 바닷가를 걸으며 이야기했다. 그는 말했다. "바다에서 제일 좋은 것은 바다 위를 걷는 거래. 그다음으로 좋은 것은 자기 배로 바다를 항해하는 거지. 그다음은 바다를 바라보는 거야. 하나도 걱정할 게 없어. 우리는 지금 바다에서 세 번째로 좋은 일을 하고 있으니까." 그의 목소리는 아주 부드러웠고 나는 그가 시를 읽는다고 믿었다. 그러나 그날 밤 그는 전혀 다른 사람으로 변해 있었다. 그는 교회에 모인 은강 노동자들을 위해 한 시간 반 정도의 강연을 했다. 모두 감명을 받았다. 그가 강연을 하는 동안 영희는 내내 울고 있었다. 지부장인 영이가 제 손수건을 주었는데 그래도 계속 눈물을 흘리자 부지부장의 손수건까지 겹쳐 눈에 대주었다. "하나님의 은혜를 생각했어." 영희가 소리를 죽여 한 말을 영이가 나에게 전해 주었다. 나는 영희의 신이 그 애에게 더없이 따뜻한 신이기를 바랐다. 영희가 신에게서 받은 가장 큰 선물이 바로 은총이었다. 그런데 지섭이 떠나던 날 영희는 작업조에 들어 배웅을 나갈 수 없었다. 나와 영호도 그랬다. 저목장에 나갈 채비를 한 어머니가 더러운 골목에 서서 지섭의 작별 인사를 받고 손을 흔들었다. 영이가 조합 총무부장과 함께 역까지 나가 전송했다. 목사와 과학자 그리고 몇몇 공장 조합 지부장들이 나왔더라고 영이가 말해 주었다. 나는 지섭의 갑작스러운 방문이 앞으로 나에게 어떤 영향을 줄까 생각했다. 우리는 옳고 그른 것을 따지는 데 너무 많은 시간을 허비해 왔다고 그가 말했다. 지섭이 다녀간 다음의 내 변화를 제일 먼저 읽은 사람이 과학자였다. "따져 보면 목사님과 나는 줄 밖의 사람이야." 그가 말했다. "저도 줄 앞에 선 사람은 아녜요." 내가 말했다. "그럴 자격도 없구요." "하지만 너희 줄이야. 나는 줄 밖에서 소리쳐 준 사람인가?" 그가 공장 그의 방에서 좀처럼 이해할 수 없는 병을 보여 주었다. 말이 병이지, 내부가 있어 공간이 밀폐되는, 그런 보통의 병이 아니었다. 대롱 벽에 구멍을 뚫어 한쪽 끝을 그 구멍에 넣어 만든 이상한 병이었다.

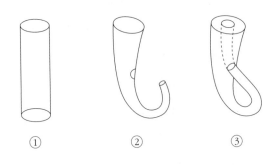

과학자는 그것을 '클라인 씨의 병'이라고 했다. 그림 ③이 바로 그것이다. 과학자는 그림 ①과 같은 유리 대롱으로 그 병을 만들었다. 그림 ②처럼 원기둥의 한쪽을 넓게 하고 그 반대쪽을 좁게 변형시킨 다음 벽에 구멍을 뚫어 그림 ③을 완성한 것이다. 종이는 안과 밖 두 면을 갖는데, 학자들은 '안팎이 없는 한 면의 종이' '안팎이 없고 닫혀 있는 공간' 등, 상식적으로는 생각할 수 없는 이상야릇한 것들도 연구하게 된다고 했다. 과학자가 내게 보여 준 이상한 병도 독일의 수학자 펠릭스 클라인이 순전히 논리의 결과인 추상적인 측면에서 연구하여 발표한 것이라고 했다. 과학자는 의아해하는 나에게 말했다. "이것이 클라인 씨의 병이야. 안팎이 없는

데 닫힌 공간이 있어." 나는 그림 ③의 병을 열심히 들여다보았다. 보이는 것도 단순하고 설명도 간단한데 뭐가 뭔지 통 알 수가 없었다. 나는 내가 정상적인 학교교육을 받지 못했기 때문에 가장 초등적이며 단순한 생각이 기본이 된 문제도 이해하지 못한다고 믿었다. 그런데 과학자는 교육적으로 어떤 훈련을 받지 않은 사람이라도 상식적인 방법에 의해 문제의 핵심을 뚫을 수 있을 것이라고 말했다. 논리의 구애를 받으면 문제를 자꾸 복잡하게 만들게 되니까 쉽게 생각하라는 것이었다. 나는 아주 오랫동안 그것을 들여다보았다. "정말 내부가 없군요." 내가 말했다. "안팎을 구분할 수 없어요. 그리고 닫혀 있는 공간이란 말도 알겠어요." 과학자가 웃었다. 그는 나에게 말했다. "내부와 외부의 구분이 있으면 이런 현상은 없지." 그날 나는 이 병을 왜 나에게 보여 주느냐고 물었고, 과학자는 병을 완성한 순간에 네가 왔을 뿐이라고 대답했다. 나에게는 우연 같지가 않았다. 더욱 알 수 없는 것은 그림 ③의 실체가 내 눈앞에 있는데 그 실체를 무시하고 상상의 세계에서만 그 존재가 가능하다는 것이었다. 그래서 그림 ③을 들고 "그럼 이것은 뭡니까?" 내가 물었는데 그는 간단히 "그것은 없다"고 잘라 말했다. 나는 인사를 하고 공장 그의 방에서 나왔다. 잔업을 끝낸 은강중공업의 기계공들이 공장 정문을 나와 어둠 속으로 흩어져 가고 있었다. 그 공장과 알루미늄공장 사이에 공터가 있었다. 그 공터에서 시커먼 사람들이 고체 폐기물을 태워 묻고 있었다. 늦게 집에 들어갔을 때 어머니는 돈을 세고 있었다. 원목 껍질을 팔아 번 돈을 침을 발라 가며 세었다. 나는 다락방으로 올라가 누웠다. 영호가 공장에서 돌아오고, 영희는 밤일을 하기 위해 나갔다. 옆집 애꾸눈 노인의 기침 소리가 내가 누워 있는 다락방까지 들려왔다. 그 집 건넌방에 세 들어 사는 공원 내외가 밥상을 집어 던지며 싸우고 있었다. 아이가 울어 댔다. 은강에 겨울이 왔다. 은강의 노동자들은 몸을 웅크리고 공장에 들어가 일했다. 몹시 추운 겨울이었다. 모두 약해졌다.

"영수야."

어느 날 어머니가 나를 불렀다.

"공장에서 요즘 무슨 일이 있니? 요즘 또 무슨 일을 꾸미고 있지?"

"봄에 대의원과 지부장 선거가 있어요. 회사 사람들과 조금씩 마찰이 있지만 아무 일 없을 거예요."

"그런데 다른 공장 사람들은 왜 만나? 지섭이 왔던 일하고는 무슨 관련이 있니?"

"다 같은 은강 그룹 공장에서 일하는 사람들이에요. 지섭이 형도 마찬가지예요. 남쪽이지만 은강 그룹 공장이 그쪽에도 많아요."

"그래서?"

"조합 일도 잘해 보고, 임금도 어느 정도 요구해야 할까 의논도 하고, 어느 공장 노동자들이 회사와 마찰이 있게 되면 응원도 좀 해주고 그러자는 거예요. 자주 만나야 정보도 얻죠. 그 이상 다른 일은 없어요."

"정말이지?"

"네."

"그럼 됐다."

어머니는 말했다.

"아주 나쁜 꿈을 꾸었단다. 네가 잡혀가는 꿈을 꾸었어. 네가 서울 본사로 올라가 높은 사람을 해쳤다는 거야. 끔찍한 꿈을 꾸었지, 끔찍한 꿈을."

"어머니."

나는 말했다.

"제발 걱정하지 마세요."

"너에게 무슨 일이 생기면 우리는 끝장이야."

"알았어요."

"내 말을 들어야 돼. 공장에서 시키는 일만 해. 내 말을 안 듣다가는 정말 잡혀가. 너는 죄를 짓고, 재판을 받고 감옥에 가게 돼."

"알았다니까요!"

너무 춥고 우울한 겨울이었다. 나는 갑자기 모든 사람을 잃어버린 것 같았다. 나는 슬픈 마음으로 자신을 분석해 보고는 했다. 나의 고독한 성격은 어떻게 할 수가 없었다. 내가 무엇을 생각하는지 알 사람은 하나도 없었다. 우리가 기왕에 해온 일이 아닌 다른 이야기를 목사와 하고 싶어 갔다가도 그냥 되돌아오고는 했다. 과학자와도 그랬다. 따져 보면 한가하게 다른 이야기를 할 시간이 우리에게는 없었다. 회사 사람들이 숨을 막아 오기 시작했다. 나는 회사의 높은 사람들이 우리 모두가 한 배에 타고 있다는 것을 깨달아 주기를 바랐다. 그들은 안 그랬다. 그들은 그들만의 다른 배를 탔다고 고집했고, 일방적으로 원하기만 했다. 나는 옳은 일에 의해서가 아니라 기회, 지원, 무지, 잔인, 행운, 특혜 등으로 막대한 이윤을 얻는 사람들에 대하여 분노를 참을 수 없었다.

추위가 서서히 풀리기 시작한 어느 날 나는 과학자를 찾아갔다. '클라인 씨의 병'은 그의 방 창가에 놓여 있었다.

나는 그 병을 들여다보았다.

"이제 알았어요."

빠른 목소리로 나는 말했다.

"이 병에서는 안이 곧 밖이고 밖이 곧 안입니다. 안팎이 없기 때문에 내부를 막았다고 할 수 없고, 여기서는 갇힌다는 게 아무 의미가 없습니다. 벽만 따라가면 밖으로 나갈 수 있죠. 따라서 이 세계에서는 갇혔다는 그 자체가 착각이에요."

과학자는 나의 얼굴을 물끄러미 바라보았다.

"그대로야."

과학자가 말했다.

그가 '클라인 씨의 병'을 들고 나를 향해 돌아섰지만 나는 그의 방에 더 이상 머물러 있을 수가 없었다.

은강방직 보전반 기사 조수는 빠른 걸음으로 공장을 향해 걸어갔다.

내 그물로 오는 가시고기

다섯 시가 이미 넘었는데도 어두웠다. 여느 때면 내 방 창에 첫 빛이 와 닿고 커튼이 그 빛을 올 사이사이로 빨아들여 방 안의 어둠을 밀어 버릴 시간이었다. 나는 침대 머리맡의 수화기를 들고 주방으로 이어진 단추를 눌렀다. 아직 잠이 덜 깬 듯싶은 여자아이의 목소리가 조심스럽게 떨림판을 흔들어 왔다. 커피를 시키고 일어나 커튼을 젖혔다. 창문을 덮었던 안개가 스멀스멀 밑으로 내려앉고 있었다. 늙은 개가 안개 속에서 움직이는 것을 나는 내려다보았다. 돌아간 할아버지의 개는 아직도 죽지 않고 살아 느릿느릿 안개를 헤쳐 흐트러뜨렸다. 숙부가 독일의 어느 기업인에게서 선물로 받았다는 개였다. 숙부는 자기가 받은 선물을 다시 할아버지에게 바치면서 족보를 밝혔는데, 개의 계보가 그 나라의 호엔촐레른 왕가까지 들먹이게 했다. 늙은 개의 가까운 선조들은 이차대전에 참가해 노르망디 해안을 순찰하고, 아프리카의 사막도 횡단했다. 그 이야기가 나를 흥분시켰었다. 지도자의 명령에 무조건 복종한다는 것은 좋은 일이었다. 늙은 개의 선조들은 주인과 함께 참전해 그들에게 할당된 참호를 지키고 보초를 섰다. 전진의 명령은 지도자가 내렸다. "나는 언제나 옳다. 나를 믿고, 복종하고, 싸우라"고 지도자는 말했다. 강력한 교육을 받은 유럽 국민답게 그쪽 사람들은 총력을 기울여 싸웠다. 나는 그들의 역사를 좋아했다. 할아버지의 개는 연못가에 앉아 있다 먹을 것을 찾아 내려앉는 참새를 앞발로 쳐 잡았다. 아버지는 그렇게 영리하고 민첩한 사냥개를 아직 본 적이 없다고 말했다. 사냥을 나갈 때마다 피 묻은 짐승들을 차에 싣고 왔다. 할아버지는 그 짐승들을 거실로 끌어 들이게 해 카펫을 버려 놓으며 큰 소리로 웃고는 했다. 그때 할아버지 앞으로 할아버지가 쏠 짐승을 꼼짝없이 몰아붙였던 개는 저의 집으로 들어가 적당한 양의 갈비를 뜯었다. 젊었을 때의 이야기다. 늙은 개는 천천히 움직였다. 나는 두꺼운 책을 뽑아 그 개를 향해 내리 던졌다. 빗나간 책이 풀장으로 이어진 보도 타일 위에 떨어졌고 늙은 개는 안개 속으로 사라졌다.

할아버지가 돌아갔을 때 개는 아무것도 먹지 않았다. 숙부가 그 개를 가져가려고 했다. 아버지는 안 된다고 잘라 말했다. 그 개는 이미 장년기를 지나 늙기 시작한 때였지만 아버지는 자기가 할아버지의 모든 권한을 물려받았다는 것을 숙부에게 알리고 싶었던 것이다. 그 숙부가 은강 공장에서 올라온 공원의 칼을 맞고 숨졌을 때 나는 웃음이 나오려는 것을 억지로 참았다. 숙모와 사촌들 옆에 선 아버지가 눈가에 차서 넘칠 듯 글썽해진 눈물을 손수건으로 찍어 냈던 것이다. 나는 숙부를 죽인 공원을 법정 방청석에 앉아 보았다. 늙은 개는 보이지 않았다. 소리를 듣고 안개를 헤치며 온 아버지의 경호원이 내가 늙은 개를 죽일 마음으로 던진 두꺼운 책을 집어 들었다.

여자아이가 책과 커피를 받쳐 들고 들어왔다. "작은댁 사모님께서 아드님하고 오셨어요." 여자아이가 아직도 잠이 덜 깬 듯싶은 목소리로 말했다. 엷은 하늘색 원피스에 흰 앞치마를 둘렀다. "함께 온 사람이 있지?" 내가 물었다. "변호사를 데리고 오셨어요." 나는 윗옷을 벗고 잤다. 그래서 여자아이는 나를 바로 보지 못했다. 내가 대학에 들어가던 해 열다섯 살 계집아이로 왔는데 이태 만에 몰라보게 자란 것을 새삼스럽게 알았다. 가슴 부분이 유난히 볼록해 보였다. 나가려는 아이를 잡아 세웠다. 나는 "너희 방 텔레비전에는 이런 것이 없지"라고 말하면서 비디오테이프를 밀어 넣고 작동 단추를 눌렀다. 여자아이의 몸에 간밤의 잠이 그대로 붙어 있는 것 같았다. 나는 나의 커피잔을 그 아이의 입에 대 주었다. "전 쫓겨나요." 아이가 말했고, 화면에서는 베를리오즈의 음악이 화면 안 여자아이의 금발을 흩날리게 했다. 지금의 유럽 쪽 사람들을 알 수가 없었다. 나라면 이런 종류의 테이프에 베를리오즈의 음악을 쓰지는 않았을 것이다. 〈열여섯 살〉이라는 제목의 테이프였다. 빨간 스웨터를 걸친 열여섯 살짜리 여자아이가 친구들과 헤어지면서 손을 흔들었다. 나는 테이프를 빠른 속도로 회전시켜 뒷부분에 놓았다. 놀라운 일이 화면 안에서 벌어졌다. "내가 널 어떻게 했니?" 나의 물음에 여자아이는 대답하지 않았다. 그 아이의 몸이 잠에서 깨어나는 것을 나는 느꼈다. 여자아이는 화면에서 눈을 돌려 비난에 찬 시선으로 나를 쳐다보더니 손을 뺐다.

새벽같이 아버지를 만나러 온 세 사람은 이층 응접실 소파에 그림처럼 앉아 있었다. 아버지와 어머니는 아직도 그들 방에서 자고 있었다. 숙모가 데려온 변호사는 눈을 감았다. 두 사람을 보는 순간 구역질이 날 것 같았다. 사촌은 그들 맞은편에 앉아 신문을 뒤적였다.

"형."

내가 불렀다.

"이리 와."

"넌 일찍 일어났구나."

숙모의 말을 나는 묵살했다. 눈을 뜬 변호사가 안경을 올리며 나를 쳐다보았다. 숙부가 돌아간 날부터 그는 숙모의 변호사로 일했다. 사촌은 나선형 층계를 돌아 내가 서 있는 곳으로 걸어 올라왔다. "너무 일찍 왔어." 내가 말했다. 우리는 복도 끝으로 가 비상계단으로 내려섰다. 안개가 걷혔다. 아침 첫 햇살은 우리가 돌아 내려가는 층계참의 모서리와 흰 벽, 그리고 키 큰 나무들 잎 위에 떨어졌다. 사촌은 까만 양복에 까만 넥타이를 맸다.

"형까지 올 줄 몰랐어."

사촌은 우울한 표정을 지었다.

"잠을 더 자 두는 게 낫지. 변호사를 데리고 와서 어쩌겠다는 거야?"

"우린 그런 이야길 하지 말자."

숙부가 돌아갔을 때 그는 미국에 있었다. 나의 친형 둘도 그곳에 유학 중이었으나 그들은 숙부의 장례식에 참석하기 위해 귀국할 사람들이 아니었다. 아버지가 돌아갔다면 허겁지겁 돌아왔을 것이다. 돌아오는 비행기 속에서 나의 형들은 눈물 한 방울 흘리지 않고 자기들이 차지할 아버지의 유산을 빨리 확인하고 싶어 조바심을 쳤을 것이다. 그들을 생각하면 잠이 안 왔다. 둘이 터무니없이

306

차지해 나의 몫은 바싹 줄어들 것이 분명했다. 우리는 장미밭을 지나갔다. 아버지의 경호원이 늙은 개를 쓰다듬어 주고 있었다. 내가 던진 두꺼운 책이 아주 빗나가지는 않았다. 머리에 상처가 났다면서 경호원이 늙은 개를 끌어갔다.

"빨리 미국으로 돌아가."

나는 풀장가에서 신발을 벗어 던졌다. 사촌은 등나무 의자에 앉아 담배를 피워 물었다.

"너도 나를 귀찮게 생각하니?"

우울한 목소리로 사촌이 물었다.

"아니."

나는 말했다.

"형을 귀찮게 생각할 사람은 없어. 난 형을 위해 하는 말이야."

"고맙구나."

사촌의 다음 말은 알아들을 수 없었다. 나는 스프링보드를 몇 번 구르다 물속으로 뛰어들었다. 풀 깊은 바닥은 아직도 어두웠고 물은 아주 차갑게 느껴졌다. 나는 일 분가량 잠수해 있었다. 풀 밑바닥 모퉁이에 몸을 오그리고 앉아 느끼는 일 분 동안의 숨막힘, 일 분 동안의 거짓 절망이, 나중에 잃게 될 내 세계와 지금 멀어져 버리는 괴로움으로 변해 나를 죄어 왔다. 발을 놀려 물 위로 떠오르면서 나는 빛의 굴절이 일으키는 파면의 진행 방향 끝에 앉아 있는 사촌을 보았다. 나는 수면 위에 엎드려 물장구를 치며 손을 번갈아 움직여 물을 긁었다. 물장구는 다리 관절의 힘을 빼고 쳤다.

얼굴을 돌려 물 밖으로 내놓는 순간 숨을 들이쉬고, 내쉬는 숨은 물 속에서 쉬었다. 밖으로 나가자 사촌이 수건을 던져 주었다. 햇살은 이른 아침부터 따갑게 느껴졌다. 정장을 한 사촌의 이마에 땀이 내배었다. 아버지의 운전기사가 자기 차를 타고 와 내리는 것이 사철나무 사이로 보였다.

"숙모가 뭔가 잘못 생각하시는 것 같아."

내가 말했다.

"형도 숙모가 얼마나 어리석은 행동을 하고 계신지 알겠지?"

"난 모르겠어."

사촌이 말했다.

"네 말대로 미국으로 돌아가 하던 공부나 계속해야겠다."

"이따 아버지를 뵙게 될 때 그 말씀부터 드려. 숙모가 하는 대로 따라 해서 이로울 건 하나도 없다구."

"그래야 큰아버지가 흡족해하시겠지."

"형이 은강 그룹의 일원이라는 걸 강조하실 거야. 형도 우리 회사들이 우리나라 전체 세금의 4퍼센트를 내고, 매출액이 국내시장의 4.2퍼센트, 수출은 5.3퍼센트를 기록하고 있다는 걸 알아야 해."

"대단하구나."

"대단하지!"

나는 사촌에게 말했다.

"어리석은 경영을 할 권리가 아버지에게는 없어. 숙부가 돌아가셨다고 그분의 몫을 당신 앞으로 빼 달라는 숙모의 말씀이 통할 것 같아? 형이 공부를 끝내고 돌아와 일을 익혀 경영에 참여하는 게 제일 자연스럽지. 아버지가 인정하는 건 형뿐이야. 나쁘게 들리겠지만 숙모는 이제 우리 집안사람이 아니라구."

"어째서?"

사촌은 아주 기분이 나쁜 표정을 지었다.

"아버지가 그런 말씀을 하셨던 것 같아."

내가 말했다. 사촌은 무슨 말인지 모르겠다는 듯 나를 쳐다보았다. 내 위의 두 형에 비하면 선량하기 짝이 없는 사람이었다. 그는 은강에서 올라온 젊은이가 왜 날카로운 칼을 뽑아 살인을 하지 않으면 안 되었을까, 사람들에게 묻고는 했다. 선천적으로 착한 사람이었다. 칼을 맞고 숨을 거두는 순간에 숙부가 아픔을 느꼈을까 하는 것도 그는 알고 싶어 했다. 살인범이 노렸던 사람은 숙부가 아니라 아버지였다는 사실을 알았을 때 그는 침묵했다. 사촌은 범인을 이성과 감정, 의지와의 조화를 잃은 정신분열증 환자로 보았다. 그를 재판하면 안 된다고 그는 말했다. 재판정에 나가 보고서야 피고가 정상인이라는 것을 인정했다. 그는 그의 아버지를 죽인 자의 계획 살인을 정당방위라고 우겨 주위 사람들을 갑갑하게 만들었다. 법정 방청석은 공장노동자들로 꽉 찼다. 아버지의 젊은 비서가 가방을 들고 들어서는 것이 똑같은 사철나무 사이로 보였다. 아버지의 승용차가 햇빛을 받아 번쩍거렸다. 독일 사람들이 만든 최고급 승용차였다. 같은 독일제였지만 나의 것은 차체가 작고 앙증한 흰색 국민차였다. 사촌이 다시 담배를 피워 물었다. 미국의 노동자들이 어느 날 갑자기 외치는 소리를 들었다고 그는 말했었다. "한국 섬유 노동자의 임금은 얼마?" 그곳 노동조합 대표가 선창하면 노동자들은 "시간당 십구 센트!"라고 외쳤다는 것이다. 만여 명의 노동자들이 크게 외치면서 한낮의 광장을 돌 때 사촌은 그들이 우리 제품의 수입을 규제하기 위해 거짓말을 한다고 생각했다는 것이다. 한 달 임금으로 45,6달러를 지급하며 일을 시키는 경영 집단이 있다는 말을 믿을 수 없었다는 것이다. 그러니까 은강방직에서 올라온 젊은이가 칼을 뺀 것은 당연하다는 사촌의 주장이었다. 우리의 제도는 이제 안에서부터 파괴될 것이라고 그는 말했다. 우리는 삼차원의 세계에 살고 있지만 칼을 품었던 사람과 그의 동료들, 그리고 그들의 식구는 이차원의 세계에 살고 있다는 말까지 했다. 현실이 한 차원을 빼앗아 버렸다는 것이었다. 이차원이라면 일정한 한도와 경계가 있다. 사촌에게는 자신을 너무 분석하고 구속하는 습관이 있었다. 발전을 기대할 수 없는 갑갑한 사람이었다.

"변호사가 가잖아?"

그가 물었다.

"아버지의 비서가 쫓아내고 있어."

내가 말했다.

"아버지의 변호사를 찾아갔어야 할 사람이야. 숙모를 믿고 실수를 했어."

"법률가는 사태를 똑바로 본다. 문제의 핵심을 보통 사람들보다 빨리 파악해. 나는 그를 믿었어. 어머니가 새벽같이 전화를 해 불러냈어. 어머니는 한잠도 못 잤어. 저 사람이 없으면 말 한마디 못할 거야. 사실을 정연하게 제시할 능력자가 가 버렸으니 큰아버지를 뵐 필요도 없겠어."

"몇 해만 기다리면 형은 자동적으로 중역이 돼."

웃으며 나는 말했다.

"들어가. 아버지가 일어나셨어."

"나는 돈이 많은 것도 싫어."

피로한 목소리로 사촌이 말했다. 그에게는 괴로운 날이었다. 숙모는 응접실에 혼자 앉아 있었다. 내가 방으로 올라가 옷을 입고 내려왔을 때도 그대로 앉아 있었다. 숙모가 등을 돌리고 앉아 있는 북쪽 벽에 은강조선 현장을 돌아보는 할아버지의 큰 그림이 걸려 있었다. 할아버지는 기분 좋은 표정이 아니었다. 할아버지는 변화를 무서워했다. 할아버지는 오래전 기술과 기계로도 많은 제품을 만들어 팔아 높은 이윤을 얻었다. 몇 개의 소비재 생산 회사와 무역상사의 철저한 경영으로 그는 주주들의 투자를 보호하고 기업의 재정을 안정시키며 부를 쌓아 올리는 데 성공했다. 할아버지에게는 사회의 수요 변화에 꼭 앞장서야 할 특별한 이유가 없었다. 돈을 계속 벌어들이고 있는 이상 모르는 방법과 기술에 매달려 머리를 쓸 필요가 전혀 없다고 할아버지는 생각했다. 아버지와 숙부가 합세해 변화에 대한 할아버지의 저항을 깨뜨려 버렸다. 우리는 무언가 잘못하고 있다고 아버지는 말했다. 우리가 지금까지의 경영 방법을 고수한다면 일 년 후에 우리의 이익은 줄어들 것이고,

이 년 후에는 현상 유지도 어려울 것이며, 삼 년 후에는 선두 그룹에서 탈락하게 될 것이라고 말했다. 나는 어렸지만 아버지가 옳다는 것만은 알 수 있었다. 내가 늙어 손자를 갖게 된다면, 나의 손자들은 그들의 증·고조부 대의 터무니없는 시절 이야기를 듣고 낯을 붉히게 될 것이다. 일종의 경제 발작 시대로, 윤리, 도덕, 질서, 책임이 모든 생산 행위의 적으로 간주되었다는 것을 그 아이들이 알고서는 지금 사람들이 내세울 업적을 형편없이 깎아내리려고 할지도 모를 일이다. 아버지는 머리를 썼다. 경제 규모가 커지고 그 구조가 고도화함에 따라 기업의 행동 양식도 달라져야 한다고 생각했다. 아버지는 경공업 분야에 머물러 있는 할아버지의 기업 그룹을, 머리와 지원만으로 기계, 철강, 전자, 조선, 건설, 자동차, 석유화학 등 중화학공업을 망라한 체제로 끌어올렸다. 말년의 할아버지는 그 무서운 성장 속도를 대하고 현기증이 난다고 말했다. 그가 황금기로 안 육십 년대를 아버지가 숙부와 함께 뛰어든 격변기에 견주어 보면 소꿉장난 시절 같다는 생각밖에 들지 않았다. 아버지는 그의 접빈실에서 숙모와 사촌을 맞았다.

"넌 아주 귀국해 버린 거냐?"

아버지가 사촌에게 물었다.

"아닙니다."

사촌이 말했다.

"돌아가 공부를 계속할 생각입니다."

"아버지 장사를 모셨으면 됐지, 왜 얼른 돌아가지 않고 몇 달씩

허송하고 있는 거냐? 너도 내가 어머니 앞으로 회사를 떼어 드려야 한다고 믿고 있니?"

"전 잘 모르겠습니다."

숙모의 얼굴이 파랗게 질렸다.

"그걸 알아야지."

아버지가 말했다.

"너의 아버지가 살아 있다면 용서받을 수 없는 일이야. 나도 아버지와 같은 사람이다."

"하지만 시아주버님."

숙모가 겨우 입을 뗐다.

"아버지의 권리를 이어받을 사람은 바로 너야."

아버지는 얼굴도 돌리지 않고 조카에게 말했다.

"공부를 끝내고 와 아버지가 하던 일을 해야 돼. 잠시도 쉴 수 없는 상태가 어떤 건지 너도 알게 될 거다. 우리에겐 지켜야 할 게 많아. 지키면서, 실제로 행동이 가능한 변혁을 늘 생각해야 돼. 많은 사람이 우리가 근거 없이 성공한 걸로 믿고 있고, 기회만 있으면 때려 부수려고 하는데, 우리는 그들을 설득하든가 안 되면 반대로 밀어붙일 힘을 가져야 한다. 저희들을 위해 우리가 하는 고마운 일은 생각도 하지 않으려는 사람들이 너무 많아. 너의 아버지 일을 나는 눈을 감을 때까지 잊을 수 없을 거야. 이렇게 큰 희생을 우리가 치러 본 적은 없었어. 나라와 나라 사이의 일이라면 전면전쟁이 일어났을 거다. 이 이상으로 신성한 전쟁 이유는 있을 수가 없어."

"큰아버님 말씀 알아듣겠습니다."

사촌이 말했다.

"그러니까 공장에서 일하는 그들도 같은 말을 할 수 있을 거예요. 스스로를 지키기 위해 가만있으면 안 된다는 그 신성한 이유를 똑같이 들겠죠."

"그 이야기는 나중에 또 하자. 미국에서 필요한 돈은 그곳 지사에서 갖다 쓰거라."

그리고 아버지가 숙모를 바라보았는데, 사촌의 지적대로 숙모는 말 한마디 제대로 못 했다. 아버지는 일을 완전하게 끝내고 싶어 했다. 그래서 몇 장의 사진이 든 봉투를 넘겨주면서 동생 무덤의 풀이 마르기도 전에 무슨 일을 했느냐고 물었고, 숙모는 사촌의 시선을 받는 순간 얼굴을 돌렸다. 숙모로서는 참을 수 없는 일이었을 것이다. 아버지는 아주 쉽게 숙모와 사촌을 떼어 놓았다. 숙모는 숙부의 죽음을 해방으로 받아들였을 것이다. 그렇지 않다면 이제 회사 하나를 경영하는 손아래 남자와 엉뚱한 일을 저지르려고는 하지 않았을 것이다. 나는 숙모가 남자와 자는 사진만은 볼 수 없었다. 그 사진을 들여다보는 숙모의 눈썹은 아래로 처졌고, 순간적으로 까맣게 탄 입술에서는 짧은 숨소리가 새어 나왔다. 면담은 간단히 끝났다. 숙모는 혼자 돌아갔다.

나는 사촌과 함께 식당으로 가 아침식사를 했다. 사촌이 너는 날마다 이른 아침에 수영을 하느냐고 물었다. 나는 아버지에게 요트를 한 대 건조해 달라고 조르고 있으며, 그것이 실현되면 모험 항해를 떠나 보고 싶다는 것과 먼바다로의 단독 항해에 대비해 지구력 훈련을 쌓는다고 말해 주었다. 사촌은 놀랍다는 표정을 지었다. 그는 치체스터가 탔던 것과 같은 요트를 우리 기술로 건조할 수 있겠느냐 하는 것과 내가 모험 항해라는 말을 거침없이 써도 될 단계가 정말 온 것인지 알고 싶어 했다. 물론 그렇다고 대답했다. 나는 형도 잘 알고 있겠지만 미국은 적은 인구로 전 세계 자원의 거의 반을 소비하고, 잘사는 그들 중 하나가 하루에 섭취하는 열량은 못사는 아프리카·아시아 빈민 중 한 사람이 형편없는 식사를 통해 일주일에 취하는 열량보다 못할 게 없을 것이라고 말했다. 강자가 약자에게 주는 이런 종류의 충격이 인정되는 이상 우리의 상태도 인정을 받아 마땅하다고 나는 주장했다. 우리가 도입해 온 기술에 대해서도 열심히 설명했다. 그러나 내 말을 못 알아듣겠다고 사촌이 말했다. 그는 정말 아무것도 모르겠다는 투였다. 그래서 집 안에 해결해야 할 일이 있을 때 모험을 생각할 사람은 없다고 나는 말했다. 자연적인 성의 차별에 대해서도 말했다.

"나는 내 또래의 다른 아이들보다 욕정을 자주 느껴. 그리고 계집애들과의 그 해결 횟수도 몇 배나 많은 편이야."

사촌이 나를 쳐다보았다.

"넌 참 이상하구나. 말의 갈피를 못 잡아."

"이상한 건 그렇게 느끼는 형이야."

"나도 정상은 아냐. 머리가 아파. 어머니는 무엇이 불만이었을까? 어머니의 그 사진을 많은 사람이 보았겠지?"

"몰라."

사촌에게 나는 말했다.

"내가 형이라면 숙부를 찌른 자의 선고 공판을 보고 미국으로 가겠어. 그다음엔 모든 걸 잊고 그곳 생활에 젖어 버릴 거야. 가만 있어도 형 앞으론 이익배당이 나와 쌓이게 돼 있어."

"그렇겠구나."

사촌이 일어나면서 말했다.

"너는 정말 빈틈이 없구나."

사촌에게 더 이상 신경을 쓰지 않기로 했다. 그는 차로 태워다 주겠다는 것도 거절하고 걸어 나갔다. 밖은 무척 더웠다. 한여름 햇볕이 고민하는 사촌의 몸에 떨어졌다. 내 사고와 체질, 습성이 점점 국적 불명이 되어 간다고 그가 말한 적이 있다. 이 관찰 하나 만은 그가 옳았다. 나에게 아무 이상이 없다는 것을 그가 인정한 셈이었다.

나는 종종 미래의 일들에 대해 상상하고는 했다. 머지않은 장래 에 형들과 함께 일하게 될 것이 분명했다. 아버지가 돌아가기 전에 는 사촌도 함께 일하게 될 것이다. 나는 사촌을 문제 삼아 본 적이 한 번도 없었다. 친형 둘을 나는 어렸을 때부터 무서워했다. 둘 다 머리도 좋고 힘도 세었다. 장난감을 놓고 벌이는 작은 욕망의 저울 질이었지만, 그들에게 나는 늘 지기만 했다. 나는 증기기관차, 탱 크, 장갑차, 비행기, 대포, 기관총, 권총에 꼬마병정들까지 빼앗기

고 계집애 동생과 함께 인형의 집 인형의 침대에 인형들을 재우면
서 놀았다. 아빠, 불 좀 꺼 주세요. 우리 아기가 자요. 동생이 속삭
이듯 말하면 콩알만 한 전등의 스위치를 조심스럽게 돌려 불을 끄
면서, 두 형이 대포를 쏘아 대고 병력을 투입해 인형 나라의 평화
를 깨뜨려 버리지나 않을까 가슴을 조이고는 했다. 그러자 형들은
나더러 오줌을 앉아서 누라고 말했고, 어머니의 친구들이 어쩌다
오면 경훈이는 예쁘기도 하구나, 계집애보다도 예뻐, 참 예뻐, 나
의 몸을 안고 수없이 입을 맞추었다. 나는 공부로만은 이기고 싶었
지만, 형들은 교사를 골탕 먹일 생각만 하고 책 하나 제대로 들여
다보지 않으면서도 좋은 점수를 얻어 나를 납작하게 눌러 버렸다.
내가 이 세상에 나와 눈물로 드린 최초의 기도는 악마 같은 둘이
천당으로 가도 좋으니 제발 죽어 내 옆에서 없어지게 해달라는 것
이었다. 큰형이 자라 차에 계집애를 태워 몰고 다니다 교통사고를
냈을 때 나는 두 번째 기도를 올렸다. 큰형의 차가 가로수를 들이
받아 박살이 나는 바람에, 큰형을 따라다니며 알몸으로 더러운 정
액을 빨아들였던 계집애는 그 자리에서 숨졌고, 병원으로 옮겨져
치료를 받은 큰형은 붕대를 친친 감은 채 침대에 누워 있었다. 나
의 기도는 다시 받아들여지지 않았다. 큰형은 보름도 안 되어 퇴원
했다. 입건도 되지 않았다. 큰형이 사고를 낸 한밤중 그 시간에 보
일러공과 함께 기사들 방에서 잠을 잔 어머니의 운전기사가 큰형
대신 경찰을 찾아갔다. 그리고 할아버지는 아버지를 불러 죽은 계
집애네 부모에게 상당한 액수의 돈을 지불하라고 일렀다. 할아버

지가 돌아갔을 때 나는 눈물 한 방울 흘리지 않았다. 할아버지가 평생을 두고 되뇐 말은 '희생'이었는데, 그의 이 말은 그의 생애와 하나도 상관이 없었다. 형들이 집을 떠나 있는 동안 나는 아버지의 인정을 받아 두지 않으면 안 된다고 믿었다. 내가 아버지의 일에 많은 관심을 갖고 있다는 것과 빨리 자라 일을 하고 싶어 한다는 것을 알았을 때 아버지는 몹시 기뻐했다. 아버지가 제일 무서워하는 것은 전쟁이었다. 이상하지만 사회적인 여러 변화도 아버지에게는 같은 의미를 지니었다. 이것들은 한순간에 아버지의 모든 것을 빼앗아 버릴 수 있었다. 그것을 나에게 인식시키기 위해 긴 설명을 할 필요는 없었다. 나도 같은 생각이었다. 나는 두 형을 제일 무서워했다. 사촌은 무서울 것이 없었다. 그는 약한 사람이었다. 나는 그와 함께 법정 방청석에 앉아, 남쪽 공장에서 올라온 한지섭이라는 사람이, 숙부를 찌른 살인범에게 죄가 없다고 말하는 소리를 들었다.

"나쁜 자식!"

그는 반란을 꾀하는 반도와 같았다.

"누가?"

사촌이 물었다.

"변호인 측 증인으로 나왔던 자식 말이야."

"그렇게만 보지 마."

"형은 정신이 있어? 누굴 어떻게 한 자의 재판인데 이러지?"

"자기 생각을 말했을 뿐이야. 그리고 방청석을 메운 노동자들은 그가 옳다고 믿고 있었어. 그들은 왜 그가 옳다고 믿었을까?"

사촌과는 말을 하지 않는 것이 좋았다. 나는 지섭을 용서할 수 없었다. 일부러 초라한 옷을 입고 나타난 그는 심한 편견과 오만에 악의까지 갖고, 진실은 덮어 버린 채 우리를 죄인으로 몰아붙였다.

한여름 한낮의 햇볕이 건물과 가로수, 느릿느릿 달려가는 자동차들 위에 뜨거운 기운을 뿜었다. 거리의 사람들은 한 시 반의 짧은 그림자를 끌고 걷다 그늘이 나타나면 재빨리 들어가 이미 젖어 버린 손수건을 꺼내 얼굴과 목을 닦았다. 많은 사람이 서울을 버리고 떠났다. 차도 많이 빠졌다. 법원 소송 관계인 휴게실 맞은편에 차를 대고 내리자 훅 하는 열기가 숨을 막아 왔다. 휴게실에서 나온 회사 비서실 사람들이 공판정을 향해 걸어가는 것이 보였다. 그들이 지나가는 왼쪽 나무 그늘 속에 공원들이 서 있었다. 숙모와 사촌은 아직 보이지 않았다. 함께 새벽같이 왔다 각기 돌아간 뒤 두 사람을 사흘 동안 보지 못했다. 내가 지나갈 때 나무 그늘 속의 공원들은 꼼짝도 하지 않고 서서 보기만 했다. 완만한 비탈길을 올라서자 햇빛을 받아 늘어진 줄이 나타났다. 중간까지의 사람들만으로 공판정은 넘칠 텐데 내가 올라가는 동안에도 줄은 자꾸 늘어났다. 대부분이 은강 공장에서 올라온 스무 살 안팎의 공원들이었다. 아예 들어가는 것을 포기하고 매점과 법정 건물 벽 그늘에 앉아 개정 시간을 기다리는 아이들도 많았다. 나는 매점 공중전화기 앞에 서 있는 두 여공에게 다가가 피고인의 아버지가 난장이라는 말을 들었는데 그것이 사실이냐고 물었다. 계속 조업공장에서 밤일을 하느라고 잠을 못 잔 듯한 두 여공은 핏발이 선 눈으로 나를 쳐다보았다. 머뭇거리던 한 아이가 모른다고 말했다. 그 옆의 여자아이는 달랐다. 그 아이는 내가 누구인지도 모르겠고, 그것을 왜 알려고 하는지도 몰라 말해 주고 싶지 않지만, 꼭 알고 싶어 하는 것 같아 말해 주는데, 잠시 후에 판결을 받을 피고인의 아버지는 사실은 굉장히 큰 거인이었다고 단숨에 말했다. 내가 그 아이의 말을 듣고 있을 때 줄에서 나온 몇 명의 남자아이들이 나를 향해 걸어왔다. 줄 밖 그늘에 있던 아이들까지 왔다. 그중의 한 아이가 형씨, 나 좀 봅시다, 했다. 뭐요, 내가 묻자, 당신이 우리 회장님 아들이라고 아이들이 그러는데 사실이오, 건방진 말투로 물었다. 내 안에서 무엇이 욱 치밀었지만 참을 수밖에 없었다. 나는 할 말을 잃었다. 누렇고 모가 진 얼굴에 유난히 눈만 살아 움직이는 듯한 아이들이 나를 둘러쌌다. 그리고 적의와 반감을 나타내는 짧은 노랫소리를 나는 들었다.

우리 회장님은
마음도 좋지.
거스름돈을 쓸어
임금을 준대.

아주 짧았지만 상상도 못 했던 노래였다. 나는 이 노래를 부른 공원을 돌아볼 수 없었다. 보나 마나 나이보다 작은 몸뚱이에 감춘 적의와 오해 때문에 제대로 자라지 못할 아이라고 나는 생각했다. 그런데 이번에는 앞에서 나를 둘러싼 아이들이 나의 표정을 뜯어보면서, 우·리·회·장·님·은·마·음·도·좋·지·거·스·름·돈·을·쓸·어·임·금·을·준·대, 같이 입을 벌렸다, 웃지도 않고. 나무 위 매미의 울음소리보다 작게. 그래서 법정 경고판 앞쪽 줄에 선 사람들은 뒤에서 무슨 일이 일어나고 있는지 몰랐지만, 그래도 회사 비서실 사람들이 어디서 보고 있는 것은 아닐까 조마조마했다. 우리의 명예와 상관이 있는 일이었다. 아버지의 명예는 물론 나 자신의 명예도 지킬 수 없었다. 두 형이라면 달랐을 것이라는 생각이 나를 참담한 기분으로 몰아넣었다. 마음이 집으로 달려갔다. 내 마음은 아버지의 22 소구경 권총을 주머니에 넣은 다음 연발 엽총에 작렬탄을 장전해 들고 뛰어왔다. 나는 그들을 겨냥했다. 쏠 필요는 없었다. 나를 둘러쌌던 공원들이 아들의 판결을 보기 위해 막 도착한 부인에게로 달려갔다. 숙부를 죽인 살인범이 부인의 큰아들이었다. 둘째 아들과 딸이 부인 옆에 서 있었다. 작지 않은 그 여자가 난장이와 어떤 성생활을 했을까 나는 상상했다. 공원들이 부인을 법정 문 앞으로 안내해 갔다. 숙모와 사촌은 아직도 보이지 않았다. 조금씩 차이가 있겠지만 독재적인 아버지는 항상 그의 가족을 괴롭히고, 가장으로서 책임을 다 못 한 사람일수록 명령하기를 좋아하며 복종을 요구한다. 나는 모르는 난장이를 생각했다. 그는 자식들의 작은 잘못도 결코 용서하지 않았을 것이다. 잘 때리고, 벌도 심한 것으로 골라 주었을 것이다. 아이들에게 그는 잠을 안 자는 독재자였을 것이다. 그의 권력은 사랑, 존경, 믿음을 모르는 그 자신의 성격적 결함이 사용하게 한 무서운 매와 벌 때문에 바른 것이 못 되었을 것이다. 그가 죽었기 때문에 그의 큰아들은 공격 목표를 잃었다. 그러나 사회생활을 잘할 수 없게 길들여진 큰아들의 그 불확실한 공격성은 그대로 남아 있다 결국 숙부를 죽였다. 그때 법원에 닿아 비탈길을 올라오는 사촌을 잡고 나의 생각을 말했는데 사촌은 제대로 듣지도 않고 손을 들어 저었다.

"아냐."

사촌은 간단히 말했다.

"네가 틀렸어. 그가 공판정에서 한 말을 그대로 믿어야 해. 아버지가 큰아버지를 도와 한 일을 난 알아."

아버지가 돌아가기 전이라도 두 형이 사촌을 몰아낼 음모를 꾸민다면 나는 기꺼이 형들 편에 가담하겠다고 속으로 다짐했다. 사촌은 불볕 속에서 땀을 닦았다. 닫혔던 법정 문이 열리자 공원들은 안으로 밀려 들어갔다. 우리는 다른 문으로 들어갔다. 법정 안은 시원했다.

"우리 아버지들이 뭘 어떻게 했다고 그랬지?"

내가 물었다.

"이들을 괴롭혔어."

방청석 공원들을 돌아보며 사촌이 속삭였다.

"인간을 위해 일한다면서 인간을 소외시켰어."

"형이 말하는 걸 들어 보면 참 근사해."

내가 말했다.

"사실은, 공장을 지어 일을 주고 돈을 주었지. 제일 많은 혜택을 입은 게 바로 이들이야."

사촌이 웃었다. 그 시간에 그 법정에서 웃은 사람은 사촌밖에 없었다. 피살자의 아들이 살해범의 선고 공판을 기다리며 웃는다는 것은 이유야 어디에 있든 좋은 일이 아니었다. 은강 공장 노동조합 간부인 듯한 여자아이가 내가 모르는 그 난장이의 부인과 아들딸을 피고석 뒤쪽 나무의자로 이끌어 앉혔다. 방청석은 이미 꽉 차 버렸는데도 계속 들어오려는 바깥 사람들로 문 쪽이 어수선했다. 정리가 방청인들을 헤치고 가 더 이상 들어오지 못하도록 문을 닫았다. 숙모는 오지 않았다. 한집에 사는 사촌도 사흘 동안 얼굴 한 번 못 보았다고 말했다. 우리는 공판 결과를 아버지에게 보고하기 위해 나온 그룹 본부 이사와 비서실 사람들 사이에 앉았다. 뒤쪽 벽 밑에 놓여 있는 냉방기가 찬 공기를 내뿜었다. 방청인을 입정시키면서 화가 난 듯한 정리가 공원들에게 옷을 바로 입고 조용히 해달라고 당부했다.

"저 뒷분, 윗옷 단추 좀 끼우세요."

정리가 말했다.

"그리고 지난번에 몇 사람이 소리를 내 울었는데 오늘은 제발 그러지 마세요."

"울 수도 없나요?"

쉰 목소리로 한 여공이 물었다.

"운다고 누가 뭐랍니까. 소리 내 울지 말라는 거죠. 극장 구경을 온 것도 아니고, 울고불고하면 서로 곤란해요."

"극장 구경이나 가 울 사람은 여기 없어요."

"그럼 늘 울어요?"

"그래요. 분해서 날마다 울어요."

정리가 알 수 없는 표정을 지으며 돌아섰다. 나는 쉰 목소리의 여공을 찾아보았다. 아주 못생긴 계집아이가 서 있었다. 대부분의 공장 작업자들이 그렇듯이 그 계집아이도 유난히 누런 피부에 평면적인 얼굴, 낮은 코, 튀어나온 광대뼈, 넓은 어깨, 굵은 팔, 큰 손, 짧은 하반신의 특징을 갖고 있었다. 열아홉 아니면 스무 살 정도였는데도 여자로 보이지 않았다. 천 날을 고도에서 함께 보낸다고 해도 자고 싶은 생각이 안 날 아이였다. 공장 노동이 생명 유지를 위한 그 계집아이의 생업이었다. 우리가 필요로 하는 것은 노동자의 근육 활동뿐이었다. 공장 노동이 방청석을 메운 공원들에게 고통이 아닌 즐거움이 된다면 아버지도 아버지의 의지대로 움직일 수 있었던 것들을 모두 잃게 될 것이다. 나는 지루했다. 장내 정리가 되고 시간도 되었지만 아무 움직임이 없었다. 그러나 내가 초조할 이유는 없었다. 서류봉투를 든 변호사가 제일 먼저 들어왔다. 그는 내가 모르는 그 난장이의 부인에게로 다가가 몇 마디 말을 하고 손을 잡아 주었다. 부인이 일어나 허리를 굽혔다. 변호사는 방청석을 한번 돌아본 다음 법대 아래 바른쪽 그의 자리로 가 앉았다. 안경을 쓴 젊은 변호사였다. 그는 방청인들이 자기에게 호의와 존경심을 갖고 있는 것으로 믿는 모양이었다. 그를 보는 순간 나의 속 밑바닥에서부터 부글부글 울화가 끓어올랐다. 중죄 재판에 변호인이 끼어들어 죄인을 싸고도는 법 제도를 왜 그대로 두고 있는지 나는 알 수가 없었다. 그는 처음부터 숙부 살해범에게 죄가 없는 것처럼 감싸면서 사건 성격을 아주 바꾸어 버리려고 했다. 담당 검사가 사태 파악을 잘못했더라면 그의 음모에 휘말려 들 뻔했다. 검사는 훌륭한 사람이었다. 공익을 대표할 자질을 완전히 갖춘 사람으로 인상과 옷차림까지 깨끗했다. 재판장이 숙부 살해범인 난장이 큰아들의 이름, 나이, 본적, 주소, 직업을 확인해 인정신문을 끝내자 검사가 공소장에 의한 기소 요지를 진술했는데, 그는 거기서 살인, 소요, 특수협박, 특수손괴, 폭발물 예비, 음모 등의 죄명을 들고 범죄의 일시, 장소와 방법까지 정확히 밝혔다. 직접 신문으로 들어가기 전에 재판장이 피고인은 각개의 신문에 대하여 진술을 거부할 수 있다고 피고인 진술거부권을 일깨워 주었지만 난장이의 큰아들은 검사의 모든 물음에 순순히 답했다.

"피고는 은강방직 공장 보전반 기사 조수로 있으면서 열다섯 개의 서클을 만든 것으로 밝혀졌는데 사실입니까?"

"사실입니다."

"서클 회원은 같은 공장 근로자들이었고, 그 회원 수는 백오십 명 정도였죠?"

"그렇습니다."

"그 백오십 명이 공장에서 동료 공원 열 명씩을 설득해 대화를 할 수 있었고, 피고는 각 서클 책임자에게 전달 사항을 말하면 천오백여 명의 공장 종업원들은 짧은 시간 안에 그것을 알 수 있었죠?"

"그것이 무엇을 뜻하는지 모르겠습니다."

"좋아요. 피고는 197×년 ×월 ×일 전 종업원은 작업을 중단하고 밖으로 나오라고 지시하지 않았습니까?"

"했습니다."

"모두 그대로 움직였죠?"

"네."

"피고는 전 종업원의 단식을 종용했고, 나중엔 과격한 공원들과 함께 작업장으로 들어가 기계들을 파괴했습니다. 사실입니까?"

"사실과 다릅니다. 흥분한 몇 명이 직포과로 들어가 기계를 망가뜨리려고 한다는 조합 지부장의 말을 듣고 달려가 말렸습니다. 그 중의 한 명이 틀에 약간의 손상을 입혔습니다만 간단히 수리해 계속 가동한 것으로 알고 있습니다."

"피고의 방에서 질산나트륨과 황 그리고 목탄을 발견했는데 그것은 누가 구입한 것입니까?"

"제가 구입했습니다."

"왜 필요했죠?"

"화약을 만들려고 했습니다."

"그래 만들었습니까?"

"중간에 포기했습니다."

"그러니까 질산나트륨, 황, 목탄을 이용하면 동일 조성에서 강도가 세어지고 흡수성이 있어 폭발물을 자가 제조하여 즉시 사용할 수 있다는 걸 알았던 것 아닙니까?"

"알았습니다. 그러나 그것을 만들어 시험해 볼 장소가 마땅치 않았고, 제조에 성공한다고 하더라도 그 폭발로 엉뚱한 사람들이 피해를 입을 것 같아 포기했습니다."

"그래서 폭발물 제조를 포기하고 칼을 샀습니까?"

"네."

"이것이 그 칼이죠?"

"그 칼입니다."

"이제 197×년 ×월 ×일 오후 여섯 시 십삼 분, 은강 그룹 본부 빌딩에서 한 일을 말해 주겠습니까?"

"사람을 죽였습니다."

"이 칼로?"

"네."

재판은 더 이상 계속할 필요가 없었다. 무서운 악당, 그 난장이의 큰아들은 뉘우치는 빛 하나 없이 모든 것을 털어놓았다. 그는 아버지를 살해할 마음으로 와 아버지를 너무나 닮았던 숙부를 아버지로 잘못 알고 살해했다고 진술했다. 그 시간에 아버지는 그의 방에서 각 회사별 매출 실적을 확인하는 중이었고, 경제인들과의 간담회에 참석하기 위해 엘리베이터를 타고 내려온 숙부는 경비원들이 경비를 소홀히 한 틈을 이용해 대리석 기둥 뒤쪽에 몸을 숨기고 있다가 튀어나온 범인의 칼에 심장을 맞고 쓰러졌다. 찔린 부위가 너무나 치명적인 곳이어서, 사촌이 알고 싶어 한 것이지만, 숙부는 아픔을 느낄 사이도 없었을 것이다. 그런데 재판은 그것이 시작이었다. 우리는 악한 중죄인들에게까지 관대한 법을 갖고 있었다. 내 식으로 하라면 자백과 증거가 일치하는 순간 사람들이 많이 모이는 장소에서 살해범의 목을 매달았을 것이다. 뼈를 부러뜨린 자의 뼈를 똑같이 부러뜨리지 않는다면 이 세상 사람들은 모두 뼈가 부러진 불구자로 앓다 죽게 될 것이다. 숙부는 이미 땅속에 묻혔는데, 공원들이 일을 하러 공장으로 갈 때 볼 수 있도록 은강 공장지대에 달아야 했을 난장이의 큰아들은, 교도관의 보호를 받아 가며 계속 법정에 나와 섰다. 변호인의 반대신문에 의한 피고인의 진술을 들어 보면 은강 공장 근로자들의 이마에서 땀을 짜낸 사람, 그들의 심신을 피로하게 한 사람, 결국 그들을 불행하게 한 사람은 바로 우리였다. 변호인의 물음 하나하나가 피고의 행동을 정당화해 주기 위해 던져지는 것으로 나에게는 들렸다. 그들은 마치 발기발기 찢어 해부한 부정한 사회를 발견한 사람들처럼, 소송과 직접 관계 없는 사항까지 끌어들여 검사의 이의, 재판장의 이의 인정과 제한을 받아 가면서 신문, 진술을 계속했다. 변호인은, 자기가 알아본 바에 의하면, 피고인은 집에서는 한 집안을 이끌어 가는 장남, 좋은 형, 좋은 오빠였고, 공장에서는 책임감 강한 산업 전사, 이해심 많은 동료, 어려운 사람들을 앞장서 도와 고통을 나누어 지는 신의의 동지였고, 노동문제를 연구·토론하는 모임에서는 언제나 서로 간의 이해와 화해, 사랑을 주장한 학도요 지도자였는데, 이러한 피고인이 어느 날 갑자기 저 끔찍한 살인을 생각한 데는 그만한 이유가 있었을 것으로 본다고 말하고, 그러니까 임금·휴가·부당 해고자 복직 문제들을 놓고 회사와 개선점을 찾으려고 노력했으나 합의를 보지 못한 외에, 노조 대의원 및 임원 선거를 평화적으로 실시하려는 조합원들의 노력을 사용자가 힘으로 짓밟아 노사협조를 일방적으로 파기함은 물론, 산업 평화까지 스스로 깨뜨려 노사의 불이익을 초래함을 목도하는 순간 은강 그룹을 이끌어 가는 총책임자, 즉 회장을 살해하겠다는 우발적인 살의를 품게 된 것이 아니냐고 물었다. 난장이의 큰아들은 밭은기침을 했다. 밭은기침을 하며 머리를 떨어뜨렸다. 그가 머리를 떨어뜨린 것을 나는 처음 보았다. 그의 여동생이 울음을 참기 위해 입에 손수건을 대었다. 그의 여동생은 참았는데 뒤쪽의 몇 명이 못 참고 소리를 내었다. 정리가 여공들을 말렸다.

　난장이의 큰아들이 고개를 들었다. 그것은 우발적인 살의가 아니었다고 그가 말했다.

"미안합니다."

변호인이 말했다.

"방금 한 말을 다시 해주시겠습니까?"

"우발적인 살의가 아니었다고 말했습니다."

변호사는 난처한 표정을 지었다.

"그렇다면 말입니다, 그 당시의 심적 상태를 간단히 말해 줄 수 있겠습니까?"

"이미 철도 들고, 고생도 많이 해본 공장 동료들이 일제히 울음을 터뜨려, 엉엉 소리 내어 우는 현장에 저는 서 있어 보았습니다. 웬만한 고생에는 이미 면역이 된 천오백 명이, 그것도 일제히 말입니다. 교육도 받고, 사물에 대한 이해도 깊은 공장 밖 사람들에게 그 이야기를 해본 적이 있는데, 그럴 수 있을까 좀처럼 믿어지지 않는다는 말들이었습니다. 제가 말해도 사람들은 믿지 않습니다."

"아뇨. 내가 믿겠습니다."

"그분은, 인간을 생각하지 않았습니다."

"그것이 살해 동기입니까?"

"개새끼!"

나는 외쳤다. 내가 외치는 소리를 옆자리의 사촌도 듣지 못했다. 아버지가 왜 그따윌 생각해야 한단 말인가. 아버지가 바쁜 사람이라는 것, 그리고 아버지에게는 그런 것 말고도 계획하고, 결정하고, 지시하고, 확인할 게 수도 없이 많다는 것을 작은 악당은 몰랐다. 발육이 좋지 못해 우리보다 작고 약하지만 그 작은 몸 속에 모진 생각들만 처넣고 사는, 이런 부류들을 나는 잘 알고 있었다. 그들은 우리가 남다른 노력과 자본, 경영, 경쟁, 독점을 통해 누리는 생존을 공박하고, 저희들은 무서운 독물에 중독되어 서서히 죽어간다고 단정했다. 그 중독 독물이 설혹 가난이라 하고 그들 모두가 아버지의 공장에서 일했다고 해도 아버지에게 그 책임을 물어서

는 안 되었다. 그들은 저희 자유의사에 따라 은강 공장에 들어가
일할 기회를 잡았던 것과 마찬가지로 언제나 마음대로 공장 일을
놓고 떠날 수가 있었다. 공장 일을 하면서 생활도 나아졌다. 그런
데도 찡그린 얼굴을 펴 본 적이 없다. 머릿속에는 소위 의미 있는
세계, 모든 사람이 함께 웃는 불가능한 이상사회가 들어 있었다.
그래서 늘 욕망을 억누르고, 비판적이며, 향락과 행복을 거부하는
입장을 취하고는 했다. 이상에 현실을 대어 보는 이런 종류의 엄숙
주의자들은 생각만 해도 넌더리가 났다. 그중의 하나가 이제 살인
까지 했는데 변호인은 그를 살려 내기 위해 그와 같은 종류의 인
간을 증인으로 불러냈다. 한지섭이었다. 그가 증언대로 올라가 양
심에 따라 숨김과 보탬이 없이 사실 그대로 말하고 만일 거짓이
있으면 위증의 벌을 받기로 맹세한다고 했을 때, 나는 그가 조금
큰 악당이라는 것을 직감으로 알았다. 남쪽 공장에서 올라왔다는
그는 손가락이 여덟 개밖에 안 되었다. 아버지의 공장에서 두 개를
잃었을 것이다. 콧등도 다쳐 납작하게 내려앉았고, 눈 밑에도 상처
가 있었다. 나는 처음부터 그의 말을 듣지 않기로 했다. 증인으로
나온 사람에게 손가락이 여덟 개밖에 없다는 것 자체가 기분 나빴
다. 잃은 두 개가 사물에 대한 그의 이해에 끼쳤을 영향을 나는 생
각했다. 그는 객관적인 눈까지 잃었다. 나는 눈을 감았다. 두 사람
의 말을 듣지 않기 위해 내가 떠올린 것은 호수의 물빛, 뜨거운 태
양, 나무와 들풀, 거기 부는 바람, 호수를 가르는 모터보트, 잔디 위
에서의 스키, 이상한 버릇이 있는 여자아이, 그리고 아주 단 낮잠

들이었다. 벌통과 사슴 사육장이 보였다. 낮잠 뒤에 대할 식탁도 떠올랐다. 나는 독서를 하기로 했다. 미래 공학과 경제사가 내가 읽어야 할 책이었다. 아버지는 아들이 이런 책을 읽는 것을 좋아했다. 뒤엣것은 이미 상당 부분을 읽었다. 월터 스콧이 인용된 곳을 읽다가 나는 웃었다. 그는 가난한 노동자들을 혹사하는 공장지대를 돌아보고 이 나라는 언제 폭발할지 모를 폭발물로 꽉 차 있다고 개탄했다. 이런 허풍쟁이 도학자는 그 시대에도 있었던 모양이다. 그의 말을 전해 들은 공장주들은 어떤 표정을 지었을까? 맨체스터나 브래드퍼드의 초기 발전 상황이 도학자의 눈에는 사회적 폭발을 향해 치닫는 미친 짓거리로 보였을 뿐이다. 그러나 결국 궁금증 때문에 나는 졌다. 그 법정에 앉아 있는 한두 사람의 말을 듣지 않을 수 없었다. 자기가 보기에 그것은 강요된 행위였다고 지섭이 말했다. 변호인은 그 말을 기다렸다는 듯이 누가 강요했겠느냐고 묻고 그것을 좀 구체적으로 말해 달라고 부탁했다. 지섭은 저항할 수 없는 폭력이나 자기 또는 친족의 생명, 신체에 대한 위해를 방어할 방법이 없는 협박에 의하여 강요된 행위의 증거로, 삼 남매가 은강 공장에 나가 일해 버는 돈으로 살아가는 난장이 일가의 비문화적인 생활과 난장이의 부인이 써 온 낡은 가계부를 들었다. 나는 하도 화가 나 그의 말을 잘 들을 수 없었다. 그는 콩나물값, 소금값, 새우젓값에서 두통, 치통 약값까지 읽어 내려가더니 도시 근로자의 최저 이론 생계비, 생산 공헌도에 못 미치는 임금, 그리고 노동력 재생산이 어렵다는 생활 상태를 두서없이 주워섬겼다.

물론 아버지를 정점으로 한 거대한 은강 그룹의 부의 힘, 그럼에도 불구하고 대기업으로 계속해 받는 지원과 보호, 뛰어난 머리들로 구성된 고학력의 경영 집단, 그들이 추구하는 저임금과 높은 이윤, 그래서 이젠 누구나 조금만 생각하면 알 수 있다는 인간 훼손, 자연 훼손, 거기다 신의 훼손까지 들어 이야기했다. 그러니까 아버지에 대한 난장이 큰아들의 말은, 슬픈 일이지만 정말 옳은 것이며, 그가 아버지를 어떻게 할 마음을 가졌던 것은 아버지가 쓴 억압의 중심에 바로 그가 있었기 때문에 어쩔 수 없는 것이었다고 말했다. 변호인이 억압이란 말에 대한 설명을 요구했다. 그러자 아버지가 산하 회사 공장 종업원들에게 쓰는 억압은 언제나 생존비 또는 생활비와 상관이 있는 것이며, 따라서 그것은 모든 사람이 제일 무서워할 수밖에 없는 경제적인 핍박을 의미한다고 지섭이 말했다. 그는 계속해 이런 억압을 무서워하지 않는 사람은 있을 수 없으며, 그 억압을 정면으로 받는 중심에 있는 사람으로서 자기의 저항권 행사를 생각해 보지 않은 사람이 있다면 그는 바보든가 생존을 포기한 자일 것이라고 말했다. 들을수록 화가 나는 말뿐이었다. 그의 말을 들어 보면 이 세상 최고의 악당은 반대로 우리였다. 우리가 인간의 존엄과 가치를 파괴해 버렸고, 법 앞에 평등한 사람들을 사회적 신분에 따라 차별하는 사회적 특수 계급을 인정하였으며, 많은 사람에게서 인간적인 생활을 할 권리를 빼앗았다. 나는 앉아서 화를 눌렀다. 변호인은 지섭에게 노사 간의 첫 번째 문제가 되었던 임금 인상과 부당 해고자 복직 문제에 대해 알고 있었느냐고 물었다. 그는 물론 알고 있었고, 조합원들이 요구한 인상률은 회사가 올린 이익금과 물가상승률, 근로자 생계비를 생각할 때 아주 정당한 것이었으며, 조합원이 조합에서 실시하는 교육을 받고, 또 회사에서 지어 준 공장 안 교회가 아닌 공장 밖 노동자 교회에 나가 불온한 외부 세력과 접촉했다고 트집을 잡혀 해고당한 부당 해고자들의 복직 요구도 극히 정당한 것이었다고 말했다. 왜냐하면 그들이 돈벌이를 할 수 있는 일이라고는 그동안 익힌 공장 일 한 가지밖에 없었으니까. 그리고 정당한 이유가 없는 해고는 균형 있는 국민경제의 발전을 목적으로 한 근로기준법 제27조 1항의 위반이었으니까.

"그리고 사용자 측과 대화가 막힌 상태에서 지부 대의원 및 임원 선거를 맞게 되어 걱정이라는 말을 저는 들었습니다."

지섭이 말했다.

"그래서 연기를 해보라고 말해 주었지만 그렇게 할 수 없었던 모양입니다."

"왜요?"

변호인이 물었다.

"회사에서는 빨리 치러 버릴 생각이었답니다. 선거관리위원회까지 따로 구성해 놓고요."

"본래 그것은 어디서 하게 되어 있습니까?"

"선거관리위원은 대의원 대회에서 선출하게 되어 있습니다."

"그러니까 그것은 불법이었군요?"

"그렇습니다."

"그리고 어떻게 됐나요?"

"회사 쪽 사람들을 후보로 내세우고 입후보 등록 마감일을 앞당겨 버렸습니다. 그래서 지부장이 총회를 소집해 놓고 대회를 가지려고 했지만 회사에서 허락하지 않았던 거죠. 제가 은강으로 간 것은 지금 피고석에 서 있는 김영수 군과 임원들이 정체를 알 수 없는 폭력배들에게 구타를 당한 직후였습니다."

"치료를 받다 말고 서울로 오려고 출발했었다는데 그것도 알았습니까?"

"알았습니다."

"왜 서울로 오려고 했을까요?"

"본사로 올라가 높은 분들을 만나 봐야겠다는 말을 들었습니다. 영수 군은 공장에 나와 있는 사용자 측 사람들이 이미 이성을 잃었다고 판단했던 겁니다. 그러나 버스터미널에서 예의 그 폭력배들에게 발각되어 뜻을 이룰 수 없었습니다. 모두 공장 원면 창고로 끌려가 또 한차례 폭행을 당했다는 말을 영수 군에게 들었습니다."

"전 종업원이 작업을 중단하고 공장 마당으로 나왔던 것이 그다음 날이었죠?"

"그렇습니다."

"그때 목격한 상황을 간단히 말해 줄 수 있겠습니까?"

"지부장이 조합원들에게 그때까지 있었던 일들을 보고하는 형식을 취했습니다. 보고가 끝나자 많은 조합원이 임원들을 껴안고 울었습니다. 흥분한 사람들은 마구 외쳐 대면서 밖으로 뛰쳐나가려고 했고 한쪽에선 조합의 노래를 불렀습니다. 영수 군이 그들을 진정시키고 조합을 빼앗으려는 사람들로부터 우리 노동자들의 유일한 단체이며 생명인 조합을 지켜야 한다고 말했습니다. 그 결의를 보여 주기 위해 얼마 동안 보지도 말고, 듣지도 말고, 말도 하지 말고, 먹지도 말자고 했습니다. 그들은 그대로 했습니다."

"김영수가 흥분한 조합원들과 함께 기계를 파괴했나요?"

"뭘 파괴한다는 것은 나쁜 짓입니다. 비싼 기계의 파괴란 더욱 말이 안 됩니다. 영수 군이 이 세상에서 뭘 파괴했다는 소리를 전 들어 본 적이 없습니다."

"성급하게 결과를 물어 안되었습니다만, 그 뒤에 조합은 어떻게 되었습니까?"

속이 들여다보이는 우스운 짓거리의 연속이었다. 지섭은 물론 깨졌다고 대답했다. 그것은 정확한 표현이 못 되었다. 아버지는 월례 사장단 회의에서 아무리 제한된 운동밖에 할 수 없게 되어 있고, 또 협조적인 사람이 이끄는 노조라고 해도 그것이 기업에 이익을 줄 리는 없으며, 어느 날 화로의 재 속에서 불씨를 발견한 사람들이 그 불씨에 불을 붙여 일어나면 기업에 해롭고 우리 모두에게 해로울 게 뻔하기 때문에, 현명한 경영자라면 조금 시끄러운 저항을 지금 받아 해결하지 노동자들에게 그것을 맡겨 두고 있지는 않을 것이라고 말했었다. 나는 아버지의 방에서 아버지의 메모를 보았다. 그 이상의 말은 한마디도 없었다. 아버지는 권위를 생각했을 것이다. 아버지는 늘 노조는 우리 전체의 구조를 약화시키는 악마의 도구라고 말했지만 이 말을 메모 속에 넣지는 않았다. 만약 아버지가 앞으로 우리의 어느 공장에서 노조가 결성될 경우 해당 사중역들은 문책을 당할 것이며, 혼란기에 이미 결성이 된 사의 경우는 그 노조를 접수해 본래의 기능을 바꾸어 놓으라고 곧이곧대로 지시했다면 스스로 권위에 손상을 입힌 모양이 되었을 것이다. 변호인은 끝으로 부연할 말이 없느냐고 물었다. 없을 리 없었다. 난장이의 큰아들과 자기는 전부터 친교가 있었고 노동운동을 하면서도 서로의 생각을 주고받아 잘 아는데, 난장이의 큰아들은 결국 자기가 가졌던 이상 때문에 많은 고생을 했고, 그가 지금 피고석에서 있는 것도 그가 가졌던 이상이 깨어지며 나타난 반대 현상으로 생각한다고 지섭이 말했다. 저희끼리 모여서는 자본주의의 달콤한 이익이 도덕적으로 가장 타락한 자들, 자기 자신의 탐욕을 위해 다른 사람들의 행복을 가차 없이 짓밟고 한순간도 고민하지 않을 동물 닮은 자본주와 그 공범자들에게만 돌아간다며 분명히 분노했을 텐데, 법정에서 쓰는 지섭의 말들은 모나지 않고 부드러웠다. 하루하루 열심히 혁명을 준비하며, 그러나 오늘도 오지 않은 그 혁명을 지치지도 않고 기다리는 자들과 나는 거리를 두고 앉아 조용히 들었다. 지섭은 한마디 한마디의 말을 또박또박 끊어 정확히 발음하려고 애썼다. 증언대 위의 두 손은 그때 떨렸다. 두 손의 손가락은 다 합해야 여덟 개밖에 안 되었다. 난장이의 큰아들은 고개를 숙이지 않았다. 바로 뒤 방청석에서는 그의 어머니가 목까지 올라온 울음을 눌러 참고 있었다. 난장이의 큰아들에게 빛줄기와 같은 깨달음을 준 사람이 지섭이었다. 저희는 사랑이 기본이 되는 같은 이상을 가졌다. 저희는 인간을 괴롭히지 않는다. 괴롭히는 사람은 우리다. 저희는 피해자다. 그는 여덟 개의 손가락을 꼬부려 끌어 들이더니 더러운 바지 주머니에서 더러운 손수건을 꺼냈다. 눈두덩의 땀을 그는 그 더러운 손수건으로 찍어 내고 있었다.

우리는 계속해서 기다렸다.

"나는 모레 떠나기로 했다."

사촌이 말했다.

"잘 생각했어."

내가 말했다.

"나도 얼마 있다 독일에 갔다 올 것 같아."

"왜?"

"크루프와 티센이 거기 있기 때문이야. 가 견학을 해야지. 아버지의 꿈은 이제 제철소를 갖는 거거든. 형들이 귀국하면 나는 독일에 가 공부해야 돼."

우리는 그룹 본부 이사와 비서실 사람들 사이에 앉아 기다렸다. 서기가 들어와 법대 아래 중앙 그의 자리로 가 앉았다. 공판 때마다 법대 아래 중앙 자리에 앉아 있는 그를 나는 보았다. 법정 안이 더워지기 시작했다. 창문을 모두 닫았기 때문에 공기가 탁했다. 촘촘히 들어찬 공원들의 몸에서 참기 어려운 냄새가 났다. 냉방기에서 뿜어져 나오는 찬 공기가 공원들의 몸 열기를 이겨 내지 못했다. 그들이 몸 냄새만 풍기지 않았더라도 참기가 쉬웠을 것이다. 갑자기 생각이 났는지 사촌이 방청석을 돌아보았다. 지섭이 보이지 않는다고 그가 말했다. 나도 돌아보았다. 정말 없었다. 공판 때마다 기차를 타고 올라왔던 그가 정작 선고 공판정에 모습을 나타내지 않은 까닭을 나는 알 수 없었다. 난장이의 작은아들도 우리처럼 돌아보았다. 부인이 작은아들을 잡아 앉혔다. 겁을 먹었구나. 나는, 단정했다. 한지섭은 비겁자다!

내가 공판을 보고 집으로 돌아갈 때 거리의 사람들은 길어진 그림자를 끌고 걸었다. 그림자는 길어졌으나 여전한 불볕더위였다. 성성한 여자아이들은 더위를 타지 않았다. 미처 못 떠난 여자아이들의 나른한 육체들만 남아 허우적거리는 서울을 지켰다. 그 아이들이 떠날 채비를 마치면 먼저 몸을 굴려 구릿빛이 된 아이들이 돌아와 서울을 지킬 것이라고 나는 생각했다. 여자아이들이 얇은 옷을 입었다. 우리가 여름에 생각하는 것은 그 얇은 옷 속에 감추어진 향락이다. 지난겨울에 뜨거운 햇볕과 짠 바닷물, 그 바닷물의 짠맛을 그대로 간직한 입맞춤으로 떠올려 본 여름의 향락은 한결같이 추상적인 것들이었다. 우리 동네로 들어서면서 내 작은 차의 유리문을 내리고 바람을 불러들였다. 꽃과 풀 냄새가 바람에 실려 들어왔다. 그 냄새는 법정 방청석을 메웠던 공원들의 몸 냄새와 아주 다른 것이었다. 그들은 너무 더러운 냄새를 풍겼다. 집에 닿자마자 샤워부터 했다. 어머니는 그들이 땀을 흘려 일한 다음 잘 씻지 못해 땀 냄새를 풍기는 것이라고 말했다. 그리고 모든 공장에 충분한 목욕 시설을 갖추려면 생산비 절감을 위한 획기적인 방법을 알아내든가, 그게 안 될 경우에는 공원들의 임금 인상폭을 낮추어야 한다고 말해 나는 웃었다. 육체를 떠나 영원히 사는 영혼이 정말 있다면 숙부의 영혼은 오늘 어떤 기분일지 모르겠다고 나는 말했다.

"그래 그 사람은 어떻게 됐니?"

어머니가 물었다.

"말씀 안 드렸어요?"

"아니."

"사형선고를 받았어요."

그랬구나, '오, 하느님'이라고 어머니의 입술이 말했다. 난장이의 큰아들이 교도관에게 이끌려 들어오고, 검사가 들어오고, 이어 판사가 들어와 그 재판의 마지막 부분은 아주 빨리 진행되었는데, 검사의 공소사실을 모두 인정한 판사가 구형대로 사형을 선고했을 때 검사의 구형을 먼저 보고도 설마, 설마, 설마, 믿지 않고 기다려 온 방청석의 공원들은 짧은 놀람의 소리를 질러 그 소리에 저희들을 묻었다. 몹시 부드러웠던 그들의 혀는 딱딱하게 굳어졌다. 그들은 정신을 차려 새삼스럽게 죄의 크기와 형벌의 크기를 생각했을 것이다. 난장이의 큰아들은 들었던 고개를 떨어뜨렸고, 그의 두 동생은 벌떡 일어섰다가 창자를 끊으며 주저앉는 그들의 어머니를 안았다. 난장이의 큰아들을 살려 낼 마음으로 우리를 몰아쳤던 변호인은 천장만 보았다. 공판이 진행되는 동안 그는 판단력이 부족한 공원들에게 많은 혼란과 착각을 주었다. 마음이 좋아 보이는 검사는 온화한 표정으로 앉아 있었다. 나는 이번 일들로 해서 매우 중요한 것을 알게 되었다고 어머니에게 말했다. 그러자 어머니는 사람의 생명, 고통과 관련된 일이라 그렇다면서 나의 얼굴을 바라보았다.

"물론 그래요."

나는 말했다.

"그렇지만 지금 말씀드리고 싶은 건 그게 아녜요. 우리 공장노동자들이 행복한 마음을 갖고 일하게 할 수 있는 방법을 제가 알아냈어요."

"경훈아."

어머니가 웃었다.

"그런 생각은 안 하는 게 좋아. 아무리 좋은 공장에서 일해도 그렇지, 많은 사람이 어떻게 똑같이 행복해질 수 있겠니?"

"약을 쓰면 돼요."

"약이라니?"

"그들이 행복한 마음으로 일만 하게 하는 약을 만드는 거예요. 그들이 공장에서 먹는 밥이나 음료수에 그 약을 넣어야죠. 약은 우수한 연구진을 구성해 만들게 해야 돼요. 처음엔 경비가 많이 들겠지만 장기적으로 보면 이 이상 좋은 방법은 있을 수 없어요."

"그만둬라."

어머니가 말했다.

"생각하는 게 맨 끔찍한 것뿐이구나."

"끔찍한 건 제가 아녜요."

나는 말했다.

"정말 끔찍한 건 이 세계라구요. 몇몇 나라가 그들의 사회제도로 부터 이탈하려는 사람들에게 이미 약물을 투여하기 시작했어요."

"병이 난 사람들이겠지."

"질병하곤 상관이 없는 일이에요."

"어쨌든, 너의 그런 생각을 아버지에게 말씀드리진 마라. 아버지 는 작은 일 하나하나로 너희들을 판단하셔. 나는 네가 위의 형들하 고 똑같은 기회를 갖는 걸 보고 싶어. 내 말 알아듣겠니?"

나는 한 번도 어머니의 사랑을 의심해 본 적이 없다. 자식들에게 주어지는 어머니의 사랑의 크기는 언제나 같았다. 아버지는 달랐 다. 아버지는 경영자에게 가장 필요한 능력은 여러 이질적인 것들 을 조화하여 전체를 만드는 재능이라고 우리들에게 말하고는 했 다. 그 재능을 갖지 못한 사람들에게는 큰 권한을 넘겨줄 수 없다 는 통보이기도 했다. 숙부가 돌아가기 전에는 공장에서 일어나는 일들에 관한 이야기가 집안까지 들어와 본 적이 없는데 요즘은 그 렇지 않다고 어머니가 말했다. 그리고 이번에는 기계공장 쪽에서 심상치 않은 문제가 일어난 것 같다고 덧붙였다. 그랬구나! 내가 혼자 말할 차례였다. 남쪽에 있는 공장이었다. 여덟 개의 손가락을 가진 사나이가 그곳에서 올라오고는 했다. 그는 공원들보다 더 더러운 옷을 입고, 공원들 것보다 더 더러운 손수건을 썼다. 멍청한 사촌이 그의 소식을 들었다면 역시 그는 다르다고 말했을 것이다. 지섭이 먼 곳에서 나의 머리를 친 셈이었다. 그러나 그는 난장이네 식구들을 위로하러 올라올 수가 없었다. 그는 우리 반대쪽에 서 있는 사나이였다. 그는 자신을 분석하고, 동료들을 분석하고, 저희들을 경제 권력으로 억압한다는 우리를 분석하다가 불행해질 사람이었다. 어머니는 애국부녀봉사회의 불우이웃돕기 모금 집회에 나갈 준비를 했다. 젊은 여비서가 어머니를 도왔다. 나는 그 여자에게 바짝 다가서며 우리가 이 사회에 진 빚은 눈곱만큼도 없다고 말했다. 젊은 여자는 어색하게 웃으며 물러섰다. 얇은 옷을 입고 있었다. 그 얇은 옷 속에 감추어진 쾌락의 작은 도구들을 나는 상상했다. 나의 정욕이 내 머리를 산란하게 했다. 방으로 올라가 어머니와 함께 출발하는 그 여자를 보았다. 수위가 철문을 밀어젖혔다. 어머니의 승용차는 이팝나무 숲을 끼고 돌아 나갔다. 잠시 후에 집사가 물어 왔다. 풀장의 물을 갈아야겠는데 물을 빼 버리기 전에 아이들이 들어가 좀 놀게 한 다음 청소를 시켜도 괜찮겠냐는 것이었다. 나는 먼저 며칠 후 친구들을 데리고 섬에 갈 생각이니까 연락을 취해 달라고 말했다. 이어서, 풀을 깨끗이 씻어 내기 위해서라면 물론 좋다고 말하고, 그렇지만 한 아이는 올라와 나의 책 정리를 도와야 할 것이라고 말했다. 그가 고맙다고 말하는 소리를 처음 들었다. 나는 비디오에 베를리오즈의 음악이 들어 있는 테이프를 넣었다. 열여섯 난 금발의 여자아이가 두 팔로 남자의 몸을 안았다. 사흘 전 아침의 여자아이는 소리도 내지 않고 올라왔다. 그 아이는 사방에 흩어져 있는 책들을 한 권 한 권 집어 팔에 안았다. 『인간 공학』이란 책이 볼록한 가슴 부분을 눌렀다. 베를리오즈의 음악을 언제 처음 들었는지 생각이 나지 않았다. 바로 밑의 여동생은 모차르트를 좋아하는 나를 좋아했다. 나는 여자아이의 팔을 잡아채 책을 떨어뜨렸다. 금발 아이의 옷은 어깨선에서부터 풀어져 내렸다. "봐!" 나는 말했다. "너희 텔레비전하곤 다른 거야." 여자아이는 시키는 대로 했다. 놀라운 일이 화면 안에서 벌어졌다. 여자아이는 꼼짝도 하지 않고 있었다. 그 아이는 어깨와 가슴으로 숨을 쉬었다. 내 손이 가 닿자 파르르 떨었다. 여자아이들이 그 작은 몸 속에 생명의 강을 안고 있다는 것은 놀라운 일이었다. 화면 안 남자가 금발 아이의 몸에 상처를 입혔다. 이제 너는 여자가 되었다고 남자가 말했다. "그만 내려가." 몸이 달아오른 여자아이에게 나는 말했다. "물을 빼 버리기 전에 수영을 해." 여자아이는 하얘진 얼굴로 나를 보았다. 그 아이가 눈물이 핑 돌아 내려가자 나는 침대에 누웠다. 침대에 누워 책을 읽었다. 아버지가 돌아올 때까지 나는 경제사를 읽을 참이었다. 한 경제학자가 장차 책임 범위는 넓어질 것이라고 쓴 것을 그 책의 저자는 인용했다. 나는 책을 읽다가 잠이 들었고, 깨기 직전에 꿈을 꾸었다. 꿈속에서 그물을 쳤다. 나는 물안경을 쓰고 물속으로 들어가 내 그물로 오는 살진 고기들이 그물코에 걸리는 것을 보려고 했다. 한 떼의 고기들이 내 그물을 향해 왔다. 그러나 그것은 살진 고기들이 아니었다. 앙상한 뼈와 가시에 두 눈과 가슴지느러미만 단 큰가시고기들이었다. 수백수천 마리의 큰가시고기들이 뼈와 가시 소리를 내며 와 내 그물에 걸렸다. 나는 무서웠다. 밖으로 나와 그물을 걷어 올렸다. 큰가시고기들이 수없이 걸려 올라왔다. 그것들이 그물코에서 빠져나와 수천수만 줄기의 인광을 뿜어내며 나에게 뛰어올랐다. 가시가 몸에 닿을 때마다 나의 살갗은 찢어졌다. 그렇게 가리가리 찢기는 아픔 속에서 살려 달라고 외치다 깼다. 서쪽 유리창에 황적색 저녁놀이 와 닿았다. 그것이 아름답게 느껴져 창가로 가 내다보았다. 대기 속 물질의 아주 작은 알갱이들이 빛을 운반해 오는 것을 나는 볼 수 있었다. 흰 벽이 저녁놀빛을 숲 쪽으로 받아 던졌다. 돌아간 할아버지의 늙은 개가 그 숲에서 기어 나왔다. 달아오른 몸으로 나를 받아들이려고 했던 여자아이가 늙은 개를 불렀다. 개 밥그릇을 개집 앞에 놓아 준 여자아이가 늙은 개의 목을 꼭 껴안았다. 난장이의 큰아들이 끌려 나갈 때 난장이의 부인이 그런 몸짓을 했다. 공원들은 밖으로 나가 울었다. 지섭은 올라올 수가 없었다. 사람들의 사랑이 나를 슬프게 했다. 그때 수위가 철문을 밀어붙이는 것이 보였다. 이팝나무 숲을 끼고 돌아온 아버지의 승용차가 미끄러지듯 들어와 섰다. 내일 아무도 모르게 정신과 의사를 찾아가 보자고 나는 생각했다. 내가 약하다는 것을 알면 아버지는 제일 먼저 나를 제쳐 놓을 것이다. 사랑으로 얻을 것은 하나도 없었다. 나는 밝고 큰 목소리로 떠들 말들을 떠올리며 방문을 열고 나갔다.

에필로그

수학 담당 교사가 교실로 들어갔다. 학생들은 그의 손에 책이 들려 있지 않은 것을 보았다. 대부분의 학생들이 교사를 신뢰했다. 오분의 일 정도는 의문을 품었다. 그들은 대입예비고사 수학에서 좋은 성적을 올리지 못했다.

교사가 입을 열었다.

제군, 그동안 고생 많았다. 정말 모두 열심히들 공부해 주었다. 그런데 내가 담당한 수학 성적이 예년보다 떨어져 제군에게 미안하기 짝이 없다. 변명처럼 들릴지 모르지만, 예비고사의 수학 성적이 나빠진 책임이 수학 교사에게만 있는 것은 아니다. 이러한 제도를 만든 당국자, 그 제도를 받아들인 교육자와 학부모, 네 개의 답안 중에서 하나를 골라잡도록 사지선다형의 문제를 만든 출제자, 문제지 인쇄업자, 불량 수성사인펜 제조업자, 수험 감독관, 키펀처, 슈퍼바이저, 프로그래머, 컴퓨터가 있는 방의 습도 조절 책임자, 판정자 역을 맡은 컴퓨터, 물론 나의 수업을 받은 제군 자신, 그리고 제군 앞에 서서 가르쳐야 될 나에게 늘 엉뚱한 주문을 한 진학지도 주임과 그 위의 교감, 교장, 또 가르침을 주고받아야 할 제군과 나의 기분에 영향을 준 학교 밖 구성원들의 계획, 실천, 음모, 실패 등 책임 소재를 정확히 밝히자면 들어야 할 것이 수도 없이 많다. 그럼에도 불구하고 모든 책임을 나 혼자 지지 않으면 안 되게 되었다.

누구입니까?

한 학생이 물었다.

누가 선생님께 지웁니까?

그들이다.

교사가 말했다.

다른 학생이 일어섰다.

정확히 말씀해 주십시오.

그들이다. 누가 이 이상 정확히 말할 수 있겠는가? 그들 자신에게는 죽을 때까지 져야 할 책임이 하나도 없다는 게 특징이다. 그들은 모두 그럴듯한 알리바이를 갖고 있다. 제군이 지금까지 열심히 공부해 왔고, 또 고등학교에서 갖는 마지막 시간이기 때문에 입학시험과 상관이 없는 나의 이야기를 하는 것을 이해하기 바란다. 나는 별수가 없어서 수학 과목을 내놓았다. 다음 학기부터는 윤리를 맡으라는 통보를 이미 받았다. 제군도 잘 알다시피 윤리는 실제 도덕규범이 되는 원리이다. 제군이 결정자라면 수학을 못 가르쳤다고 책임을 물은 사람에게 윤리를 떠맡길 수 있겠는가? 아무도 모르게 무서운 음모가 꾸며지고 있다. 시간표에서 윤리 과목을 빼 버리겠다는 거나 마찬가지다. 그것은 제군과 제군의 후배들을 인간 자본으로 개발하겠다는 음모이기도 하다. 제군과 나는 목적이 아니라 어느 틈에 수단이 되어 버렸다. 그 의도를 진작 알아차려야 했는데 제군은 대학에 가기 위해, 나는 제군을 시험에 붙게 하기 위해 뛰다가 노골적인 의도들도 읽을 수가 없었다. 우리는 너무 바쁘기만 했다. 그동안 바빴던 것은 과연 우리의 가치를 위해서였을까? 짧은 시간이지만 생각을 해보자. 내가 편한 자세를 취하는 것을 용서하라.

꼽추는 배가 고파 잠에서 깼다. 천막 안은 깜깜했다. 완전한 어
둠 속이어서 무엇 하나 보이지 않았다. 눈을 뜨나 감으나 어둠뿐이
었다. 라면이라도 먹어 둘 것을 잘못했다는 생각이 들었다. 아침,
점심에 이어 저녁까지 라면이라는 소리를 듣고 식사 시간에 그는
산책을 나갔었다. 계집애를 병원에 남겨 두고 온 이후 쭉 라면만을
먹어 왔다. 실험용 생쥐도 아니고, 견딜 수가 없었다. 사장은 계집
애가 곧 뒤따라올 것이라고 말했지만 세 읍을 거쳐 열한 마을을
돌아도 나타나지 않았다. 더럽고 못생긴 계집애였으나 밥도 잘 짓
고 국도 잘 끓였다. 고아원에서 자란 아이였다. 갑자기 고열로 앓
는 계집애를 사장이 병원으로 데려갔다. 그 아이가 뒤쫓아 올 때까
지 계속 라면만 끓여 먹을 모양이었다.

꼽추는 옆자리의 차력사를 건드리지 않기 위해 조심스럽게 일
어섰다. 천막의 한쪽이 어깨에 닿았다. 차력사를 건드려 깨우기라
도 하면 어둠 속에서 맞아 떨어질 것이 뻔했다. 그도 요즘은 잘 먹
지 못해 힘이 준 것 같았다. 돌멩이를 깰 때 차돌은 피했고, 이빨로
승용차 끌기도 십 미터를 반으로 줄였다. 날카로운 장검을 손아귀
에 넣어 나일론 끈으로 묶고 그 칼끝을 배에 대어 빼는 수중장검
도 잘 하려고 하지 않았다. 그것은 언제 보아도 끔찍한 묘기였다.
그것을 보고 있으면 온몸 피부 조직이 칼날 밑에서 짓이겨지는 느
낌이 들고는 했다. 칼을 써야 약이 잘 팔렸다.

힘이 줄어도 그는 장사였다. 어둠 속에서 그를 건드려 공매를 맞을 생각은 추호도 없었다.

조심해서 발을 옮겨 놓다 말고 꼽추는 들었다. 앉은뱅이의 숨소리만 들렸다. 손을 더듬어 보았다. 차력사가 없었다. 꼽추는 성냥을 그어 남포의 심지에 불을 붙였다. 앉은뱅이밖에 보이지 않았다. 앉은뱅이는 오금이 엉겨 붙은 두 다리를 든 채 발랑 누워 자고 있었다. 꼽추는 밖으로 나갔다. 무성한 숲 저쪽에서 작은 짐승의 울음소리가 들려왔다. 꼽추는 가냘픈 울음소리를 낸 그 작은 짐승의 이름을 알 수 없었다. 상류의 공장폐수를 흡수한 샛강 물을 마시고 고통을 받는 것이나 아닌지 몰랐다. 주위를 돌아본 꼽추는 맥이 탁 풀렸다. 천막 안으로 들어가 앉은뱅이를 흔들어 깨웠다.

"일어나!"

"왜 그래?"

앉은뱅이가 팔을 허우적거렸다. 꼽추가 그를 도와 앉혔다.

"아무도 안 보여."

꼽추가 말했다.

앉은뱅이가 느릿느릿 물었다.

"그럼 어떻게 된 거야? 저희들끼리 가 버렸단 말이야?"

꼽추가 천막 문을 들어 올렸다. 앉은뱅이는 급히 밖으로 기어 나갔다. 어둠이 작은 몸을 싸 버렸다.

"사장 천막이 안 보이잖아?"

앉은뱅이가 말했다.

"그의 차도."

"다 가 버렸다니까."

"우리 둘만 남겨 놓구?"

"그러니까 밥을 해주던 계집애도 사장이 떼어 버린 거야."

"그 앤 병원에 있어."

"자네가 봤나?"

꼽추가 물었다.

"병원에 가서 봤어?"

"병원으로 데려가는 걸 봤어."

"그건 나도 봤어. 앓는 계집애를 아무 데나 실어다 놓고 달려왔
겠지."

앉은뱅이는 입술을 물었다. 그리고 숨을 죽여 들었다.

꼽추가 물었다.

"무슨 소리지?"

"응?"

"무슨 소리가 났어."

"새가 날아다니는 소리야."

앉은뱅이가 말했다.

"먹이를 찾아 날고 있어."

"이 밤중에?"

"빌어먹을!"

앉은뱅이는 화가 났다.

"언젠가 말해 줬잖아, 쏙독새라구. 낮엔 잠을 자. 나무에 혹처럼 붙어서 잠을 자는 새야."

두 친구는 숨을 죽이고 낮게 떠 날아가는 쏙독새의 날갯짓 소리를 들었다. 그 소리는 무성한 숲이 덩어리로 안은 큰 어둠 속으로 사라졌다. 거의 동시에 두 친구는 그 살벌한 서울 바깥 땅에 두고 온 처자를 생각했다.

"우리가 매달 얼마씩 부쳤지?"

꼽추가 물었다.

앉은뱅이가 대답했다.

"처음 여섯 달은 삼만 원씩, 그 뒤 일곱 달은 이만 원씩 부쳤어."

"살아 있겠지?"

"우리 애들은 모질어."

"가자구!"

"어딜?"

"따라가 잡아야지."

꼽추가 말했다.

"오늘 죽어 살면서 내일 생각은 왜 했을까?"

"목돈이 필요했으니까. 토끼 새끼들을 넣어 기를 토끼집이 필요했지."

"장갑을 껴."

앉은뱅이가 가죽장갑을 꺼내 끼었다. 주먹을 쥐고 땅을 밀자 몸이 들리며 앞으로 나갔다. 꼽추가 천막 안으로 들어가 남폿불을 들고 나왔다. 앞서 기어가는 앉은뱅이를 몇 걸음으로 따라 넘었다. 숲속에서 풀벌레가 울었다. 이름을 알 수 없는 그 작은 짐승은 울지 않았다. 아이들은 바깥 땅 셋방에서 잠을 잘 것이다. 어느 아이가 깨어 울까? 어느 아이가 아파 울고 있지는 않을까? 꼽추는 좁은 도로를 따라 돌았다. 앉은뱅이가 언덕 위에서 몸을 굴려 꼽추 앞으로 떨어졌다. 꼽추가 허리를 굽혔고, 앉은뱅이는 허연 이를 드러내 보였다.

좁은 도로를 빠져나가자 샛강이 나타났다. 그 샛강의 돌멩이들은 유난히 단단했다. 잘 깨질 듯싶은 것들만 골라다 주었는데도 차력사는 연습 때 이미 피를 보았다. 그는 피 묻은 손으로 꼽추의 얼굴을 찰싹 때렸다. 꼽추가 코피를 흘렸다. 사장은 못 본 체했다. 그는 그의 차 안에 앉아 약상자와 돈을 세었다. 줄에 대롱대롱 매달려 있던 앉은뱅이가 툭 떨어져 기어 오더니 주머니에서 솜을 꺼내 막아 주었다. 강물은 아주 더러웠다. 배를 드러낸 고기들이 수초에 걸려 있었다. 꼽추는 등뼈가 휘어진 몇 마리의 고기를 건져 모래에 묻었다. 그 모래가 적갈색이었다.

불 꺼진 유원지를 지나다 꼽추는 섰다. 앉은뱅이는 보이지 않고 기어 오는 소리만 들렸다. 우물을 찾아 작은 두레박을 내렸다. 얼굴이 밤하늘을 향해 들릴 때까지 물을 마셔 빈 배를 채웠다. 꼽추는 두 번째 두레박을 올려놓고 앉은뱅이를 기다렸다. 앉은뱅이는 턱 밑까지 찬 숨을 눌러 가며 기어 왔다. 땀과 흙으로 범벅이 된 얼굴을 들더니 가죽장갑을 벗었다. 꼽추가 넘겨준 두레박 물을 그도 마셨다. 조금 마시고 나머지를 머리에 부었다.

유원지를 벗어나 고속도로로 휘어져 올라가는 샛길은 가팔랐다. 경사가 심한 부분에 이르러 앉은뱅이는 모로 앉아 올라갔다. 앞서 올라가던 꼽추가 남폿불을 놓고 내려왔다. 앉은뱅이를 들어 안아다 불 앞에 내려놓고 털썩 주저앉았다. 그의 꼬부라진 등뼈가 숨을 따라 크게 움직이는 것을 앉은뱅이는 보았다. 꼽추가 앉아 쉬는 동안에도 앉은뱅이는 계속 모로 기어 올라갔다. 숨을 돌린 꼽추가 다시 앞서 올라갔다가 내려와 앉은뱅이를 들어 안았다. 그 일을 반복해 고속도로 위로 올라간 두 친구는 아스팔트가에 누워 쉬었다. 꼽추는 모로 눕고 앉은뱅이는 잘 때처럼 오금이 붙은 두 다리를 들었다. 그 자세로 앉은뱅이가 웃었다. 웃음소리는 이힛 이힛 간격을 두고 이어지더니 끊어졌다. 대형 화물트럭이 큰 소리를 내면서 와 중앙분리대 반대쪽 길을 달려갔다. 눈에 불을 켠 괴물이 밤공기를 무서운 속도로 찢어 헤쳤다.

"고속도로엔 통행금지가 없어."

앉은뱅이가 말했다.

"그러니까 올라가는 차를 타야 돼. 사장은 표 받는 곳쯤에 차를 세워 놓고 통행금지 해제 시간을 기다리고 있을 거야. 그가 먼저 들어가면 잡을 수가 없어."

"잡으면?"

꼽추가 묻자 앉은뱅이는 대답했다.

"잡으면 해치워야지."

"돈만 받아 내자구. 함께 들어가 나머지 돈을 받으면 돼."

"배를 갈라 버릴 테야."

"칼은 접어 넣어."

"자넨 상관하지 마."

앉은뱅이가 다시 말했다.

"나 혼자 그 자식의 배를 갈라 버릴 거야."

"그래."

꼽추가 말했다.

"자네 속 편할 대로 하라구. 그러나 내가 언젠가 말했지만, 그래서 무슨 해결이 나야 말이지."

"내가 또 싫어졌지?"

"자넬 싫어하지는 않아. 무서워해. 내가 무서워하는 건 자네 마음이야."

그리고 앉은뱅이를 들여다보았는데, 앉은뱅이는 온몸을 부들부들 떨고 있었다. 유원지에서 들어부은 물이 그의 옷을 다 적셨다. 땀까지 흘린 끝이라 밤공기가 아주 차게 느껴졌다. 바른쪽 풀숲에서 풀벌레가 울어 댔다. 안전한 것은 잡풀 속에 사는 벌레들밖에 없었다.

꼽추가 배수로를 건너뛰자 풀벌레들의 울음소리가 뚝 그쳤다. 꼽추는 작은 잣나무 사이에 세워 놓은 표어판 두 개를 뽑았다. 말뚝과 널빤지를 배수로에 놓고 돌로 쳐 깼다. 그것들을 모아 남포의 석유를 붓더니 성냥을 그어 댔다. 앉은뱅이가 불가로 기어갔다. 자동차 소리가 들려왔다. 승용차 한 대가 그들이 불을 놓은 상행선으로 달려왔다. 꼽추가 아스팔트 위로 뛰어들면서 손을 흔들었다. 작은 승용차는 바람 소리를 내면서 달려갔다.

앉은뱅이가 불가에서 물러나 앉았다. 그의 몸에서 김이 올랐다. 바른쪽 주머니가 축 늘어져 있었다. 새파랗게 간 칼과 철사줄이 그 안에 들어 있었다. 비상금 삼천 원을 그것들과 함께 넣고 다녔다. 주머니에 지퍼도 달았다. "무슨 일이 생기든 새끼와 새끼들 엄마가 있는 데까진 가야지." 그가 말하고는 했다. "암." 꼽추가 대답했었다.

다음에 달려온 것은 덩치가 큰 냉동차였다. 꼽추가 윗옷을 벗어 휘저었다. 꼽추 앞을 그냥 지나쳐 가던 냉동차가 주행선을 바꾸어 섰다. 차를 향해 달려간 꼽추가 운전석 문을 두드리며 깡충깡충 뛰었다. 앉은뱅이는 죽어라 이를 악물고 기었다.

밤 운전에 지친 기사가 고개를 내밀어 보았다. 등뼈가 몹시 꼬부라진 꼽추 하나가 아스팔트 위를 기어 오는 작은 물체를 향해 손을 흔들고 있었다. 기사는 겁이 덜컥 났다. 운전석 문을 두드리는 소리를 어렴풋이 들어 가며 그는 차를 몰아 갔다.

"개새끼!"

앉은뱅이가 덩치 큰 냉동차를 향해 주먹을 흔들었다.

다시 풀벌레 소리가 들렸다.

"저거 봐."

갑자기 꼽추가 소리쳤다.

"뭘?"

앉은뱅이가 물었다.

"뭘 보란 말이야?"

"숲으로 날아갔어."

"자네가 밤눈이 어둡다는 걸 나는 알아."

"반딧불이였다구!"

"개똥벌레?"

"그래, 개똥벌레야!"

"잘못 봤어."

앉은뱅이가 말했다.

"개똥벌레는 씨가 졌다구."

"왜?"

"이 세상 사람들이 힘을 합쳐서 개똥벌레를 잡아 죽였지."

"다 죽이진 못했군."

"빌어먹을."

앉은뱅이가 투덜거렸다.

"차도 안 오구. 개똥벌레는 또 뭐야? 사장을 놓치면 안 돼. 그 자식 배를 갈라 놓구 토끼 새끼들한테 돌아가야지. 난 토끼집을 사야 돼."

"이리 와 봐."

"그만둬."

"밤눈이 어두워도 저건 보여."

꼽추의 말대로 잘 보였다. 별빛을 받아 그 흐름 줄기의 윤곽을 드러낸 샛강 아래쪽에 큰 건물이 서 있었다. 먼 거리였으나 외등이 수없이 켜져 있어 그 건물이 어둠에 구멍을 뚫어 놓은 것처럼 보였다.

앉은뱅이가 물었다.

"공장 아냐?"

"형무소야."

"감옥?"

그때도 고속도로 위로 달려가는 차가 없었다.

이번엔 꼽추가 물었다.

"저 안에 누가 들어가 있었는지 알아?"

"왜 이래?"

앉은뱅이는 친구의 말뜻을 몰랐다. 그래서 뒤로 물러앉았다. 그는 주머니 속에 들어 있는 칼만 생각했다.

"행복동 난장이 생각나?"

꼽추가 물었다. 앉은뱅이가 고개를 끄덕였다.

"벽돌공장 굴뚝에서 떨어져 죽었지?"

"그래, 그 난장이의 큰아들이 저 안에 들어가 있었어."

"왜?"

"사람을 죽이구."

앉은뱅이는 아무 말 안 했다.

"난장이가 늘 자랑을 한 아들이야."

"꽤 자랑했었지."

앉은뱅이는 조심스럽게 물었다.

"지금은 저 안에 없단 말이지?"

"나왔지."

"사람을 죽였는데 어떻게 나왔지?"

"죽어 나왔어."

"그 아이가!"

"저희 아버지하곤 달랐지."

"아주 다르게 죽었군."

"난장이의 아내가 두 아이를 데리고 와 시체를 찾아갔어, 울지도 못하구. 난장이의 식구들은 물가에 한참 앉아만 있다 갔어."

"못 할 일이야."

"그러니까 자네 주머니 속의 칼은 이제 버리는 게 좋아."

그리고 시간이 꽤 지났는데도 자동차는 나타나지 않았다. 고속도로는 계속 어둠에 잠겨 있었다. 몇 시쯤 되었는지 알 수도 없었다. 두 친구는 슬펐다. 그때 꼽추는 어둠 속에서 빛을 내는 작은 생물체를 발견했다. 그것이 낮게 떠 아스팔트 위로 날았다. "봐!" 그가 외쳤다. 하필 그 외침 뒤로 이어진 자동차 소리를 앉은뱅이는 들었다. 꼽추가 아스팔트 위로 달려가는 것도 그는 보았다. 두 손에 힘을 주면서 땅을 밀었다. "봐! 개똥벌레야!" 친구의 목소리가 들려왔다. "저게 어떻게 살아남았을까!" 그러나 친구가 보이지 않았다. 꼽추는 분리대를 향해 뛰어가고 있었다. 달려온 것은 연료 공급차였다. 앉은뱅이는 그 차를 세우기 위해 불빛 속으로 몸을 굴려 넣으며 손을 번쩍 들었다. 연료 공급차의 운전기사는 순간적으로 눈을 감고 급브레이크를 밟다가 놓았다. 그는 차를 급히 세울 수도, 어느 한쪽으로 몰아붙일 수도 없었다. 그는 공정했다. 연료 공급차는 다시 속력을 내어 달렸다. 두 친구는 움직이지 않았다. 벌레들도 울지 않았다. 그들이 다시 울기 시작했을 때 앉은뱅이가 몸을 일으켰다. 자동차 불빛에 몸을 드러냈던 친구를 향해 그는 한 손으로 기어갔다. "보라구!" 꼽추는 분리대 앞에 모로 쓰러져 있었다. 그가 손을 들어 가리켰다. 꽁무니에 반짝이는 불을 단 한 마리의 작은 반디가 바른쪽 숲을 향해 날아갔다.

교사는 두 손을 교탁 위에 얹었다. 그는 제자들을 향해 말했다.
나는 우리 모두가 공감할 수 있는 무엇을 글로 써서 제군에게 읽어 주고 싶었다. 그러나 한 줄도 제대로 쓸 수가 없었다. 물론 나는 실망했다. 수학을 빼앗긴 것이 나에게는 너무 큰 슬픔이어서 한 문장도 바로 끝낼 수 없었다. 나는 나무에서 내려온 최초의 인류 이야기와 식물처럼 무기물에서 유기물을 합성하는 능력이 없기 때문에 식물이나 다른 동물을 먹어 영양으로 하는 동물의 이야기를 쓰고 싶었다. 그래도 시간이 남으면 제군의 창조력을 억제하거나 아예 없애 버리려는 사람들의 이야기를 쓰려고 했다. 그들은 우리의 부분적인 실태가 폭로되는 것도, 어떤 개혁이 이뤄지는 것도 바라지 않는다. 한 주전자의 커피와 한 말의 술을 마시면서 좋은 글을 못 쓰고 울기만 한 나를 이해하라. 그러나 나를 동정해서는 안 된다. 나는 제군이 아직 모르는 작은 혹성으로 우주여행을 떠나기로 했다.

학생들이 웅성거렸다.

우주인을 만나셨습니까?

한 학생이 물었다.

그렇다.

교사가 말했다.

자주 가는 산봉우리에서 그들을 만났다. 내가 방금 안주머니에서 꺼낸 이 작은 지도가 그들에게서 받은 에이치알(HR)도이다. 내가 갈 혹성은 이 지도의 왼쪽 위에서 바른쪽 아래로 내려가 구부러진 대각선의 중앙에 위치해 있다. 그곳 혹성인들은 식물처럼 무기물에서 유기물을 합성하는 능력을 갖고 있다. 이 이상 좋은 소식을 제군은 들어 본 적이 있는가?

질문이 있습니다.

맨 뒷줄의 학생이었다.

뭔가?

우주인이나 비행접시의 목격 현상은 사회적인 스트레스의 순간에 나타나는 자기방어의 결과라는 이야기를 들은 적이 있습니다. 선생님의 경우는 저희가 어떻게 이해하면 되겠습니까?

서쪽 하늘이 환해지며 불꽃이 하늘로 치솟으면 내가 우주인과 함께 혹성으로 떠난 것으로 믿어 달라. 긴 설명은 있을 수가 없다. 내가 아직 알 수 없는 것은 떠나는 순간에 무엇을 대하게 될까 하는 것뿐이다. 무엇일까? 공동묘지와 같은 침묵일까? 아닐까? 외치는 것은 언제나 죽은 사람들뿐인가? 시간이 다 되었다. 지구에 살든, 혹성에 살든, 우리의 정신은 언제나 자유이다. 모두들 좋은 성적으로 원하는 대학에 합격하기를 빈다. 다른 인사말은 서로 생략하기로 하자.

차렷!

반장이 벌떡 일어서며 소리쳤다.

경례!

교사는 상체를 굽혀 답례하고 교단에서 내려왔다. 그는 교실에서 나갔다. 나가는 그의 걸음걸이가 이상했다. 외계인의 걸음걸이가 바로 저럴 것이라고 학생들은 생각했다.

겨울 해는 이미 기울어 교실 안이 어두워 왔다.

부끄러움에 대한 이야기

이문영 기자 · 작가

이 글은 말과 글에 극도로 엄격했던 소설가가 스스로 남기지 않은 이야기다. 그러므로 어쩌면 이젠 세상에 없는 그의 뜻을 배반하는 글이 될지도 모르겠다.

"내가 난장이를 죽였다"고 말하는 작가가 있었다.

어느 날 작가의 '다른 나'가 찾아와 작가에게 말한다.
"나는 겁쟁이야."
작가가 변명한다.
"그렇지만 생각한 것을 조금은 썼어."
다른 나가 부정한다.
"잘못 썼어. 그래서 사람들이 묻는 거야. 난장이가 뜻하는 것이 무엇

부끄러움에 대한 이야기 367

이냐고 물어."

작가가 오른손을 이마에 댔다 내리며 대답한다.

"난장이는 그냥 난장이야."

다른 나가 거듭 부정한다.

"사람들은 믿질 않아."

작가가 못마땅해하며 "설명을 요구하는 것은 나쁘다"고 중얼거린다.

"나쁜 사람은 바로 나야."

다른 나가 고백한다.

"내가 난장이를 죽이고, 난장이의 큰아들까지 죽였어. 내가 그렇게 썼어."

작가는 인정하지 않는다.

"난장이는 처음부터 죽어 있었어. 그를 죽인 건 내가 아냐. 죽어 있었기 때문에 죽은 것으로 썼어."

"변명이야."

다른 나가 진실을 확인할 방법을 이야기한다.

"소설을 쓰던 과거로 돌아가 보면 알 수 있어. 그 시점에 난장이가 없다면 쓰기 전에 이미 죽은 것이지만, 만날 수 있다면 살아 있던 난장이를 죽인 게 돼."

다른 나가 직접 확인하기 위해 과거로 간다. 현재를 포기하지 못해 남은 작가는 확신하듯 말한다.

"아무도 없을 거야."

다른 나의 말이 과거에서 날아온다.

"있어!"

"누구야?"

작가가 답을 재촉하자 그의 다른 나가 답한다.

"난장이야. 등이 쓸쓸해 보여."

작가가 두 손으로 얼굴을 감싸며 주저앉는다.

"그래! 내가 그들을 죽였어! 내가 그렇게 썼어!"[1]

난장이를 죽인 '부끄러움'에 대해 말하는 작가가 있었다.

나의 책장엔 『난장이가 쏘아올린 작은 공』이 네 개의 판본으로 꽂혀 있다. 헌책방을 돌아다니며 구한 세로쓰기 판본, 대학생이 되던 해 사서 읽었던 가로쓰기 판본, 작가와 인연이 시작됐을 무렵 그에게 받은 사인본, 『난쏘공』 200쇄 출간 때 그가 선물한 기념 한정본. 그리고 이제 그의 일주기 즈음 출간된 다섯 번째 판본이 책장에 더해진다.

『난쏘공』을 몇 번 읽었는지 굳이 세어 보진 않았다. 고등학교를 졸업하며 처음 읽기 시작한 책을 삼십 년이 지난 지금까지 나는 계속 읽고 있다. 작가의 빈소에서 통곡하고 돌아온 추운 겨울밤에도 나는 책장에서 그 판본 중 하나를 꺼내 첫 문장부터 다시 읽었다.

글이 아니라 작가를 읽었다.

난장이의 죽음과 무관치 않다는 고백을 읽었다.

무관치 않을 뿐 아니라 난장이를 죽인 것이 자신이란 자책을 작가는 평생 짊어지고 살았다. 다른 사람에겐 아예 없거나 애써 무시하는 그 감각을 붙들고 그는 오랫동안 글을 쓰지 않았다. 그 감각의 다른 말은 '부끄러움'이었다.

『난쏘공』이 부끄러움에 대한 이야기란 사실은 그가 세상을 떠난 뒤 더욱 또렷이 보였다. 오랜 시간 내가 『난쏘공』에서 읽어 온 것은 분노였다. 그 분노를 두 무릎 꿇고 등으로 떠받쳐 온 것이 그의 부끄러움이었음을 나는 그가 『난쏘공』을 쓴 나이를 한참 넘겨서야 읽어 낼 수 있었다. 『난쏘공』은 부끄러움으로 쓴 글이었지만 부끄러움을 쓴 글이기도 했다.

작가 본인의 한 조각이라고 할 수 있는 지섭, 지섭을 알고 난 뒤 세상에 의문을 품은 윤호, 칼을 휘둘러 난장이를 구한 뒤 "우리는 한편"이라고 말하는 신애와, 그들의 행동에 투영된 작가의 부끄러움이 보였다. 한때 혁명 의지를 꺾는 감상이라며 그의 부끄러움을 깎아내린 사람들도 있었지만 그들의 드높은 의식이 시대의 변신을 따라 자리를 뜰 때 끝까지 난장이들의 곁에 남은 것은 그 부끄러움이었다. 부끄러움 없는 정의는 시대를 불문하고 영광의 앞자리를 차지했지만 정의가 외면한 존재들과 보이지 않는 자리마다 함께해 온 것은 목소리 낮춘 부끄러움들이었다.

표준어 '난쟁이' 대신 '난장이'를 쓴 까닭은 미안함 때문이라던 그의 말을 기억한다. '자라지 못한(않은) 몸'은 세상을 향해 따져 묻는 그의 질문이었지만 그 은유가 방향을 바꿔 장애인 당사자들의 마음을 할퀴게 될까 염려했다. 키 백십칠 센티미터와 몸무게 삼십이 킬로그램에서 성장이 멈췄다고 '비정상'일 순 없었다. 그 몸을 '난장이'로 만든 책임은 '난쟁이'에게 비(非)를 붙여 정상 밖으로 밀어낸 이 세계에 있었다. 마감을 앞두고 "빨리 써서 넘겨야 하는데 못 쓰고 사흘 밤을 꼬박 새워 고작 몇 줄 썼다"는 단편(「난장이가 쏘아올린 작은 공」)의 마지막 문장들에 작가는 그 마음을 눌러 새겼다.

"아버지를 난장이라고 부르는 악당은 죽여 버려."

"그래. 죽여 버릴게."

"꼭 죽여."

"그래. 꼭."

"꼭."

"나도 모르게 작가가 되었으나 글을 쓰지 않기로 했다"던 작가를 알고 있다.

부끄러움을 동력으로 쓰는 사람은 결국 그 부끄러움 때문에 쓰지 못했다. '시대가 바뀌었다'며 돌변한 언어들을 부끄러워하며 그는 오랫동안 세상에 글을 내보내지 않았다. 부끄러워할 줄 모르는 말과 글이 목청을 키우는 세상에서 부끄러움을 자기 것으로 알고 살아가는 작가는 스스로의 말과 글을 줄이고, 깎으며, 침묵했다. 그의 침묵이 "쓰는 일을 안 한 것이 아니라 쓰지 않는 일을 한 것"²임을 이해하는 사람은 많지 않았다. "돌이 날아다니는 시대의 슬픔도 다 쓰지 못한" 그에게 글 자체는 아무것도 아니었다. "쓰지 않는 것은 자신에게 건 싸움"이었다. "평생 지기만 해왔다"던 그도 그 싸움에서만큼은 이겼다.

"작가라고 꼭 글을 써야 한다는 법은 없다. 나는 없는 법에 감사하며 우리가 사는 도시에 낯선 무엇이 기어들어 와 사람들의 본성에 상처를 입히며 자리를 잡는 것을 보고만 있었다. …… 많은 사람이 난장이의 이야기를 읽고 눈물이 나 혼났다고 말했다. 그들의 목소리는 한결같이 경쾌하게 들렸다. 말할 수 없이 창피하고, 말할 수 없이 슬픈 일이었다. 나는 스스로 하늘을 보지 않기로 했다."(「부끄러움」『시간여행』)

쓰지 않았지만 쓰기를 포기하지 않았던 작가를 알고 있다.

"나는 작가로서가 아니라 이 땅에 사는 한 사람의 시민으로서 그동안 우리가 지어 온 죄에 대해 말하고 싶었다"고 그는 마지막 책(『침묵의 뿌리』) 첫머리에 썼다. 그 말을 끝으로 그는 더는 책을 내지 않았다.

작가는 펜으로 쓰지만 시민으로서의 쓰기는 펜이 아니어도 상관없었다. 그는 카메라로 썼다. 『난쏘공』의 인세를 모아 산 사진기로 그는 글을 쓰지 않을 때도 난장이들을 썼다.

목격담들이 이어졌다.

탄압에 저항하며 목숨을 끊은 노동 열사의 추모 시위에서, 벼랑 끝으로 몰리는 비정규직 노동자들의 생존권 사수 집회에서, 미군기지 확장에 반대하는 주민들의 피투성이 논밭에서, 자식들 묘비를 쓰다듬으며 통곡하는 광주민주항쟁 유족들 곁에서 그를 봤다는 이야기가 낯선 소문처럼 입에서 입으로 전해졌다. 소설가의 손에 펜과 수첩이 아니라 사진기와 필름이 들려 있더라는. 왜소한 어깨에 카메라 가방을 걸고 현장을 뛰어다니더라는. 그의 글을 읽지 못하는 시간 동안 그렇게 그를 읽었다는.

세상이 쓰지 않는 작가를 잊었을 때도 펜 대신 카메라로 쓰는 그를 현장의 난장이들은 알아봤다.

언젠가 그가 오랫동안 써 온 사진들을 볼 기회가 있었다. 그의 책상에 쌓인 흑백사진들과 인화되지 않은 필름들 속에서 그가 글을 내보내지 않는 시간 동안 어디에서 무엇을 쓰고 있었는지 알 수 있었다. 카메라로 쓴 그 세계는 고요하지 않았고 평화롭지도 않았다. 그의 눈길이 머문 세상엔 사람들이 보고 싶어 하지 않는 것들로 가득했다. 우리가 지어 온 죄들로 빽빽했다. 어떤 부끄러움은 어떤 문학적 성취보다 높다는 사실을 그가 남긴 사진들을 보며 나는 확인했다.

"아무 말도 할 수 없다"던 작가의 숨소리를 기억한다.

그의 병이 깊어진 건 '그날' 이후였다. 그는 자신의 병을 의식할 때마다 2005년 늦가을의 어느 날을 떠올리곤 했다. 쌀개방에 반대하는 농민들의 죽음이 이어지던 시기였다. 한 농민이 농약을 마시고 생사를 오가던 그때 그는 카메라를 들고 농민 집회에 합류했다. "눈앞에서 농민들이 경찰 물대포를 맞고 쓰러지는데 손이 부들부들 떨렸다"고 며칠 뒤 만난 그는 말했다. "집회 나가는 일이 처음으로 무서워졌다"며 분쟁지역 기자들이 쓰는 보호 헬멧을 구할 수 있는지 물었다. 그는 눈에 띄게 수척해져 있었고 이후 앓는 날이 잦아졌다.

몇 년 뒤 본 그의 사진 중엔 '그날'도 있었다. 경찰 방패에 가격당한 농민이 얼굴에서 피를 쏟으며 뒹굴고 있었다. 사진엔 없는 그가 그들 앞에 있었다. 카메라로 피투성이 농민들을 찍던 그도 농민들과 함께 물대포에 맞았다. 물을 뒤집어쓴 백발의 소설가는 추위에 떨며 렌즈 깨진 카메라로 그 장면들을 기록했다. 사진이 붙든 그날처럼 그에게도 그날은 "영영 지워지지 않는 날"로 남았다. 뇌까지 이른 병이 그날과 닿아 있다고 그는 믿었다.

그날로부터 정확히 만 십 년이 되던 날 그가 했던 말을 잊지 않고 있다. 전날 전라남도 보성에서 우리밀 농사를 짓던 농민이 서울 종로에서 경찰의 물대포를 맞고 쓰러졌다. 사경을 헤매는 농부의 소식을 물으며 십 년 전을 떠올리던 그가 전화기 너머에서 "숨이 막혀 내가 죽는 것 같다"며 말을 끊었다. 힘없고 떨리는 목소리가 숨을 몰아쉬었다.

"난쏘공이 읽히지 않는 시대를 기다린다"던 작가는 끝내 그 시대를 보지 못했다.

『난쏘공』이 300쇄를 찍고 100만 부가 팔리는 동안에도 난장이는 대를 이어 번성했다. 노비의 후손이었던 난장이 아버지는 벽돌공장 굴뚝에서 달을 따려고 발을 내딛다 떨어져 죽었다. 팬지꽃 앞에서 줄 끊긴 기타를 치던 딸 영희는 아버지의 죽음 뒤 방직공장에 들어가 여공이 됐다. 영희의 딸과 아들은 엄마의 시대엔 없던 비정규직과 파견직이 되어 할아버지가 올랐던 굴뚝에 매달려 고공농성을 한다. "책상 앞에 앉아 싼 임금으로 기계를 돌릴 방법만 생각"(「잘못은 신에게도 있다」)했던 그 때나, 노동시간을 주 69시간까지 늘리는 것이 '개혁'이 된 지금이나, 난장이들의 삶은 나아지는 대신 불안정의 정도를 다투며 세분화되고 있다. 산업이 차수를 더해 네 번째 혁명을 하고, 거대한 세계가 손바닥 안에서 스마트하게 압축되는 사이, '공정'과 '능력'이란 이름의 세련된 불평등에도 끼지 못한 가난은 혐오의 대상이 됐다. 난장이들을 굴뚝에 내버려둔 채 "그늘이 없는 세계"[3]는 오늘도 질주한다.

"지식이 이익에 맞추어 쓰이는 일이 없도록 하라"고 당부하던 작가는 별로 떠났다.

프롤로그에서 이 말로 학년 말 수업을 마무리한 수학 교사는 에필로그에 이르러 글을 쓰지 못하는 안타까움을 제자들에게 토로한다.

"제군의 창조력을 억제하거나 아예 없애 버리려는 사람들의 이야기를 쓰려고 했다. 그들은 우리의 부분적인 실태가 폭로되는 것도, 어떤 개혁이 이뤄지는 것도 바라지 않는다. 한 주전자의 커피와 한 말의 술을 마시면서 좋은 글을 못 쓰고 울기만 한 나를 이해하라."

몇 년 뒤 한 졸업생이 산꼭대기에서 망원경으로 별을 관찰하고 있던 교사를 찾아와 물었다.[4]

"그 별에 가실 겁니까?"

교사가 마지막 수업에서 했던 이야기를 졸업생이 꺼냈다. 그 수업에서 교사는 말했었다.

"그러나 나를 동정해서는 안 된다. 나는 제군이 아직 모르는 작은 혹성으로 우주여행을 떠나기로 했다. …… 서쪽 하늘이 환해지며 불꽃이 하늘로 치솟으면 내가 우주인과 함께 혹성으로 떠난 것으로 믿어 달라."

졸업생이 거듭 물었다.

"별로 가실 계획을 취소하실 수 없습니까?"

교사 또는 작가가 말했다.

"어린 왕자의 별에 가는 게 내 꿈이다."

부끄러움을 제 것으로 떠안느라 글을 쓰지 못한 작가가 부끄러움을 경쟁하듯 떠넘기는 행성을 떠나 찾아갈 곳은 그 작은 별뿐이었는지도 모른다.

　수학 공식보다 복잡한 수식으로 손익을 따져 온 나는 눈을 들어 그의 별을 찾는다.

　그는 내게 말과 글의 준엄함을 알려 준 소설가였다. 써야 할 글을 가슴에 품은 사람이 되도록 독려하고 질책했다. 만나서 대화하거나 전화 통화를 할 때마다 그 끝은 언제나 내가 무엇을 품고 사는지 누구를 생각하며 쓰는지 묻는 질문이었다. 글 따위 대단하게 여기지 말되 우습게 여기지도 말라고 했다. 글이 넘치는 곳으로 쏠리지 말고 글이 모자란 곳에 문장을 보태라던 그의 말을 나는 유언처럼 새기고 있다.
　삶의 끝 무렵 그는 기억을 잃었고 많은 것을 잊었다. 잊히는 것들 가운데 나도 있었다. 한참을 통화하던 그가 "그런데 자네 이름이 뭐였지?" 하고 묻던 날이 있었다. 그의 안에서 내가 빠르게 지워지고 있던 그때 "목소리 낮추고 성실한 사람이 되라"며 그가 슬픈 음성으로 건넨 말을 잊을 수 없다.
　"우리가 문장을 바꾸지 않으면 문제를 모두 짚어 내지 못해. 그 문장을 찾으면 많은 사람의 마음과 만나게 될 거야."
　『난쏘공』은 당대의 문제를 짚어 내기 위해 그가 바꾸고 고치며 찾아낸 문장들이었다. 그 문장으로 써낸 난장이가 자기 시대에 다 죽지 못하고 지금까지 살아 있다는 사실은 그의 문장이 일군 승리라기보다 그 문장이 대결했던 문제들을 그 시대에 중단시키지 못한 다른 모든 문장의 패배였다.

　나는 작가가 도착한 작은 별이 난장이 아버지가 매달렸던 굴뚝과 같다고 생각한다. 그 별 또는 굴뚝을 올려다보며 감히 소망한다.

　작가가 혹시라도 내게 남긴 것이 있다면 그 부끄러움이기를. 내가 가닿을 수 있는 그의 재능이 하나라도 있다면 그 깊은 부끄러움이기를. 새 옷을 입은 『난쏘공』이 자신의 문장을 찾고 있는 이 시대의 많은 난장이들과 만나기를. 태어난 지 사십육 년 된 이 소설이 교과서에 박제된 고전이 아니라 바로 지금 당신들의 마음을 쏟아 낸 문장이 되기를.

2024년

1　조세희, 『시간여행』 중 「연극」의 일부 재구성.
2　조세희, 『웅크린 말들』(이문영, 후마니타스, 2017) 추천사 중.
3　『시간여행』 중 「어린 왕자」에서 화자인 작가가 잡지사에 원고를 넘기며 붙인 제목.
4　『시간여행』 중 「나무 한 그루 서 있거라」에는 『난쏘공』의 「에필로그」에서 학교를 떠났던 수학 교사의 이야기가 이어진다.

대립의 초극미, 그 카오스모스의 시학

조세희의 『난쏘공』 다시 읽기

우찬제 문학평론가

1. '난장이 신화' 이십 년의 문제성

조세희의 『난장이가 쏘아올린 작은 공』 연작이 처음 발표된 것은 1975년 12월이었다. 「칼날」이었고, 이듬해에 「뫼비우스의 띠」, 「우주여행」, 「난장이가 쏘아올린 작은 공」 등이 잇달아 발표되면서, 이른바 '난장이 신화'는 우리 문학사뿐만 아니라 사회사·정신사에 창천의 성좌처럼 떠오르기 시작했다. 그로부터 이십여 년이 지났다. 1978년에 초판을 발행한 이 연작소설집이 최인훈의 『광장』과 더불어 100쇄를 넘어섰다는 사실은 우리에게 여러 가지 생각거리를 제공한다. 이십여 년 동안 줄곧 우리 문학의 현장을 지켜 올 수 있었던 문학적 매력의 영속성에 대해 새삼 숙고하게 한다. 난장이 신화 이십 년의 문제성과 그 의미를 거듭 되짚어 보자는 게 이 글의 주된 목적이다.

잠시 개인적인 이야기로 에둘러 가기로 한다. 1975년에 나는 중학교

378

일학년이었다. 「칼날」에서처럼 변두리 도시 빈민들이 수돗물 때문에
고생한다는 사실을 알기에는 너무도 어린 시골 아이였다. 새마을운동
이 전국적으로 한창 진행되던 그때까지 나의 집은 여전히 깊은 우물물
을 길어 먹었다. 이 책이 나오던 1978년에는 고등학교 일학년이었다.
내가 태어난 지역의 도청 소재지로 나가 학교를 다니는 바람에 신애나
난장이네 식구들의 수돗물 고난을 직접 겪게 되었지만, 그럼에도 불구
하고 『난장이가 쏘아올린 작은 공』을 대하기에는 내 정신의 나이가 터
무니없이 어렸다. 쑥스러운 고백이 되겠지만, 나는 그때까지만 하더라
도 실제의 난장이를 본 적도 없었을 뿐만 아니라, 설령 조세희의 '난장
이'를 보았다고 하더라도 잘 몰랐을 것이다. 미숙아였던 내가 그 난장
이를 접하게 된 것은 대학 일학년 때인 1981년 봄이었다. '1980년 광
주' 이후 마치 공동묘지와도 같은 강요된 어둠의 거리에서 버려진 아이
처럼 구겨진 채 난장이의 세계에 빠져들었던 팔십 년대의 경제학도는
솟구치는 분노 때문에 어쩔 줄 몰라 했다. 작가 조세희가 다룬 난장이
세상이 나를 화나게 했다. 그런 현실에 대해 너무나도 무지했던 나, 나
아가 내가 바로 난장이라는 사실을(「칼날」의 신애가 말하고 있는 것처럼)
알지 못했던 나 자신에 대해서는 더 많은 분노가 치밀었다. 피흘림의
내력으로 권력을 잡았던 당시 위정자들이 세상의 난장이들 앞에 당당
하게 내걸었던 '정의 사회 구현'이란 구호를 그대로 용서한다는 것은
말도 안 되었다. 그때까지만 하더라도 나는 막연하게나마 사랑으로 어
우러진 공동선의 추구에 기대를 건 사람이었다. 물론 그것은 구체적인
현실 인식 이전의 관념의 수준이었다. 그때까지의 공소했던 나의 관념
이 구체적으로 부서져 내리는 장면을 나는 조세희의 『난장이가 쏘아올

린 작은 공』에서 분명하게 목도할 수 있었다. 적어도 그것은 내게 큰 사건이 아닐 수 없었다. 그 후 이런저런 이유로 경제학도에서 문학도로 전신한 이후에 나는 다시 읽었고, 그 어쭙잖은 독후감을 구십 년대 들어 두 차례 발표한 적이 있다. 이제 다시 새로운 독후감을 써야 하는 자리에 서 있다.

이미 말한 대로, 나는 이번 독후감에서는 난장이 신화 이십 년의 문제성을 중심으로, 나아가 세기말인 지금도 여전히 조세희의『난장이가 쏘아올린 작은 공』을 읽을 필요가 있다면 그 구체적인 이유는 무엇인지를 중심으로 생각을 나눠 보고자 한다. 먼저 조세희의 난장이 신화 이십 년의 수용사가 우리 시대의 불행과 행운, 질곡과 신생의 역설을 고스란히 증거하고 있다고 나는 생각한다. 이 연작소설에서 작가가 문제 삼은 난장이 현실, 그 불행과 질곡의 문제성이 지난 이십여 년 동안 여전히 유효한 정치경제적 문제틀이었다는 사실은 의미론의 차원에서 이 소설의 불행한 생명력을 알려 준다. 두루 알고 있다시피 소설『난쏘공』은 난장이로 상징되는 못 가진 자와 거인으로 상징되는 가진 자 사이의 대립적 세계관을 바탕으로 하고 있다. 그 대립 속에서 난장이들의 불행과 비극은 비단 경제적인 문제에서 그치는 것이 아니라 사람살이 전면에 걸쳐진 것이었다. 바로 그 사람살이의 전면성에 육박하는 비극의 현실은 그동안 정도의 차이에도 불구하고 해소되지 않았다. 이 소설들이 쓰이던 유신 치하에 비해 현상적인 차원에서 상대적으로 민주화가 진전되고 노동 정의가 진일보한 것은 사실이지만, 그럼에도 불구하고 여전히 난장이의 문제성은 현재진행형으로 남아 있다고 말하지 않을 수 없다. 팔십 년대 말, 구십 년대 초에 진행된 세계사적 지각변동에 의해 새로운 이념형의 추구나 대안 체제의 모색이 잠복기에 들어간 느낌이 역력한 것은 사실이지만, 그렇다고 해서 난장이의 문제성이 과소평가될 성질은 결코 아니다. 감히 말하건대 소설 『난쏘공』은 산업화가 본격적으로 진행된 이후 이 땅에서 거의 최초로 자유와 더불어 평등의 이념형을 본격적으로 문학화한 작품이다. 많은 사람이 개인의 물질적 이익을 추구하려고 허둥대던 시절에 사랑으로 더불어 잘살 수 있는 희망과 해방의 조짐을 모색한 문학인 것이다. 그렇다면 소설 『난쏘공』이 의미론의 측면에서 이십 년이 지나도록 빛바래지 않는 이유는 분명해진 게 아닐까. 한갓 과거 한 시절의 문제 제기적인 작품으로 그치지 않고 계속 읽힌다는 것은, 그런 측면에서 볼 때 우리 시대, 우리 현실의 불행임에 틀림없다. 그 불행이 현실에 대한 문학의 계속적인 길항력이라는 측면에서는 문학의 역설적인 행운이 되는 것이다. 아마도 현실을 피상적으로 관찰하지 않고 애써 심연에서의 근원적인 인식 지평에서 현실과 대결하고자 했던 작가의 긴장 어린 노고가 빚은 결실일 터이다.

치열한 현실 인식만 가지고 소설이 되는 게 아니고, 또 그 현실 인식의 내용이 계속 유효하다고 해서 그 소설이 계속 읽힐 수 있는 생명력을 지니는 것은 더욱 아니다. 소비사회의 추세에 따라 문학작품마저 점차로 패션화되는 경향, 그 생산과 소비, 유통 시간이 점점 짧아지는 추세를 고려할 때 이십 년의 세월이란 가히 장중한 무게가 아닐 수 없다. 그것을 일러 현대의 고전이라 부른다 해서 그 누가 섣불리 마다할 수 있겠는가. 조세희의 『난쏘공』이 현대의 살아 있는 고전의 반열에 오를 수 있었던 가장 핵심적인 이유는 무엇보다 그 문학성에 있었을 것이다. 그의 치열한 현실 인식이 도저한 문학적 실험정신과 어우러져 과연 잘

빚은 항아리 모양으로 생명의 활기를 지피고 있는 형상이다. 짧은 문장의 절묘한 결합으로 창조해 낸 아주 새로운 이야기 스타일, 리얼리즘과 반리얼리즘의 접합, 문학의 사회성과 미학성(문학성)의 결합, 현실과 이상의 산업 시대 신화적 교감과 긴장 등등의 측면에서 작가는 나름대로 카오스모스의 소설 시학을 구축하는 데 성공했던 것이다.

현실성과 문학성을 포괄하는 의미에서 총체성이란 말을 새롭게 사용한다면, 조세희의 『난쏘공』이야말로 가장 총체적인 작품이다. 고골 이후 러시아의 많은 작가가 "우리는 모두 고골로부터 나왔다"라고 말했다고 한다. 우리 경우도 좀 과감하게 말한다면, 조세희 이후 많은 작가가 조세희의 『난쏘공』으로부터 빚진 바 클 것이다. 『난쏘공』 이십 년의 핵심적인 문제성은 바로 여기로 집약된다고 할 수 있지 않을까?

2. 대립적 세계상과 그 초극의 상상력

조세희의 『난장이가 쏘아올린 작은 공』은 대립적 세계관에서 출발하되 그것을 혁파하고 넘어서는 새로운 인식 지평을 모색하고자 한 소설이다. 작가가 그린 난장이의 "키는 백십칠 센티미터, 몸무게는 삼십이 킬로그램이었다".(「은강 노동 가족의 생계비」) 증조부가 노비였던 그는 평생을 신체적 불우와 사회적 편견, 경제적 질곡으로 인해 고통 속에서 살다 죽어 간 인물이다. 전체적으로 보아 난장이는 칠십 년대 한국 사회와 경제의 생산과 소비 및 분배 구조에서 억압받고 소외받는 계층을 표상하는 전형적 인물에 값한다. 마침내 산업사회의 증후가 본격화되던 당대 사회에서 자신의 난처한 경제적 토대와 세계의 타락상으로 인해 철저하게 소외된 삶을 살 수밖에 없었던 존재다. 그가 소유했던 생산수단의 목록을 보면, 고작해야 "절단기, 멍키스패너, 렌치, 드라이버, 해머, 수도꼭지, 펌프 종짓굽, 크고 작은 나사, T자관, U자관 그리고 줄톱 들"에 불과하다. 이렇듯 열악한 조건으로 인해 그가 평생토록 해온 일은 "채권 매매, 칼 갈기, 고층건물 유리 닦기, 펌프 설치하기, 수도 고치기" 등일 뿐이다. 말하자면 본격적인 산업화 이전 세대, 즉 반봉건·반자본적 이행기 세대의 인물로서, 양극 분해 과정에서 전형적으로 하향 전락한 경우라 하겠다. 이런 계급적 조건의 인물을 작가는 '난장이'라는 신체적 불구성에 빗대어 상징적으로 형상화한 것이다. '난장이'의 저편에는 상대적으로 불구성을 내포하고 있는 '거인'이 놓인다. 조세희가 상징적으로 시도한 '난장이/거인'이라는 대립축의 패러다임을 「환경 파괴」 등에 제시되어 있는 작가의 주석적 진술을 토대로 일별해 보면 이렇다. 우선 현상적으로 보아 '못 가진 자/가진 자'의 대립을 비롯하여, '빈곤/풍요//고통/안락//분노/사랑의 결핍//피착취/착취//어둠/밝음//검정/노랑//추움/따뜻함' 등이 병렬적 관계를 이룬다. 이 현상적 대립항들은 사회경제적 조건 면에서 거인이 (+)징표를, 난장이가 (−)징표를 지니고 있음을 보여 준다. 물론 이는 타락한 교환가치 측면에서의 징표일 따름이다. 가치 측면에서는 그 징표 체계가 역전된다. 난장이는 "사랑으로 일하고, 사랑으로 자식을 키"(「잘못은 신에게도 있다」)우고 싶어 했다. 반면 난장이의 대안에 자리 잡고 있는 거인 자본가의 손자인 경훈은 "사랑으로 얻을 것은 하나도 없었다"(「내 그물로 오는 가시고기」)고 말한다. 이 화해할 수 없는 거리의 심연, 말 그대로 문제적인 거리가 현상적인 징표를 역전시킨다. 즉 '사랑/사랑의 결핍//도덕적/비도덕적'이라는 대립항으로 난장이가 (+)징표를, 거인이 (−)징표를 가지게 된다. 하고 보니 양자 공히 (−)징표를 함유하고 있다는 점에서 온전한 정상인이 될 수 없는 상황이다.

작가가 보기에 인간적인 삶은 '정상인'의 삶이다. 그러니 난장이도 거인도 정상인의 삶으로 다가가야 한다. 이 다가가는 과정에 작가는 인간과 사람살이의 희망을 부여한다. 피차 (−)징표를 (+)징표로 바꿔 가는 과정이 열린 희망의 길이다. 난장이는 현존을 혁파할 만한 구체적인 분노의 정서를 통해서, 거인은 정의로운 분배를 위한 사랑의 정서를 통해서 희망의 길을 채울 수 있다는 것이 작가의 소신이다. 여기서 우리는 조세희 특유의 사랑법과 분노와 사랑이 한자리에서 얽히고설키는 '뫼비우스 환상곡'을 발견하게 된다. 하지만 '뫼비우스의 띠'가 그러하듯, '뫼비우스 환상곡' 역시 현실 세계에서는 이루어지기 어렵다. 뫼비우스의 띠 자체가 존재하지 않기 때문이 아니라, 그 존재태가 예외적 소수의 반례(反例) 형태이기 때문에 그렇다. 여기에 난장이의 증폭된 비극이 있고, 조세희의 고통이 있으며, 우리 모두의 아픔이 망라되어 있다.

그래서일까? 소설에서 난장이는 끝끝내 인간의 대지에서 희망의 길을 찾지 못한다. 「우주여행」에서 지섭이 말한 대로 지구가 "불순한 세계"이기 때문이었을까. 지섭은 또 말했었다. "지상에서는 시간을 터무니없이 낭비하고, 약속과 맹세는 깨어지고, 기도는 받아들여지지 않는다. 눈물도 보람 없이 흘려야 하고, 마음은 억눌리고 희망도 이루어지지 않는다. 제일 끔찍한 일은 갖고 있는 생각 때문에 고통을 받는 일이다."(「우주여행」) 지섭은 또 결론적으로 말했었다. "사람들은 사랑이 없는 욕망만 갖고 있습니다. 그래서 단 한 사람도 남을 위해 눈물을 흘릴

줄 모릅니다. 이런 사람들만 사는 땅은 죽은 땅입니다."(「난장이가 쏘아
올린 작은 공」) 이러한 지섭의 말은, 사랑이 거세된 소유 욕망 때문에 인
간과 세상이 죽어 간다는 것으로 요약 가능하다. 세상에서 거세당한 사
랑의 이데아를 추구하고자 했던 난장이는 그 때문에 더더욱 불행했다.
이 점 꼽추나 앉은뱅이의 경우도 마찬가지였다. 불구성의 증폭으로 요
약될 '난장이성'은 다음에서 보이는 수저 이미지에서 여실하게 확인할
수 있다.

　　작은 아버지가 아주 큰 수저를 끌어가고 있었다. 푸른 녹이 낀 놋수저
　를 아버지는 끌고 갔다. 머리 위에서는 해가 불볕을 내렸다. 아버지에게
　그 놋수저는 너무 무거웠다. 그래서 불볕 속에서 땀을 흘리며 숨을 몰아
　쉬었다. 지친 아버지는 키보다 큰 수저를 놓고 쉬었다. 쉬다가 그 수저
　안으로 들어가 누웠다. 아버지는 불볕을 받아 뜨거워진 놋수저 안에 누
　워 잠을 잤다. 나는 수저 끝을 들어 아버지를 흔들었다. 아버지는 눈을
　뜨지 않았다. 아버지의 몸은 놋수저 안에서 오므라들었다. 나는 울면서
　아버지의 놋수저를 잡아 흔들었다.(「은강 노동 가족의 생계비」)

　수저의 상징성은 매우 의미심장하다. 일차적으로 생계유지를 의미할
그 수저가 삶의 목적으로 치환되어 삶 자체를 유린하는 형상으로 표현
되어 있다. 물론 큰아들 영수의 꿈 대목이긴 하지만 매우 끔찍한 비유
가 아닐 수 없다. 수저를 끌던 난장이가 수저 안에서 오므라들게 되다
니. 수사학으로 볼 수 있는 가장 극단적인 난장이성의 징표라 할 만하
다. 난장이는 사랑 없는 욕망으로 점철된 거인들의 욕망의 밥숟갈에 의

해 삼킴을 당했다. 그가 꿈꾼 사랑의 세계는 어디에도 없었다. 그래서 그는 "벽돌공장의 굴뚝 위에 올라가 종이비행기를 날리는"(「우주여행」) 대리행위를 할 수밖에 없었다. 이계여행(異界旅行)만을 꿈꿀 수밖에 다른 도리가 없었다. 그러나 꿈은 결코 충족되는 게 아니었다. 그래서 난장이는 자신이 사랑의 삶을 희원하던 바로 그 장소(공장 굴뚝)에서 투신자살하고 만다. 그가 쏘아올린 작은 공이 미처 지구의 대기권을 벗어나기도 전이었다. 그가 사회경제적 상징태로서의 난장이가 아니었던들, 사랑 없는 욕망의 밥숟갈에 휘둘리지 않았던들, 그는 결코 그렇게 살다 죽어 가지 않았을 것이다.

난장이의 큰아들 영수 역시 마찬가지다. 산업 시대의 본격적인 노동자 일 세대인 영수는 난장이인 아버지의 생각을 진전시키고자 했다. 아버지는 사랑으로 이루어진 세상을 만들기 위해 법률 제정이라는 불가피성을 감수해야 했던 인물이다. 그러나 법률 제정을 필요로 하는 세상이라면 기존의 세상과 다를 게 없다고 영수는 생각한다. 하여 영수는 "교육의 수단을 이용해 누구나 고귀한 사랑을 갖도록" 하여 "누구나 자유로운 이성에 의해 살아갈 수"(「잘못은 신에게도 있다」) 있도록 하고자 했다.

나는 은강에서 일하는 사람들을 머릿속부터 변혁시키고 싶은 욕망을 가졌다. 나는 그들이 살아가는 사람이 갖는 기쁨, 평화, 공평, 행복에 대한 욕망들을 갖기를 바랐다. 나는 그들이 위협을 받아야 할 사람은 자신들이 아니라는 것을 깨닫기를 바랐다.(「잘못은 신에게도 있다」)

영수의 변혁 욕망은, 그 꿈과 희망은, 그러나 아버지의 그것이 그러했듯이 현실에서 충족될 수 없었다. 노사협상이 완패로 끝난 다음, 영수는 신도 잘못을 저지르고 있는 이 세상에서 자신의 생각이 통할 수 없으리라는 사실을 절감하게 된다. 그리고 "난장이네 큰아들로 태어나…… 불행하게도 무엇을 선택할 기회를 한 번도 가져 본 적이 없다"(「클라인 씨의 병」)는 생각에 이른다. 그가 추구하는 진정한 삶의 차원을 현실이 빼앗아 갔기 때문이다. 이 슬픔은 곧 분노와 적의로 옮겨 간다. 적의의 끝, 분노의 절정에서 영수는 자본가를 살인, 사형당하고 만다. 역시 비극적인 결구로서, 끝내 난장이성을 벗어나지 못한 것이라 할 수 있다.

사정이 한층 심각한 것은 거인 쪽이다. 거인은 지독한 사랑의 결핍 상태에서 더더욱 비도덕적인 살만 찌우고 있는 판이니, 그 (-)징표의 심각성은 더해 갈 뿐이다. 이 점은 은강 그룹 회장의 손자인 경훈의 시점으로 서술되고 있는 「내 그물로 오는 가시고기」에서 확인할 수 있다. 경훈의 아버지는 말한다. "우리에겐 지켜야 할 게 많아." 경훈은 노동자들에 대해 생각한다. "보나 마나 나이보다 작은 몸뚱이에 감춘 적의와 오해 때문에 제대로 자라지 못할 아이라고 나는 생각했다." 또 경훈은 난장이와 그의 큰아들에 대해 생각한다. "그는 자식들의 작은 잘못도 결코 용서하지 않았을 것이다. 잘 때리고, 벌도 심한 것으로 골라 주었을 것이다. 아이들에게 그는 잠을 안 자는 독재자였을 것이다. 그의 권력은 사랑, 존경, 믿음을 모르는 그 자신의 성격적 결함이 사용하게 한 무서운 매와 벌 때문에 바른 것이 못 되었을 것이다. 그가 죽었기 때문에 그의 큰아들은 공격 목표를 잃었다. 그러나 사회생활을 잘할 수 없게 길들여진 큰아들의 그 불확실한 공격성은 그대로 남아 있다 결국 숙부를 죽였다." 오해이거나 무지라고 하기에는 너무도 어처구니없는 죄 많은 거인 의식이다. 반성을 모르는 이가 저지를 수 있는 최대치의 죄를 저지르고 있는 셈이다. 그러니 경훈의 의식의 끝은 이럴 수밖에 없다. "사람들의 사랑이 나를 슬프게 했다." "사랑으로 얻을 것은 하나도 없었다." 대표적인 (−)징표의 본보기다. 반성 없는 (−)징표는 다른 쪽의 (+)징표와 만날 수 없다. 난장이와 그의 아들이 추구하던 사랑의 세계와는 결코 조우할 수 없었던 것이다.

과연 자본가와 노동자, 거인과 난장이는 끝내 만날 수 없는 것이었을까. 끝끝내 화해할 수 없는 것인가. 이 양쪽의 존재들이 넉넉하게 융섭(融攝)할 수 있는 새로운 사람살이의 지평은 결코 없단 말인가. 이 자리를 마련하기 위해 작가 조세희는 무던히도 공들였던 것으로 보인다. 가령 서술 시점을 양쪽으로 나누어 양쪽의 내면 정경을 포착하려 한다든지, 수학 교사, 과학자, 노동자 교회 목사, 신애, 지섭, 윤호 등 중간자적 인물의 입상화를 통해 통합의 여지를 마련하고자 한다든지, '뫼비우스의 띠'나 '클라인 씨의 병'과 같은 개념을 도입한다든지 하는 방식의 시도가 그러한 것이다. 특히 안과 겉의 구별이 없고, 내부와 외부의 구별이 따로 없다는 '뫼비우스의 띠'와 '클라인 씨의 병'의 메타포는 웅숭깊다. "그것은 없다"라는 과학자의 말처럼 현실에 존재하기 어려운 새로운 차원의 것이기에 더욱 그러하다. 하지만 현실적으로 반례(反例)는 범례(凡例)에 미치지 못하는 법이다. 자본주의의 범속한 현실은 '뫼비우스의 띠'나 '클라인 씨의 병'의 메타포를 거부한 채, '그물'과 '가시고기'의 대립적인 축도를 강화시켜 나가는 형국이다.

내 그물로 오는 살진 고기들이 그물코에 걸리는 것을 보려고 했다. 한 떼의 고기들이 내 그물을 향해 왔다. 그러나 그것은 살진 고기들이 아니었다. 앙상한 뼈와 가시에 두 눈과 가슴지느러미만 단 큰가시고기들이었다. 수백수천 마리의 큰가시고기들이 뼈와 가시 소리를 내며 와 내 그물에 걸렸다. 나는 무서웠다. 밖으로 나와 그물을 걷어 올렸다. 큰가시고기들이 수없이 걸려 올라왔다. 그것들이 그물코에서 빠져나와 수천수만 줄기의 인광을 뿜어내며 나에게 뛰어올랐다. 가시가 몸에 닿을 때마다 나의 살갗은 찢어졌다. 그렇게 가리가리 찢기는 아픔 속에서 살려 달라고 외치다 깼다.(「내 그물로 오는 가시고기」)

경훈의 꿈 내용이다. 여기서 알 수 있는 것처럼, 그물과 가시고기는 분명히 대립적인 관계에서 벗어날 수 없다. 말 그대로 먹고 먹히는 관계이다. 이 관계는 생존을 위한 투쟁을 불가피하게 만든다. 여기에는 사랑도 반성도 없다. 그러므로 경계는 분명하다. 이렇게 경계가 분명한 상황에서 어찌, 경훈 쪽의 대롱이 난장이 쪽의 구멍으로 들어갈 수 있겠는가. 그러므로 현실에서 "그것은 없다"라고 과학자가 잘라 말했던 것 아닐까. 작가 조세희의 사랑법과 희망의 논리가 출발한 첫 자리이자 마지막으로 봉착한 끝자리란 바로 여기가 아니겠는가. 수학 교사의 말대로 경계 없는 '뫼비우스의 띠'의 사상에는 많은 진리가 숨어 있는 것이 사실이다. 하지만 진리란 유사 이래 구원한 것이었다. 진리는 멀고 허위는 가까웠다. 조세희의 『난쏘공』은 이렇게 허위적 현실에 추상적 진리를 부여하고, 추상적 진리로 허위적 현실을 변화시켜 보고자 수직적 초월을 시도했으나, 결국 새로운 출발점에 서게 된 소설이다. 그 새로운 출발점이란 고통 위에 세워진 가파른 자리이지만, 그 고통의 시도로 하여 매우 값진 자리임에 틀림없다.

3. 뫼비우스 변환과 카오스모스의 시학

작가 조세희는 고통스러운 비극의 길 위에서 사랑과 희망의 길을 갈구했다. 그 희망의 길 위에서 다시 비극의 길을 거듭 만날 수밖에 없었던 것은 작가를 포함한 동시대인들 모두의 불행이었다. 그렇지만 비극의 길과 희망의 길이 분리 대립을 일으키는 현실, 둘이 서로 만날 수 없다는 고정관념을 초극하고자 한 작가의 상상적 의지는 매우 아름답다. 기존의 타락한 현실과 타락한 인식의 틀에 탈을 내고 혼돈을 일으키면서 새로운 사랑의 질서, 희망의 질서를 탐색하고자 한 작가의 미학적 의지는 퍽 소중한 것으로 보인다. 이런 상상적 의지, 미학적 의지와 관련하여 작중 수학 교사는 우리의 각별한 주목에 값하는 인물이다. 이 소설집에서 작가의 현실인식 안을 대리하는 가장 가까운 인물로 보이는 수학 교사는 프롤로그 격인 「뫼비우스의 띠」와 「에필로그」에 등장한다. 「뫼비우스의 띠」에서 그는 굴뚝 청소부 이야기를 학생들에게 한다. 이 화두는 인식론의 기본틀을 알게 하는 데 대단히 중요한 것이다.

질문: "두 아이가 굴뚝 청소를 했다. 한 아이는 얼굴이 새까맣게 되어 내려왔고, 또 한 아이는 그을음을 전혀 묻히지 않은 깨끗한 얼굴로 내려왔다. 제군은 어느 쪽의 아이가 얼굴을 씻을 것이라고 생각하는가?"

답 1: "얼굴이 더러운 아이는 깨끗한 얼굴의 아이를 보고 자기도 깨끗하다고 생각한다. 이와 반대로 깨끗한 얼굴을 한 아이는 상대방의 더러운 얼굴을 보고 자기도 더럽다고 생각할 것이다."

답 2: "두 아이는 함께 똑같은 굴뚝을 청소했다. 따라서 한 아이의 얼굴이 깨끗한데 다른 한 아이의 얼굴이 더럽다는 일은 있을 수가 없다."

수학 교사의 질문에 한 학생은 얼굴이 더러운 아이가 씻을 것이라고 대답했었다. 지극히 현실적이면서도 평면적인 답변이다. 이 대답을 부정하고 그는 답 1과 답 2를 들려준다. 답 1은 탈현실적인 타자성의 철학에 근거한 것이다. 인식 주체와 대상이 스미고 짜이는 가운데 가능한 답변이다. 그러나 답 1의 경지는 답 2의 상태를 경유해야 비로소 제 모습을 찾을 수 있을 것이라고 생각한 것 같다. 수학 교사 스스로 답 1을 부정하고 답 2를 말하고 있으니 말이다. 답 2는 과학적이고 구조적인 인식의 소산이다. 답 2를 진정하게 초극할 수 있을 때 답 1의 의미가 올곧게 드러나는 것이라고 한다면, 곧 답 1은 탈현실적이고 탈구조주의적인 인식의 결과라 불러도 좋겠다. 현상 그 자체를 체계적이고 구조적으로 인식해야 한다는 답 2의 사유 체계는 난장이의 현실, 거인의 현실을 적확하게 파악해야 한다는 대립적 세계관과 맞물린다. 앞에서 찾아본 이항 대립의 세계가 바로 그것이다. 그런데 그것은 각각 질적 변화이 필요한 상태에 있다는 것도 살펴본 바와 같다. 각각의 질적 변화과 그 대립의 초극은 어떻게 가능할 수 있을 것인가. 이때 답 1의 의미가 새삼 소중해진다. 타자성의 철학에 근거한 질적 변화, 다시 말해 타자를 통한 주체와 대상 및 그 상호작용의 재정립이 중요한 관건이 되는 것이다. 이미 살핀 대로 난장이는 거인에게 '분노의 사랑'으로 다가서고, 거인은 난장이에게 '연민의 사랑'으로 다가설 수 있는 새로운 사랑의 가능성의 지평은 바로 이 지점에서 열릴 수 있는 것이다. 이 새로운 사랑의 가능 지평이야말로 초극의 아름다움을 구현한 세계가 아니겠는가. 그런데 이 초극의 미학이나 타자성의 철학은 거리가 분명한 직선적 평면에서는, 다시 말해 과학적인 구조 속에서는 구현되기 곤란하다고 생각한 것으로 보인다. 수학 교사가 뫼비우스의 변환을 의식하고 있는 것은 이런 까닭이다. "안과 겉을 구별할 수 없는" '뫼비우스 곡면' 내지 "내부와 외부를 경계 지을 수 없는 입체, 즉 뫼비우스의 입체"를 상상해 보라면서, 수학 교사가 "간단한 뫼비우스의 띠에 많은 진리가 숨어 있는 것"이라고 말할 때, 우리가 아연 긴장하는 것도 실은 그 때문이다. 뫼비우스 변환은 미분기하학에서 모든 것은 방향을 줄 수 있다는 공리에 대한 반례(反例)이고 탈례(脫例)이다. 아마도 이 구부러진 곡면의 탈례가 지닌 부분 운동의 궤적에 새로운 전체 운동의 구조가 실현되어 있지 않을까 고심한 것이 아닐까. 그것은 안팎의 구분이 따로 없는 '클라인 씨의 병'의 논리와 더불어 분명 기존의 질서를 탈 낸 혼돈의 세계임에 틀림없을 터이지만, 그 혼돈의 곡면, 혼돈의 탈례를 통해 새로운 질서를 변형 생성시킬 수도 있지 않을까 고뇌한 것은 아닐까. 대립적 세계상을 초극하고자 한 작가의 상상적 의지, 그 초극의 지평에서 진정한 사랑의 세상을 꿈꾸었던 미학적 의지, 바로 그런 것들로부터 조세희 나름의 카오스모스의 소설 시학을 구축할 수 있었던 것이 아닐까. 인식론의 측면에서 카오스모스의 시학은 다시 형태론의 측면에서 보완 설명될 필요가 있다. 이 연작소설집에서 보이고 있는 아주 독특한 시점

조작 원리라든가, 개성적 문체소, 특별한 형태소와 상징적 해석소 등을 분석하면 이 작가가 의도한 카오스모스의 시학이 어떻게 구현되어 있는지 구체적으로 드러나게 될 것이나, 이는 이 글의 형편상 뒷날의 과제로 미루기로 한다. 다만 그 분석을 통해서 우리는 작가 조세희가 리얼리티에서 출발하되 리얼리티를 거부하고 새로운 리얼리티를 끊임없이 추구하는 작가라는 것, 엄정한 리얼리즘 정신에서 출발하되 그것을 초극하는 탈리얼리즘 형식으로 그 정신을 담는 데 성공한 몇 안 되는 작가 중의 한 사람이라는 것, 현실과 환상, 구체와 추상을 넘나들며 서로 스미고 짜이게 하는 소설 형식의 비의를 체현하고 있는 작가라는 것 등을 거듭 확인할 수 있게 될 것이라는 점은 미리 앞질러 말할 수도 있겠다.

조세희의 『난쏘공』은 확실히 그 자체로서 하나의 '뫼비우스의 띠' 같은 소설이요, '뫼비우스 환상곡'이다. 대단히 비극적인 우리 시대의 소외된 신화이자, 동시에 소외 초극 의지의 신화이다. 현실주의적 전망이 닫혀 있던 시대, 아니 전망은 차치하고라도 현실 인식마저 미망에 휘둘려야 했던 시절, 작가 조세희는 이처럼 양가적이고 역설적인 난장이 신화를 창조했던 것이다. 그의 탈현실주의적이고 탈구조주의적인 현실 인식과 전망 추구는 칠십 년대 한국 작가가 감당할 수 있는 거의 최대치의 고행의 결과가 아닐까 짐작한다. 신에게도 잘못이 있는 험한 세상에서, 그 특유의 사랑법에 기대어 희망의 길을 놓치지 않으려 한 작가가 바로 조세희, 그다. '거인'과 '난장이'의 대립적 경계를 해체한 초극의 지평에서 진정한 인간의 모습, 정녕 인간다운 삶의 공간을 꿈꾼 조세희의 소설이야말로, 문학의 위의와 영광을 증거하는 것이 아닐 수 없다. 요컨대 조세희의 『난장이가 쏘아올린 작은 공』은 칠십 년대 우리네 인문주의와 심미적 이성의 한 절정을 보여 준 대표적 사례라고 할 수 있다. 진정한 문학만이 발할 수 있는 광휘를 지난 이십여 년 동안 변함 없이 유지해 왔고, 앞으로도 오랫동안 그럴 수 있을 것이라 생각한다.

1997년

대립적 세계관과 미학

김병익 문학평론가

1. 이 글은 조세희의 연작소설집 『난장이가 쏘아올린 작은 공』에 드러나고 있는 대립적 세계관과 미학적 방법론을 고찰하기 위한 것이다. 이미 이 소설집에 대한 분석과 평가는 상당량에 이르러 있고—이 연작소설들이 나타나기 시작한 것이 삼 년도 못 되었다는 점을 생각한다면 그것은 놀라울 정도다—그 대부분은 조세희가 집중하고 있는 관심의 방향에 적극적인 공감을 표명하고 있다. 사실 이 작가가 주제로 선택하고 있는 소외된 도시 근로자들의 제 문제는 급박하게 당면하고 있는 현실의 문제이고, 생존에 필요한 최소 수준에도 미달하는 저임금, 그들의 열악한 작업환경, 사용자들로부터 강요되는 근로조건, 제구실을 못다하는 노동조합에의 탄압, 폭력으로 저항할 수밖에 없는 그들의 궁핍한 심리 상태, 그리고 가진 자들의 위선과 사치, 그들의 교묘한 억압 방법 등 이 소설집에 묘사되고 있는 산업화 사회의 부정적인 제 증상들은 우

리의 안이한 삶에 대한 치열한 반성을 환기시키기에 충분한 것이다. 그러므로 조세희의 소설들이 우선 대폭적인 사회적 실감을 획득한다는 것은 당연하다. 그러나 『난장이가 쏘아올린 작은 공』은 이 사회적 실감의 획득에만 한정될 수 없을 것 같다. 사회적 사실이 실감으로 변형되기 위해서는 먼저 그것이 감정적인 호소력을 전제로 한다는 이유에서뿐만은 아니다. 조세희의 소설들은 이런 사회적 혹은 현실적 주제에도 불구하고 문학(또는 예술)만이 가능한 정서적 울림을 강하게 갖고 있고, 이 울림을 통해 사회적 실감과 개인적 혹은 주체적 실감과를 일치시킨다. '난장이' 연작들이 문학적 평가를 얻고 있고 또 얻어야 한다는 것은 이 울림과 일치의 효과에 의해서일 것이며, 이 효과의 고찰이 이 작가의 세계관과 방법론에 밀접한 관련을 맺고 있는 것이다.

아마 이 고찰은 따라서 많은 대립적 개념의 문제점을 안고 있을 것이다. 가령 개인과 사회, 내용과 형식, 주제와 기법 또는 주관적 감수성과 집단적 의식, 내면성과 객관성, 개인성과 역사성, 초월과 참여 같은 것이 그렇다. 사회적 실감과 내적 감수성에는 이런 많은 문제가 궁극적으로 관련된다. 조세희의 연작소설들 자체가 결론적으로 지적하자면 이런 많은 개념의 대립적인 관계를 드러내고 있다. 그것은 우선 이 소설들이 각각 독립적인 단편인 동시에 전체적으로는 장편소설의 구조를 지니고 있다는 점에서 출발하여, 사실주의적 소재를 반사실주의적 수법으로 형상화하고 있다는 사실, 그 인물과 사건 들은 극히 단순하고 명백함에도 그 저변에는 복잡하고 순환적인 세계 인식이 깔려 있다는 사실, 짧고 명료한 객관적인 문체에도 불구하고 심리 변동의 묘사에 거의 시적인 기미를 보이고 있다는 사실 등의 대응된 관점에서 지적될 수 있을 것이다. 환언하면 조세희의 소설들은 그 구조와 표현에 있어 선험적으로 대립적인 그의 세계관과 미학적 방법론을 실천하고 있다. 주목할 것은 그의 이 같은 대립이 뤼시앵 골드만의 '단절의 근거인 구성적 대립'에 접근하고 있다는 점이다. 골드만의 경우 이 '구성적 대립'은 주인공의 타락과 세계의 타락 사이에 존재한 단절이 근원적일 때 비극이나 서정시가 되고, 그것이 없거나 우연적일 때 서사시나 설화를 이루며, 소설은 그 중간 지점에서 변증법적 성격을 띠게 된다.

> 이 둘 사이에 위치한 소설은 그것이 한편으로는 모든 서사시적 형식
> 에 전제되고 있는 주인공과 세계의 근본적인 공동체로부터 태어나고, 또
> 다른 한편 주인공과 세계 간의 뛰어넘을 수 없는 단절로부터 태어나는
> 한, 변증법적인 성격을 지닌다. 주인공과 세계의 공동체는 그들 양자가
> 진지한 가치에 대조해서 타락해 있다는 사실에서 결과하며 그들 대립 관
> 계는 이들 두 타락 사이에 존재하는 성격의 다름에서 결과한다.(Lucien
> Goldmann, *Towards a Sociology of the Novel*, trans. by Alan
> Sheridan, Tavistock, 1975, p.5.)

골드만에게 있어서의 소설은 타락한 세계와 진정한 가치 간의 대립에서 추구되는 변증법적 양상을 이루고 있거니와, 조세희의 소설들 역시 바로 이러한 의미에서 "타락한 세계에서 타락한 방법으로 진정한 가치를 추구하는" 형식을 얻고 있다. 우리가 『난쏘공』 연작에서 주목하고 있는 것은 골드만이 말하는 바의 소설 장르의 본질적 성격에서뿐만이 아니라, 여기서 드러나는 세계관과 그것을 표현하는 방법 자체가 타락

과 승화의 대립적 관계를 유지하고 있다는 점이다. 그리고 그 관계는 변증법적인 지양을 전망케 하는 것이 아니라 그 대립을 오히려 더 깊이 함으로써 초월의 가능성을 모색하게 한다는 데에 특이한 관찰이 요구된다. 그것은 그가 인식한 세계에서 대립된 두 계층이 절망적인 대결로 유도된다는 점에서, 그리고 타락한 장르로서의 소설과 승화를 지향하는 서정시의 대결이 이루어지고 있다는 점에서 볼 수 있다. 이 두 개의 대결은 표면적으로는 실패일 수 있다. 두 집단의 대립을 대결의 관계로 경화시킬 때 그 타락한 세계의 모습은 너무나 단순하고 자명할 수 있기 때문이며 소설과 서정시의 대립은 형식과 내용의 어색한 괴리를 보여줄 수 있기 때문이다. 그러나 『난쏘공』의 두 대결은 심층적으로 보아 미묘한 상관관계를 지님으로써 실패의 가능성을 오히려 독특한 효과의 발휘로 변모시키고 있다. 그 상관관계란 두 집단의 대립과 그 표현 방법의 대립을 대응시켜 단순한 세계관을 근본적인 단절로서의 방법론으로 수용시키고 대결의 처참한 상황을 초월에의 의지로 승화시킨다. 즉 방법적인 상관관계를 통해 집단적 실감과 주관적 정서 간의 변증법을 구성하고 있는데, 그것이 개인과 사회, 사실주의와 반사실주의 혹은 형식과 내용을 대립시키면서 복합시키는 효과를 얻는다. 가령,

나는 햇살 속에서 꿈을 꾸었다. 영희가 팬지꽃 두 송이를 공장폐수 속에 던져 넣고 있었다.(「난장이가 쏘아올린 작은 공」)

와 같은 부분이 그 대표적인 경우이다. 이 장면은 난장이의 집이 철거반원에게 헐리고 지섭이 이를 항의하려다 구타당한 직후 둘째 아들 영

호가 부서진 대문짝에 엎드려 서서히 잠에 빠져드는 대목이다. 꽃을 던지는 영희의 행동이 영호의 꿈속에서인지 실제의 그것인지 분명치 않은 가운데 우리는 팬지꽃과 폐수, 귀여운 소녀와 그녀의 꽃을 버리는 행위의 대결적인 이미지를 통해 강렬한 시적 호소력을 받게 된다. 더욱이 한 소년의 햇살 속의 낮잠과 꽃을 든 소녀의 모습은 더러운 무허가 주택들의 헐린 가옥들이란 참담한 폐허의 장면과 대결하여, 그들의 평화스러운 모습은 좀전의 폭력과 피 흘리는 사람들의 모습들과 대결한다. 그리고 이 대결은 "폐수 속에", 아마 시커멓고 악취가 물씬 풍기고 있을 폐수 속으로 꽃이 던져짐으로써 이 대결들의 건너뛸 수 없는 심연으로의 함몰을 연상하게 된다. 두 송이의 팬지꽃과 공장의 폐수, 햇살 속의 낮잠과 헐린 집들의 폐허는 영원히 화해할 수 없는 대립으로 그 대결의 긴장이 고조되고, 이 두 개의 대립소들은 절망적인 현실과 꿈으로의 밝은 초월이라는 역시 해소되기 불가능한 또 하나의 대립과 부딪친다. 이 두 쌍의 대립은 꽃과 꿈, 폐수와 현실이라는 또 한 차례의 상관관계를 맺음으로써 자명한 요소들의 복합적인 심층구조를 구성한다. 그리하여 지극히 단순하고 자명한 것들이 중층적인 조명을 받음으로써 이 세계와 그 표현이 간명하면서도 간명하게 볼 수 없도록 만든다. 조세희의 소설에서 우리가 사회적 실감과 주체적 정서를 동시에 얻어 낸다면 그것은 그 작품의 이 같은 성격 때문일 것이다.

   2. 조세희의 이러한 작품적 구조에 밑바탕이 되는 세계 인식은 그의 연작의 프롤로그에 해당되는 「뫼비우스의 띠」에 매우 시사적으로 나타난다. 여기서 작가는 하나의 우화적 질문과 또 하나의 수학 개념을 제

시한다. 두 아이가 굴뚝 소제를 하고 내려왔을 때 깨끗한 얼굴과 더러운 얼굴 중 누가 세면을 하겠는가 하는 두 차례의 질문은 대립된 두 요소의 관계를 의미 깊이 시사한다. 앞의 질문에서 으레 나올 대답은 더러운 얼굴 쪽이 세면을 하는 것이겠지만 수학 교사의 대답은 그 반대였다. 깨끗한 얼굴과 더러운 얼굴은 대립적이며 누가 세면을 할 것인가의 두 대답도 대립적이다. 이 사이에는 심연이 가로놓여 화해가 불가능하다. 그러나 다시 반복된 질문에서 교사는 다시 화해가 불가능한 대답을 준다. 그는 똑같이 한 굴뚝을 청소했는데 한 아이만 더럽다는 일이 있을 수 없다는 것이다. 이 질문의 내용과 그 전제에는 또 한 차례의 단절이 놓여 있고 질문이 틀렸으므로 대답도 틀렸다는 전면적 진실이 나타난다. 이 전면적 진실과 주어진 질문 안에서의 대답 사이에 우리는 양립된 세계의 대결을 발견하게 된다. 이러한 발견은 '뫼비우스의 띠'에서 다시 갖게 된다. 직사각형의 종이는 앞뒤 두 개의 평면을 갖는다. 그것은 영원한 대립이다. 그러나 이 종이를 한 번 꼬아 양 끝을 붙이면 "안과 겉을 구별할 수 없는, 즉 한쪽 면만 갖는 곡면"이 된다. 두 개의 평면이 뫼비우스의 띠에 이르면 하나의 면으로 재구성된다. 그러나 우리는 여기에 세심한 관찰을 필요로 한다. 이 띠는 "한 번 꼬아"진 것이며 평면은 "곡면"으로 바뀌었다는 사실이 그것이다. 그것은 평면이면서 입체의 공간을 구한다. 그러므로 「클라인 씨의 병」에서 '안팎을 구분할 수 없는 닫혀 있는 공간'에서 덧붙여 설명되는 것처럼 "상상의 세계에서만 그 존재가 가능"한 것이다.

앞의 윤리적 질문과 뒤의 수학적 설명에서 공통되는 것은 우리가 보고 겪고 부닥치는 것들은 사실 세계에서의 대립이며, 그것의 전면적 진실 또는 하나로의 통합은 추상의 세계에서만이 가능하다는 점이다. 따라서 우리가 어떤 눈으로 보느냐에 따라 세계는 전혀 다른 것이 될 수 있다. 「우주여행」에서 윤호와 지섭의 달에 대한 이야기가 그렇다. 윤호는 "인간이 달을 개조한다고 해도 그곳에 갈 이주자들은 불모의 황무지에 살게" 되며 "그곳 환경은 단조롭고, 일상생활은 권태로울 것"이며 "거추장스러운 우주복을 입지 않으면 기지 밖으로 나갈 수 없다"고 본다. 그러나 지섭은 "달은 순수한 세계이며 지구는 불순한 세계"이고 "달에 세워질 천문대에서 일할 사람은 행복할 것"이라고 말한다. "사실에만 충실"한 윤호의 세계관과 "황금색의 별세계"를 생각하는 지섭의 세계관은 보통의 직사각형과 실제 가능하면서도 추상에서만 존재할 수 있는 뫼비우스의 띠의 관계와 대응한다. 이 추상과 현실, 꿈과 사실 간의 단절과 대립은 조세희의 아마 근원적인 세계 인식일 것이며 그것의 화해 가능성은 오직 이상으로만 존재한다는 데에 그의 비극적인 절망이 도사려 있는 것 같다. 동생으로부터 "형은 이상주의자"라고 명명된 큰아들 영수가 살인과 사형으로 파국적인 결말을 맺는 것은 화해 불가능한 두 세계의 대립에서 얻어진 비극적 절망의 표현일 것이다. 작가의 이러한 윤리적인 파스칼적 우수에 의해 사실의 세계에서도 두 집단의 화해 불가능한 대립을 단절적인 대결로 인식케 한다. 조세희 연작소설의 모티브가 되고 있는 '난장이' 자체가 정상인과 결코 어울릴 수 없는, 단절과 대립의 이미지가 되고 있다. 그는 여하튼 백십칠 센티미터, 삼십이 킬로그램의 난장이이며 「내 그물로 오는 가시고기」에서 "거인"이라고 지목된다 하더라도 여전히 정상인과 화해될 수 없는 존재임에는 틀림없다. 이 틀림없는 대결의 관계가 『난장이가 쏘아올린 작은 공』의

사실 세계에 전폭적으로 전개되고 있다. 가진 자와 못 가진 자, 사용자와 근로자, 억압하는 자와 억압받는 자가 서로 나뉘어 싸움을 걸고 받으며 대결한다. 그들의 대결은 형 영수가 말하는 것처럼 "일종의 싸움" 정도가 아니라 거의 전면적인 싸움이다. '거의'라고 한 것은 대립의 둘 사이에 중간적인 존재가 있기 때문인데 그러나 작가는 이 중간적인 존재마저 편안하게 놓아두지는 않는다. 대학생이었던 지섭은 근로자의 편에 뛰어들어 노조운동을 일으키고 있고, 평범한 가정주부인 신애는 난장이 수리공이 받는 학대를 보면서 '우리 모두가 난장이'라고 외치는가 하면, 그녀의 동생 친구는 사용자 편에 들어오라고 "협박과 유혹"을 받는다. 이렇게 해서 『난쏘공』의 세계에 대립과 싸움이 전면적으로 펼쳐진다.

조세희의 이 대립적인 세계관에는 두 개의 단절이 존재한다. 그 하나는 공간적인 단절이다. 영수는 생각한다. "남아프리카의 어느 원주민들이 일정한 구역 안에서 보호를 받듯이 우리도 이질 집단으로서 보호를 받았다. 나는 우리가 이 구역 안에서 한 걸음도 밖으로 나갈 수 없다는 것을 깨달았다." 윤호가 새집으로 이사 간 곳은 "아주 밝고 깨끗한 동네였다. …… 울타리가 쳐져 있는 동네였다. 입구에 경비실이 있고, 경비원들이 차를 세워 동네로 들어가는 사람들의 신원을 확인했다. 전혀 다른 세계에 와 있는 느낌이었다." "이질 집단"에 사는 소년들은 중학교도 다니다 말고 공장과 상점에 취직하며 줄 끊어진 기타를 치고 고장 난 라디오로 통신 강의를 받고 있으며, 이와 "전혀 다른 세계"에 사는 소년들은 한 과목에 이십만 원짜리 과외수업을 받고 자가용으로 학교에 다니며 섹스 필름을 보고 여자 친구와 호텔로 자러 다닌다. 이 두 공간 사이에는 '개천'이 있고 '터널'이 있다. 이 단절의 강을 경계로 해서 두 집단은 서로 외면해 있는 것이 아니라 '일종의 싸움'을 벌인다. 영수는 동생에게 말한다. "싸움은 언제나 옳은 것과 옳지 않은 것이 부딪쳐 일어나는 거야." 또 다른 곳에서 영수의 어머니의 "죄를 지은 건 그들"이란 말을 받아 "고통을 받은 것은 우리"라고 생각한다. 공간적인 단절이 윤리적인 단절로 이해된 것이다. 우리와 그들의 싸움은 가진 자들의 죄와 못 가진 자들의 고통의 대결이다. 그래서 영수는 "이 사회의 음모를 알아차렸다. 힘을 합치려는 가난한 사람들의 노력을 부유한 사람들은 깨뜨리려고 했다."「궤도 회전」에서 윤호는 부유한 사람들은 "생활 전체가 죄"이며, 더욱 나쁜 것은 윤호에게 가상의 고문을 받는 경애처럼 "그런데 …… 한 가지도 말을 할 수 없"는 상태에 와 있다는 데 있다고 생각한다. 이들의 '생활 전체의 죄', 그래서 죄를 짓고 있다는 상상조차 못하고 있는 더 큰 죄 때문에 "난장이 아저씨의 아들딸과 그의 어린 동료들이 희생"을 당하고 있다는 것에서 대립의 극단적인 윤리적 측면이 드러난다.

두 집단의 공간적인 단절과 윤리적인 단절을 중첩시켰기 때문에 『난쏘공』의 세계는 가진 자—밝고 깨끗한 곳—죄의 덩어리, 못 가진 자—어둡고 더러운 곳—고통과 희생의 덩어리로 간명하게 등식화된다. 이양극화의 양상은 지극히 철저해서 소년소녀들의 이성 관계에까지 선명하게 나타나고 있다. 영수와 명희는 동생이 장독대 시멘트에 낙서한 것을 부끄러워하며 영수는 명희의 수줍은 허락을 받아 겨우 작은 젖을 만진다. 그러나 부정한 방법으로 부자가 된 「칼날」의 앞집 딸은 처녀인데도 배가 불러 있고, 「우주여행」의 윤호 누나는 창녀처럼 "놈팡이와 붙을 생각만" 하고, 윤호 자신도 "어두운 골목 안 호텔"로 여자 친구들을 데리고 간다. 윤리에서의 기초 개념인 성에서조차 가진 자의 부도덕과 못 가진 자의 수줍은 사랑으로 나뉠 만큼 세계는 너무나 자명하게 분리되고 대립해 있다. 이 같은 조세희의 간명하고 등식화된 두 세계의 대립관은 사실에의 진실상을 외면하고 있다. 그러나 주의할 것은 그 진실 여부가 사실의 세계에서만 문제 된다는 것이다. 윤호가 달의 불모성에 대해 옳은 것은 그것이 과학적 합리성으로만 판단할 때이다. 지섭의 꿈 속에서는 그것이 행복의 나라라는 것을 우리가 이해할 수 있다면 부자—악—죄, 가난한 자—선—희생이라는 결정화된 도식을 받아들일 수 있을 것이다. 조세희는 "이 죽은 땅"에서 사실주의적인 갈등의 세계를 본 것이 아니라 낭만주의적인 꿈과 현실의 대립을 보고 있다. 이 대립은 그러므로 그의 세계관에서 구조적인 것이다. 그의 열두 편의 연작 중 「기계 도시」에서 윤호와 영수가 잠시 만나는 것 외에는 '우리'와 '그들'의 직접적인 마주침은 거의 나타나지 않으며, 양쪽이 만난다 하더라도 「잘못은 신에게도 있다」에서의 사용자와 근로자 간의 회합이나 「내 그물로 오는 가시고기」의 법정에서 방청자로서의 상면처럼 적대 관계로 나타나고, 각각의 소설들은 부자 편, 가난한 자 편, 그리고 가난한 자쪽으로 기우는 중간 편(「칼날」, 「육교 위에서」)으로 분리되고 있다. 작가의 세계관이 이렇게 대립적인 구조 위에 서 있기 때문에 대립소들의 성격은 자명하고 단순한 형태로 나타나며 가능한 한 추상화된다. 사실적인 관점에서 또 하나의 약점으로 다루어질 수 있는 인물의 묘사도 이같은 대립적 세계관에서 이루어지고 있다. 조세희의 주인공들은 난장이의 체구, 재개발 지정 통고, 일일 가계부, 근로자의 하루 도보 거리 등

에 대한 정확한 보고에도 불구하고 그들의 구체적이고 사실적인 소개
는 거의 없다. 말하자면 그들은 수정처럼 결정된 형태이고 투명하다.
그것은 갈등적인 세계가 아니라 대립적인 세계를 그리려 할 때 다가올
수 있는 추상화의 방법일 것이다.

   3. 추상화의 방법이란 말을 여기서 썼지만 그것은 인물과 세계와의
단절된 대립을 비언표된 방법적 구조로 드러내고자 하는 조세희의 노
력, 또는 장점을 지적하는 것이다. 환언하면 이렇다. 그는 인물과 세계,
세계와 세계는 깊이 단절되어 있고 그것들의 화해 가능성에 대해서는
절망한다. 이러한 세계 인식이 골드만이 말하는 '타락한 방법'으로서의
소설로 표현되고자 할 때 그는 다시 한번 자기와 작품 대상과의 단절을
체험한다. 그가 대상과의 대립을 인정하지 않는다면 그의 대립적인 세
계관은 무효로 될 것이며, 그 대답을 전적으로 받아들인다면 소설의 성
립을 기대할 수 없기 때문에 그의 단절감은 이중화된다. 그래서 그가
택할 수 있었던 것은 대립을 방법적으로 구축하는 것일 것이다. 그러니
까 서사적 공간 속에 서정적 구조를 갖는 것이다. 이러한 실제적 표현
은 여러 수법으로 나타나고 있다.

   나는 그의 금고에서 우리의 것을 꺼냈다. 그의 금고 속에는 돈과 권총
과 칼이 함께 들어 있었다. 나는 돈과 칼도 꺼냈다. 나는 달 천문대 밑에
쪼그리고 앉아 있는 아버지의 모습을 상상했다. 아버지는 이미 오십억
광년 저쪽에 있는 머리카락좌의 성운을 보았는지 모른다. 오십억 광년
이라면 나에게는 영원이다. 영원에 대해서 나는 별로 할 말이 없다. 한

밤이 나에게는 너무나 길었다. 나는 그의 얼굴에서 수건을 떼고 약병의 뚜껑을 닫았다. 나에게 더없이 고마운 약이었다. 첫날 그 약이 괴로워하는 나의 몸을 마취시켜 잠 속으로 몰아넣었다. 그래서 나는 그의 처음 표정을 볼 수 없었다. 나는 손가방을 열어 그 안의 것들을 확인했다. 모두 가지런히 넣어져 있었다. 나는 옷을 입었다. 머리가 어지러웠다. ……

날이 밝으려면 아직 멀었다. 나는 아파트 앞에서 택시를 기다려 탔다. 택시는 불을 켜고 빈 영동 거리를 달렸다. 어지러워 눈을 감았다. 제삼한강교를 건널 때 나는 차를 세웠다. 문을 열고 나가자 시원한 공기가 몽롱한 정신을 일깨워 주었다. 나는 난간을 짚고 이제 희뿌연 빛을 반사하며 흘러가는 강물을 내려다보았다. 운전기사가 따라 나와 난간에 기대어 섰다. 그 자세로 담배를 피우며 나를 보았다. 날이 밝기 시작했다. 아버지가 누워 난 한겨울 동안 어머니는 취로장에 나가 일했다. 어머니가 집을 나설 때마다 맞았던 그 새벽의 빛깔을 이제 알았다. 자갈 채취선에서 날카로운 금속성이 들려왔다. 내가 탄 택시는 남산터널을 빠져 시내를 가로질러 달렸다. 죄인들은 아직 잠자고 있었다. 이 거리에서 구할 자비는 없었다. 나는 낙원구에서 내렸다.(「난장이가 쏘아올린 작은 공」)

이 문장들에서 볼 수 있는 것은 거의 전부가 단문으로 유지되었다는 것, 그 단문들 사이에는 접속사가 전혀 없다는 것, 과거와 대과거의 시제가 문법적으로 구별되지 않는다는 것, 객관묘사와 내면 의식이 간격 없이 이어져 있다는 것 등이다. 영희가 아파트 투기 브로커로부터 자기네 입주권을 훔쳐 달아나는 장면의 이 긴 인용은 그러나 훨씬 더 길었어야 할 사실적인 사건과 의식 들을 정교하게 배열하고 있다. 금고에서

406

훔쳐 낼 때 떠오르는 아버지의 모습, 자는 남자로부터 마취 수건을 떼어 낼 때 자기가 그렇게 마취되어 처녀를 강탈당하던 때의 고통, 새벽의 한강을 바라보며 얻는 신선한 느낌과 어머니, 아버지를 다시 생각할 때 일깨워지는 번민, 자기들을 그처럼 비참하게 만든 이 세상의 죄와 냉정에 대한 원망―이런 내면 의식들이 서경시처럼 객관적으로 표출되고 있다. 이 의식과 사건의 진행이 동일한 차원의 문체 구조로 이루어지고 있다는 것은 신중한 해석을 요구하는 그의 기법과 더불어 중요한 의미를 갖는다. 접속사가 없는 단문의 연속 배치는 개개의 묘사 대상에 연속성을 주면서 그 연속 대상들 사이에 끊임없이 단절감을 부여한다. 시제의 혼란은 표면적으로 단절감을 계속 환기시키면서도 의식상으로는 연속된 심리 과정을 묘사하고 있다. 환상 혹은 내면과 현실과의 몽타주 수법은 개개의 독립된 묘사 대상을 서로 대조시키며 심층구조에서의 동질성을 강화한다. 요컨대 조세희의 문체와 기법은 단절―연속, 대립―동질, 또는 단절/연속, 대립/동질의 세계관을 함축하고 있다. 그것은 직사각형―뫼비우스의 띠에서 설명된 세계관과 통한다. 다시 말하면 인물과 세계, 작가와 대상, 간명과 복합, 단절과 연계, 그리고 서사적 공간과 서정적 구조의 대립과 초월을 위한 방법적 표현인 것이다.

따라서 조세희의 소설들이 동화, 특히 낭만주의 시대의 동화적 구조를 갖는다 해서 그리 놀랄 일은 아니다. 낭만주의 시대의 동화들은 아름다운 공주 혹은 씩씩한 왕자와 추한 노파 혹은 악마와의 대결을 기본 모티브로 하고 있으며, 그 대립적인 관계를 극화하기 위해 아름다움과 추함, 씩씩함과 마술의 힘을 환상적으로 결정화하고 있다. 이것은 대립된 세계관의 고통을 승화로 해소시키려는 방법일 것이다. 『난장이가 쏘아올린 작은 공』이란 동화적인 제목의 연작소설이 낭만주의 동화와 다른 것은 아름다움, 씩씩함이 이기는 것이 아니라 패배함으로써 절망을 통한 승화의 효과를 얻고 있다는 점이다. 조세희는 극히 현실적이고 당면적인 사회문제들을 단절과 대립적 세계관 위에 자명성·단순성·환상성의 기법이란 동화적 공간으로 용해시킴으로써, 화해 불가능의 세계라는 모습으로 조형화하면서 실현될 수 없는 꿈과 상상으로 그 절망감을 승화 또는 심화시키고 있다. 우리는 꿈과 상상의 이룰 수 없는 아름다움 때문에 현실의 어두움과 아픔을 더욱 격렬하게 느낄 수 있다. 조세희의 동화적 발상과 비사실적인 문체는 그래서 사실 세계의 억압된 불행을 보다 사실적으로 드러내 보여주며, 사회적 실감을 주관적 공감으로 실체화·내면화시키면서 초월적 승화를 유도하는 것이다.

『난장이가 쏘아올린 작은 공』이 취하고 있는 비사실주의적 수법은 그것이 바로 비사실주의적이라는 이유 때문에 초월에의 사랑, 해방의 자유로움을 동경하게 만든다. 조세희가 어느 공개된 토론장에서 "기법의 자유로움을 통해 정신의 자유로움을 드러내 주고 싶다"고 한 말은 루카치의 사실주의가 비판받는 가장 큰 이유를 그 자신도 모르게 밝혀준다. 내용이 형식을 규정한다는 루카치의 주장이 옳을 수 있다 하더라도 그 내용과 형식 사이에 개재하는 규정의 방법이 자유롭지 못하다면 내용 그 자체의 자유로움도 의심될 수밖에 없을 것이다. 사실주의의 한계는 세계관의 표현이 바로 그 표현 방법론에 의해 규정될 수 있다는 사실을 경시한 데서 나타난다. 자유로운 정신을 고착된 방법으로 표현하려 한다면 그것은 이미 매너리즘의 세계관을 반영할 뿐이다. 이십 세기의 리얼리스트들이 현상 고착에 기여하고 초현실주의자 혹은 표현주의자 들처럼 기법의 자유로움을 추구한 시인들이 현실 개조와 저항의 일선에 뛰어들었다는 것은 결코 우연이 아닐 것이다. 조세희의 소설들이 억압된 현실을 각성시키고 그 억압으로부터 자유로워지고 싶어 하는 욕망을 조장시켜 주었다면, 그것은 사실주의의 보수적이고 현상 유지적인 수법을 버리고 기법과 문체를 자유롭게 해방시켜 놓는 그 형태 자체에서 획득된 성과일 것이다. 이 자유로움과 초월에의 의지는 「내 그물로 오는 가시고기」의 피살당한 재벌의 아들이 난장이 가족들에 대해 정확히 관찰한 것처럼, 현실에 의해 빼앗긴 삶의 "한 차원"을 회복하여 인간다운 삶의 풍요를 찾아내려는 절망적 소망의 뚜렷한 방법적 실천으로서 그 형태 창조에 부여되고 있다.

기법과 정신에서의 낭만주의적 성격과 주제의 사실주의적 관점이란 것은 어쩌면 기이한 인상을 줄지도 모른다. 사실 『난쏘공』의 한 평자는 이 연작들이 갖고 있는 "과거와 현재의 중첩, 환상적 분위기의 조성, 시점의 빈번한 이동 등의 난해한 테크닉"이 비사실적인 수법이라고 비판했다가 후에 그것들을 "넓은 의미의 사실주의"라고 달리 받아들인 바 있는데, 이런 예가 이 소설들의 효과 분석이 지닌 어려움을 드러내 준다고 할 수 있다. 조세희의 소설들이 사회적 실감을 주관적 실감으로 독자들에게 접근해 오는 것은 바로 이 어려움을 통해서이다. 그가 이 사회의 핵심적인 문제들을 추출하고 관찰하는—리얼리티의 획득에서는 사실주의적 접근법을 쓰면서 그 표현에서는 꿈과 초월의 낭만적인 방법을 쓰고 있다는 것은 다시 대립적인 방법을 구성한다. 이 대립은 그의 세계관이 뿌리박고 있는 대립적 관점의 문학적 표현일 수도 있겠으며, 내용이 형식을 규정한다는 명제가 항상 옳을 수 없다는 주장의 실행일 수도 있다. 여하튼 우리가 자유로운 눈으로 어떤 문예사조의 협착한 명제에 구애받지 않고 상상력의 풍요로움을 통해 바라볼 때 『난쏘공』의 그 주제와 방법, 정신과 태도의 대립은 창작품이 지닌 현실성과 문학성, 시대성과 영원성의 대립을 드러냄으로써 그것을 지양시켜 주는 효과를 얻게 될 것이다. 우리는 이것을 순수와 참여의 대립된 견해를 극복시키는 하나의 범례로 보아도 좋을 것이다.

4. 대립적 세계관과 대립적 표현 방법의 연장선 위에서 이 대립들을 강화시키면서 동시에 그것의 문학 공간으로의 지양을 보여 주는 것이 『난쏘공』의 주인공과 그의 세계와의 또 한 차례의 대립일 것이다. 이 소설집에는 난장이와 그 아들딸, 특히 큰아들 영수가 주인공의 역할을 담당한다. 사회사적으로 관찰할 때 자살한 아버지 난장이와 사형선고를 받은 영수 간의 거리는 우리의 급속한 공업화 과정의 진도를 시사한다. 난장이 김불이의 '평생 동안 직업'이 채권 매매, 칼 갈기, 고층건물 유리 닦기, 펌프 설치, 수도 고치기 등 다섯 가지였는데, 이런 것들은 단독 기능 근로자들의 직종으로서 산업사회의 부스러기 업종 내지 전기 자본주의 사회의 부랑 근로 업종이다. 영수는 그의 동생들과 함께 인쇄 공장, 방직공장, 자동차공장 등 공업사회의 도시 근로자로서 집단 근로 직종의 한 단자로 근무한다. 이 같은 근로 업종의 변화는 한 사회의 변모 혹은 근로 대중의 질적 변모를 말해 주는 것으로 윤호가 「기계 도시」에서 난장이 아버지의 죽음을 "한 세대의 끝"으로 본 것은 충분한 타당성을 갖는다. 왜냐하면 "오백 년이 걸려 지은 집"을 공문서 하나로

허물어뜨린다는 사실을 난장이 아버지는 담담히 받아들이며 철거반원에게 대들려는 두 아들의 손을 막고 드디어 그에게 가해진 절망을 자살로 해소시키는 반면, 영수는 이런 상황에 도전하여 노동조합을 지도하고 그 활동까지 제지당하자 살인을 행하고 사형을 받고 있기 때문이다. 아버지와 아들의 두 죽음은 현실의 변화와 그 변화에 대응하는 두 세대의 변화를 보여 준다. 그러나 보다 중요한 것은 이 두 죽음이 세계와의 대립에서 불가피하게 제기된 것이라는 점이다. 이들에게는 이들이 살고 있는 세계란 항상 적이었고 싸움의 대상이었으며 벗어나야 할 상대였던 것이다. 영수는 「난장이가 쏘아올린 작은 공」의 첫머리에서 이렇게 말한다.

천국에 사는 사람들은 지옥을 생각할 필요가 없다. 그러나 우리 다섯 식구는 지옥에 살면서 천국을 생각했다. 단 하루도 천국을 생각해 보지 않은 날이 없다. 하루하루의 생활이 지겨웠기 때문이다. 우리의 생활은 전쟁과 같았다. 우리는 그 전쟁에서 날마다 지기만 했다.

자기가 더불어 살고 있는 세계와 자기 자신과의 관계를 지옥과 천국의 거리만큼 단절적으로 보고 있기 때문에 그들은 이 세계를 부정적인 것으로 판단하고 그와 싸우지 않으면 안 되게 된다. 그리고 따라서 이 세계에 현존하지 않는 것을 그들은 행복과 사랑이라고 생각한다. 『일만 년 후의 세계』란 책을 읽고 달나라와 별을 꿈꾸며 사라져 버린 도도새를 회상하고 우주로의 이주 여행을 희망한다. 그러나 이런 공간적 · 시간적 초월은 실제로 불가능하다. 여기서 불가피하게, 초월에의 절망을 느끼면서 현실에 착근할 수도 없는 문제아의 탄생이 이루어진다. 영호가 "형은 이상주의자"라고 했을 때, 그 이상주의자란 현실 속에서 현실과 더불어 싸우며 그것을 개량시키려는 정신을 말한다기보다, "죽은 땅"인 이 세계로부터 탈락된 자가 이 세계 전체를 부정하고 실현 불가능한 유토피아에서 삶의 희망을 찾으려 한다는 뜻에서일 것이다. 그러므로 그는 세계와 단절되어 있다. 물론 영수는 실천적인 노력을 통하여 그의 가족들과 이웃들의 삶을 개선하려 하고 교회와 노조를 통해 근로자 의식을 고양, 지도하며 사용자들의 부당한 대우와 조건 들을 주어진 한도 안에서나마 개량해 보려 한다. 심지어 그는 과격해진 근로자들이 기계를 파괴하지 않도록 만류했으며 재벌의 총수를 살해하기 위해 폭탄을 만들 계획이었으나 엉뚱한 사람들이 피해를 입을까 봐 그 계획을 포기할 정도로 침착하고 합리적이었다. 그러나 그의 이 같은 실천과 태도는 그의 개인적인 노력일 뿐이다. 그가 살고 있는 땅, 그가 일하고 있는 곳이 원천적인 죄의 덩어리일 때 그의 개인적인 도덕과 실천은 제한된 선의에 불과해진다. 「잘못은 신에게도 있다」에서 영수는 "우리는 사랑이 없는 세계에서 살았다"고 단정하면서 사용자들의 호언이 자신의 삶과는 무관하다는 사실을 명백히 지적한다.

그들은 낙원을 이루어 간다는 착각을 가졌다. 설혹 낙원을 건설한다고 해도 그것은 그들의 것이지 우리의 것이 아니라는 생각을 나는 했다. 낙원으로 들어가는 문의 열쇠를 우리에게는 주지 않을 것이다. 그들은 우리를 낙원 밖, 썩어 가는 쓰레기 더미 옆에 내동댕이쳐 둘 것이다.

그는 자신의 현실과 노력이 아무런 보답을 얻지 못하는 것을 알고 있었다. 이 타락한 세계에서 그가 택할 수 있는 것은 둘 중 하나다. 자신의 쓸데없는 노력을 포기하고 은강자동차의 유능한 기능공이 되는 길이 하나다. 그러나 그는 그와 다른 길, "은강에서 일하는 사람들을 머릿속부터 변혁시키고 싶은 욕망을 가졌다. 나는 그들이 살아가는 사람이 갖는 기쁨, 평화, 공평, 행복에 대한 욕망들을 갖기를" 바라는 행동을 선택했고 그 선택이 갈수록 봉쇄되어 간다는 판단을 내리자 살인이란 폭력의 길로 나간다. 그는 "아버지처럼 사랑에 기대를 걸었"지만 그들이 "살기 위해 온 은강시는 머릿속 이상사회와 너무나 달랐"기 때문이다. 전체가 구조적으로 타락했을 때 한 개인의 개량주의적 노력이란 무의미한 것일지도 모른다. 영수는 요컨대 이 세계와 이 세계의 타락과 화해를 거부한 것이다. 그리하여 이 "사회의 음모"에 "분노를 참을 수 없었다". "모두 잘못을 저지르고 있었다. 예외란 있을 수 없었다. 은강에서는 신도 예외가 아니었다"고 할 때 영수에게 다가올 길이란 사랑이 없는 세계와 대결하여 그 자신의 사랑을 버리는 일일 것이고, 그가 행하는 죽음과 그가 받는 죽음은 따라서 문제아가 감수해야 할 필연적인 운명일 수밖에 없다.

이렇게 해서 우리는 『난장이가 쏘아올린 작은 공』에서 타락한 세계와 타락한 주인공의 대립과 파탄을 보게 된다. 이 소설이 우리에게 일으키는 극렬한 고통과 절망은 이 두 개의 타락을 통해서 얻어진다. 과연 세계는 작가가 바라본 것처럼 대립된 두 집단의 싸움으로 되어 있는가 하는 문제는 이에 이르러 소박한 질문이 된다. 그가 우리에게 근원적인 세계 양상으로 그려 보여 주는 것은 세계와 주인공들이 서로 대립되어 상반된 성격을 통해 함께 타락하고 있는 모습이다. 이 땅은 "시간을 터무니없이 낭비하고, 약속과 맹세는 깨어지고, 기도는 받아들여지지 않는다. 눈물도 보람 없이 흘려야 하고, 마음은 억눌리고 희망도 이루어지지 않는" 세계다. 이런 세계에 사는 아버지에게는 "숭고함도 없었고 구원도 있을 리 없었"으며 영수 자신도 자신의 "사랑 때문에 괴로워했다". 이 두 개의 타락한 모습을 통해 우리는 우리 자신의 타락을 목격한다. 우리가 우리 자신의 타락을 깨닫지 못한다면 윤호가 경애에게 고백시킨 것처럼 우리의 "생활 전체가 죄"이기 때문이다. 『난장이가 쏘아올린 작은 공』은 이리하여 우리 자신의 타락을 깨우쳐 주고 고통을 느끼게끔 만든다. 세계와 주인공, 그리고 우리 자신의 타락을 환기시킴으로써 이 소설은 우리에게 '진정한 가치'란 무엇인가를 생각하게 한다. 그래서 이 연작은 골드만이 말하는 '타락한 세계에서의 진정한 가치'를 드러내는 소설의 임무를 다하고 있다. 조세희는 그 '진정한 가치'가 성서의 시편에 나타나는, 혹은 마르쿠제가 그리고 있는 '사랑'의 세계라고 말한다.

그 세상 사람들은 사랑으로 일하고, 사랑으로 자식을 키운다. 비도 사랑으로 내리게 하고, 사랑으로 평형을 이루고, 사랑으로 바람을 불러 작은 미나리아재비꽃 줄기에까지 머물게 한다.(「잘못은 신에게도 있다」)

1978년

수록작품 발표지면

뫼비우스의 띠 『세대』 1976년 2월호, 『문학과지성』 1976년 여름호 재수록.

칼날 『문학사상』 1975년 12월호.

우주여행 『뿌리깊은나무』 1976년 9월호, 『문학과지성』 1977년 봄호 재수록.

난장이가 쏘아올린 작은 공 『문학과지성』 1976년 겨울호.

육교 위에서 『세대』 1977년 2월호.

궤도 회전 『한국문학』 1977년 6월호.

기계 도시 『대학신문』 1977년 6월 20일.

은강 노동 가족의 생계비 『문학사상』 1977년 10월호.

잘못은 신에게도 있다 『문예중앙』 1977년 겨울호.

클라인 씨의 병 『문학과지성』 1978년 봄호.

내 그물로 오는 가시고기 『창작과비평』 1978년 여름호.

에필로그 『문학사상』 1978년 3월호.